Anna McPartlin wurde 1972 in Dublin geboren und verbrachte dort ihre frühe Kindheit. Wegen einer Krankheit in ihrer engsten Familie zog sie als Teenager nach Kerry, wo Onkel und Tante sie als Pflegekind aufnahmen. Nach der Schule studierte Anna ziemlich unwillig Marketing. Nebenbei stand sie auch als Comedienne auf der Bühne, doch ihre wahre Liebe galt dem Schreiben, das sie bald zum Beruf machte. Bei der künstlerischen Arbeit lernte sie ihren späteren Ehemann Donal kennen. Die beiden leben heute zusammen mit ihren drei Hunden und zwei Katzen in Dublin.

Bereits ihr Debüt «Weil du bei mir bist» war international ein Bestseller. Mit dem Roman «Die letzten Tage von Rabbit Hayes», in dem Anna McPartlin viel von ihrer eigenen Vergangenheit verarbeitet hat, rührte und begeisterte sie unzählige Leserinnen und Leser und landete einen Riesenerfolg.

Die Presse über «Die letzten Tage von Rabbit Hayes»:

«Ein erschütternder, großartiger Roman, der vor allem eins macht: Mut.» (Hamburger Morgenpost)

«Ein unglaubliches Buch!» (Westfälische Nachrichten)

«Das Thema ist heftig, der Ton aber sanft. Die Chronik eines tapferen Todes.» (BuchMarkt)

Anna McPartlin

Irgendwo im Glück

Roman * Aus dem Englischen
von Sabine Längsfeld

Rowohlt Taschenbuch Verlag

Die Originalausgabe erschien zuerst 2015 unter dem Titel «Somewhere Inside of Happy» bei Transworld Publishers, London.

Deutsche Erstausgabe
Veröffentlicht im Rowohlt Taschenbuch Verlag, Reinbek
bei Hamburg, September 2016

Redaktion Tobias Schumacher-Hernández
Umschlaggestaltung und Illustration Felicitas Horstschäfer
www.felicitas-horstschaefer.de,
Agentur Susanne Koppe, www.auserlesen-ausgezeichnet.de
Satz aus der Apollo PostScript, InDesign
Gesamtherstellung CPI books GmbH, Leck Germany
ISBN 978 3 499 27223 3

Für Donal, meinen Mann. Ohne dich wäre ich verloren.
(Ähnlich wie beim Navi, irgendwie …)

Maisie Bean Brennan stellt sich vor

Bis auf Füßescharren, ein Klacken und Maisies eigenen Herzschlag war es still im Saal. Scharr, klack, bumm, scharr, klack, bumm. *Komm runter, altes Schaf, beruhig dich. Alles wird gut.*

Sie spürte die Hand ihres Mannes auf der Schulter. Er stand direkt hinter ihr am seitlichen Bühnenrand, und sie hörte seine Stimme in ihrem Kopf. *Alles gut, Liebling, du schaffst das. Gar nicht an Schweißausbrüche denken. Immer schön lächeln.* Maisie sah ihre Tochter Valerie auf sich zuhumpeln. An ihren Stiefvater gelehnt, zog sie sich den Schuh aus und schüttelte ein Kieselsteinchen heraus.

Maisie schmorte quasi im eigenen Saft; die letzte Hitzewallung hatte ihren Schädel mit Schweiß überzogen und die schöne Föhnfrisur ruiniert. Bei dem Versuch zu lächeln blieb ihre Oberlippe an den Zähnen kleben. *Na, ganz toll! Jetzt sehe ich auch noch aus, als hätte ich sie nicht mehr alle.*

Der eloquente Akademiker, der sie mit ein paar einleitenden Worten ankündigen wollte, redete schon seit mehreren Minuten; offensichtlich war er ziemlich in seine eigene Stimme verliebt. Es war, das musste Maisie zugeben, eine angenehme Stimme, vornehm und volltönend, und er sprach so sanft, dass sein Vortrag beinahe einlullend wirkte.

Maisie spähte suchend ins Publikum. Sie entdeckte Deirdre, in ein elegantes und kostspieliges dunkles Kostüm gekleidet. Direkt dahinter saßen Mitch und Jonno. Mitch biss gerade in ein riesiges Schinkenbrötchen und ließ die Hälfte auf Jonnos Schoß fallen. *Die Jahre vergehen … manche Dinge ändern sich, und gleichzeitig hat sich im Vergleich zu früher überhaupt nichts verändert.* Sie hielt nach Dave Ausschau: Er hatte versprochen, es zu versuchen, aber er war momentan viel auf Tour, und seine Freundin hatte eben erst Zwillinge zur Welt gebracht. Maisie lächelte verhalten, als sie ihn durch den Gang kommen sah. Er verscheuchte einen schlaksigen Teenager von seinem Platz, um sich zu seinen alten Kumpels zu setzen. John stieß ihm mit dem Ellbogen in die Rippen und grinste. Dave kitzelte Lynn zur Begrüßung im Nacken, und sie drohte ihm dafür mit der Stricknadel.

Maisie ließ den Blick zu ihrer besten Freundin weiterwandern. Lynn strickte, seit sie ihren Platz eingenommen hatte, völlig unbeirrt, immer eine-rechts-eine-links. Sie fühlte sich in großen Menschenmengen zunehmend unwohl, aber sie war fest entschlossen gewesen, Maisie an diesem Abend beizustehen, und Stricken beruhigte sie. Alle, die Maisie bei der Entstehung des Buchs unterstützt hatten, waren gekommen. Selbst nach so vielen Jahren waren sie noch immer füreinander da. Ihr Herz quoll über. *Die ganze Horde ist versammelt.*

Dies war ihre erste und vielleicht auch letzte – je nachdem, wie sie sich anstellte – Lesung an einem College. Die schulisch im Grunde ungebildete Maisie Bean Brennan las vor einem Saal angehender Akademiker? So unwirklich sich es auch anfühlte, jetzt stand sie hier. Am seitlichen Bühnenrand, nur ein paar Schritte entfernt von dem großen Hochglanzplakat, das ihr Buch bewarb. *Jeremys Geschichte: Eine Erinnerung an Liebe und Missverständnis.* Das Plakat zeigte ein Foto von ihrem sechzehnjährigen Sohn Jeremy und seinem besten Freund Rave, strahlend, jung, vor Leben strotzend. Bei dem Anblick kamen Maisie auch nach zwanzig Jahren noch die Tränen.

Der eloquente Akademiker warf ihr einen Blick zu. Es war so weit. «Meine Damen und Herren, ich habe nun die große Freude, Ihnen Maisie Bean Brennan vorzustellen.» Das Publikum klatschte, und Maisie wurde von ihrem Mann sanft auf die Bühne geschubst.

«Los, Ma'sie, zeig's ihnen», flüsterte Valerie.

Was zum Teufel hab ich hier verloren?

Der Applaus erstarb. Maisie stellte sich ans Rednerpult. Es wurde wieder still im Saal, nur hier und da war ein Flüstern zu hören.

Klack, bumm, klack, bumm.

Maisie räusperte sich, trank einen Schluck Wasser und löste die Oberlippe von den Zähnen. Sämtliche Augen waren auf sie gerichtet. Diese Geschichte hatte lange gebraucht, um zu reifen, und es wurde höchste Zeit, sie zu erzählen. Maisie schloss die Augen, holte tief Luft, öffnete sie wieder und begann zu erzählen.

«Ich heiße Maisie. Mein Ehemann nennt mich Mai, und meine Kinder sagen Ma'sie zu mir. Sie können mich gerne nennen, wie Sie wollen.»

Vereinzelt erklang Gelächter. Maisie war sich nicht sicher, ob das an der Einleitung oder ihrem Vorstadtdialekt lag. Aber das spielte im Grunde keine Rolle.

«Mein Sohn Jeremy wurde gewaltsam gezeugt und er starb gewaltsam, aber während er lebte, war er das Licht meines Lebens.» Maisies Stimme bekam einen rauen Unterton. *Mein süßer, liebster Jeremy!* «Ich bin heute Abend hier, um Ihnen, wenn Sie mögen, von Jeremy zu erzählen und von dem, was ich aus unserer kurzen gemeinsamen Zeit gelernt habe.»

Alles Flüstern und Kichern erstarb. Der altehrwürdige, mit Mahagoni getäfelte Vorlesungssaal verschwamm. Das Klack, Bumm, Klack, Bumm verstummte.

Maisie fühlte sich, während sie sprach, zwanzig Jahre zurückversetzt. Sie befand sich wieder in ihrem kleinen Reihenhaus in Tallaght, einem Vorort von Dublin. Es war der Neujahrsmorgen des Jahres 1995, der Tag, der ihr Leben für immer verändert hatte, der Tag, an dem ihr Sohn ums Leben kam.

«Der Tag begann damit, dass mein sechzehn Jahre alter Sohn Jeremy mit seiner Oma Bridie um den Küchentisch tanzte ...»

Sonntag, 1. Januar 1995

ERSTES KAPITEL

«Jeremy»
Pearl Jam, 1992

Maisie

Bridie Bean, achtundsiebzig Jahre alt, tanzte in den Armen ihres Enkels Jeremy im Walzerschritt durch die Küche. Maisie sah ihnen zu. Bridie zählte bis drci und absolvierte die Drehung. Der Anblick war wunderschön, und die alte Frau wirkte völlig sorglos. Maisie hatte den Morgen damit verbracht, ihre Mutter zu baden und anzuziehen: eine blütenreine weiße Bluse, eine weiche graue Strickjacke und ihren Lieblingsrock. Er war aus Tweed und reichte ihr bis knapp übers Knie. Die langen weißen Haare hatte Maisie ordentlich zu einem lockeren Knoten hochgesteckt. Bridie mochte es ordentlich, und ihre Tochter sorgte dafür, dass sie immer makellos aussah. Das war das Mindeste, was Maisie für ihre Mutter tun konnte. Trotz ihres hohen Alters und der Demenz war Bridie für einen unschuldigen Flirt immer zu haben und außerdem meistens zu Scherzen aufgelegt. Sie war eine «liebenswerte alte Schachtel» und wurde von allen geliebt. Als sie herumschwang, bauschte sich der Rock und entblößte ihre bleistiftdünnen Beine, die sich im Takt der Musik bewegten. Sie hielt mühelos mit ihrem sechzehnjährigen Enkel Schritt, denn auch wenn ihr Verstand inzwischen völlig vernebelt war, war die ehemalige Armeekrankenschwester Bridie Bean körperlich immer noch fit wie ein Turnschuh. Im Radio lief «We'll Meet Again» von Vera Lynn, und sie summte mit.

«Ach, Arthur», sagte sie. «Es ist genau wie früher – du und ich und eine Buddel voll Rum.» Sie fing an zu kichern.

«Grammy, ich bin's, Jeremy!» Als Bridie ihn das letzte Mal mit ihrem längst verstorbenen Ehemann verwechselt hatte, hatte Jeremy sie nicht korrigiert, woraufhin sie ihm sagte, wie sehr sie seine Männlichkeit vermisste – und als sie dann auch noch das Wort Muschi in den Mund genommen hatte, hatte das bei Maisies Erstgeborenem Würgreiz und heftigen Schwindel ausgelöst. Maisie war klar, dass Jeremy keine Lust auf eine Wiederholung dieser traumatischen Erfahrung hatte. Grinsend sah sie zu, wie er stehen blieb, seine Großmutter losließ und mit dem Finger auf sich deutete. «Jeremy. Dein Enkel. Also bitte, Grammy, kein Wort über deinen Intimbereich.»

«Ich weiß doch, wer du bist, mein Sonnenschein», sagte Bridie. «Ich hab nur ein bisschen mit deinem alten Opa oben im Himmel geplaudert.» Sie streckte die rechte Hand aus, und er ergriff sie mit der Linken. «Noch einmal um den Tisch, das bringt Glück.»

«Na gut, aber dann muss ich los. Heute ist mein letzter Ferientag, und ich hab schließlich auch noch ein Leben, weißt du?»

«Oh ja, weiß ich», flüsterte Bridie. «Ein sehr exotisches Leben, voller Mädchen und Heimlichkeiten.» Sie tippte sich mit dem Zeigefinger an die Nase. «Ich habe nämlich auch meine Geheimnisse.»

«Oh nein, Himmel noch mal!», sagte er und schüttelte übertrieben erschöpft den Kopf. «Bitte nicht schon wieder.»

«Na gut, Liebling.»

Jeremy täuschte gern Genervtsein vor, weil sie sich so herrlich darüber amüsieren konnte. Maisie beobachtete die beiden oft bei diesem Geplänkel. Es war eine Art verkehrtes Rollenspiel: er, der Erwachsene und sie, das übermütige Kind. Bridie lächelte ihren Enkelsohn an und schob ihm die dunkelblonden Haare aus der Stirn. Sie sagte nichts, seufzte nur zufrieden und gab ihm einen Klaps auf die Schulter. «Guter Junge», sagte sie. Sie reckte den Zeigefinger in die Luft, drehte sich langsam um die eigene Achse und zeigte auf den großen Aufkleber mit dem Wort «Kühlschrank». Sie ging entschlossen darauf zu und öffnete die Tür. «Ich will Käse.»

Jeremy grinste seine Mutter an. Die alte Dame hatte einen guten Tag.

Maisie protestierte. «Von Käse kriegst du Blähungen, Ma.»

«Blähungen sind mir furzegal. Gut, oder?» Bridie lachte.

«Ach, Ma'sie, lass sie doch. Mach nur, Grammy, man lebt nur einmal.»

«Ach ja, mein Jeremy liebt mich so sehr, dass er mich in Frieden abkratzen lässt.»

Bridies Kopf steckte tief im Kühlschrank, und sie rumorte lautstark darin herum.

«Jeremy ist ein Teenager. Er *muss* die Töne aus deinem Hintern superlustig finden», sagte Maisie, und Jeremy grinste.

Bridie kam mit einem Stück Cheddar wieder zum Vorschein. «Ah! Käse!», sagte sie, und Maisie sah das Grinsen ihres Sohnes noch breiter werden. Jeremy Bean liebte seine Großmutter über alles. «Aber nur eine dünne Scheibe. Ich mache hier nämlich gerade Frühstück», sagte Maisie streng, und Bridie nickte ernst, wickelte den Käse aus der Folie und schlug hemmungslos ihre Zähne hinein.

Weil gleichzeitig der erste Tag des neuen Jahres und der letzte Ferientag war, hatte Maisie beschlossen, ein großes Sonntagsfrühstück mit allem Pipapo zu machen. Jeremy und Bridie waren bereits fröhlich bei der Sache. Maisie öffnete die Tür zum Zimmer ihrer Tochter Valerie. Sie lag im Bett und sang laut und schräg zu «Stay Another Day» von East 17 mit.

«Ich schreie mir seit fünf Minuten die Seele aus dem Leib, damit du frühstücken kommst, Valerie Bean!»

«Ich hab noch keinen Hunger, Ma'sie.»

«Du bewegst jetzt augenblicklich deinen knochigen Arsch in die Küche, sonst gehe ich dir an die Gurgel. Noch keinen Hunger? Was, glaubst du, ist das hier? Das Scheißritz?»

«Schön wär's! Eher Scheißholiday Inn, maximal, zu mehr reicht's hier doch gar nicht.»

«Sag nicht ständig ‹Scheiß› und beweg deinen Hintern aus dem Bett», sagte Maisie mit warnendem Unterton.

Grummelnd stand Valerie auf.

Mit ihren zwölf Jahren war sie der Inbegriff eines Tweens. Sie liebte laute Popmusik, schwarze Klamotten, ihr Zimmer und sonst eigentlich gar nichts. Als sie elf Jahre alt geworden war, hatte sie ihre Puppen und Kuscheltiere weggepackt und ein paar Wochen später einer Frau in die Hand gedrückt, die an der Haustür geklingelt und um ein paar Kleiderspenden gebeten hatte. Nur einen kleinen rosaroten Teddybären hatte sie behalten, den sie von ihrem Dad geschenkt bekommen hatte, bei seinem einzigen Besuch nach der Trennung. Das Kuscheltier lag in einem Schuhkarton unten in ihrem Schrank, zusammen mit ihrem unbenutzten Tagebuch und einem Riesenlutscher, den ihre beste und einzige Freundin Noleen Byrne ihr von einem Familienausflug nach Blackpool mitgebracht hatte. Valerie hatte den Lutscher ausgewickelt, daran geleckt, verkündet, er würde nach Kacke schmecken, und ihn wieder eingewickelt.

Maisie hatte in den Weihnachtsferien eine Fluchkasse eingeführt, um ihre Tochter dazu zu bringen, sich ihre zwei Lieblingswörter abzugewöhnen, «Scheiß» und «Kacke», aber bis jetzt hatte die Erziehungsmaßnahme lediglich geholfen, Maisies eigenen fragwürdigen Sprachgebrauch ans Licht zu bringen. Dabei hatte sie wirklich ernsthaft versucht, sich am Riemen zu reißen, nachdem sie ins Direktorat von Valeries Schule zitiert worden war, um mit der Schulleiterin Valeries Gebrauch des Wortes «Flachwichser» zu diskutieren.

«Na ja, Mrs. Young, der Fairness halber sollte aber schon erwähnt werden, dass der Kerl ihr Tipp-Ex in die Haare geschmiert hat.»

«Darum geht es aber nicht, Ms. Bean.»

«Bei allem Respekt, da bin ich anderer Meinung.»

«Valerie lernt diese Sprache irgendwo, und zwar definitiv nicht an dieser Schule. Bei uns herrschen, was den Gebrauch von Kraftausdrücken anbelangt, strenge Regeln.» Die Direktorin händigte Maisie eine Liste mit Tabubegriffen aus. Sie überflog die Liste. Das meiste davon gehörte zu ihrem ganz normalen Sprachgebrauch. «Flachwichser ist gar nicht dabei», sagte sie im Versuch, die Stimmung aufzulockern.

Das fand Mrs. Young leider gar nicht lustig. «Mag sein, aber der Begriff ‹Wichser› ist, wie Sie sehen, sehr wohl dabei. Mit dem Ausdruck ‹flach› allein haben wir kein Problem.»

Mrs. Young benahm sich hochnäsig. Maisie vertrug so

einiges, aber von oben herab behandelt zu werden, trieb sie auf die Palme. Maisie Bean hatte mit flammend roten Wangen dagesessen und sich auf die Lippen gebissen, denn sosehr Mrs. Youngs herablassende Art sie auch störte, die Frau hatte leider recht. Valerie hatte die wüsten Vokabeln zu Hause gelernt, von ihr und ihrer Mutter, und auch wenn Maisie auf ihr Recht pochte, sich auszudrücken, wie es ihr passte, waren fluchende Kinder tatsächlich unerträglich. In diesem Augenblick beschloss Maisie Bean, ihren Kindern ab sofort ein besseres Vorbild zu sein – so schwer konnte das doch wohl nicht sein.

Wie sich herausstellte, war es für eine alleinerziehende Mutter von zwei halbwüchsigen Kindern fast übermenschlich schwer, nicht zu fluchen, vor allem, wenn die eigene Mutter dement war, und man neben seinem Teilzeitjob in einer Zahnarztpraxis am Wochenende auch noch in die Fabrik zum Putzen ging.

Die Fluchkasse war jetzt schon randvoll. Maisie graute bereits vor dem nächsten Termin bei Mrs. Young.

Als es Bridie noch gutging, hatte sie oft gesagt, Valerie würde Maisie irgendwann ins Grab bringen. «Ich liebe sie aus tiefstem Herzen, aber dieses Kind ist eine Zumutung», hatte sie immer gesagt und dabei gelächelt, als gefiele ihr die Vorstellung. «Aber die wird schon. Sie ist genau wie meine Mutter – die hätte sich sogar mit Jesus am Kreuz angelegt – aber weißt du was, Maisie? Wenn es erst mal hart auf hart kommt, dann zeigt unsere Valerie, was wirklich in ihr steckt.»

Jeremy dagegen war der absolute Sonnenschein. Er kümmerte sich um seine Großmutter, um seine Mutter und sogar um seine kleine Schwester – sofern sie ihn ließ. Abgesehen von seiner Vorliebe für das Wort «Jesus» (Bridie behauptete immer, es wäre bei ihm eher Stoßgebet als Kraftausdruck), fluchte Jeremy nie, zumindest nicht in der Gegenwart von Erwachsenen. Er half seiner Mutter, die Einkaufstüten zu tragen, und sah immer nach, ob die Haustür auch wirklich abgesperrt war und das Kamingitter vor dem Feuer stand. Aber natürlich war auch Jeremy kein Heiliger: Er hatte die nervtötende Angewohnheit, seine Mutter zu erziehen.

«Jesus, Ma'sie, wie oft müssen wir eigentlich noch darüber sprechen, dass es gefährlich ist, seine Strumpfhosen zum Trocknen über das Kamingitter zu hängen?»

«Sorry, Sohn.»

«Im Ernst, Ma'sie.»

«Du hast ja recht. Es tut mir leid.»

«Ich möchte das nicht noch mal sehen.»

«Jetzt bewegst du dich langsam auf sehr dünnem Eis, Freundchen!»

Maisie träumte manchmal davon, ihrem Sohn mit einem Paar Feinstrumpfhosen das Maul zu stopfen. Außerdem hatte er einen fürchterlichen Tick, was das Schließen von Türen betraf. Er verbrachte sein halbes Leben damit, anderen Leuten zu befehlen, die Tür zuzumachen. Besonders peinlich wurde es, wenn derjenige, den er gerade anblaffte, noch dabei war, durch die betreffende Tür zu gehen. Dann zuckte sogar Bridie genervt zusammen. «Ach, Kind, Herrgott noch mal! Darf ich bitte erst mal durch das Scheißteil durch?», hatte sie ihn einmal angebellt. Fing Bridie erst mal an zu brüllen, ging man ihr besser aus dem Weg.

Ehe die sanftmütige, liebenswürdige Bridie anfing, plemplem zu werden, hatte sie niemals irgendwelche Anzeichen von Aggression gezeigt. Wut und Handgreiflichkeiten seien Teil des Krankheitsbildes, hatte der Arzt Maisie erklärt. Sie hatte Verständnis, aber ab und zu, wenn ihre Mutter in Zorn geriet, bekam sie richtig Angst. Als Jeremy sie eines Tages wieder mal wegen einer Tür genervt hatte, hatte Bridie ihn unvermittelt heftig gegen die Wand geschubst. Er war zu Tode erschrocken gewesen und hatte so getan, als wäre nichts passiert, obwohl er sich heftig den Ellbogen am Türrahmen gestoßen hatte. Bridie war an ihm vorbeigeschwebt, als wäre nichts gewesen. Nur Maisie hatte die Tränen in seinen Augen gesehen. Ihr wurde schwer ums Herz. *Oh nein!* Es war keine große Sache gewesen, im Grunde war nichts passiert, aber es hatte sie verstört und, schlimmer noch, es hatte ihren Sohn verstört. Maisie hatte ihre Kinder aus einem gewalttätigen Zuhause befreit und wollte diese Erfahrung auf gar keinen Fall wiederholen.

Von dem Moment an hatte Maisie dafür gesorgt, dass sie die Wucht der Wutausbrüche ihrer Mutter selbst abbekam. Sie wurde getreten, geboxt, gezwickt und gebissen, meistens beim Umziehen oder Waschen. Auf der Skala dessen, was Maisie an Gewalt kannte, war das gar nichts – sie wehrte die Angriffe ihrer Mutter mit Leichtigkeit ab, ohne je ernsthaft Schaden zu nehmen. Sie sagte sich immer wieder, dass Bridie nicht wusste, was sie tat, dass es in ihrer eigenen Verantwortung war, die Lage unter Kontrolle zu halten. Wenn sie nur die Kinder vor der Gewalt bewahren konnte, war alles gut. Natürlich wurde das Leben dadurch noch anstrengender, aber sie würde ihre Mutter jetzt, wo sie sie am dringendsten brauchte, auf keinen Fall im Stich lassen.

Maisie verließ Valeries Zimmer, ging durch den Flur zurück in die Küche und rückte im Vorbeigehen das Foto von Bridie und ihren beiden Enkelkindern gerade. Bridie bildete den Mittelpunkt, und Jeremy und Valerie kletterten übermütig auf ihr herum. Obwohl es regnete und alle nasse Haare hatten, lachten sie ausgelassen. Sie wirkten glücklich. Maisie wünschte, sie wäre mit auf dem Bild. Bridie hatte sie damals gebeten, den Fotoapparat einfach einem jungen Punk in die Hand zu drücken – «Maisie, komm, bitte doch den jungen Kerl da mit den Stachelhaaren, ein Bild von uns zu machen» –, aber Maisie hatte dem stachelhaarigen Jungen durchaus zugetraut, sich mitsamt ihrer Kamera vom Acker zu machen. Der Apparat war teuer gewesen, und einen neuen hätte Maisie sich nicht leisten können.

«Du hast echt ein Problem mit Vertrauen», hatte Bridie zu ihr gesagt.

Schon möglich. Der Junge hatte Turnschuhe getragen. *Den würde ich nie kriegen*, hatte sie mit einem Blick auf ihre pitschnassen Flipflops gedacht. Hätte sie damals geahnt, dass sich bei ihrer Mutter nur ein paar kurze Monate später die ersten Anzeichen von Demenz bemerkbar machen würden, wäre sie das Risiko eingegangen.

Maisie setzte sich zu Bridie und Jeremy an den Küchentisch. Die beiden waren fast mit Frühstücken fertig, als Valerie sich schließlich doch noch zu ihnen bequemte.

«Das wurde aber auch Zeit, Maisie Bean», sagte Bridie zu Valerie.

«Ich bin Valerie.»

Bridie starrte sie verständnislos an. Valerie widmete sich stumm ihrem Frühstück und ignorierte den Nebel, der sich hinter den Augen ihrer Großmutter herabgesenkt hatte.

Jeremy blieb geduldig und gelassen. Er wusste meistens instinktiv, wie man mit Bridie umgehen musste, wenn sie in diesem Zustand war. Jetzt nahm er einfach ihre Hand und summte «We'll Meet Again». Ein, zwei Augenblicke später stimmte sie mit ein, lehnte sich an seine Schulter und gab sich der Musik in ihrem Kopf hin.

«Ich glaube, du brauchst ein bisschen Ruhe, Grammy», sagte Jeremy sanft zu ihr.

«Und ich glaube, du hast recht, Sohn.»

Jeremy führte seine Großmutter in ihr Zimmer, und Maisie sah ihnen nach. Er öffnete ihr die Tür, sie betrat das Zimmer, drehte sich um und sagte: «Guten Abend, gute Nacht.»

«Guten Abend, gute Nacht, Grammy. Und nicht vergessen: Jeremy Bean liebt dich.»

Das sagte er immer; es war ein festes Ritual.

Bridie warf ihm einen Kuss zu, und er schloss sachte die Tür. Auch wenn sie sich später nicht daran erinnern würde: Es sollte das letzte Mal sein, dass Bridie ihren Enkelsohn lebend sah.

*

Jeremy blieb zu Hause und hütete seine schlafende Großmutter, während Maisie mit Valerie eine geschlagene Stunde im Supermarkt verbrachte, fluchend, weil der Laden mal wieder komplett umgeräumt worden war.

«Warum? Warum tun die so was?», zeterte Maisie.

Valerie zuckte die Achseln. «Vielleicht, weil sie wussten, dass es dich in den Wahnsinn treibt, Ma'sie.»

Maisie bog aus dem Gang mit Milchprodukten ab und stand vor den Waschmitteln. «Das war doch hier, oder? Hier waren letztes Mal noch die Kühlfächer mit dem Fleisch. Oder etwa nicht?»

«Doch.»

Maisie fuhr herum. «Wer räumt denn bitte Milchprodukte neben die Waschmittel?»

«Das ist doch scheißunhygienisch», murmelte Valerie.

«Zehn Pence in die Kasse.» Maisie schlich sich misstrauisch an den nächsten Gang heran und stand vor den Keksen. In dem Augenblick, als sie zum dritten Mal bei Marmeladen und Konserven landete, tauchte ihre Tochter aus einem Quergang auf.

«Hundefutter», sagte Valerie.

«Schön. Also noch mal zurück zu den Kühltruhen – Pizza und TK-Gemüse – da in der Gegend muss es doch irgendwo sein.»

«Mann, da sind wir jetzt schon dreimal gewesen.»

Maisie riss sich schwer am Riemen, um nicht völlig auszuticken. Sie hasste Supermärkte auch dann, wenn die Herrscher der Warenwelt nicht gerade versuchten, sie um den Verstand zu bringen. *Ich werde einen Beschwerdebrief schreiben. Sehr geehrte Arschlöcher …*

Es war warm und stickig, außerdem hatte Maisie Kopfschmerzen, weil sie am Vorabend zu viel Wein getrunken hatte. *Scheißsilvester.* Sie hatte den Abend allein verbracht. Ihre Mutter war um kurz nach sieben ins Bett gegangen, ihr Sohn war mit seinen Freunden unterwegs gewesen, und Valerie hatte sich in ihr Zimmer verkrochen. *Wenigstens nimmt sie keine Drogen … noch nicht.* Maisie hatte einen Horror vor Drogen. Sie las jede Broschüre, die sie in die Finger bekam, und beobachtete ihre Kinder mit Argusaugen, ständig auf der Suche nach allen möglichen verdächtigen Anzeichen, vor allem bei ihrer zwölfjährigen Tochter. Täglich unterzog sie Valerie einer heimlichen Prüfung: *Erscheinungsbild? Unverändert. Gut. Essgewohn-*

heiten? Unverändert. Gut. Veränderte Interessen? Nein. Gut. Ungezogen oder rebellisch? War schon immer ungezogen und rebellisch, also unverändert. Gut. Veränderter Freundeskreis? Nein. Noch immer nur eine einzige Freundin. Das macht mir allerdings Sorgen – Jeremy ist so beliebt … Launisch? Klar, in dem Alter … Sich selbst überlassen, hatte Maisie eine Flasche Wein aufgemacht und sie vor dem Fernseher geleert. Um Mitternacht waren draußen ein paar Raketen hochgegangen, und Vera Malones Hund Jake hatte sich lauthals erschreckt. Sein Gejaule wurde von Veras Gebrüll unterbrochen: «Als sie bei uns eingebrochen haben, hast du dich jedenfalls nicht so aufgeführt. Gerade, dass du den Scheißkerlen keine Tasse Tee angeboten hast!» Durch die Mauer ließ sich unmöglich sagen, ob der Köter vor Scham oder Ermüdung verstummt war.

Maisie war Alkohol nicht gewohnt. Sie war ins Bett gewankt, hatte sich dabei den Zeh am Nachttisch angestoßen, und als sie lag, hatte sich das ganze Zimmer gedreht. Als sie morgens aufwachte, war alles wieder gut gewesen, aber hier, im neunten Kreis der Hölle, hatte sie Kopfschmerzen, ihr Zeh pochte, der Schweiß lief ihr aus sämtlichen Poren, und ihr war speiübel.

Sie blieb stehen, seufzte, drehte sich langsam um und ließ den Blick über die Regale mit Haarpflegeprodukten gleiten. «Ich brauche doch nur ein verficktes Hähnchen!»

«Macht schon wieder zehn Pence für dich. Zusammen mit ‹Arsch›, ‹scheiß› und ‹verdammt› bist du jetzt vierzig Pence ärmer, und dabei ist noch nicht mal Mittag», sagte Valerie süffisant.

«‹Arsch› habe ich nicht gesagt», erwiderte Maisie und machte sich auf den Weg zur Feinkosttheke.

«Hast du wohl. Gleich als Allererstes. Du hast zu mir

gesagt, ich soll meinen knochigen Arsch in die Küche bewegen.»

Maisie seufzte. *Bockmist,* dachte sie, als sie den neuen Metzgereibereich direkt neben der Feinkosttheke erreichte. Ein Junge in einem weißen, leicht blutverschmierten Kittel und einer Papiermütze, die oben auf seiner Frisur thronte, stand an die Theke gelehnt. «Wären Sie wohl so freundlich, mir zu sagen, wo um alles in der Welt sich die Tiefkühlhähnchen versteckt halten?» Maisie bemühte sich nach Kräften, aber leider vergebens, die Schärfe aus ihrer Stimme zu halten.

Der verpickelte Junge mit dem überlangen, zur Seite gegelten Pony, beäugte sie. «Na, in der Tiefkühlung.»

«Und wo ist die Tiefkühlung?», fragte sie durch zusammengebissene Zähne.

«Hinter mir.» Er deutete über die Schulter.

Sie sah an ihm vorbei auf eine Wand mit einer schweren Stahltür in der Mitte. «Warum das denn?»

«Weil das hier die Metzgerei ist.»

«Das ist mir klar. Aber das Tiefkühlfleisch war schon immer draußen in den Gängen und nicht in der Metzgereiabteilung.»

«Tja. Öfter mal was Neues, sagt meine Mutter immer.» Er zuckte die Achseln.

«Ach was!» Maisie drehte ihm im Geiste den Kragen um. «Dann würde ich vorschlagen, Sie stellen ein paar Schilder auf, um Ihrer Kundschaft die Orientierung in diesem lächerlichen neuen System zu erleichtern!»

Der Junge ließ den Blick von Maisie zu Valerie schweifen und verdrehte die Augen. Valerie zeigte ihm den Mittelfinger. «Geht's noch? Wegen meiner Mutter die Augen verdrehen?»

Schon möglich, dass Valerie eine Zumutung war, aber sie war loyal. Abgesehen von der Geste, war Maisie sehr stolz auf ihre Tochter.

«Führe ich hier vielleicht Selbstgespräche?», fuhr Maisie den Jungen an.

«Hören Sie, wollen Sie jetzt ein Tiefkühlhuhn, oder wollen Sie weiter hier rumstänkern?»

Maisie schob sich die Zunge in die Wange. Sie beugte sich über die Theke, um ihm den Marsch zu blasen, als eine vertraute Stimme ertönte.

«Na, so was. Maisie Bean! Frohes neues Jahr.» Plötzlich stand Fred Brennan neben ihr und streckte ihr die Hand entgegen.

Oh, Jesus! Eiskalt erwischt! Der junge Typ grinste und verschwand.

«Officer Brennan, hallo! Wissen Sie, was man anstellen muss, um hier an ein Hühnchen zu kommen?» Sie lachte gekünstelt. *O Gott, bin ich peinlich!*

«Was auch immer Sie vorhaben, nur bitte keinen Raubüberfall, zumindest nicht, solange ich in der Nähe bin.»

Sie wandten sich von der Fleischtheke ab.

«Wie geht es Ihnen, Maisie?» Die Frage klang aufrichtig.

Maisie lief dunkelrot an. «Gut, wirklich, sehr gut sogar.» Er nickte und wartete eindeutig auf mehr. «Äh, super, ja, wirklich super. Vielen Dank noch mal für alles, was Sie für uns getan haben, Officer Brennan.»

«Sie müssen mir nicht danken, Maisie. Außerdem sollen Sie doch Fred zu mir sagen, schon vergessen?»

«Sorry, Fred.»

«Dann haben Sie also nichts mehr von ihm gehört, oder, Maisie?»

Fred erkundigte sich grundsätzlich nach Maisies Exmann, wenn sie sich über den Weg liefen. Danny war vor Jahren spurlos verschwunden, und in gewisser Weise wünschte Maisie sich, Brennan würde endlich aufhören, immer wieder nachzufragen.

«Nein. Nichts. Der ist endgültig weg.» *Und jetzt lass es gut sein, okay?*

Fred drehte sich zu Valerie um und sah von sehr weit oben auf sie runter. Bei seiner Größe von eins achtundneunzig war das bei den meisten Menschen so, mit denen er sich unterhielt. «Und wie geht's dir, Valerie?»

Sie zuckte die Achseln – eine bessere Antwort würde er nicht kriegen. Maisies Kinder fühlten sich in der Gegenwart erwachsener Männer nicht besonders wohl. Und wenn Maisie ehrlich war, ging es ihr genauso.

Er wechselte eilig das Thema. «Wie geht es Jeremy? Und Ihrer Mutter?»

«Super, danke.»

«Und wie läuft's im Job?» Fred war es gewesen, der Maisie damals die Stelle bei dem Zahnarzt besorgt hatte. Der Arzt war ein Freund aus seinem Golfclub.

«Wunderbar, danke noch mal.»

«Würden Sie bitte damit aufhören, sich ständig bei mir zu bedanken? Ich habe Ihnen lediglich ein Vorstellungsgespräch vermittelt, den Rest haben Sie allein getan. Nur damit Sie's wissen, Sie machen da einen ganz tollen Job. Und die Putzstelle? Sind Sie da auch immer noch unterwegs?»

«Ach ja … da kommt wenigstens Geld rein.» Einst, als Maisie jung und blauäugig gewesen war, hatte sie große Träume gehabt. Aber dann war sie ihrem Exmann begegnet. Der Snob in ihr hasste es, sich einzugestehen, mit welcher Art von Arbeit sie ihr Einkommen aufbesserte.

«Wenn alle Frauen so wären wie Sie, Maisie Bean, würden Frauen die Welt regieren.»

Valerie gab ein Würgegeräusch von sich, und Maisie warf ihrer Tochter einen bösen Blick zu.

«Sie sind eine tolle Frau, Maisie.»

Maisie hatte keine Ahnung, wie sie darauf reagieren sollte. Sie verstummten, und langsam wurde ihr klar, dass er sich ebenfalls unwohl fühlte. Fred war eigentlich ein gutaussehender Mann, aber im Augenblick war ihm offenbar zu warm, und er schwitzte sichtlich. «Eine tolle Frau!», wiederholte er. Sie fragte sich, ob er so rot im Gesicht war, weil er auch einen Kater hatte, oder ob er sich das Virus eingefangen hatte, das ihre halbe Straße niedergestreckt hatte. *Bitte nies mich jetzt nicht an. Ich kann's mir nicht leisten, krank zu werden.* «Ganz schön warm hier, oder?», sagte sie.

«Eine Bullenhitze!» Fred ließ den Blick durch den Gang schießen. Er zog an seinem Bart und zupfte sich energisch an der Nase.

«Also, ich muss dann mal weiter.» Maisie verspürte das dringende Bedürfnis zu fliehen.

Er nickte lächelnd und sah dabei aus, als würde er gleich in Tränen ausbrechen. Als sie an ihm vorbeiging, fasste er sie mit beiden Händen am Arm – nicht brutal, wie Danny immer, sondern ganz sanft. Es fühlte sich warm an, behaglich und schön. Sein Gesicht war inzwischen dunkelrot geworden. «Ich würde Sie gern zum Essen einladen», platzte er heraus. Die Worte stolperten förmlich aus seinem Mund. Er senkte den Blick wieder zu Boden, ließ ihren Arm los und rieb sich das Kinn.

Maisie stand ein bisschen unter Schock. «Wie bitte?» Sie sah von Fred zu ihrer Tochter. Valerie stand vor Schreck der Mund offen.

«Wann immer Sie wollen.»

«Aha.» Maisie wusste nicht, was sie sagen sollte. In ihrem Kopf schwirrten tausend Gedanken durcheinander. *Ist das ein Witz? Warum denn ich? Quatsch, ich habe ihn falsch verstanden, oder? Ich fange langsam an zu spinnen. Was, wenn ...? Jesus, ich kann nicht! Niemals! Wobei, unter seinem Scheißbart sieht er eigentlich richtig gut aus. Aber ich habe zwei Kinder! Er weiß zu viel über uns. Trotzdem, er ist echt nett. Nein, das wäre nicht richtig. Ich habe nichts anzuziehen! Obwohl, Mas rotes Satinkleid passt mir, und das geht immer ...*

«Maisie?» Leise drang seine Stimme durch das gefühlt ewige Schweigen.

«Ja?»

«Hab ich die Chance auf eine Antwort?»

«Ja», sagte sie.

«Toll! Super!», flüsterte er heiser.

Maisie erstarrte. *Oh, Jesus! Ich meinte, ja, ich beantworte die Frage. Nicht, ja, ich gehe mit dir aus!*

«Wie wär's denn gleich heute Abend?»

«Heute?» Maisie sah ihre Tochter an, die sie immer noch mit offenem Mund und großen Augen anstarrte.

«Na los, sagen Sie schon ja!» Er bettelte zwar nicht direkt darum, aber der Tonfall in seiner Stimme machte es unmöglich, nein zu sagen.

«Äh. Gut. Ja.»

«Toll. Um sieben. Ich hol Sie ab», sagte er. «Wunderbar!»

«Okay.» Maisie sah sich selbst beim Nicken zu.

Er klatschte in die Hände und rieb sie heftig aneinander. Dann tippte er gegen die Krempe seines unsichtbaren Hutes, zwinkerte und verschwand.

Maisie fühlte sich wie angewurzelt. Sie war vollkommen verwirrt und hatte keinen Schimmer, was zum Teufel da eben passiert war – und wie sie aus der Nummer wieder rauskommen sollte.

Ihre Tochter stand mit fest verschränkten Armen vor ihr. «Das sag ich Jeremy und Grammy.»

Maisie war ein bisschen schlecht. Sie setzte sich mechanisch in Bewegung.

«Was ist mit dem Hühnchen?»

«Es gibt Pizza. Wenigstens wissen wir, wo die Scheißdinger sind.»

«Fünfzig Pence!», rief Valerie und rannte ihrer Mutter hinterher, die bereits im nächsten Gang verschwand.

Valerie

Auf dem Heimweg sagte Valerie kaum ein Wort. Sie mochte Fred, hatte ihn schon immer gemocht, aber die Vorstellung, dass er mit ihrer Ma ausging, gefiel ihr trotzdem kein bisschen.

Im Gegensatz zu Jeremy konnte sie sich kaum an die Jahre mit ihrem Vater erinnern. Damals hatte sie die Angst in sich noch nicht einordnen können: Sie war zu klein gewesen, um zu begreifen, dass ihr Vater ihre Mutter regelmäßig halbtot prügelte. Sie wachte von erstickten Schreien hinter geschlossenen Türen auf; sie kannte den Anblick von mit Make-up dürftig kaschierten blauen Flecken; sie sah ihre Mutter Blutflecken wegwischen und hörte dürftige Ausreden über abgebrochene Absätze, zurückschwingende Türen, bis hin zum lächerlichen «Aber das ist doch nur ein bisschen Ketchup!» Valerie war erst fünf gewesen, als Ma'sie damals schließlich drei Wochen lang mit schwersten Verletzungen im Krankenhaus gelegen hatte. Ihre Erinnerung an jene Zeit war neblig und verschwommen, voller Lücken und Fragen. Ihre Mutter sprach nie von früher, und auch wenn Valerie kaum etwas wusste, reichte ihr Wissen doch aus, um von sich aus keine Fragen zu stellen. Die Erinnerung an ihren Dad hatte sie tief in sich vergraben, und mit jedem Tag, der verging, driftete er ein Stückchen weiter weg. Wenn er sich doch einmal, was nur selten geschah, in ihre Gedanken schlich, dann als Erinnerung an einen charmanten und witzigen Mann – er hatte sie herumgewirbelt, hoch durch die Luft, und wenn sie dabei quietschte, hatte er gelacht –, doch hinter dieser Vision des vollkommenen Vaters lauerte die verschwommene Erinnerung an einen lauten, angsteinflößenden Mann.

Sieben lange Jahre waren vergangen, seit die Ehe ihrer Eltern geendet hatte und ihr Vater aus ihrem Leben verschwunden war. In dieser Zeit war ihre Mutter kein einziges Mal mit einem Mann ausgegangen. Von Jeremy abgesehen (und Jeremy zählte nicht), war ihr Haus männerfrei, und genau so sollte es auch bleiben. Für Valerie war Fred der Mann mit der Polizeiuniform, der ins Haus gestürmt kam und Probleme löste. Er kam, wenn alle weinten, und wenn sie aufgehört hatten zu weinen, ging er wieder weg. An eine Situation mit ihm konnte sie sich besonders gut erinnern: Sie war in seinen Armen aufgewacht, und er hatte sie zu einem Streifenwagen getragen. Sie hatte ein rosarotes, mit weißen Häschen verziertes Nachthemd getragen. Das Nachthemd roch frisch gewaschen und der Polizist nach Zigaretten und kräftigem Aftershave. Er hatte sie in eine Decke gewickelt und fest an sich gedrückt. Sie hatte

Angst gehabt, so wie wohl jedes andere Kind auch, das plötzlich aufwacht und merkt, dass es von einem schwarzbärtigen Riesen festgehalten wird. Sie hatte angefangen zu weinen. Er hatte ihr zugelächelt, mit der freien Hand ihre Tränen weggewischt, ihr gesagt, dass sie in Sicherheit sei und er sich um ihre Mama kümmern würde. «Hast du deine Mama lieb?», hatte er sie gefragt.

Sie hatte genickt.

«Weißt du», hatte er gesagt, «du musst jetzt ganz stark für sie sein, und ich verspreche dir, dass ich auf euch aufpassen werde.» Auch wenn die fünfjährige Valerie all das nicht einordnen konnte, hatte sie sich in diesem Augenblick so sicher gefühlt wie noch nie in ihrem Leben.

Ihr war also klar, dass Fred ein netter Mann war, aber auch den netten Männern durfte man nicht trauen – hatte sie ihre Ma sagen hören. Die Vorstellung, wohin dieses eine Date führen konnte, weckte stumme Panik in ihr. Ihr Herz fing an zu rasen, als sie im Geiste die Hochzeit vor sich sah: Jeremy führte Ma'sie zum Altar, alle lächelten, und sie selbst ging hinterher, in einem bescheuerten gallegelben oder kotzgrünen Kleid, mit saudummen Blumen im Haar und finsterem Gesicht. Ihre Nasenwurzel fing an zu jucken, und sie spürte, dass ihr die Tränen kamen. Valerie rieb sich mit der geschlossenen Faust über die Stelle und starrte geradeaus. Sie riss sich zusammen, obwohl in ihrer Phantasie jetzt auch noch ein Baby – es sah aus wie ein Äffchen – auf dem Arm ihrer Mutter auftauchte. *Kann meine Ma überhaupt noch Kinder kriegen?*

Sie spürte genau, dass ihre Mutter mit ihr reden wollte, aber sie hatte ihr nichts zu sagen. Sie starrte weiter geradeaus, und innerlich kochte sie vor Wut.

Auf der Heimfahrt warf Maisie ihrer Tochter immer wieder verstohlene Blicke zu.

«Und, Äffchen, freust du dich schon auf die Schule?», fragte Maisie mit einem Anflug von Verzweiflung.

«Du sollst mich nicht Äffchen nennen. Wie wär's, wenn wir das Wort mit auf die Liste für die Fluchkasse tun?»

«Nein.»

«Unfair!» Das war Valeries drittes Lieblingswort. Es kam direkt nach «Scheiß» und «Kacke».

«Okay», sagte Maisie. «Du darfst ‹Äffchen› mit auf die Liste setzen und ich ‹unfair›.»

Valerie schnaubte, aber wenigstens sah es nicht so aus, als würde sie gleich in Tränen ausbrechen. Das war auch schon was wert.

Maisie startete einen letzten Versuch, auf irgendwie sinnvolle Weise mit ihrer Tochter ins Gespräch zu kommen. «Wie wär's nächsten Samstag mit einem Mädelstag?»

Valerie warf ihrer Mutter einen zweifelnden Blick zu. «Können wir auch Zeug kaufen gehen?»

«Was denn für Zeug?»

«Meine Schultasche hat ein Loch, und meine Turnhose ist so klein geworden, dass sie an den Knien aufhört. Der Sportunterricht ist schon schlimm genug, ohne dass die Lehrerin einen fragt, warum man im Winter kurze Hosen anhat.» Valerie war nur selten etwas peinlich, und Maisie entging das verräterische Zartrosa auf den Wangen ihrer Tochter nicht.

«Geht klar.» *Was bin ich nur für eine Rabenmutter!* Schuldgefühle hatten einen festen Platz in Maisies Leben. Sie belud sich ständig mit Selbstzweifeln und Selbstvorwürfen. Als alleinerziehende Mutter lastete sämtliche Verantwortung ausschließlich auf ihren Schultern. Sie setzte sich furchtbar unter Druck, nur ja alles richtig zu machen, damit ihre Kinder nicht zu «Produkten zerrütteter Familienverhältnisse» heranwuchsen. Sie hatte genug darüber gelesen und wusste, dass die Theorie «Zerrüttete Familie = zerrüttete Kinder» breite Zustimmung erfuhr. Im Vergleich zu bürgerlichen Akademikerkindern aus wohlbehüteten Familien war die Gefahr für ihre Kinder ungleich größer, minderjährig zu Eltern oder drogensüchtig oder kriminell zu werden. Sie hätte heulen können.

«Gehen wir auch zu McDonald's?»

«Ohne McDonald's wäre es doch kein richtiger Mädelstag», sagte Maisie betont munter.

Valerie lächelte. «Na gut.»

«Schön!» *Maisie, beruhige dich!* Fred hatte sie eiskalt erwischt, und sie fühlte sich total hilflos. Ein Gefühl, das sie gut kannte, aber das machte den Umgang damit auch nicht leichter. Sie hielt sich nicht für übertrieben ängstlich. Maisie Bean machte sich nur Sorgen, wenn es auch wirklich Grund zur Sorge gab. Fred Brennan war ein attraktiver, netter, fürsorglicher Mann und hatte es definitiv nicht verdient, versetzt zu werden. *Wie schaffe ich es, ihm einen Korb zu geben, ohne ihn zu verletzen?* Fred war immer unglaublich nett zu Maisie gewesen. Er hatte sie praktisch gerettet, und sie fühlte sich ihm nach all den Jahren noch immer verpflichtet. Sie und ihre Kinder waren ihm offensichtlich immer noch wichtig. Das wollte sie auf keinen Fall kaputt machen.

Maisie fing an, die Hand auf dem Schaltknüppel rhythmisch zu öffnen und wieder zu schließen, und erntete dafür von ihrer Tochter einen misstrauischen Blick. «Ich hab einen Krampf im Arm», log sie. In Wirklichkeit machte sie die Übung, die Lynn ihr empfohlen hatte. Sie hatte zwar keine Ahnung, ob das Öffnen und Schließen der Faust wirklich funktionierte, aber ein Versuch konnte nicht schaden.

Valerie bockte noch ein bisschen vor sich hin, dann schniefte sie und rieb sich die Nase. «Wenn du denkst, dass ein Ausflug zu McDonald's heißt, ich würde mich über dein Date mit dem Bullen freuen, liegst du daneben.»

«Das habe ich keine Sekunde lang geglaubt», sagte Maisie. *In diesem Auto gibt es niemanden, der sich darüber freut, Schätzchen.*

«Und Jeremy wird austicken», sagte Valerie warnend.

«Das ist mir absolut klar.»

Als er das letzte Mal dachte, Maisie hätte ein Date, hatte ihr Cousin Matt aus Amerika unangemeldet vor der Tür gestanden. Jeremy hatte ihm die Tür vor der Nase zugeknallt und durch den Briefschlitz gebrüllt: «Sie geht nicht aus! Dafür ist sie nicht zu haben!» Dabei hatte er lediglich das wiederholt, was er seine Mutter am Telefon zu ihren wohlmeinenden Freundinnen hatte sagen hören. Er hatte den Briefschlitz zuschnappen lassen, sich umgedreht, die Küchentür hinter sich zugeknallt und den verwirrten Matt einfach vor der Tür stehen lassen.

Maisie hatte zu dem Zeitpunkt im Garten die Wäsche aufgehängt und erst von Jeremys Verhalten erfahren, als sich Matt abends noch mal bei ihr meldete. Es war ihr fürchterlich peinlich gewesen, und er hatte großes Verständnis signalisiert, aber obwohl er versprochen hatte, vor seiner Abreise noch mal anzurufen, hatte er keinen zweiten Versuch mehr unternommen.

Valerie hatte es auf den Punkt gebracht. Obwohl Matts Besuch bereits fünf Jahre zurücklag, machte Maisie sich größere Sorgen um Jeremys Reaktion auf die Vorstellung, dass sie mit einem Mann ausging, als um Valerie. Jeremy hatte grauenhafte Erinnerungen an seine Kindheit mit einem gewalttätigen Vater. An jenem Abend, als seine Mutter mit schweren Kopfverletzungen im Krankenwagen abtransportiert und seine Schwester im Nachthemd aus dem Haus getragen worden war, war auch Jeremy ins Krankenhaus gekommen. Sein Arm war gebrochen, weil sein Vater ihn quer durchs Zimmer geschleudert hatte. Er hatte es gewagt, sich vor seine Ma zu stellen, hatte seinen Vater heulend angefleht, damit aufzuhören, ihren Kopf gegen die Wand zu donnern. Jeremys Schmerzensschreie hatten seinen Vater schließlich abgelenkt und seine Mutter davor bewahrt, umgebracht zu werden. Jeremys Schreie waren Maisies letzte Rettung gewesen. Danach gab es kein Zurück mehr. Von jenem Abend an waren sie auf sich allein gestellt gewesen: Ein solches Ausmaß an Gewalt und Verrat lässt sich nicht verwinden.

Das wird Jeremy nicht gefallen. Ich kann ihm das unmöglich einfach so unter die Nase reiben. Und außerdem: Wer zum Teufel fragt eine Frau im Supermarkt, ob sie mit ihm ausgehen will? Wann habe ich mir eigentlich das letzte Mal die Beine rasiert? Besitze ich überhaupt noch einen Rasierer? Als sie in die Auffahrt abbogen, hatte Maisie Schmetterlinge im Bauch. Valerie hatte sich abgeschnallt und war aus dem Auto gesprungen und zur Tür reingerast, um nach ihrem Bruder zu rufen, noch bevor Maisie den Motor abgestellt hatte.

Sie blieb noch einen Augenblick sitzen, um sich zu sammeln, und umklammerte das Lenkrad. Dann stieg sie aus, holte die Einkaufstüten aus dem Kofferraum, knallte ihn zu und ging ins Haus.

Valerie brüllte so lange nach ihrem Bruder, bis er aus der Toilette kam.

«He, Krümel, reiß dich zusammen. Grammy schläft noch.» Er nannte sie immer noch Krümel, obwohl sie inzwischen größer war als die meisten in ihrer Klasse.

Niemand wollte, dass Bridie vor dem Mittagessen aufwachte – je später, desto besser. Wenn sie ausgeruht war, war sie zwar auch verwirrt, aber nicht so nervös. Sie ging nachts oft lange unruhig durch den kurzen Flur des Bungalows, schlurfte manchmal stundenlang über die Dielen. Sie ins Bett zu locken, wenn sie im Spaziergehmodus war, hatte keinen Sinn; sie wehrte sich mit Händen und Füßen und pochte auf ihr Recht, in ihrem eigenen Haus spazieren zu gehen. Sie flüsterte vor sich hin oder sang leise, und manchmal war sie auch ganz stumm, und die Augen waren wie hinter einem Schleier. Alle achteten penibel darauf, dass sämtliche Türen abgeschlossen waren, und Maisie hatte sogar die Fenster mit teuren Schlössern sichern lassen, damit Bridie nicht entwischen konnte. Weil sie auf diese Weise eine potenzielle Brandfalle geschaffen hatten, hatte Maisie unter jedem Bett einen großen Schraubenschlüssel deponiert, mit dem sie notfalls die Fenster einschlagen und sich ins Freie retten konnten. Außerdem war ein Schraubenschlüssel unter dem Bett ein praktisches Werkzeug, um sich gegen etwaige Einbrecher, Vergewaltiger und Psychokiller zu wehren, die zwei Frauen und zwei Kinder in einem Bungalow womöglich als leichte Beute betrachteten. Bis jetzt hatte Bridie allerdings noch nie versucht, das Haus in den frühen Morgenstunden zu verlassen, und die Schraubenschlüssel lagen unangetastet an ihrem Ort.

«Du glaubst nicht, was passiert ist!», rief Valerie ihrem Bruder zu, der seiner Mutter zwei der vier Einkaufstüten abnahm, mit denen sie beladen war.

«Und was?» Sein Tonfall verriet, dass er sich nicht sonderlich für ihre Story interessierte.

«Feuerstein hat Ma gefragt, ob sie mit ihm ausgeht!» Die Kinder nannten Officer Brennan Feuerstein, seit er sie vor zwei Jahren gebeten hatte, ihn nicht Officer Brennan, sondern Fred zu nennen. Böser Fehler.

«Nenn ihn nicht Feuerstein!», sagte Maisie auf dem Weg in die Küche.

«Na klar!» Jeremy lachte. Er folgte seiner Mutter, und Valerie war ihm dicht auf den Fersen.

«Doch! Ich schwör's!»

«Willst du mich verarschen?»

Valerie schüttelte den Kopf und verschränkte die Arme vor der Brust. Jeremys Blick wanderte von seiner Schwester zu seiner Mutter. «Im Ernst?»

Maisie seufzte. Sie hatte im Auto eine Entscheidung getroffen. Wenn sie Fred wirklich enttäuschen musste, dann musste sie es sanft tun, während des Abendessens. Das war unter diesen Umständen das Mindeste. *Außerdem kommt er sicher währenddessen selbst zur Vernunft und merkt, dass ich nicht die Richtige für ihn bin.*

«Wir gehen nur essen», sagte Maisie. *Ich kann nicht fassen, dass ich das sage!*

«Und was trinken. Zum Essen gehört immer was zu trinken!», sagte Valerie.

Jeremy setzte sich auf den Hocker, als hätte er plötzlich nicht mehr genug Kraft in den Beinen, um sich aufrecht zu halten. «Jesus, Ma! Das tust du doch nicht wirklich, oder?»

«Doch.»

«Aber warum denn?»

Weil ich den Mann unmöglich versetzen kann, Sohn. Maisie hätte wahrscheinlich auch ja gesagt, wenn Fred sie nicht eiskalt erwischt hätte. Fred war all die Jahre immer unglaublich nett zu ihr gewesen. Er hatte für sie und ihre Kinder immer viel mehr getan, als er hätte tun müssen. Er war ihr ein Freund gewesen, als sie dringend einen Freund brauchte. Sie konnte unmöglich nein zu einem Mann sagen, dem es nicht im Traum einfallen würde, ihr etwas abzuschlagen. Auch wenn ihr in diesem Augenblick klar wurde, dass ihre Unfähigkeit, nein zu sagen, dazu geführt hatte, dass sie schwanger wurde und geheiratet hatte. Und wohin das wiederum geführt hatte, sah man ja.

«Ma! Antworte mir.»

«Wir gehen essen, Jeremy, weiter nichts.»

«Und auf einen Drink», wiederholte Valerie.

«Und warum auch nicht!», hörte Maisie sich sagen. *Sag mal, Alte, bist du völlig irre geworden?*

«Warum auch nicht?», wiederholte Jeremy, als könnte er es nicht fassen. *«Warum auch nicht?»* Er schüttelte den Kopf. «Du weißt, warum.» Seine Stimme war völlig tonlos.

«Er ist nicht dein Vater, Jeremy. Er ist ein netter Mensch.»

«Das kannst du nicht wissen!», sagte er scharf, aber in seinen Worten schwang mehr Angst als Aggression mit.

«Doch.»

«Nein. Kannst du nicht. Nicht wirklich! Du dachtest ja auch mal, dass mein Vater ein netter Mensch wäre, und dann ist es passiert.»

Maisie widersprach ihm nicht. Die wahre Geschichte über das Zustandekommen ihrer Ehe hätte Jeremy das Herz gebrochen.

Danny Fox hatte sie eines Abends gefragt, ob sie mit ihm ausgehen würde, und weil sie nicht unhöflich sein wollte, hatte sie eingewilligt – auch wenn sie eigentlich keine große Lust darauf gehabt hatte. Ehrlich gesagt, war er trotz seines guten Aussehens nicht ihr Typ gewesen. Er war eitel und angeberisch, obwohl es eigentlich nichts zum Angeben gab. Ja zu sagen war leichter gewesen, als nein zu sagen, und schließlich war ja auch nichts dabei. Am Ende des Abends hatte er sie geküsst, und der Kuss war okay gewesen, vielleicht ein bisschen zu heftig, aber sie hatte schon schlechtere Küsse erlebt. Doch als sie sich dann von ihm losmachen wollte, hatte er sie plötzlich gepackt. Maisie hielt noch eine halbe Tüte Pommes in der Hand, als Danny Fox sie brutal gegen die Mauer drückte. Es dauerte ein oder zwei Minuten, bis ihr klar wurde, dass sie Sex hatten. Sie hatte versucht, ihn wegzuschieben, aber er hatte sie nur noch fester gegen die Mauer gepresst und, als er kam, ein-, zwei-, dreimal richtig heftig zugestoßen. Ihr hatte sich der Magen umgedreht.

«Das war super! Ich wusste es!», hatte er hinterher gesagt, dabei gegrinst und sich eine Pommes aus ihrer Tüte geschnappt.

Maisie war wie betäubt gewesen. Ihr Kopf hatte weh getan, und ihr Höschen war nass und klebrig gewesen. Als sie sich an den Hinterkopf fasste und Danny das Blut an ihren Fingern sah, hatte er wissen wollen, was passiert war.

«Du hast mir den Kopf gegen die Mauer geknallt», hatte sie unter Schock geantwortet. Tränen brannten ihr in den Augen, und der Brustkorb tat ihr so weh, als würde er jeden Moment zerspringen. *Was ist denn passiert? Wir haben uns doch nur geküsst, und dann … und dann …* Maisie war schockiert und wütend gewesen. Sie wollte ihm die Pommes ins Gesicht schleudern, ihn vors Schienbein treten und davonrennen, und er? Hatte sie angelächelt und ihre Hand gehalten!

«Au weia», hatte er gesagt und ihren Kopf untersucht. Es schien ihm aufrichtig leidzutun. «Ich glaub, ich hab ein bisschen die Kontrolle verloren.» Er hielt auf dem Nachhauseweg die ganze Zeit ihre Hand und sagte ihr, wie schön sie war. Maisie war kotzübel gewesen. Sie hatte sich unwohl in ihrer Haut gefühlt und sich gefragt, was sie falsch gemacht hatte. Sie hatte Angst, dass ihr Kleid zu kurz war, aber sie wusste, dass das nicht stimmte. Sie versuchte, sich zu erinnern, wo genau auf ihm ihre Hände gewesen waren, als er sie küsste. Hatte sie den Kuss zu heftig erwidert oder ihm irgendein anderes Signal gegeben? Sie kapierte es einfach nicht und beschloss, die ganze Sache zu vergessen. Über verschüttete Milch zu heulen hatte überhaupt keinen Sinn. Sie würde in Zukunft eben vorsichtiger sein. Sie würde aus ihren Fehlern lernen.

Erst zehn Jahre später, als Maisie einen Artikel in der Zeitung las, begriff sie, dass sie ein Date-Rape-Opfer war. Als Danny Fox damals am nächsten Tag mit einer Schachtel Pralinen vor der Tür stand und sich ihrer Mutter als Maisies neuer Freund vorstellte, schlug sie ihm weder die Tür vor der Nase zu, noch rief sie die Polizei. Sie hatte Angst, er würde schlecht über sie reden, falls sie ihn abblitzen ließ. *Ich gebe ihm einen Monat, mache Schluss, und alles ist gut. Es gibt nichts Schlimmeres als den Ruf, ein Flittchen zu sein.* Ein Monat verging, und Maisie versuchte währenddessen zu vermeiden, mit ihm allein zu sein, schob ihre Mutter und ihre Freundinnen als Ausreden vor, um sich nicht mit ihm treffen zu müssen. Falls er den Verdacht hegte, dass sie es vermied, mit ihm intim zu werden, so ließ er sich nichts anmerken. Er benahm sich beinahe wie ein Gentleman, jedenfalls relativ betrachtet. Er hielt ihr zwar nicht die Türen auf und rückte ihr keine Stühle zurecht, aber er steckte auch nicht seinen Pimmel in sie rein, wenn sie gerade nicht aufpasste.

Am vierten Sonntag wollte sie Schluss machen: Ein Monat erschien ihr als angemessener Zeitraum. Sie hatte sich alles ganz genau überlegt, doch dann hatte er sie am Freitag angerufen und ihr aufgeregt erzählt, dass er für eine Woche verreiste.

«Es ist total super!», sagte er am Telefon zu ihr. «Der Bruder von meinem Dad hatte einen Herzinfarkt, und jetzt ist auf der Golfreise ein Platz frei geworden.»

«Oh! Und wann fährst du?» Maisie war das Herz in die Hose gerutscht.

«Sonntagvormittag.»

Ach, Scheiße!

Ihr war nichts anderes übriggeblieben, als zu warten, bis er wiederkam. Zu dem Zeitpunkt wären sie dann fast sechs Wochen zusammen, was auch noch eine völlig akzeptable Zeitspanne war, um Schluss zu machen. Doch als er wieder nach Hause kam, war alles anders geworden. Es gab kein Entrinnen mehr.

Keine Mutter möchte ihrem Kind erklären müssen, dass sein Vater an dem Abend, als sie sich kennenlernten, ohne zu fragen in sie eingedrungen war, ihr den Kopf so fest gegen eine Mauer gestoßen hatte, dass sie genäht werden musste, und sie geschwängert hatte, ehe ihre Pommes kalt geworden waren. Bis heute vermied Maisie das Wort Vergewaltigung, wenn sie an den Vorfall dachte. Noch nicht einmal sich selbst gegenüber sprach sie es je aus. Sie konnte die Wahrheit nicht ertragen. Sie hatte Jeremy immer in dem Glauben gelassen, dass sein Vater am Anfang nett gewesen war. Doch in Wirklichkeit hatte Maisie Bean Danny Fox niemals ertragen. Was Männer betraf, hatte Maisie so gut wie keine Erfahrung. Aber selbst ihr war klar, dass der freundliche Riese Fred Brennan ein völlig anderer Typ Mann war als ihr gewalttätiger Ex-Ehemann.

Sie wusste auch, dass Jeremy darauf wartete, dass sie ihm sagte, sie würde Fred Brennan einen Korb geben, doch je länger Jeremy sie ansah, desto klarer wurde ihr Entschluss. *Fred ist ein netter Mann, ein guter Mensch. Er ist nicht Danny. Außerdem ist es nur eine Einladung zum Abendessen, und ich bin eine erwachsene Frau, Himmel noch mal!* Plötzlich löste sich der Knoten in ihrem Magen. Maisie musterte ihre beiden Kinder.

«Ich werde heute Abend mit Fred Brennan ausgehen. Es wird nichts passieren. Möglich, dass ich mich sogar dabei amüsiere. Ende der Diskussion.» Sie beobachtete Jeremys Reaktion. Er reckte den Hals und strich sich mit der rechten Hand über den linken Arm. Ein sicheres Zeichen dafür, dass er gestresst war. Früher, als Bridie noch fit genug im Kopf gewesen war, um diese Macke ihres Enkels zu registrieren, sagte sie immer, es würde aussehen, als wollte er sich den Arm abreißen.

«Aha. Ich gehe laufen», sagte er schließlich und polterte zur Tür.

«Was?» Valerie boxte ihrem Bruder gegen den Arm, als er an ihr vorbeikam. «Mehr hast du nicht dazu zu sagen?»

«Jesus, Krümel, was willst du eigentlich von mir?», fragte er und warf die Hände in die Luft. Dann drehte er sich um, ging zur Haustür hinaus, knallte sie hinter sich zu und überließ Valerie und Maisie sich selbst.

«Feuerstein ist ein Wichser», murmelte Valerie.

«Kann sein, dass es dir nicht gefällt, dass ich mit Fred ausgehe, aber eins schwöre ich dir, Valerie Bean: Wenn ich noch einmal höre, dass du diesen Mann beschimpfst, kannst du deine Koffer packen!» Maisie konnte ihr Temperament nicht länger zügeln. Sie erschrak über sich selbst. Es war das erste Mal, dass sie damit drohte, eines ihrer Kinder aus dem Haus zu werfen. Sofort kamen die Schuldgefühle. Sie wandte sich von ihrer schockierten Tochter ab und fing an, die Einkäufe wegzuräumen.

«Ich bin erst zwölf!», murmelte Valerie und ging zur Tür.

«Tja. Ich will kein Wort mehr von dir hören, Fräulein!», sagte Maisie, doch ihr brannten Tränen in den Augen. *Das war zu heftig. Bitte verzeih mir, Liebes!* Zu Jeremy hätte sie so was niemals gesagt. Valerie besaß das Talent, Maisies schlimmste Seite zum Vorschein zu bringen. *Ich bringe ihr später eine Tasse Heiße Schokolade. Und zwei Marshmallows. Und ganz viel Liebe.* Maisie riss sich zusammen, warf einen Blick auf die Uhr und erhaschte in der Fensterscheibe ihr Spiegelbild. In fünf Stunden war sie verabredet, und ihre Haare waren eine einzige Katastrophe. Wenn sie die Stirn runzelte, stießen ihre Augenbrauen in der Mitte zusammen, und auf ihrer linken Wange prallte ein kleiner, knallroter Pickel. *Ich sehe aus wie Seven Shades of Scheiße.* Machte sie einen riesengroßen Fehler?

Eine Stunde später stand Maisie vor dem Wasserkocher. Sie hatte ihn bereits zum dritten Mal angestellt. Jedes Mal war sie weggelaufen, um das Geschirr zu spülen oder die Schränke zu putzen oder den Boden zu wischen. Jedes Mal hatte sie wieder vergessen, sich die Tasse Tee zu kochen, die sie so dringend gebraucht hätte. Sie haderte mit sich, weil sie so heftig auf Valeries Ausbruch reagiert hatte, und hatte einen Horror davor, mit einem wunderbaren Mann zu Abend zu essen, nur um ihm einen Korb zu geben, als plötzlich Jeremy hinter ihr stand.

«Ma?»

«Ja, Sohn?» Sie drehte sich in dem Augenblick zu ihm um, als das Wasser zu kochen begann.

«Geh ruhig mit ihm aus. Alles wird gut.»

«Glaubst du?» Er hatte sie erschreckt.

«Ich weiß es.»

Jeremy würde ihr keine Steine in den Weg legen. Diese Erkenntnis machte sie glücklich und traurig zugleich. «Wann bist du so erwachsen geworden?»

Er lächelte sie an. «Das hat sich einfach so angeschlichen, Ma.»

Als er aus der Küche ging, spürte sie, wie ein winziger Pfeil sich schmerzhaft in ihr Herz bohrte.

ZWEITES KAPITEL

«Sunday, Sunday»
Blur, 1993

Maisie

Bridie verbrachte den Nachmittag bei *Blockbusters* vor dem Fernseher. Sie liebte alle Ratesendungen, aber *Blockbusters* war ihre «allerliebste Lieblingssendung». Als Maisie ihre Mutter fragte, ob sie irgendetwas wollte, überlegte Bridie kurz und sagte dann: «Ich nehme bitte ein T, Bob. Aber mit zwei Stück Zucker.» Sie lachten. Das Schläfchen hatte ihr gutgetan.

Maisie legte ihrer Mutter sanft die Hand auf den Kopf. «Ein T mit zwei Z. Kommt sofort.»

«Ja, genau.» Bridie kicherte. «Ein T mit zwei Z.»

Jeremy war mit seinen Freunden zum Fußballspielen gegangen, und Valerie saß schmollend in ihrem Zimmer und hörte Musik. Es regnete, und auf dem Weg in die Küche lamentierte Maisie laut darüber, dass ihr Sohn keine Jacke mitgenommen hatte.

«Er ist ein großer Junge», sagte Bridie.

«Weiß ich, Ma, aber er ist ein großer Junge, der an Lungenentzündung stirbt, wenn er mitten in einem Scheißorkan im Trainingsanzug rumspringt.» Sie hörte ihre Mutter mit dem Fernseher sprechen.

«Hör mal, wenn du nicht mal weißt, dass zu einem Lammbraten Minzsoße gehört, hast du in der Sendung nichts verloren.»

Bridie hatte die Folge schon mindestens fünfundzwanzigmal gesehen. Die Show war nach elf Staffeln eingestellt worden, und sie hatten lediglich zwanzig Sendungen auf VHS, die Bridie immer wieder ansah. Maisie drückte den Teebeutel aus. Ihre Mutter mochte ihren Tee gern stark. Sie prüfte die Farbe. Noch nicht dunkel genug. Sie schwenkte den Beutel noch ein bisschen in der Tasse herum und drückte ihn ein zweites Mal aus.

Es hatte Zeiten gegeben, da hätte sie ihre Mutter eingeweiht, ihr von der Verabredung erzählt – sie vielleicht sogar ein klitzekleines bisschen an der Aufregung teilhaben lassen, die sich klammheimlich in ihr breitmachte, sämtlicher Vorbehalte und ihrer Entschlossenheit zum Trotz, der Sache ein Ende zu bereiten, ehe sie richtig angefangen hatte. Sie fragte sich, was ihre Ma dazu sagen würde, wenn sie noch könnte. Bridie hatte Fred immer gemocht. Sie hatte ihn als guten Menschen bezeichnet. Sie hatte immer ein Lächeln für ihn übrig, und er hatte ihr Haus nie ohne ein Stück Kuchen verlassen. «So ein Mann sollte nicht alleine sein», hatte Bridie einmal gesagt, sich aber nicht weiter dazu ausgelassen. Sie selbst hatte nie Interesse gezeigt, einen Ersatz für Arthur zu finden, obwohl sie gerade mal fünfunddreißig gewesen war, als ihr Mann zu Hause im Bett an einem schweren Herzinfarkt starb.

In den ersten Jahren nach der Trennung von Danny war Maisie so wund und verängstigt gewesen, dass schon der Gedanke an einen anderen Mann unerträglich gewesen war, und als die Wunden dann allmählich heilten, fing Bridie an, den Verstand zu verlieren. Innerhalb kürzester Zeit wurde Maisies stärkste Stütze zu ihrer größten Last. Maisie bemühte sich nach Kräften, die Dinge zusammenzuhalten, aber manchmal kostete es sie fast übermenschliche Kräfte, den Kopf über Wasser zu halten. Die meiste Zeit war sie erschöpft, und sie hatte grundsätzlich das Gefühl, mindestens ein Mitglied ihrer Familie zu vernachlässigen. Der ständige Kampf, ihr Unvermögen zu kompensieren, rieb sie auf. Sie hasste ihre ständigen Selbstzweifel und hatte versucht, damit aufzuhören, aber das war, als würde man einer Biene befehlen, mit dem Summen aufzuhören. Unmöglich. Die Samen zum Selbstzweifel hatte nicht nur Danny in ihr gesät, das hatte sie selbst sich angetan. Ihre Mutter pflegte immer zu sagen: «Maisie Bean, du bist dir selbst der ärgste Feind. Niemand ist vollkommen. Gib dein Bestes, mehr kannst du nicht tun, und das ist gut genug.»

Aber oft stimmte das eben nicht. Es war nicht gut genug, dass ihre Tochter in Trainingshosen rumlief, die so kurz geworden waren, dass sie wie Kniebundhosen aussahen, oder dass sie fluchte wie ein Seemann, weil sie von zu Hause nichts anderes kannte. Es war nicht gut genug, dass sie Jeremy bei stürmischem Winterregen ohne Jacke aus dem Haus ließ, und es war ganz bestimmt nicht gut genug, dass sie nicht wusste, woher sie das Geld für den Arzt nehmen sollte, falls er tatsächlich krank wurde. Und das, obwohl sie ihrer Tochter gerade mal eine Woche nachdem sie sich von Lynn Geld geliehen hatte, um sie alle über die Feiertage zu bringen, einen Shopping-Trip inklusive McDonald's versprochen hatte. Sie hatte keine Ahnung, wie sie die Schulden zurückzahlen sollte. *Das dauert mindestens bis Februar.* Jedes Mal, wenn sie ihre Mutter anbrüllte oder die Geduld mit ihr verlor, bekam sie hinterher ein schlechtes Gewissen, und jeder einzelne blaue Fleck, den ihre Mutter sich holte, weil sie sich gegen Maisie wehrte oder sich wieder mal gegen die Wand warf, war ganz allein ihre Schuld. Sie sah, wie es zwischen Lynn und ihrer Mutter lief; bei Lynn wurde Bridie nie handgreiflich, zumindest nicht mit derselben Aggressivität. Lynn strahlte Autorität aus, mit ihr legte sich niemand an. Mit Maisie legten sich alle an.

Während sie den Teebeutel ausdrückte, fuhren die Gefühle in ihr Karussell. Sie sprangen zwischen wilden Befürchtungen *(O Gott, worauf habe ich mich nur eingelassen?)*, Aufregung *(Ich mag ihn. Ich habe ihn schon immer gemocht)*, Schuldgefühlen *(Ein Date? Was denke ich mir eigentlich dabei?)* und erneuten Befürchtungen *(O Gott, wie sage ich ihm am besten, dass das mit uns nichts wird?)* hin und her. Sie gab einen Tropfen Milch in die Tasse, verrührte zwei Stück Zucker und brachte ihrer Mutter den Tee und einen Teller mit Keksen ins Wohnzimmer. «So, Ma, bitte sehr. Genau, wie du ihn magst, schön stark.»

Bridie nickte lächelnd. Maisie setzte sich still neben sie, aber ihr platzte vor Fragen fast der Kopf. *Ach, Ma.* Bridie nippte an ihrem Tee. *Wenn du noch geradeaus denken könntest, Ma, was würdest du dazu sagen? Ich wünschte, ich wüsste es. Ich wünschte, du könntest mir sagen, was ich machen soll.*

Bridie ging gegen neunzehn Uhr ins Bett, und es dauerte normalerweise bis nach Mitternacht, ehe sie den Flur unsicher machte. Spätestens um elf wollte Maisie zurück sein. Bridie brauchte nichts von ihrem Date mit Fred Brennan zu erfahren. Sie würde sich nur aufregen und es dann sowieso wieder vergessen. Maisie und Bridie hatten noch nie über Männer geredet. Das Thema war ihrer Mutter einfach unangenehm.

Damals, 1977, fünf Wochen nach jenem verhängnisvollen Date mit Danny, hatte Maisie plötzlich angefangen, ständig über Übelkeit zu klagen, und Bridie, die ihren Ehemann auf so tragische Weise verloren hatte, ging bei ihrer Tochter kein Risiko ein und marschierte mit Maisie zum Arzt. Obwohl Maisie zu dem Zeitpunkt bereits volljährig war, kam niemand auf die Idee, dass Bridie während der Untersuchung vor der Tür warten sollte – schließlich war Dr. Brown bereits Bridies Arzt gewesen, bevor Maisie zur Welt gekommen war. Als er endlich kapierte, dass die völlig ahnungslose Maisie schwanger war, war es zu spät, Bridie noch vor die Tür zu bitten.

Bridie hatte einen Stuhl, ein Glas Wasser und ein Aspirin zur Blutverdünnung gebraucht, um einen Schlaganfall abzuwenden. Aus dem Mittelpunkt des Geschehens gedrängt, hatte Maisie allein dagestanden, ohne einen klaren Gedanken und mit dem dringenden Bedürfnis, sich auf Dr. Browns blassgrüne Auslegeware zu übergeben. Nach dem «Zwischenfall bei Dr. Brown», wie die Sache später immer genannt wurde, wurde weniger beschlossen als vielmehr erwartet, dass Maisie Danny Fox heiratete; vor allem, nachdem Bridie mit Pater Benton gesprochen hatte. Er hatte ihr unmissverständlich klargemacht, dass weder sie noch Maisie weiter in seiner Kirche willkommen wären, falls die Angelegenheit nicht in seinem Sinne erledigt würde. Es gab zwei Möglichkeiten. Entweder Maisie heiratete Danny und zog das Kind groß, oder sie ging zu den Nonnen und gab das Kind auf. So einfach.

In den Jahren, die folgten, hatte ihre Mutter genau wie der Rest des Landes ein bisschen was dazugelernt, und der Einfluss der katholischen Kirche auf das Sexual- und Familienleben der Iren ging allmählich zurück. Seither hatte Bridie sich unzählige Male bei ihrer Tochter für den «großen Fehler» entschuldigt, zum ersten Mal direkt nach Maisies Schädeloperation – Dannys letzte Gewaltattacke hatte zu schweren Verletzungen inklusive einer Hirnquetschung geführt. Als Maisie nach der OP die Augen aufschlug, saß Bridie an ihrem Bett, hielt ihre Hand und lächelte sie durch ihre Tränen an. «Da bist du ja. Weißt du, wer ich bin? Ich bin deine Mama», hatte sie laut und deutlich gesagt.

Maisie wusste zwar, wer ihre Mama war, konnte aber nicht antworten, weil ihr Kiefer verdrahtet war.

«Ich hab dich so lieb, Maisie! Es tut mir leid, dass ich dich gezwungen habe, diesen Mann zu heiraten. Du kommst mit den Kindern zu mir. Wenn Gott wirklich so gemein ist, uns zur Hölle zu jagen, dann gehen wir zusammen, Liebchen, du und ich und eine Buddel voll Rum.»

Und so fand Maisie schließlich den notwendigen Mut, die Kraft und die Unterstützung, die sie brauchte, um ihren Mann zu verlassen. Die Kinder trugen ursprünglich den Namen Bean-Fox, weil Maisie darauf bestanden hatte, ihren Namen zu behalten und Danny mit dem Doppelnamen einverstanden gewesen war: Er war ein schreckliches Großmaul und dachte tatsächlich, Bean-Fox klänge nach Upper Class. Das machte die Dinge nach der Trennung natürlich leichter. Maisie legte den Namen Fox ab, so schnell es ging, und sie taten, als hätte Danny nie existiert, zumindest Maisie und Jeremy. Zwei wunderbare Jahre lang war Bridie Maisies Gefährtin und Freundin gewesen. Sie waren glücklich, und als die Kinder sich erst an die neue Situation gewöhnt hatten, fühlten sie sich zum ersten Mal in ihrem Leben sicher. Maisie arbeitete in ihren zwei Jobs, und Bridie half ihr mit den Kindern. Alles war gut, bis Bridie dann anfing, den Verstand zu verlieren und Maisie ihren Fels in der Brandung. Sie spürte Tag für Tag, wie ihre Mutter ihr entglitt, langsam, Schritt für Schritt und Stück für Stück …

«O Gott, Ma, ich vermiss dich so!», sagte sie. Es war ihr einfach so rausgerutscht, und sie schlug sich erschrocken die Hand vor den Mund.

Bridie sah ihre Tochter mit wässrigen Augen an, und Maisie blieb fast das Herz stehen. «Ich nehme bitte ein T, Bob.» Bridie hob die Tasse. «Ein Tee und ein …» Sie nahm sich einen Keks vom Teller, starrte ihn an und tauchte ihn schließlich in den Tee, als hätte Maisie nichts gesagt.

«Entschuldige, Ma. Akuter Anfall von Selbstmitleid. Völlig bescheuert. Keine Angst, alles wird gut. Ich hab dich lieb. Mach dir bitte keine Sorgen.» Maisie hielt ihrer Mutter die Hand hin, doch Bridie griff nicht danach. Sie war nur noch ein menschliches Häuflein in einem Sessel, die Augen starr auf den Bildschirm gerichtet, undurchschaubar und unerreichbar. Mit wehem Herzen stand Maisie auf, setzte sich aufs Fensterbrett und sah hinaus in den Regen. Ihre Gedanken wandten sich schnell drängenderen Fragen zu. *Die Haare hochgesteckt, keine Föhnfrisur, nicht bei dem Regen. Ich habe doch irgendwo noch einen Lippenstift. Die schwarze Hose mit den weiten Beinen* – sie wurde aus ihren Gedanken gerissen, weil Bridie plötzlich vergessen hatte, dass sie eine Tasse in der Hand hielt, die Tasse losließ und sich völlig nass machte. Sie schrie auf, und Maisie sprang von der Fensterbank.

«Oh nein! Warum veranstalte ich nur immer so eine Sauerei!» Bridie war außer sich – sie hasste Unordnung.

«Nichts passiert, Ma. Das kriegen wir wieder hin.»

«Ich habe meinen Tee nicht getrunken.» Bridie brach in Tränen aus.

«Ich koche dir einen frischen.»

«Ich bin von oben bis unten nass! Ich bin völlig eingesaut! So sieh mich doch an!» Sie zerrte an den nassen Anziehsachen und zeigte auf die durchweichten Kekskrümel auf der eben noch makellosen Strickjacke.

«Okay, Ma. Beruhige dich. Ich bringe dich in die Badewanne.»

Bridie mochte die Badewanne und wurde ein bisschen ruhiger. «Ich Dummerchen!» Sie gab sich selbst einen Klaps auf die Hand.

«Du Dummerchen!» Maisie schenkte ihr ein strahlendes Lächeln, um ihr zu zeigen, dass alles gut und niemand in Schwierigkeiten war.

Bridie packte die Hand ihrer Tochter und sah ihr tief in die Augen. «Es tut mir leid, Liebchen.»

Sie hat mich doch gehört! Maisies Augen brannten. «Dir muss nichts leidtun, Ma. Niemals!» Sie führte die Hand ihrer Mutter an die Lippen und küsste sie.

Bridie nickte, drehte sich zum Fenster um und sah hinaus in den Regen. «Wo ist mein Arthur, Maisie? Bei diesem Wetter wird er doch ganz nass.» Sie ließ ihre Tochter los und wrang die Hände in ihrem durchnässten Schoß. «Komm Liebster, komm nach Hause.»

Bridie

Bridie hörte sich selbst summen, aber sie wusste nicht, welches Lied. Es hätte was aus dem Radio sein können oder etwas Ausgedachtes. Sie wusste es nicht. Ihr war so nass zumute. Sie lag in einer Badewanne. Das Wasser prickelte auf ihrer Haut. Sie spürte fremde Hände auf sich. Sie war nackt. *Was soll das? Was ist hier los?* Sie versuchte, sich zu bedecken. Sie sah eine fremde Frau vor sich, die ihr mit einem Waschlappen über die nackte Haut rubbelte. Sie wollte etwas sagen. Die Worte lagen ihr auf der Zungenspitze. Es gelang ihr nicht, einen Satz daraus zu formen, also schlug sie um sich. Sie schlug die fremde Frau, aber die war zu stark für sie. Sie drosch ins Wasser und stieß sich an der harten Badewanne den Arm.

Die Fremde versuchte, sie zu beruhigen. «Komm schon, Ma, sei nicht so. Bitte.» Bridie starrte die Frau an, die einfach «Ma» zu ihr sagte. *Was fällt dir ein, du Kuh? Ich kenn dich nicht. Warum bin ich hier? Was machst du mit mir?*

«Jetzt beruhige dich wieder, Ma.»

«Schluss, Schluss, Schluss!» Endlich hatte sie ein Wort gefunden. Sie entdeckte die Shampoo-Flasche. Timotei, stand darauf. Sie packte die Flasche und spritzte der fremden Frau das Zeug ins Auge. «So! Da hast du!» Die Fremde ließ sie los.

«Jesus Christus, Ma! Meine Augen!»

Bridie schlug die Arme um sich. «Geh …» *Wie hieß das Wort?* «Geh …» *Was? Wohin denn gehen? Geh weg! Genau.* «Geh weg!»

«Wir sind in einer Minute fertig.»

«Bitte, lass mich los!», flehte sie die Fremde an. In dem Augenblick bemerkte Bridie ihre Hände. Wie faltig sie waren! Die Hände sahen aus, als würden sie zu jemand anderem gehören. *Ich träume. Das ist ein ganz schlimmer Traum. Wach auch, wach auf, wach auf … Wie heiße ich? Wer soll aufwachen? Wach auf … wer denn?* «Was ist los? Was ist hier los?» Sie schlug sich die Hände vors Gesicht und fing an zu weinen.

Die Frau bekam offensichtlich Mitleid mit ihr. «So, schon fertig, jetzt bist du wieder so gut wie neu. Du hattest ein kleines Missgeschick, aber jetzt ist alles wieder gut. Alles wieder in bester Ordnung.»

Bridie nahm die Hände vom Gesicht und starrte die Frau an, die vor ihr stand. Sie sah furchtbar aus. Als wäre sie im Krieg gewesen. Sie war klatschnass und hatte einen grellen roten Fleck am linken Arm. *War ich das?* Plötzlich kam die Frau ihr bekannt vor. Sie versuchte, zu lächeln, aber Bridie merkte genau, dass das Lächeln nicht echt war.

«Willst du jetzt raus, Ma?»

Wenn sie doch bloß aufhören würde, mich Ma zu nennen!

Bridie spürte das weiche Bettlaken unter ihrem Körper. Sie hatte ihren Morgenmantel an. Sie sah zu ihrer Tochter auf, die ihr die Haare bürstete.

«Maisie? Ich liebe meinen Morgenmantel.»

«Das weiß ich doch, Ma.»

«Den und …» Sie dachte einen Augenblick nach. Sie hatte das Bild eines Rollkragenpullovers vor Augen, aber ihr fiel das passende Wort nicht ein. Sie legte sich die Hand an den Hals. «Den und …»

«Deinen Pyjama?», fragte Maisie.

«Nein!», sagte sie, die Hände immer noch am Hals. «Den und …»

«Oh, das Schmetterlingsnachthemd?»

«Nein! Nein! Nein!» Sie war frustriert. Sie hatte das Bild so deutlich vor Augen. «Das Ding, das bis zum Hals raufgeht.»

«Einen Rollkragen?»

«Genau! Ich liebe Rollkragen. Aber nicht am Nachthemd. Das geht gar nicht.»

Maisie lächelte, und Bridie lächelte zurück. «Dein Daddy hat Rollkrägen an mir geliebt!» Sie schlug sich auf den Schenkel und fing an zu lachen.

Valerie saß am Küchentisch und zeichnete einen Adler, als Jeremy hereinkam. Er war klitschnass. «Ma flippt aus, wenn sie dich so sieht», sagte sie, ohne den Blick von ihrer Zeichnung zu heben.

Er platschte durch die Küche und holte sich den Milchkarton aus dem Kühlschrank. «Mir geht's super!», sagte er. «Regen hat noch keinen umgebracht.»

«Da bin ich mir nicht so sicher», antwortete Valerie.

Jeremy ging seit einem Jahr gewissenhaft ins Fitnessstudio, und Valerie konnte sehen, wie sehr er sich verändert hatte. Er wuchs quasi in sich hinein. Der spindeldürre Junge von früher war verschwunden. Ihr Bruder wurde ein Mann. Sie dagegen war immer noch ein spindeldürres Kind. Sie fragte sich, ob sie jemals Kurven kriegen würde.

«Was glotzt du denn so?»

«Nichts.» Valerie überlegte kurz, ob sie, wenn sie alt genug war, eines Tages auch ins Fitnessstudio gehen sollte, aber dann müsste sie trainieren, und Valerie hasste alles, was mit übertriebener Bewegung, Schweiß und Muskelkater zu tun hatte. *Das Leben ist auch so schon anstrengend genug.* Jeremy verließ die Küche, und sie streckte die dünnen Arme und betrachtete in der Tür der Mikrowelle ihr Spiegelbild. Sie dachte oft an den Tag, wenn Jeremy von zu Hause ausziehen würde. Er hatte nur noch zwei Jahre Schule vor sich. Sie konnte sich weder das Haus noch ein Leben ohne ihren Bruder vorstellen. Er war der Puffer zwischen ihr und ihrer Mutter. Er war derjenige, der wusste, wie man mit Bridie umgehen musste, und von seiner Herrschsucht abgesehen, war es echt schön mit ihm. Sie hoffte, dass er an die Uni ging und studierte. Dann würde er weiter zu Hause wohnen müssen, und dann zog sie ja vielleicht als Erste aus. Valerie würde es im Leben nicht allein mit ihrer Mutter und ihrer Großmutter aushalten. Sie faltete das Blatt mit ihrer Zeichnung zu einem Papierflieger, öffnete das Küchenfenster, stieß den Flieger hoch in die Luft und sah zu, wie er über die Straße segelte und auf dem Autodach der Nachbarn landete.

Jeremy war mit Abendessen machen dran: Heute gab es Omelett mit Bratkartoffeln. Maisie arbeitete abends oft lang – die Zahnarztpraxis bot montags bis donnerstags verlängerte Öffnungszeiten an, damit der Chef freitags freimachen und zum Golfen gehen konnte. Nachdem Bridie innerhalb eines Monats zweimal fast das Haus abgefackelt hätte, hatte Maisie ihr und Jeremy ein ganzes Wochenende lang beigebracht, wie man Omelett, Spaghetti bolognese, Hähnchenpfanne und Fischauflauf macht. Das war zwar eine ziemlich eingeschränkte Speisekarte, aber die Techniken, die sie gelernt hatten, um Spaghetti bolognese und Fischauflauf zu machen, ließen sich ganz einfach auch auf Shepherd's Pie und Hackfleischauflauf ausweiten. Außerdem variierten sie die Omelettfüllungen. Valerie hatte Schinken und Pilze am liebsten, und Jeremy stand eher auf Spinat und Käse.

Als er zurück in die Küche kam, fragte sie ihn nach der Füllung.

«Spinat und Käse.»

«Nein! Manno, Jeremy!»

«Ich bin heute mit Kochen dran.»

«Aber ich kann Spinat und Käse nicht ausstehen.» Valerie zog die Besteckschublade auf und holte Messer und Gabeln raus.

«Jedenfalls besser als Schinken und Gammelpilze.»

«Geschmacksfrage, Flachwichser.»

Grinsend forderte er sie auf, erwachsen zu werden.

«Ma hat gedroht, mich vor die Tür zu setzen, wenn ich Feuerstein noch mal Wichser nenne», sagte sie in der Hoffnung auf seinen Beistand.

«Hör mal. Das musste doch irgendwann passieren. Sie ist immer noch jung – na ja, halb jung –, und die Jungs sagen, sie sieht gut aus.»

«Ma und gut aussehen? Spinnst du? Ihre Haare stehen immer dermaßen in alle Richtungen ab, dass sie aussieht wie der Arsch der Nachbarskatze.»

«Rave findet, sie ist die bestaussehende Mutter weit und breit.»

«Na klar! Ausgerechnet der Knallkopf. Der muss es ja wissen.»

«Rave ist cool», sagte Jeremy ein bisschen zu verteidigend.

«Rave ist cool!», äffte Valerie ihn nach. «Du hörst dich an wie ein Mädchen!»

Jeremy drehte sich von ihr weg und konzentrierte sich auf das Omelett.

«Warum bist du eigentlich immer so zickig, Valerie?»

Sie dachte ernsthaft über seine Frage nach. «Keine Ahnung», sagte sie schließlich. «Vielleicht, weil ich bin wie mein Dad?»

«Sag das nicht!»

«Warum denn nicht?», fragte sie herausfordernd.

«Hör auf, Valerie!»

Aber sie konnte nicht. Ohne ihren Vater zu leben, war eine Sache. Aber einem anderen Mann zu erlauben, seinen Platz einzunehmen, stand auf einem völlig anderen Blatt. Sie hatte das bei Kids aus ihrer Klasse gesehen, im Märchen, im Fernsehen, und es ging nie gut aus – zumindest nicht für Kinder wie sie. Sie war wie ihr Vater – sagten jedenfalls immer alle. Laut Oma Fox' bester Freundin Hilda war sie ihm wie aus dem Gesicht geschnitten. Sie hatte es mit einem Lächeln gesagt und ihr einen Fünfer geschenkt, aber gruselig war es trotzdem. Valerie konnte sich nicht mal mehr an seine Augen erinnern, aber sie hatte noch immer sein Lachen im Ohr. Er hatte definitiv ein richtig nettes Lachen. Ganz egal, was für schlimme Dinge Jeremy über ihn erzählte. An diese eine gute Sache konnte sie sich ganz genau erinnern.

«Wetten? Ich wette, ich bin genau wie er.»

«Ich habe gesagt, du sollst aufhören.»

«Und warum? Weil er so furchtbar böse ist? Ich wette, das ist alles nur Scheißgerede. In Wirklichkeit ist er bestimmt total nett. Ich wette, Ma hat ihn weggeekelt. Noleens Dad sagt, er war der beste Postbote in Tallaght und ein toller Kartenspieler. Ich wette, er konnte viele Sachen ganz toll.»

Jeremy sah richtig erschüttert aus. Valerie redete nie von ihrem Vater – das tat niemand in diesem Haus. «Hör auf.»

Doch Valerie war nicht mehr zu stoppen. Sämtliche Gedanken und Gefühle, die sich in ihr angestaut hatten, brachen sich auf einmal Bahn.

«Ich gehe ihn suchen. Ich rede mit Oma Fox. Sie soll mich mit ihm zusammenbringen. Wenn Ma neue Freunde haben kann, kann ich das auch!» *Und außerdem ist er mein Dad!*

Valerie sah, wie Jeremy erstarrte. Sein Blick war auf einen Punkt hinter ihr gerichtet. Er wirkte richtig schockiert. Sie drehte sich um und sah ihre durchnässte und leicht erschöpfte Mutter im Türrahmen stehen. Sie war blass, und die Hand, die sie zum Mund führte, zitterte. «Wage es nicht, Valerie Bean.» Ihre Stimme zitterte auch.

«Ich tu, was ich will, Ma'sie. Er ist mein verfickter Vater!» Valerie war außer sich. Sie hatte nicht gewollt, dass ihre Mutter zuhört, aber sie war im Angriffsmodus, und es gab kein Zurück mehr. Außerdem war Danny Fox schließlich wirklich ihr Vater. Sie kannte ihn nicht, und das machte sie furchtbar traurig.

«Geh in dein Zimmer!», brüllte Ma'sie.

«Nein!»

«Treib es nicht zu weit, Valerie.»

«Und warum? Weil du mich sonst rauswirfst? Schön. Geh ich eben zu meinem Dad.»

«Du weißt ja nicht, was du redest, kleines Mädchen», sagte ihre Mutter tonlos.

«Valerie, hör einfach auf», sagte Jeremy warnend.

Wenn Valerie traurig war, wurde sie wütend.

«Nein. Du kannst so cool sein, wie du willst, Jeremy, aber ich lasse mir nicht den Mund verbieten. Wenn hier kein Platz für meinen Vater ist, ist hier auch kein Platz für diesen dicken fetten haarigen alten Sack!»

«Geh sofort in dein Zimmer», zischte Ma'sie, und ehe Jeremy sich zwischen die beiden werfen konnte, hatte Valeries Mutter sie am Arm gepackt und zerrte sie aus der Küche.

«Aber Essen ist fertig!» Valerie setzte sich zur Wehr.

«Du bekommst kein Abendessen.»

«Aber ich habe nichts zu Mittag gegessen!» Valerie machte sich los. Sie wich zurück, aber Ma'sie ließ sie nicht entwischen.

«Dein Pech.»

Valerie stand fast gegen die Wand gepresst. Sie wankte. «Ich habe Hunger, Ma'sie.»

«Ab ins Bett, Valerie!», brüllte ihre Mutter. Begossen wie ein Pudel und mit den roten Augen sah sie aus wie eine Irre.

«Ich hab nur Spaß gemacht.»

«Du gehst verfickt noch mal sofort ins Bett, Valerie.»

Valerie warf ihrem Bruder einen Blick zu. Er schüttelte nur den Kopf. Diesen Kampf würde sie nicht gewinnen. Weil sie nicht wusste, wie sie aus der Nummer wieder rauskommen sollte, stampfte sie mit dem Fuß auf, stürmte aus der Küche und knallte die Tür hinter sich zu. Sie tat so, als würde sie den Flur runter in ihr Zimmer gehen, aber in Wirklichkeit blieb sie, wo sie war und lauschte.

«Willst du was von dem Omelett, Ma?», fragte Jeremy.

«Nein, danke, Lieber.» Sie seufzte.

«Morgen hat sie es wieder vergessen. Du weißt doch, wie sie ist», sagte Jeremy. Der Satz traf Valerie ins Mark. *Wie bin ich denn? Wie er? Bin ich wie er?* Es hatte furchtbar weh getan, wie er das sagte, so als würde er wenig bis gar nichts von ihr halten.

«Ja, weiß ich», sagte ihre Mutter mit leiser, verzagter Stimme.

«Sie würde ihn niemals anrufen, Ma'sie. Das hat sie nur so gesagt.»

«Ich weiß, Schätzchen.»

«Außerdem könnte sie ihn gar nicht anrufen, auch wenn sie wollte. Stimmt's, Ma'sie? Nicht mal Oma Fox weiß, wo er steckt.»

«Ja, das stimmt», antwortete Ma'sie, aber Valerie war sich sicher, dass ihre Mutter log. Wenn Oma Fox nicht wusste, wo ihr Vater steckte, wieso suchte sie dann nicht nach ihm? *Kann sein, dass sie meine Ma hasst, kann sein, dass sie mich und Jeremy nicht ausstehen kann, aber meinen Dad, den liebt sie doch.*

«Ich muss mich fertig machen», sagte Ma'sie, und Valerie flitzte über den Flur in ihr Zimmer. Sie hörte, wie die Küchentür sich öffnete und wieder schloss, dann die Zimmertür ihrer Mutter. Sie erwog, zu Jeremy zu gehen, ihm die Meinung zu sagen und sich was zu essen zu schnappen, bevor ihre Mutter sie erwischte, aber dann legte sie sich doch aufs Bett, badete in ihrer Wut und hörte ihrem Magen beim Knurren zu.

Eine Stunde später lag Valerie immer noch auf dem Bett, das Gesicht nach unten, ihr Kissen über dem Kopf. Im Zimmer war es ungewohnt still, aber ihre Wut produzierte genug eigenen Lärm. Sie pochte spürbar in ihrem Kopf.

Sie wusste selbst nicht, wo der Ausbruch hergekommen war. Natürlich wollte sie Fred Brennan nicht zum Vater haben, aber auf das, was da aus ihrem Mund gekommen war, war sie selbst nicht vorbereitet gewesen. *Es ist nicht meine Schuld. Ma hat keine Ahnung. Sie ist so egoistisch. Nie fragt mich wer, was ich eigentlich denke. Schön, ich vermisse ihn ab und zu. Na und? Das heißt noch lange nicht, dass mit mir etwas nicht stimmt. Noleens Dad mag ihn. Er sagt, er ist ein toller Typ, und vielleicht stimmt das ja wirklich. Vielleicht ist Ma eine Lügnerin.* Doch Valerie wusste, dass ihre Mutter keine Lügnerin war. Sie wäre unter den Händen von Danny Fox fast gestorben. Valerie wusste auch, dass Jeremys Angst vor ihrem Vater begründet war. Sie wusste, dass er ein schlechter Mensch war. Aber sie wollte eben nicht, dass es so war. Und selbst wenn. Selbst wenn er ein schlechter Mensch war, sieben Jahre waren viel Zeit, um sich zu ändern. Jeder Mensch konnte sich ändern, oder nicht? Nicht, dass sie von dem Tag träumte, an dem ihre Eltern sich wieder versöhnten. Sie wusste, wie unwahrscheinlich das war, und das war okay. Tief in ihrem Inneren war ihr klar, dass sie ohne ihn besser dran waren … aber Fred Brennan? Das machte sie einfach fuchsig. Da kommt im Supermarkt einfach so ein Mann dahergelaufen, den sie schon ihr Leben lang kennt, und stellt in einem einzigen Augenblick und mit einem Schlag ihr ganzes Leben auf den Kopf. Und ihre Mutter sagt Ja dazu! Valerie war schlecht. *Jetzt wird wieder alles anders. Ich weiß es.* Früher hatte jede Veränderung grundsätzlich Verwirrung bedeutet, Schmerz und Leiden. *Es tut mir leid, Ma'sie. Du darfst mich nicht hassen.*

Die Matratze war inzwischen ganz nass von ihren Tränen, aber es machte ihr nichts aus – ganz im Gegenteil, es gefiel ihr. Die Tränen kühlten ihr Gesicht. Nach einer Weile entkrampfte sie ihre Hände und döste ein. Sie war fix und fertig. Sie musste einen klaren Kopf kriegen für das, was auf sie zukam.

Maisie

Maisie saß auf ihrem Bett und weinte eine Weile, dann riss sie sich zusammen und öffnete den Kleiderschrank. Valerie hatte ihr Angst eingejagt. Die Vorstellung, Danny würde in ihr Leben zurückkehren … *Das wird nicht passieren, Maisie. Niemals. Der ist endgültig weg. Er kommt nie wieder. Beruhige dich.*

Als sie das Loch im linken Knie entdeckte, entschied sie sich gegen die schwarze Hose mit den weit geschnittenen Beinen. Sie hatte ansonsten nichts im Schrank, mit dem sie nicht aussah wie eine Kellnerin oder Putzfrau, also setzte sie sich zurück aufs Bett und schwelgte in der nächsten Woge Selbstmitleid. Dann stand sie auf, trocknete ihre Tränen, ging ins Bad, zog sich aus und stellte sich unter die Dusche. Sie ließ sich von dem heißen Wasser überfluten, alle Schmerzen und allen Kummer fortwaschen. Ihr tat der Arm weh, und die Augen brannten; ihre Mutter war heute besonders gemein gewesen. Ihre Tochter war auch besonders gemein gewesen. Bei einem tiefen Seufzer bekam sie Seifenschaum in den Mund, und sie spuckte aus. Sie dachte darüber nach, wie sie Fred am besten einen Korb geben konnte. *Das war ein wunderbarer Abend, Fred, aber du weißt ja, wie furchtbar beschäftigt ich bin.* Oder: *Das war ein wunderbarer Abend, Fred, aber ich muss an die Kinder denken.* Oder sogar: *Das war ein wunderbarer Abend, Fred, aber ich kann einfach nicht.*

Im Grunde war das die Wahrheit. Genau so war es. Sie konnte nicht erklären, warum, denn das hätte bedeutet, zuzugeben, in welch tiefem Schlamassel sie steckte. *Ich kann einfach nicht.* Sie hoffte, dass der Abend schrecklich würde. Damit wäre die Sache erledigt. Er würde sie einfach nach Hause bringen, sich höflich bei ihr bedanken, sie musste gar nichts sagen, und sie konnten weiter getrennte Wege gehen. Das wäre das Beste. Trotzdem konnte Maisie nicht leugnen, dass ihr trotz des inneren Dramas vor Vorfreude ein kleines bisschen flau zumute war.

Sie ging in ihr Zimmer zurück, föhnte sich die Haare, trug ein bisschen Make-up auf und wandte sich erneut der Kleiderfrage zu. Als sie alles, was sich in ihrem Schrank befand, anprobiert und wieder verworfen hatte, ging sie hinüber in das Zimmer ihrer Mutter. Bridie lag auf dem Bett, immer noch in ihren Morgenmantel gekuschelt. Sie sah ihrer Tochter fröhlich dabei zu, wie die ihr altes rotes Satinkleid anzog.

«Ach, wie hübsch du aussiehst!», sagte sie von Herzen. «Ich kann mich noch so gut an die Zeiten erinnern, als ich auch so eine Figur hatte und noch nicht so ein alter Knochensack war. Als wäre es gestern gewesen. Schönes, wunderschönes Mädchen.»

Maisie war sich zwar nicht sicher, wen von ihnen beiden ihre Mutter meinte, aber das war auch egal; die Hauptsache war, dass Bridie ruhig war und lächelte. Das Kleid passte perfekt, und die kurzen, braunen Locken fühlten sich frisch und leicht an und dufteten nach Kokos. Ihr Augen-Make-up war zwar ein bisschen verschmiert, aber besser kriegte sie es sowieso nicht hin, und ihr gefiel, was sie im Spiegel sah. *Schon okay.*

«Ich hatte ganz vergessen, wie hübsch du sein kannst», sagte Bridie.

«Danke, Ma!» Maisie lachte.

«Du bist …» Weiter schaffte Bridie es nicht. Stattdessen zog sie ihre Tochter an sich und umarmte sie.

Als es Zeit wurde, endgültig schlafen zu gehen, zog Bridie sich zwar bereitwillig den Morgenmantel aus, weigerte sich jedoch, das Nachthemd anzuziehen. Dazu war es ihr nach der Badewanne viel zu warm. Maisie fehlte die Energie für eine weitere Auseinandersetzung. Sie bestand darauf, noch ein zweites Deckbett aufzulegen, und Bridie war einverstanden. Sie strampelte unter den Decken herum und reckte die dünnen Arme in die Luft. «Ich liebe es, frei zu sein, Maisie, frei wie ein Vogel!» Sie kicherte.

Maisie war sich nicht sicher, ob es auch noch so lustig sein würde, wenn ihre Mutter um zwei Uhr morgens mit nacktem Hintern durch den Flur geisterte, aber darum würde sie sich kümmern, wenn es so weit war. Sie schloss Bridies Tür und ging in ihr Zimmer zurück. Dort saß sie, hin- und hergerissen zwischen dem Wunsch, die Verabredung abzusagen – *ich kann einfach nicht* –, und stummen Dialogen mit Fred – *es tut mir so schrecklich leid, aber* … Sie versuchte, den Gedanken zu verdrängen, dass Valerie inzwischen am Verhungern war. Sie hätte ihre Tochter am liebsten aus ihrem Zimmer gerufen, sie fest in den Arm genommen und ihr was zu essen gegeben, aber ihr war klar, dass sie dringend etwas Rückgrat beweisen musste. Das sagte zumindest Lynn.

«Das Kind muss dringend wissen, wer bei euch die Hosen anhat», meinte sie. Lynn schwor auf Konsequenz. «Du darfst niemals klein beigeben. Wenn die kleinen Scheißer deine Schwäche erst mal gewittert haben, hast du verloren.»

Maisie hörte es leise klopfen, dann betrat Jeremy ihr Zimmer. Sie hatte nicht die Kraft, ihn daran zu erinnern, dass er warten sollte, bis er hereingebeten wurde. Er war zum Glück zu sehr damit beschäftigt, die Tür hinter sich zu schließen und noch mal zu prüfen, ob sie auch wirklich geschlossen war, um zu sehen, wie sie sich die Tränen wegwischte. Er setzte sich neben das Bett auf den Boden. «Alles okay, Ma?»

«Super!», log sie.

«Stimmt nicht», sagte er.

«Nein.»

«Du musst da nicht hingehen.»

«Ich weiß.»

«Dann geh nicht, wenn du nicht willst.»

«Ich habe Angst, Jeremy», flüsterte sie.

«Warum?»

«Was, wenn du das Einzige in meinem Leben bist, das sich je ändert?»

«Wie meinst du das?»

«In zwei Jahren bist du so alt wie ich damals, als ich dich gekriegt habe.»

«Ich werde aber niemanden schwängern, Ma. Versprochen.»

Sie wusste, dass er es ernst meinte; er hatte irgendwann mal zu ihr gesagt, schon der Gedanke sei total ekelhaft, aber damals war er schließlich erst zwölf gewesen. «Was, wenn du mich verlässt?»

«Niemand hier geht irgendwohin, Ma.»

«Die Jahre vergehen wie ein Wimpernschlag», sagte sie, «und plötzlich bist du verschwunden; genauso plötzlich, wie ich dich damals in meinem Bauch gespürt habe. Dann lebst du dein eigenes Leben, und ich bin allein.»

«Ach so, dann ist Feuerstein dein Plan B, oder wie, Ma?»

«Er heißt Fred, und ich habe keine Ahnung, was er ist.»

«Es muss ja auch nicht er sein. Du kriegst noch jede Menge Chancen, und außerdem werde ich dich niemals verlassen.» Er grinste. «Ich bin der Klotz an deinem Bein.»

Sie lächelte. «Hoffentlich nicht, Schätzchen.» Sie stand auf, reichte ihm die Hand und zog ihn zu sich hoch. Sie standen da und sahen sich an.

«Ich habe mein zweites Date in siebzehn Jahren», sagte sie und merkte, dass ihr Entschluss trotz der lähmenden Angst und den schrecklichen Schmetterlingen in ihrem Bauch tatsächlich feststand. *Ich mache keinen Rückzieher!*

«Wenn das so ist, Ma, kümmere dich bitte um dein Make-up – schlimm genug, wenn die Tussis nach dem Date flennen, aber schon vorher? Das geht echt nicht.»

Maisie tupfte mit einem Taschentuch an ihren Augen

herum. «Und du bleibst zu Hause und passt auf Grammy und Valerie auf?»

«Klar. Draußen schüttet es sowieso.»

«Und sobald ich zur Tür raus bin, bringst du Valerie was zu essen. Aber verrat mich nicht.»

Er lachte verhalten. «Ich sage kein Wort.»

Maisie fütterte ihre nackte Mutter im Bett. Nach acht Bissen war Bridie eingeschlafen, und auch diese acht Bissen waren Schwerstarbeit gewesen. Maisie fühlte sich an die Kämpfe erinnert, die sie mit Jeremy ausgefochten hatte, als er klein war. Er war immer ein schlechter Esser gewesen, im Gegensatz zu Valerie. Sie war als Baby so leicht zu haben gewesen, hatte immer gelächelt und war damit zufrieden gewesen, auf ihrem Stühlchen rumzuhopsen. Sie weinte selten, und falls doch, hörte sie sofort wieder auf, sobald sie bekommen hatte, was sie wollte. Maisie vermisste Valeries Lächeln. Sie fragte sich oft, ob sie es jemals wieder zu Gesicht bekommen würde.

Was Maisie an Valeries Ausbruch am meisten beunruhigte war die Tatsache, dass Valerie immer ein Papakind gewesen war. Sie hatte sich vom ersten Tag an zu ihm hingezogen gefühlt. Er war ihr Ein und Alles. Er hatte ihr das erste Lächeln entlockt, das erste Glucksen, das erste echte Lachen. Valerie hatte in Danny Fox nie ein Monster gesehen; in ihren Augen war er hinreißend und wunderbar. Als Krabbelkind liebte sie ihren Vater auch dann noch, als sie vorsichtiger wurde. Das kleine Mädchen fürchtete ihn zwar, aber wenn er sie anlächelte, fing Valerie Bean-Fox trotzdem von innen heraus an zu strahlen. Als Danny nach der Trennung verschwand, war Valeries Leuchten erloschen, und natürlich gab Maisie sich die Schuld daran.

Es tut mir so leid, dass ich es nicht hingekriegt habe, Schätzchen.

Jeremy war definitiv ein Mamakind, und auch das war Liebe auf den ersten Blick gewesen. Sang sie ihm vor, klatschte er in die Hände, und sprach sie mit ihm, antwortete er brabbelnd und glucksend und piepend. Er weinte viel, es sei denn, er lag warm und geborgen im Arm seiner Mama und lauschte ihrem Atem. Als Kleinkind suchte er sich oft irgendeine Ecke aus, meistens hinter einem Möbelstück, zog sich ein Kissen auf den Boden und legte den Kopf darauf, als wollte er einen Kopfstand machen. Dann zog er die Knie an die Brust und rollte sich zu einer Kugel zusammen. So blieb er liegen, bis Maisie anfing, nach ihm zu suchen. «Jeremy Bean-Fox», rief sie und ging von Zimmer zu Zimmer, «wo zum Teufel steckst du? Jeremy Bean-Fox, komm sofort da raus, ganz egal, wo du steckst!»

Irgendwann verrückte sie dann ein Möbelstück, fand ihn und zerrte ihn auf die Füße. «Ich habe überall nach dir gesucht!»

«Du weißt doch, wo ich war, Ma.»

«Und wo warst du?»

«Irgendwo im Glück», sagte er dann und trollte sich, um zu spielen oder riesengroße orangefarbene Hunde zu malen.

Wenn Maisie an die Kindheit der beiden dachte, dachte sie an Valeries fröhliches Glucksen beim Anblick ihres Vaters und an Jeremy, der sich irgendwo im Glück zusammengekugelt hatte.

Als Fred an die Haustür klopfte, stellte Valerie sich schlafend, und Jeremy war in seinem Zimmer und hörte Musik. Maisie wollte möglichst wenig Tamtam machen und stand bereits fix und fertig in Mantel und Hut im Flur, den Regenschirm in der Hand. Er hatte kaum Zeit zu klopfen, da öffnete sie ihm schon. Er stand im Anzug und mit einem riesengroßen Golfschirm auf dem Treppenabsatz. «Darf ich bitten?», sagte er, und sie stellte ihren Schirm zurück in den Schrank, zog die Tür hinter sich zu und trat unter seinen. Sie warf zweifelnde Blicke hinaus in den grauen, regnerischen Abend. Das ging ja gut los. Eine Mischung aus Furcht und Hoffnung ballte sich in Maisies Magen zu einem engen Knoten zusammen.

«Kommen Sie, wir rennen!», sagte er, und sie stürmten zusammen los und versuchten, den Pfützen auszuweichen. Als sich ihre Hände berührten, umklammerten sie sich augenblicklich, voneinander angezogen wie Magnete. Maisie atmete aus, und ihr Magen entspannte sich. *O weh!*

20 Uhr bis 21 Uhr, 1. Januar 1995

Jeremy

Jeremy lag auf seinem Bett, die Hände hinter dem Kopf verschränkt, den Blick an die Decke gerichtet, und träumte von John Travolta. *Er ist so cool! So cool wäre ich auch gern.* Mitchs Onkel hatte einen Film gemacht, der ein paar internationale Preise gewonnen hatte. Einen gefeierten Regisseur in der Familie zu haben hatte so manchen Vorteil, und einer davon war, dass Mitchs Vater an Videokassetten der neusten Filme kam. Am Vorabend hatten die Jungs sich im Zimmer von Mitchs Dad *Pulp Fiction* angesehen. Der Film war so unglaublich, dass sie ihn gleich zweimal hintereinander geschaut hatten. Mitchs Eltern störten sich nicht an der Altersfreigabe «ab 18».

«Was sind schon zwei Jahre?», hatte Mitchs Dad Frank gesagt. «Als ich fünfzehn war, habe ich gearbeitet und einen Sohn großgezogen. Ihr macht euch doch wegen ein paar Knarren und Titten nicht ins Hemd, oder, Jungs?»

«Nein, Mr. Carberry.»

«Und ihr haut auch nicht von zu Hause ab, nehmt Drogen oder fummelt jemandem am Hintern rum, oder, Jungs?»

«O Gott, nein, Mr. Carberry!»

«Na also.» Und damit war das Thema erledigt.

Manchmal beneidete Jeremy Mitch um seine Eltern und das große Haus. Bei ihnen gab es Kinoabende und Partys. Sie mussten sich nie Sorgen um unbezahlte Rechnungen machen oder darum, immer abzusperren, damit nicht einer von ihnen versehentlich das Haus abfackelte oder mitten in der Nacht halbnackt auf die Straße rannte. Mitch hatte keine Albträume, in denen sein Dad seine Ma umbrachte. Ihm tat bei Regen nie der Arm weh, und es regnete ständig. Wenn Jeremy Frank Carberry sah, sah er einen Riesen. So wollte er auch sein. Jeremy hatte mit seinen sechzehn Jahren im Grunde keine großen Ambitionen, und das, was einem Lebenstraum am nächsten kam, war der Wunsch zu sein wie Frank Carberry. In seiner Phantasie kümmerte er sich um seine Ma und Valerie, sie lebten in einem großen Haus, umgeben von schönen Dingen und hatten eine Pflegerin für Grammy, die bei ihnen wohnte. Frank Carberry war genauso cool wie John Travolta, und Jeremy hätte auch nichts dagegen, eine Mischung aus beiden zu sein, wenn er erwachsen war. Auch wenn John Travolta für seinen Geschmack ein bisschen zu viel tanzte.

Jeremy hörte die Haustür ins Schloss fallen. *Es ist nur ein Date,* redete er sich ein. *Nichts wird sich ändern.* Was die Verabredung seiner Mutter betraf, war er entschieden weniger entspannt, als er sich gab, aber er wollte nicht unfair sein, sondern sie das tun lassen, was sie machen wollte. Sie lächelte oder lachte zurzeit so gut wie nie, und als sie vom Einkaufen gekommen war, hatte sie rosig gewirkt, richtig glücklich. Außerdem hatte Jeremy genug eigene Sorgen. Die Prüfungen vor den Weihnachtsferien waren härter gewesen als erwartet, und er hatte Angst, dass er nicht alles gegeben hatte, vor allem in Französisch. Er hasste das Fach. Die Lehrerin weigerte sich, Englisch mit ihnen zu sprechen, und wie sollten sie Französisch lernen, wenn die Lehrerin nie was übersetzte? Sie stand nur dumm vor der Klasse rum, redete mit sich selbst, und keiner schnallte, was sie sagte. Das machte ihn fertig.

Er hätte gerne die Sprache gewechselt, aber sein Klassenlehrer meinte, dafür sei es jetzt zu spät. *Ich hätte mich für Deutsch entscheiden sollen. Ich habe nur Französisch genommen, weil Rave auch Französisch genommen hat. Dumm, dumm, megadumm.* Für die Chance auf ein gutes Leben brauchte er gute Noten. Das hatte seine Ma schon immer gesagt, und sie hatte recht. Er hatte am eigenen Leib erfahren, was es hieß, chancenlos zu sein, und das war gar nicht gut. Er hatte Angst, dass die Prüfungsergebnisse ihn zurückwarfen. Deirdre würde natürlich glänzen. Wenn er nicht aufpasste, ließ sie ihn in einer Staubwolke stehen. Ihm blieben nur noch anderthalb Jahre bis zum Abschluss. Er musste sich dringend mehr Mühe geben.

Rave fand, er sollte sich locker machen, aber um Rave machte er sich auch Sorgen. Sein bester Freund versuchte zu verbergen, wie schlimm es zu Hause lief. Jeremy fragte ab und zu nach, und dann machte Rave jedes Mal völlig dicht. Er behauptete immer, es ginge ihm gut, aber Jeremy wusste Bescheid: So nahe sie sich auch standen, Rave verbarg so einiges vor ihm. Wenn Jeremy ihn zu sehr bedrängte, wurde er sauer, also versuchte Jeremy gar nicht erst, ihm seine Geheimnisse zu entlocken. Es machte ihm nichts aus. Er verbarg ja auch jede Menge Dinge vor Rave. So lief das eben. Er machte sich schreckliche Sorgen darüber, was passieren würde, wenn die Wahrheit über ihn herauskam. *Werde ich ihn verlieren?* Er war felsenfest davon überzeugt, dass er den Verlust niemals verwinden würde, und die Wahrheit kam immer ans Licht – sagte zumindest seine Ma. Das war nur eine Frage der Zeit, und die Angst fraß ihn auf.

Dann rollte die Traurigkeit wie eine große Welle heran, schlug über ihm zusammen und kroch ihm bis in die Knochen. *Ich bin so müde.* Jeremy verbrachte eine Menge Zeit mit Grübeln. Er machte sich Sorgen um seine Mutter. Sie arbeitete zu viel und aß zu wenig. Er machte sich Sorgen um seine Großmutter. Ihr Zustand wurde immer schlimmer. Er sah sie ständig in einem Sarg vor sich, und davon brannten ihm die Augen. Er machte sich Sorgen um Valerie. Er hoffte, dass seine Mutter sie nicht irgendwann umbrachte. Er machte sich Sorgen wegen der Aggressivität seiner Großmutter. Ma'sie behauptete zwar, es würde nicht oft passieren, und er tat dann so, als würde er ihr glauben, aber wenn das noch schlimmer wurde, wenn Grammy seine Ma weiter biss und kratzte und ihr die Haare ausriss … Das war nicht okay. Das hatte seine Mutter nicht verdient. Wenn sie weinte, tat er meistens so, als würde er nichts merken, weil sie sich sonst zu Tode schämte und er sich wahrscheinlich auch.

Er bekam Kopfschmerzen – das passierte oft, wenn er Stress hatte. Der Schmerz saß direkt hinter dem linken Auge. Stein für Stein baute sich eine Mauer aus Schmerz in ihm auf, die sich schließlich von hinten gegen seinen Augapfel lehnte und drohte, ihn aus dem Kopf zu drücken. Manchmal half es ihm, sich einen runterzuholen, um den Druck abzubauen. Jeremy schaute sich in seinem Zimmer nach einem alten Socken und der Handcreme um. Er mochte die Creme, sie machte seinen Schwanz feucht, und außerdem roch er dann gut. Acht Minuten lang beförderte er sich aus sich selbst und seinem Zimmer hinaus an einen Ort, wo es nur noch ein ganz bestimmtes Gesicht und einen ganz bestimmten Körper gab. Sie gehörten jemandem, den er niemals haben konnte, jemandem, den er liebte und vor dem er sich gleichzeitig zu Tode fürchtete.

Sofort danach kamen die Schuldgefühle. *Mit dir stimmt was nicht. Du wirst immer anders sein als alle anderen. Du wirst nie normal sein. Du kommst in die Hölle.* Jeremy war so sehr an Schmerz gewöhnt, dass er fast taub dagegen war. Außerdem hatte er ein Stadium an Müdigkeit erreicht, das es ihm erlaubte, Angst und Selbstekel aus seinem Verstand zu verdrängen. Oft musste er heulen, wenn er mit dem Wichsen fertig war, aber nicht heute; Jeremy hatte vom Heulen die Schnauze voll. Stattdessen stellte er sich ans Waschbecken, wusch sich, zog sich die Hose hoch und warf den klebrigen Socken in den Wäschekorb. Er legte sich bäuchlings aufs Bett und atmete langsam ein und aus, bis seine Augenlider schwer wurden.

Sekunden später klopfte es laut an sein Fenster. Er fuhr hoch und sah Raves Gesicht an die Scheibe gepresst. Sein Herz machte einen Satz, und er hätte vor Horror beinahe gekotzt. *Er hätte mich fast an mir rumhobeln sehen! Nur zwei Minuten früher! Ab sofort machst du vorher den Vorhang zu, Jeremy! Jesus, was ist nur los mit dir?*

Rave pochte heftiger ans Fenster, und Jeremy machte ihm auf.

«Himmel, Beany, worauf wartest du denn? Es schüttet!»

«Sorry», sagte Jeremy und half seinem Freund durchs Fenster.

«Warum hast du überhaupt zugemacht?», wollte Rave wissen.

«Weil es schüttet?»

«Schläft deine Grammy?»

«Ja.»

«Und Maisie sitzt im Wohnzimmer, oder?»

«Sie ist ausgegangen.»

«Echt?» Rave fing an zu strahlen. «Sehr geil! Dann mal los.»

«Wohin denn?», fragte Jeremy. «Bei dem Sauwetter?»

«Das ist ja kein saurer Regen, Hohlkopf.» Rave holte mehrere kleine Schnapsflaschen hervor. Zwei aus den Vordertaschen seiner Jeans, zwei aus den Gesäßtaschen und vier aus den Jackentaschen.

«Hilfe! Wo hast du die denn alle her?»

«Frag nicht. Komm, hau mal deinen Rucksack rüber, ja? Es ist total scheiße, Fahrrad zu fahren, während einem ständig die Glasflaschen gegen den Schwanz knallen.»

Jeremy reichte ihm seinen Schulrucksack, und Rave nahm die Bücher heraus. Doch anstatt sie achtlos aufs Bett zu pfeffern, legte er sie sorgfältig gestapelt in den Schrank. Jeremy lächelte. Das mochte er so an Rave: Er war präzise, ordentlich und cool, nicht so wie diese verlausten Vollidioten, mit denen sie sonst abhingen.

Rave verstaute die Flaschen im Rucksack und setzte ihn ab. «Viel besser. Hast du was zu futtern?»

«Was denn?»

«Kekse, Reste – du weißt schon, was zu essen eben!»

«Hat dein Dad dir schon wieder nichts gemacht?», wollte Jeremy wissen.

«Nee, ich kümmere mich schon selbst. Und jetzt mach hin. Besorg uns ein paar Fressalien, und dann zeig ich dir was, später, wenn die anderen wieder weg sind.»

«Jesus, Rave, ich hab versprochen, auf die Mädels aufzupassen.»

«Nenn deine Oma nicht Mädel!»

«Warum denn nicht?»

«Das ist abartig.»

«'tschuldigung.»

«Jetzt komm schon, Mann, bitte! Lass mich nicht hängen.»

Jeremy war in der Klemme. Seine Ma verließ sich auf ihn, sie brauchte ihn, aber andererseits kamen Grammy und Valerie bis weit nach Mitternacht wunderbar ohne ihn zurecht, und auch wenn Rave das niemals zugeben würde, sein Freund brauchte ihn im Augenblick dringender. *Was soll schon passieren?*

«Okay. Ich kann ein paar Sandwiches schmieren, es sind noch Kekse da, und Ma war heute erst einkaufen, ein paar Schokoriegel müssten also auch noch drin sein.»

«Nicht schlecht.» Rave grinste. «Mann, ich liebe dich, Beany. Du bist der Star.»

Jeremy lachte. Seine Müdigkeit war wie weggeblasen, und der eben noch trostlose Abend erschien ihm auf einmal voll verlockender Verheißungen.

«Jetzt beeil dich! Die Mädels warten im Park.»

Jeremy war schon wieder auf dem Rückweg aus der Küche, als er Valerie rufen hörte. *Mist!* Er stellte den Rucksack neben ihrer Zimmertür ab, ganz vorsichtig, damit die Flaschen nicht klirrten, und machte die Tür einen winzigen Spaltbreit auf. «Hey, Krümel.»

Valerie sah verschlafen aus. «Ist sie weg?»

«Ja.»

«Sie glaubt, ich bin wie er. Deshalb hasst sie mich so. Stimmt's?»

Ihre Worte versetzten ihm einen Stich. Er betrat das Zimmer und machte die Tür hinter sich zu. Dann setzte er sich neben das Bett auf den Fußboden.

«Du bist nicht wie er, Valerie. Könntest du niemals sein. Im Leben nicht.»

«Und wieso hasst sie mich dann so?»

«Sie hasst dich nicht, du völlig bescheuerte Irre. Sie liebt dich.»

«Leute, die man liebt, lässt man aber nicht verhungern!», sagte Valerie, und Jeremy lachte.

«Da draußen ist eine ganze Küche voller Essen, falls du Hunger hast.»

«Nein, vergiss es. Ich bin im Hungerstreik.»

«Weißt du, wem du gerade total ähnlich bist?»

«Nein. Wem?»

«Ma.»

«Scheiße! Kein Wunder, dass sie mich hasst!»

«Du hast das vorhin nicht ernst gemeint, dass du ihn suchen gehst. Oder, Valerie?»

«Nein. Natürlich nicht.»

«Sicher?»

«Klar.»

«Damit käme ich nicht klar.»

«Ich weiß. Tut mir leid.»

«Schon okay.»

Er kam auf die Beine, ging zur Tür und wollte sie gerade öffnen, als seine Schwester ganz leise noch etwas sagte. «Ich wünschte, ich wäre ein bisschen mehr wie du, Jeremy. Dann wäre das Leben für uns alle viel einfacher.»

«Sag das nicht. Bitte wünsch dir niemals, so zu sein wie ich.»

«Wieso? Was hast du denn?»

«Nichts!», fuhr er sie an.

«Ich kenn dich doch. Los, spuck's aus.»

«Lass es einfach gut sein!», schrie er.

Jeremy schrie so gut wie nie. Ihm fehlte Valeries Temperament. Ihr stiegen die Tränen in die Augen, und er fühlte sich mies. *Du hast einfach keine Ahnung, was du da sagst, Valerie, das ist alles.* «Gute Nacht, Valerie», sagte er leise. Dann verließ er das Zimmer und machte die Tür hinter sich zu, ehe seine Schwester noch etwas sagen konnte.

Er schnappte sich seinen alten Dufflecoat und folgte Rave durch sein Zimmerfenster raus ins Freie.

Rave fuhr ein richtig cooles schwarzes Raleigh-Rad, während Jeremy nur ein uraltes gelbes Triumph Twenty hatte, das früher mal Bridie gehört hatte. Er war dafür von seinen Kumpels inzwischen so oft verarscht worden, dass er sich weigerte, noch damit zu fahren. Stattdessen fuhr er bei Rave auf dem Gepäckträger mit, ganz egal, wohin es ging, mit vor der Brust verschränkten Armen. Mochte es auch noch so holprig sein, und das passierte oft, nie im Leben würde er sich bei Rave am Sattel festhalten, und an seinen Hüften schon gar nicht. So was machten nur Mädchen. Jeremy wäre lieber vom Rad gefallen, als dabei gesehen zu werden, wie er seinen besten Freund begrapschte.

Kurz vor dem Park bekamen sie Verstärkung durch Jonno und Mitch. Sie traten wie wild in die Pedale, um mitzuhalten. Bei Jonnos Ma herrschte Helmpflicht, und er sah mit dem Ding aus wie eine Schwuchtel – sagten Mitch und Dave zumindest jedes Mal, wenn sie ihn mit seinem Helm sahen. Jonno trug ihn nur deshalb trotzdem, weil seine Ma ihm massiv gedroht hatte; falls sie oder sonst wer ihn je ohne Helm auf dem Fahrrad erwischte, würde Jonno in seinem ganzen Leben nie wieder Rad fahren. Jonnos Ma arbeitete bei der Stadtverwaltung und war schlimmer als der MI5. Das machte Jonno zwar zur Zielscheibe sämtlicher Witze, aber er trug es mit Fassung, so gut er eben konnte. Jeremy bewunderte ihn sehr dafür.

«He, Jungs, alles klar?», fragte Jonno.

«Na, immer noch Miss Daisy und ihr Chauffeur?», sagte Mitch als Anspielung auf Raves Rikschadienste.

«Die alten Witze sind doch immer noch die besten, was?», konterte Rave und trat in die Pedale. Er war sogar mit Jeremy auf dem Sattel schneller als die anderen. Sie holten ihn erst im Park wieder ein, weil er dort abbremste, und als Jeremy absprang, machten die anderen es nach. Dave war schon da. Als er sie sah, kam er auf sie zugeschlendert. Er trug einen viel zu großen, knöchellangen schwarzen Wachsmantel. Die Ärmel waren hochgekrempelt. Wie ein Mini-Van Helsing trat er aus dem Nebeldunst. Er lehnte sein Fahrrad an einen Baum und hauchte sich in die eisigen Hände. «Pünktlich auf die Minute, wie ich sehe.» Er drängte sich zwischen Jonno und Mitch, nahm Jonno die Flasche aus der Hand, die Jeremy ihm gerade gereicht hatte, schraubte sie auf und nahm einen Schluck. «Was für ein bekackter Tag. Frohes Neues, meine Fresse!»

«Sag mal, was hast du da eigentlich an?», wollte Rave wissen.

«Den Mantel von meinem Opa.» Dave schob sich die Ärmel hoch. «Cool, oder?»

«Wenn es cool ist, wie ein Arsch auszusehen», grunzte Mitch.

«Mir gefällt er», sagte Rave.

«Meine Oma wollte ihn eigentlich darin beerdigen. Aber da hab ich mal sofort einen Riegel vorgeschoben.»

«Du hast einem Toten den Mantel ausgezogen?» Jeremy war entsetzt.

«Red doch keinen Müll, Beany. Ich bin ja nicht blöd. Das hab ich mal schön meine Ma machen lassen. Wer wird denn schon in einem Scheißmantel beerdigt? So ein Schwachsinn.»

«Stimmt», sagte Rave.

Dave trank noch einen Schluck Wodka. «Außerdem hatte er noch einen astreinen Anzug an … wenn ich mal einen Anzug brauche, weiß ich jetzt jedenfalls, wo ich hinmuss.» Wenn es um die passende Pointe ging, machte Dave mit seinen Witzen auch vor eben erst verstorbenen Angehörigen nicht halt.

Rave lachte, und die anderen stimmten ein.

Die drei Mädchen warteten unter dem Galgenbaum auf sie, die einzige Stelle im ganzen Park, die einigermaßen verlässlichen Schutz gegen den Regen bot. Mel rauchte eine Zigarette und sah lässig an den Jungs vorbei, als gäbe es irgendwo in der Ferne etwas sehr Interessantes zu entdecken. Casey sah ziemlich angepisst aus, und Deirdre wirkte einfach nur froh, Jeremy zu sehen. Als sie ihn anlächelte, wurde es ihm ein winziges bisschen flau im Magen, doch er lächelte tapfer zurück.

«Wir stehen schon seit einer Stunde hier rum, Scheiße noch mal», maulte Casey.

«Sorry, wir wurden aufgehalten.» Rave nahm ihre Hand und zog sie an sich. Als er sie auf den Hals küsste, fing sie an zu kichern und schob ihn von sich, aber er zog sie wieder her und schlang seine Arme um sie. Sie lehnte sich an seine Brust und entspannte. Die beiden waren ein schönes Paar: sie blond, er rabenschwarz; ihre Augen grün und seine schiefergrau. Blass waren sie beide, aber schließlich war Winter. Sie waren umwerfend, richtig glamourmäßig. Jeremy zwang sich, zu Deirdre zu gehen. Sie war nicht so hübsch wie Casey, aber er sah ja auch nicht so gut aus wie Rave. Doch sie hatte ein wunderbares Lächeln, ein Lächeln, das er einfach erwidern musste, auch wenn ihm gar nicht danach war. «Das ist eine echte Gabe», hatte er irgendwann mal zu ihr gesagt.

«Ach, sei still!» Sie war damals knallrot angelaufen und hatte weiter ihr wunderbares Lächeln gelächelt.

«Ernsthaft. Das ist eine Gabe.»

Manchmal, wenn er mit ihr zusammen war, tat Jeremy vom Lächeln das Gesicht weh. Wobei sie in letzter Zeit nicht mehr so viel lächelte wie früher. Er hoffte, das war nur ein Winterphänomen.

Sie setzten sich im Kreis auf den klammen Boden unter den Baum. Rave war wie immer der Mittelpunkt. Jeremy fragte sich oft, wie er das machte, aber die Leute fühlten sich einfach zu ihm hingezogen. Wenn Rave redete, hörten alle zu. Er war der Klebstoff, der die Gruppe zusammenhielt. Jeremy und Rave waren beste Freunde, seit sie vier Jahre alt waren. Jeremy konnte sich an eine Zeit ohne Rave nicht erinnern.

In der sechsten Klasse war Dave zu ihnen gestoßen. Er

war gerade erst in die Gegend gezogen, und keiner wollte mit ihm sprechen, weil er dann immer vergaß, den Mund zuzumachen. Er liebte Witze und Streiche. Seine Ma wurde deshalb immer mal wieder in die Schule zitiert. Einmal präparierte er die Kloschüsseln auf der Jungentoilette mit Frischhaltefolie. Ein paar Jungs lachten sich tot, als sie sich beim Pinkeln nass machten, aber dann kam Spots Farrelly heulend und von oben bis unten mit Scheiße beschmiert ins Klassenzimmer gerannt. Dave wurde eine Woche lang vom Unterricht ausgeschlossen. Rave mochte ihn. Meistens lachte er über ihn, und wenn Dave wirklich zu weit ging, war Rave der Erste, der es ihm sagte. Dave hörte auf Rave. Er respektierte ihn. Jeremy hatte Dave am Anfang lediglich geduldet, und auch das nur, weil Rave ihn darum gebeten hatte.

«Und warum?»

«Weil er witzig ist.»

«Er ist ein Arsch.»

«Aber nur, weil er glaubt, einer sein zu müssen. Der kriegt auch noch irgendwann die Kurve.»

Jeremy hatte keinen Schimmer, was Rave damit meinte.

«Das heißt, er ist cool, Jeremy.»

Jeremy war zwar anderer Meinung, aber er sprach nie wieder darüber.

Als sie auf die weiterführende Schule kamen, schlossen Rave und Jeremy sich der Fußballmannschaft an und stießen dort auf Jonno und Mitch. Jonno war schmal und schnell. Mitch war groß und bullig. Gute Fußballer waren sie beide. Rave war auch gut. Jeremy war zwar nur leidlich okay, aber er liebte das Spiel. Mitch ließ vom ersten Tag an keinen Zweifel daran, dass er Raves Freund sein wollte. Er machte nie einen Hehl daraus. Mitch hatte Jonno im Schlepptau, und dafür akzeptierte er, dass Jeremy und Dave Teil des Gesamtpakets waren, falls er mit Rave befreundet sein wollte. Was Dave betraf, hatte er seine Zweifel. Doch das war Rave völlig egal. Entweder Dave war mit dabei, oder Rave war draußen. Also war Dave mit dabei. Alles war gut. Jeremy hatte sich zu dem Zeitpunkt längst an Dave gewöhnt.

Jeremy saß auf der einen Seite von Rave und Casey auf der anderen. Deirdre saß neben Jeremy und hielt seine Hand. *Ihre Hände sind sogar bei dieser Schweinekälte ganz warm ... Und ich fang auch noch an zu schwitzen. Mist.*

Rave angelte die Wodkafläschchen aus Jeremys Rucksack und warf Mitch eine rüber, der sie lässig auffing. «Du teilst mit Mel», sagte Rave, und Mitch nickte.

Die nächste Flasche bekam Jonno zugeworfen. Jeremy trank nur zögerlich aus seiner. Er machte sich Sorgen, weil er nicht zu Hause war. Er hatte vor lauter Stress noch nicht mal seine Zimmertür abgeschlossen. *Ich sollte echt zurück*. Den Jungs fiel es nicht gleich auf. Er ließ sie alleine vor sich hin trinken und vor den Mädchen mit ihren Weihnachtserlebnissen prahlen.

«Ich schwör's, meine Ma hätte fast die Bude abgefackelt. Wir mussten raus, so sehr hat das gequalmt. Unsere Katze hat jetzt noch ein schwarzes Gesicht – sie sieht aus wie der Scheißkaminkehrer aus *Mary Poppins*», witzelte Dave.

«Den habe ich geliebt!», sagte Jonno.

«Na klar, du Oberschwuchtel.» Dave stieß ihm den Ellbogen in die Rippen.

«Mein Vater will nächstes Jahr zu Weihnachten in die Sonne fliegen», erzählte Mitch.

Jonno schüttelte den Kopf. «Glückspilz.»

«Ich hasse die Scheißsonne schon im Sommer, von Weihnachten ganz zu schweigen.»

«Oh. Das tut mir aber leid!» Dave verdrehte die Augen zum Himmel. «Versuch mal, das dritte Jahr in Folge einen verkohlten Truthahn zu essen. Es ist ein Wunder, dass ich noch alle Zähne im Maul hab.»

Mel lachte ihn aus.

«Was willst du denn von mir, Pummeline? Soll ich dich befummeln?»

«Du bist so ein Schwein, Dave!» Mel spuckte aus. «Du bringst mich echt zum Kotzen.»

«Tja, da hat deine Mama gestern Abend aber ganz anders reagiert.» Dave gluckste in sich hinein.

«Nicht lustig», warnte Rave ihn murmelnd. Dave hörte augenblicklich auf zu lachen. «Der meint das nicht so, Mel. Der ist als Kind auf den Kopf gefallen.»

«Genau. Nur, dass seine Ma ihn absichtlich hat fallen lassen.» Jeremy hatte das Bedürfnis, die Spannung rauszunehmen. Mel war sauer, und er mochte Mel.

Sie lächelte. «Kann ich ihr nicht verübeln.»

«Angeblich war er davor ein noch viel größeres Arschloch. Vor …» Rave malte Gänsefüßchen in die Luft. «… dem Fall.»

Mitch und Jonno lachten. «Jetzt wird mir einiges klar», sagte Jonno.

«Ja, schon gut. Hahaha!» Dave wurde rot, weil sie sich über ihn lustig machten. Er musste dem ein Ende machen.

«Ich hab nur Scheiß geredet. Tut mir leid, Mel.»

«Schon okay. Du kannst ja nichts dafür, dass du hohl in der Birne bist.»

«Genau!», sagte Dave betont langsam, verzog das Gesicht und schlug sich mit der flachen Hand seitlich gegen den Kopf. Alle lachten. Jeremy war erleichtert – alles wieder im grünen Bereich.

Rave hatte offensichtlich genug von dem Geplänkel. Er legte Casey den Arm um die Schultern und wandte sich an Jeremy und Deirdre. «Kommt ihr?»

Deirdre umklammerte Jeremys schweißnasse Hand. Jeremy nickte. Es wurde Zeit.

Rave schnipste mit den Fingern. «Gehen wir.»

Jonno, Mitch, Dave und Mel blieben unter dem Baum sitzen und ließen den Wodka kreisen, während Mel eine Runde Zigaretten spendierte.

Die zwei Pärchen suchten sich einen trockenen Platz im Gebüsch, tranken noch ein bisschen was aus Raves Flasche und trennten sich dann. Casey fing nach ein paar Schlucken immer an zu kichern. Deirdre trank nur ein winziges bisschen, aber Rave kippte den Schnaps runter wie Wasser.

«Was ist mit dir, Beany?», fragte er und reichte Jeremy die Flasche.

«Ich hab genug», sagte Jeremy nach zwei Schlucken.

«Sicher?»

Jeremy ließ den Blick von seinem Freund zur Flasche schweifen, packte sie und trank noch einen Schluck. Ihm wurde zwar schlecht, dafür milderte der Schnaps die Angst, die in ihm tobte.

Rave nahm die Flasche wieder an sich und leerte sie zu dem Käse-Schinken-Sandwich, das er sich aus dem Rucksack geangelt hatte.

Jeremy war mit seiner schwitzigen Hand beschäftigt. Er versuchte, sie aus Deirdres Griff zu lösen, aber sie ließ nicht locker.

«Wie geht es Maisie?», fragte Rave seinen Freund. Er

unterhielt sich immer gern ein bisschen, ehe es zur Sache ging.

«Sie hat ein Date», sagte Jeremy.

«Du machst Witze!»

«Nein.» Seufzend machte Jeremy seiner Verzweiflung wenigstens ein bisschen Luft.

«O Gott», sagte Casey. «Hoffentlich lässt sie sich nicht schwängern.»

Rave und Deirdre lachten. Jeremys Gesicht war wie versteinert.

«Und mit wem trifft sie sich?», wollte Rave wissen.

«Mit dem Bullen.»

«Welchem Bullen?»

«Fred Feuerstein.»

Rave beugte sich vor. «Niemals! Scheiße! Ich hab dir doch gesagt, der steht auf sie.» Er sah die Mädchen an. «Er ist ein total cooler –»

«Ja, er ist toll», fiel Jeremy seinem Freund ins Wort. Er wollte nicht darüber sprechen. Die Ruhe, mit der er vorhin auf die Tatsache reagiert hatte, dass seine Ma mit einem Mann ausging, war längst der Sorge gewichen; Sorge, weil er nicht zu Hause war, Sorge, dass sie einen furchtbaren Abend hatte, Sorge, dass sie einen tollen Abend hatte …

«Jesus! Maisie und Feuerstein, dass ich das noch erleben darf!», sagte Rave.

Casey saß an Raves Brustkorb gelehnt da, während er sein Sandwich aß. «Meine Ma sagt, wenn Dad mal stirbt, verliebt sie sich nie wieder.»

«Wie romantisch!» Deirdre spielte wehmutsvoll mit einer Strähne.

«Ja, nicht wahr?», sagte Casey. «Außerdem sehr tröstlich für mich. Ich meine, wer will das schon?» Sie warf Jeremy einen Blick zu. «Sorry, Beany.»

Er zuckte die Achseln. *Es ist, wie es ist*. Deirdre drückte mitfühlend seine Hand.

Als Rave die Flasche geleert hatte, gab er Jeremy das Signal. Es war lediglich ein schlichtes Nicken mit dem Kopf nach links, aber alle wussten, was es hieß: *Verschwindet. Jetzt geht's zur Sache.*

Jeremy und Deirdre hatten verstanden und standen auf.

«Da drüben ist ein guter Platz.» Rave gestikulierte vage in eine Richtung und schlang Casey den Arm um den Nacken. Sie stoppte seine Hand und küsste sie. Jeremy bekam einen Knoten im Magen. Er spürte, wie ihm der Wodka zurück in die Kehle stieg. Sie gingen ein Stückchen weiter, gerade so weit, um ein bisschen allein und vor dem Regen geschützt zu sein. Deirdre legte sich auf den Boden, und Jeremy setzte sich dicht neben sie, quetschte sich, so gut es ging, unter den dichten Busch. Es wäre einfacher gewesen, sich auch hinzulegen, aber er wollte unbedingt sitzen bleiben, obwohl er sich so ständig welke Blätter aus den Haaren zupfen musste.

Deirdre war offensichtlich froh, mit ihm allein zu sein. «Ich habe dich vermisst.»

«Ja, tut mir leid, ich musste was erledigen.»

«Du musst ständig was erledigen.»

«Bin eben ein beschäftigter Mann.»

«Mach mal langsam. Irgendwann baust du noch einen Unfall bei der ständigen Hetzerei.»

«Könnte passieren.»

«Legst du dich zu mir?»

Ihm drehte sich der Magen um. Auf einen Ellbogen gestützt, legte er sich seitlich neben sie. Er wollte ihr gerade von *Pulp Fiction* erzählen, wie cool John Travolta war, da beugte sie sich zu ihm und küsste ihn. *Okay, gut. Dann spiel mal deine Rolle.* Er erwiderte den Kuss. *Eins, zwei, drei, vier, jetzt die Zunge, Jeremy, fünf, sechs, sieben, rausziehen, acht, neun, zehn, ihre Lippen küssen, elf zwölf. Okay, jetzt wieder Zunge. Mach einfach. Nächster Schritt: der BH.* Er hob ihr Oberteil hinten hoch und kämpfte mit dem BH-Verschluss. Ein schnappendes Geräusch erklang, und er rubbelte Deirdre ein bis zwei Minuten lang über den Rücken, um sich zu wappnen. Dann bewegte er zögerlich die Hände zur Vorderseite und ertastete ihre warmen Brüste. Sie fühlten sich teigig an, weich, ein bisschen feucht sogar. *Mach weiter, mach einfach weiter … erst mit der Rechten spielen, dann mit der Linken, kitzeln und massieren und festhalten, dann …*

Deirdre hörte auf, ihn zu küssen, und rückte ein Stückchen von ihm ab. Jeremy hatte immer noch ihre Brüste in den Händen. Sie versuchte, ihm in die Augen zu schauen, aber er konnte sie nicht ansehen. Die ganze Sache war ein furchtbares Fiasko.

«Ist alles in Ordnung?», fragte sie.

«Ja, klar.»

«Na ja, du knetest meine Titten, als würdest du Brot backen, und ist dir eigentlich klar, dass du beim Küssen gesummt hast?»

«Sorry. Ich höre sofort auf.»

«Entspann dich mal.» Deirdre hatte eindeutig mehr Erfahrung als er. War ja auch logisch, schließlich verbrachte sie seit ihrer Kindheit jeden Sommer bei ihren Cousinen irgendwo auf dem Land auf dem Bauernhof. Die Mädels vom Land waren spitz wie noch was, das wusste doch jeder.

Jeremy versuchte, seine Verlegenheit zu überspielen. «Sorry, Dee, ich bin nur …»

«Du bist toll!» Sie wirkte plötzlich nervös und sah aus, als würde sie gleich anfangen zu weinen. Weil Jeremy nicht wusste, was er tun sollte, küsste er sie mit aller Leidenschaft, die er in sich hatte, so wie Butch Fabienne in *Pulp Fiction* geküsst hatte. *Los, Jeremy, sei ein Mann! So wie Butch* … Es schien zu funktionieren.

Deirdre erwiderte den Kuss, schob das Oberteil hoch, und Jeremy wusste erst nicht, was sie von ihm wollte, bis sich ihre Lippen plötzlich trennten und er einen leichten Druck auf dem Hinterkopf verspürte. *Sie will, dass ich ihr die Titten lecke! Oh nein, nein, nein … Hilfe, ich lecke Titten! Nicht würgen – bitte nicht würgen. Beruhig dich! Entspann dich! Alles ist gut, da ist doch wirklich nichts dabei.* Ihre Hände wanderten zu seiner Hose runter, und er spürte, wie sein Reißverschluss geöffnet wurde. Er bereute, dass er sich vorhin einen runtergeholt hatte – mit einer prallen Ladung in sich hätte wenigstens etwas Hoffnung auf einen Ständer bestanden.

Sie hörte auf und zog sich das Oberteil wieder runter. «Was ist los?»

«Nichts.»

«Du bist echt anstrengend.»

«Keine Ahnung, was du meinst!» Er bemühte sich verzweifelt um einen normalen Tonfall.

«Ich hab versucht, deine Hose aufzumachen und du hast meine Hand weggeschlagen.»

Jeremy spürte, wie er knallrot anlief. «Tut mir leid. Ich hab beim Fußball einen Tritt in die Eier gekriegt.»

«Oh, armer Beany», sagte sie. «Ich könnt's ja heile küssen.»

Jeremy wusste, dass es ein Witz gewesen war, aber er hätte trotzdem fast angefangen zu weinen. «Es tut einfach nur scheißweh.»

«Du würdest mir sagen, wenn du mich nicht magst, oder?»

«Du weißt doch, dass ich dich mag.» Er zögerte. «Ich bin nur ...»

«Nur was?»

«Ich bin ...»

«Was?», fragte sie drängend.

«... einfach nur sauschlecht in solchen Sachen.»

«Bist du nicht!» Sie lächelte ihn an, es war ein warmes Lächeln, dieses ganz besondere, das sie so wunderhübsch machte und so lächerlich gewinnend war, und dann küssten sie sich wieder, und er fing wieder an, stumm mitzuzählen. *Ach, Deirdre, wenn ich nur ... du bist wirklich diejenige, die ich mögen will.*

Sie tauchten als Erste aus dem Gebüsch wieder auf, aber bei Rave dauerte es grundsätzlich länger, egal, mit welchem Mädchen er zusammen war. Es hatte aufgehört zu regnen, und der Nachthimmel war mit winzigen Sternen gesprenkelt. Mel und Dave teilten sich die letzte Zigarette und ließen die Flasche hin- und hergehen. Mitch hing kopfüber vom Baum, und Jonno flößte ihm den letzten Rest Wodka ein.

Mel bot Deirdre einen Schluck Whiskey an.

«Das riecht mein Dad auf einen Kilometer Entfernung!»

«Ist aber gut gegen die Kälte», sagte Mel.

«Nein. Ich geh nach Hause.» Deirdre zuckte die Achseln. «Kommst du mit?»

Mel dachte nach. «Ich bleib noch ein bisschen. Der Bruder von meinem Dad ist zu Besuch – der ist völlig irre.»

Deirdre nickte. «Okay. Mach's gut.» Sie drehte sich zu Jeremy um. «Bringst du mich nach Hause?»

«Na klar», sagte er. Seine Ma hatte ihn dazu erzogen, ein Mädchen nie allein nach Hause gehen zu lassen.

«Bis dann», sagte Deirdre. Mel winkte, und die Jungs grunzten.

Jeremy rubbelte sich die Hand am Hosenbein trocken, ehe sie danach griff. «Sagt Rave, ich bin gleich wieder da», rief er den anderen zu.

«Bring Pommes mit!» Jonno hockte unter dem Baum und versuchte vergebens, aus dürren Zweigen eine Art Blumenkette zu basteln.

«Ja! Mit viel Ketchup!», brüllte Dave.

Jeremy nickte. «Mach ich.»

Als sie Hand in Hand den Park verließen, sah Jeremy zum Himmel hoch. Er war wieder schwarz, und es sah aus, als würde es gleich ungemütlich werden. Einen Augenblick lang überlegte er, ob er Deirdre nach Hause bringen und dann selbst heimgehen sollte, in sein warmes Zimmer zurück, zu seiner wilden Schwester und seiner verrückten, niedlichen Grammy. Er sehnte sich furchtbar danach. Aber er hatte es versprochen und konnte seinen besten Freund unmöglich im Stich lassen.

Montag, 2. Januar 1995

DRITTES KAPITEL

«You Are The World»

Live, 1991

Maisie

Maisie erwachte um drei Uhr morgens von dem heftigen Regen, der aufs Dach trommelte, und weil Bridie durch den Flur schlurfte und sang. Dann verstummte der Gesang, und sie schlurfte weiter.

Bridies Gedanken, Gefühle, Vorstellungen und Sätze gingen oft plötzlich den sprichwörtlichen Bach herunter. Das hatte Maisie am Anfang zum Wahnsinn getrieben, aber inzwischen hatte sie sich daran gewöhnt. Sie blieb still liegen, lauschte den Schritten ihrer Mutter und dachte an den Abend mit Fred Brennan zurück.

Es war das perfekte Date gewesen. Fred war ein Gentleman und hatte sie behandelt wie eine Dame. Aber vor allem hatte er ihr das Gefühl gegeben, eine richtige Frau zu sein. So hatte Maisie sich seit Jahren nicht mehr gefühlt, vielleicht sogar noch nie. Sie hatten in einem teuren Steak House gegessen, und Maisie hatte sich auch im besten Kleid ihrer Mutter ein bisschen unwohl gefühlt. Ein junger Mann mit schwarzem Anzug und weißer Krawatte hatte in der Ecke Klavier gespielt, und als sie Platz genommen hatten, reichte der Kellner ihnen riesige, ledergebundene Speisekarten, die so schwer waren wie Ziegelsteine. Weil sie den ganzen Tag über nicht zum Essen gekommen war, hatte Maisie riesigen Hunger. Sie hatte furchtbare Angst, dass ihr Magen zu knurren anfangen könnte – in dem Restaurant war es so leise, dass Fred es mit Sicherheit gehört hätte. *Du dummes Weib hättest dir vorher wenigstens eine Scheibe Toast machen können.* Sie studierte die Speisekarte, und ihre Augen blieben unwillkürlich an den Preisen hängen. *Zwanzig Pfund für ein Steak! Gott sei Dank hat er wenigstens den Hauswein bestellt!*

«Hier gibt's die besten Steaks der Stadt, Maisie», sagte Fred.

«Super.» *Das will ich auch hoffen!*

Sie bestellte das billigste, kleinste Steak auf der Karte und dazu einen Beilagensalat.

«Ist das wirklich alles, Maisie?»

«Ah, ja, vielen Dank, Fred.»

«Gott, das ist aber wirklich ziemlich wenig.»

«Ich habe keinen großen Hunger.» *Wenn mir jetzt der Magen knurrt, falle ich auf der Stelle tot um.*

«Ganz wie Sie wollen.»

Für das Geld, das die hier für so ein lausiges Winzsteak verlangen, könnte ich eine Woche lang meine Kinder durchfüttern. Halsabschneider! Lächelnd gab sie dem Kellner die Speisekarte zurück. Der Mann war in Gedanken eindeutig ganz woanders. Seine Blicke schweiften ständig zu dem Mann am Klavier zurück, sogar, während er Fred erklärte, was Kartoffeln Dauphinoise und Gemüse-Juliennes waren.

«Knoblauchkartoffeln und in Streifen geschnittenes Gemüse?», fragte Fred irritiert zurück.

Der Kellner nickte, den Blick noch immer auf den Pianisten gerichtet. Der Musiker lachte gerade mit einem anderen jungen Kellner. «Genau», sagte er. «Aber die Kartoffeln sind schon ganz gut, nicht zu viel Knoblauch, und das Gemüse wird glasiert. Das ist so zart, das schmilzt auf der Zunge.»

«Klingt gut.» Fred reichte dem Kellner die Karte, aber der Typ stand wie angewurzelt da und merkte es nicht. «Hallo?», sagte Fred. «Mork an Orson, Orson, meldet Euch.»

Maisie lächelte. Sie war früher ein Riesenfan von *Mork vom Ork* gewesen. *Vielleicht eine Gemeinsamkeit?*

«Entschuldigung», sagte der Kellner. Fred folgte seinem Blick. Der Klavierspieler sah auf. Der Kellner schlug die Augen nieder. «Also, was darf's sein?», fragte er.

«Immer noch das Steak, das ich vor zwei Minuten bestellt habe, durchgebraten, mit Knoblauchkartoffeln und Gemüsestreifen.»

«Ausgezeichnete Wahl. Und wie gut durch soll das Steak genau sein?»

«Im Zweifel verbrannt.»

«Gut.» Er klemmte sich die Karten unter den Arm und ging hocherhobenen Hauptes am Klavier vorbei. Der Blick des Pianisten verfolgte ihn bis in die Küche.

Fred beugte sich vor. «Am anderen Ufer hängt offensichtlich der Haussegen schief.»

Maisie lachte. «Dinner mit Drama.»

«Mein Näschen sagt mir, dass unser Freund den Mann am Klavier mit runtergelassener Hose erwischt hat.»

«Oh nein, bitte nicht! Kein Kopfkino!»

Er grinste. «Ja. Bei der Vorstellung rollen sich mir auch die Zehennägel auf. Aber: Leben und leben lassen, oder?»

Die Unterhaltung war anfangs ein bisschen steif. Sie wussten beide nicht recht, was sie sagen sollten. Maisie dachte angestrengt über alternative Gesprächsthemen zu schwulem Sex nach, und auch *Mork vom Ork* war bereits nach einer Minute als Thema erschöpft, als sie beide merkten, dass sie sich eigentlich nur an das eine Zitat erinnern konnten, und das ließ sich nicht unbegrenzt wiederholen, wenn man nicht Gefahr laufen wollte, als einfach gestrickt rüberzukommen. *Gartenarbeit? Nein, er sieht eigentlich nicht aus wie ein Gärtner. Außerdem kann ich selbst keine Blume von Unkraut unterscheiden. Musik? Keinen blassen Schimmer. Bücher? Ja klar, ich habe ja auch so viel Zeit zum Lesen. O Gott, ich habe einfach nichts zu sagen. Was tue ich hier? Keine Panik, Maisie. Es ist nur ein Abendessen. Bald ist es vorbei, und dann kannst du ihm endlich sagen … Das kann ich nicht.*

Fred schien das Schweigen nicht zu bemerken, und falls doch, machte es ihm im Gegensatz zu Maisie nichts aus. Bald kam das Essen, und er fiel mit Genuss darüber her. «Er hat wirklich nicht zu viel versprochen – das Gemüse schmilzt einem tatsächlich auf der Zunge. Sind Sie sicher, dass Ihnen der Salat als Beilage reicht? Das ist wirklich ein winziges Stückchen Fleisch.»

«Alles gut.» Weil sie nicht einsilbig wirken wollte, fügte sie hinzu: «Das Dressing schmilzt einem auch auf der Zunge.»

Maisie konnte es nicht fassen. *Wie soll Dressing einem bitte im Munde zergehen? Gott, bin ich ein Vollidiot!* Sie hatte keinen Appetit, und ihr Mund war so trocken, dass das Fleisch gar nicht schmecken konnte, obwohl es köstlich aussah.

Ob es unhöflich wäre, sich das Zeug einpacken zu lassen? Mit ein bisschen Ketchup würde Jeremy sofort darüber herfallen.

Fred sah zu, wie sie ihr Essen auf dem Teller hin- und herschob. «Ist das Fleisch in Ordnung?»

«Wunderbar.»

«Ganz sicher?»

«Sehr lecker.»

«Wirklich?»

«Ja. Im Ernst.»

«Na ja, es ist nur so, dass ich Sie sogar mit verdrahtetem Mund schon habe mehr essen sehen.»

Die Worte hingen schwer zwischen ihnen in der Luft. *Ich kann nicht fassen, dass er das wirklich gesagt hat. Ich gehöre hier nicht her. Ich will hier weg.* Maisie legte das Besteck hin und schürzte die Lippen.

Fred war blass geworden. «O Gott! Tut mir leid! Das ist mir einfach so rausgerutscht. Ich habe keine Ahnung, was ich sagen soll. Ich fühle mich in so einer Umgebung immer so unsicher. Übertriebene Speisekarten und rosarote Kellner und französischer Firlefanz – das macht mich ganz nervös, und wenn ich nervös bin, rede ich völligen Blödsinn.»

Er sah aus, als würde er gleich anfangen zu heulen. Er streckte die Hand aus. «Hallo. Mein Name ist Fred Brennan, und ich bin ein Volltrottel.»

Beim Anblick seines dämlichen Gesichtsausdrucks entspannte Maisie sich. Sie atmete auf. Er hatte gerade exakt ausgesprochen, was sie fühlte. «Ich auch.»

«Sie sind alles andere als ein Volltrottel.»

«Nein. Aber ich bin auch nervös, und nur fürs Protokoll: Das Salatdressing schmilzt natürlich nicht im Mund.»

Er lachte, und dann fasste er über den Tisch, und die zarte Berührung seiner Hand auf ihrer erlöste Maisie aus ihrer Schockstarre. Sie fühlte sich wach, strahlend, sirrend und an Körperstellen kribbelig, die sie seit Jahren nicht mehr gespürt hatte. *O Gott, ich bin nicht bereit dazu …* Sie floh aufs Klo, um sich zu beruhigen.

Als sie zurückkam, hatte Fred die zweite Runde Wein bestellt und schenkte ihr gerade ein Glas ein. Obwohl ihr Magen noch vom letzten Abend nicht wieder ganz in Ordnung war, trank sie den Alkohol wie Medizin.

«Erzählen Sie mir eine Sache von Ihnen, die ich nicht weiß», bat er.

Maisie dachte einen Augenblick lang nach. Sie wusste, dass er nichts Privates wissen wollte – er kannte ihr Privatleben in- und auswendig, bis in den hintersten schmutzigen Winkel. *Mir fällt nichts ein.* Sie wäre am liebsten weggelaufen, aber dann nahm er ihre Hand und sah ihr in die Augen, und als er sie anlächelte, legten sich seine Augenwinkel in Falten. «Ganz egal, was.»

Maisie atmete auf. «Ich habe eine Lehre zur Friseurin angefangen. Nie fertig gemacht, aber ich habe es wirklich geliebt.»

«Das wusste ich schon.»

«Oh.»

«Das haben Sie mir mal erzählt, als ich Ihnen eines Nachts Gesellschaft leistete.»

Er musste es nicht weiter ausführen. Das war nicht nötig. Sie wussten beide, dass er von einer der vielen Nächte sprach, in denen sie zusammen auf den Krankenwagen gewartet hatten, während er versuchte, die Blutung ihrer jüngsten Verletzung zu stillen. Maisie wurde ein bisschen schlecht.

«Stimmt», sagte sie. *Das wird nie was.*

«Sie sollten die Ausbildung fertig machen, wenn es das ist, was Sie wirklich wollen.»

Sie lachte. «Na klar, ich habe ja sonst nichts zu tun.»

«Irgendwann haben Sie die Zeit dazu. Sie sind immer noch eine junge Frau.»

«Ich fühle mich aber nicht mehr jung.»

Er sah ihr in die Augen. Es war nicht romantisch – er würde sich niemals vorbeugen, um sie zu küssen. Er sah sie einfach nur an, oder vielleicht auch in sie hinein, sie war sich nicht ganz sicher. Es hätte sich seltsam anfühlen müssen, aber stattdessen war Maisie zum ersten Mal an diesem Abend völlig ruhig. Sie erwiderte seinen Blick.

«Erzählen Sie mir was anderes, etwas, das niemand auf der ganzen Welt über Sie weiß.»

«Wow! Jesus, das ist aber eine ziemliche Hausnummer.» Sie dachte einen Augenblick nach. Es gab nur eine einzige Sache, die sonst niemand auf der ganzen Welt über Maisie wusste. *Soll ich? Wenn ich ihn wirklich vergraulen will, ist das die beste Gelegenheit. Danach wird es viel einfacher, ihm einen Korb zu geben. Außerdem ist es die Wahrheit, und er hat gefragt.*

«Einmal habe ich darüber nachgedacht, Danny umzubringen.» Sie wartete auf sein entsetztes Gesicht, darauf dass er dem rosaroten Kellner winkte, um die Rechnung zu verlangen.

Stattdessen fing Fred an zu grinsen. «Ach ja? Und wie hätten Sie's gemacht?» Er beugte sich vor und hörte nicht auf zu grinsen.

Sie war erleichtert – so erleichtert, dass sie lachte und beim Erzählen den Kopf schüttelte. «Ich wollte ihm Rattengift ins Abendessen tun.»

«Angemessen.» Fred nickte. «Aber nicht so effektiv, wie man glaubt.»

«Nicht?»

«Nein.» Er schüttelte den Kopf. «Außerdem hätte ein Kerl wie er was Qualvolleres verdient.»

«Einmal hab ich mir vorgestellt, ihn auf unserer Auffahrt über den Haufen zu fahren, ihn ans Garagentor zu hängen und dann, während er seine letzten Atemzüge tut, noch ein paar Dartpfeile auf ihn zu werfen.»

«Schon besser.»

Sie lachte und verstummte dann. *Das ist nicht lustig. Ich wollte ihn wirklich umbringen.* Maisie zuckte die Achseln. «Ich hatte das Gift schon gekauft.»

«Und was haben Sie dann damit gemacht?»

«Sobald ich zu Hause war, hab ich es im Klo runtergespült. Jetzt halten Sie mich sicher für geisteskrank.» *Ich mich jedenfalls schon.*

«Maisie, ich würde Sie für geisteskrank halten, wenn Sie nie darüber phantasiert hätten, dieses Schwein umzubringen. Zwischen Denken und Handeln besteht ein Unterschied.» Seine Stimmung veränderte sich, und einen Augenblick lang war Fred vollkommen nüchtern. Etwas beschäftigte ihn, aber Maisie war klug genug, es zu merken und noch klüger, ihn nicht darauf anzusprechen. Sie war erleichtert, weil er sie nicht für eine Psychopathin hielt. Als Kontaktbeamter müsste er den Unterschied eigentlich kennen. Das machte ihr Mut.

«Und was ist mit Ihnen? Ich weiß überhaupt nichts über Sie, außer, dass Sie Ihrem Bruder nach dem Tod Ihrer Mutter Ihr Elternhaus abgekauft haben, den Tee gern mit zwei Stück Zucker trinken, ab und zu ein Stück Kuchen essen, aber nicht auf Kekse stehen.»

Er lächelte. «Das Haus zu kaufen war der größte Fehler meines Lebens. Die Scheißelektrik allein hat mich ein Vermögen gekostet, und die Rohre – Jesus, bitte sprechen Sie mich nie auf die Rohre an.» Fred legte das Besteck weg. Sie wartete ab.

«Ich war mal verlobt.»

Maisie blieb genauso der Mund offen stehen wie vorhin ihrer Tochter. «Was ist passiert?»

«Sie war auch bei der Truppe, als Streifenpolizistin. Eines Tages brach in einer Boutique auf der Store Street Feuer aus. Eine Frau und zwei Kinder waren in der Umkleidekabine eingeschlossen. Joy machte Meldung über Funk und rannte dann entgegen allen Befehlen in das Haus hinein. Als die Feuerwehr eintraf, war es bereits zu spät.

«Jesus, Fred, das tut mir furchtbar leid! Waren Sie dabei?»

«Ich hörte den Funkspruch und fuhr so schnell ich konnte hin, aber da war das Dach schon eingestürzt. Sie war tot.»

«Wann war das?»

«Im März ist ihr zehnter Todestag.»

«Sie vermissen sie sicher immer noch.»

«Nein, ehrlich gesagt, nicht mehr.»

Damit hatte Maisie nicht gerechnet.

«Das ist lange her.» Er lächelte. «Jetzt vermisse ich es nur noch, sie zu vermissen.»

«Oh», sagte sie. *Gott, ist der süß!* Maisie hatte den Geist ihres Vaters lange genug geliebt, um zu verstehen, was er meinte. Heute war nur noch eine Sammlung schöner Erinnerungen geblieben, aber nichts Greifbares mehr. «Das tut mir leid.»

Er lächelte sie an und tätschelte sanft ihre Hand. «Alles hat seine Zeit, Maisie», sagte er leise mit bewegter Stimme, und auch wenn sie nicht ganz sicher war, was er meinte, wusste sie, dass er ihr Einblick in die dunkelsten Ecken seiner Seele gewährte.

«Sie haben was Besseres verdient.» Sie meinte es von ganzem Herzen.

«Genau wie Sie, meine Liebe.»

Ab dem Moment gab es kein Halten mehr. Er sprach über seine Arbeit bei der Polizei, wie er langsam die Leiter hochgestiegen war, was er von seinem Job hielt und von den Schwierigkeiten, mit denen er konfrontiert war. Aber er liebte seine Arbeit. Er erzählte mit Leidenschaft davon und von den Menschen, mit denen er beruflich zu tun hatte. «Da draußen gibt es so viel Schmerz, so viele kaputte Leute, aber auch wunderbare, großartige Menschen, solche wie Sie», sagte er beim Dessert.

Maisie lief knallrot an. Sie wünschte wirklich, sie wüsste, was er in ihr sah.

Die erste halbe Stunde des gemeinsamen Abends hatte sich angefühlt wie eine Ewigkeit, aber die nächsten dreieinhalb Stunden vergingen wie im Flug. Als sie in die Nachtluft traten, war Maisie kein bisschen kalt. Sie glühte förmlich, vom Wein, von echten Erwachsenengesprächen und von seiner Aufmerksamkeit.

Fred

«Achtung, Mylady. Die Nacht riecht nach Blitzeis.» Er nahm beim Verlassen des Restaurants ihre Hand. Der Abend ging viel zu schnell zu Ende.

Sie hatten über alles Mögliche gesprochen, angefangen bei seinem Job, über kotzende Kleinkinder und Angeln, bis hin zur richtigen Zahnhygiene und Politik. Fred genoss vor allen Dingen alles, was mit Valerie zu tun hatte. Er hatte eine Schwäche für das Mädchen. Sie war stark und hatte ihren eigenen Kopf, ließ sich nicht unterkriegen. Sie hatte ihn bei jeder Begegnung genau gemustert, schon als kleines Kind, ihn nie aus den Augen gelassen. *Gut so, Liebes.* Als sie noch jünger war, war sie offener gewesen, einfacher zu erreichen als heute, aber das war in Ordnung. Sie wuchs heran, wurde erwachsen, lernte das Leben kennen, und für ein junges Mädchen, das in der Stadt aufwächst, ist es gut, auf der Hut zu sein.

Jeremy war sanfter als seine Schwester, aber das hieß nicht, dass er schwach war. Er war ein mutiger Junge mit einem riesengroßen Herzen. Er verhielt sich Fred gegenüber zwar immer höflich, war aber verschlossener als Valerie. Es war oft schwer zu erraten, was der Junge gerade dachte. Bei Valerie wusste man immer, woran man war, aber Jeremy war schon als kleiner Junge oft ein Rätsel gewesen. Fred hatte wenig Zeit für Kinder. Er kannte auch kaum welche. Sein Bruder war vor fünfzehn Jahren nach Australien ausgewandert. Er hatte zwar zwei Kinder, aber Fred war ihnen bis jetzt nur zweimal begegnet. Die meisten Kids, die er durch seine Arbeit kennenlernte, waren entweder Opfer oder steckten tief in der Scheiße, und auf Maisies Kinder traf trotz der Umstände keins von beidem zu. Sie waren einfach nur Kinder, kamen irgendwie über die Runden, gaben ihr Bestes. Fred bewunderte sie dafür, vor allem angesichts dessen, was sie vor seinen Augen durchgemacht hatten.

Die Geschichte, wie Valerie Pebbles, die Nachbarskatze, eines Tages tot auf der Straße fand, gefiel ihm besonders. Weil der gesamte Joyce-Clan im Urlaub gewesen war, hatte sie sich einfach Bridies Merinowollstrickjacke von der Wäscheleine geangelt, die tote Katze vorsichtig darin eingewickelt und sie dann kurzerhand in die Tiefkühltruhe verfrachtet, zwischen eine Packung Eis am Stiel und einen Gefrierbeutel Lammkoteletts. Sie machte sich leider nicht die Mühe, ihren grausigen Fund zu kommunizieren, und als Jeremy Lust auf ein Eis bekam, die Tiefkühltruhe aufmachte, reingriff und den steif gefrorenen Pebbles mit seinen starren Katzenaugen aus der Truhe holte, tat er, was jedes normale Kind getan hätte: Er kotzte sich die Seele aus dem Leib und schrie nach seiner Mama. Die Tatsache, dass er damals schon vierzehn gewesen war und sein bester Freund Rave sich zusammen mit seiner kleinen Schwester vor Lachen auf dem Boden kringelte, machte die Sache nicht unbedingt besser.

«Er brauchte eine ganze Weile, um darüber wegzukommen. Er machte einen ganzen Monat lang einen riesengroßen Bogen um die Tiefkühltruhe», sagte Maisie.

«Und sie wollte nur nett zu den Nachbarn sein.» Fred kicherte.

«Stimmt», sagte Maisie. «Wenn man die Berechnung von fünf Pfund Lagergebühr als ‹nett sein› bezeichnet.»

Obwohl Fred schon seit Jahren ein sehnsüchtiges Auge auf Maisie geworfen hatte, war die Einladung im Supermarkt völlig spontan gewesen, und er hatte sich hinterher sofort gefragt, ob es wirklich richtig gewesen war, Maisie zu bitten, mit ihm auszugehen. Er wusste genau, dass sie traumatisiert war, aber Maisie hatte etwas an sich, das ihm den Mut gab, das Risiko einzugehen. Fred war davon überzeugt, dass sie, wenn sie einander nur die Chance dazu gaben, zusammenpassen würden wie zwei Puzzleteile, und abgesehen von dem holprigen Start gab der Abend ihm recht.

«Ich würde gern Mai zu dir sagen», verkündete er, als sie sich im Auto auf den Heimweg machten.

«Sie dürfen mich nennen, wie Sie wollen, Wachtmeister Brennan», sagte sie, aber er sah, dass sie sich dabei nicht ganz wohl fühlte. «Entschuldigung, das klang furchtbar.» Sie war offenbar ziemlich beschwipst, und Fred hatte nur zwei Gläser getrunken.

Er lachte. «Wie wär's? Ich sage ab jetzt Mai, und du sagst nie wieder Wachtmeister Brennan, sondern nur noch Fred.»

Maisie biss sich auf die Lippe, dann ging ein strahlendes Lächeln über ihr Gesicht. «Einverstanden, Fred.»

Fred gefiel der Klang von «Mai»; es schlüpfte ihm wie von selbst von den Lippen. Für ihn sah sie mehr nach Mai als nach Maisie aus. Dabei war es nicht so, dass ihm der Name Maisie nicht gefiel, aber er würde nie vergessen, mit welchem Hass Danny den Namen ausgespien hatte. Der Name brachte zu viele schreckliche Erinnerungen zurück; Maisie, die blutend und verängstigt auf der Türschwelle liegt, Maisie, die sich in einem abgeschlossenen Zimmer versteckt, Maisie ohnmächtig auf dem Holzfußboden. Vierzehnmal im Zeitraum von zwei Jahren war Fred Brennan zur Familie Bean-Fox nach Hause gerufen worden. Seine Kollegen waren acht weitere Male dort gewesen. Es war ein Wunder, dass Danny Fox seine Frau nicht umgebracht hatte, und das lag nicht an mangelnden Gelegenheiten. Nein. «Mai» hatte einen völlig eigenen Klang und gestattete ihnen beiden einen sauberen Schnitt und einen Neuanfang. *Es wird Zeit, das endlich alles loszulassen, Mai, für uns beide. Wenn du uns nur lässt.*

Fred hatte gespürt, dass Maisie seiner Einladung nur aus Pflichtgefühl gefolgt war. Ihm war klar, dass sie wahrscheinlich vorhatte, ihm auf nette Weise einen Korb zu geben, und er hoffte, dass er sie zum Umdenken bewegen konnte. *Eine zweite Chance. Die haben wir doch alle ver-*

dient, oder nicht? Fred trug, was Danny Fox betraf, sein eigenes Päckchen Schuld, Scham und Narben, aber er hatte keine Lust, sich damit zu befassen, zumindest nicht jetzt. Er fragte sich, wie Bridie reagieren würde, wenn sie mitbekam, dass er ihrer Tochter den Hof machte. Es waren alle Reaktionen möglich. Er und Bridie hatten ein gemeinsames Geheimnis, ein Geheimnis, das die aufkeimende Beziehung zu Maisie gefährden konnte, von der einzigen Konstante in seinem Leben ganz zu schweigen: seiner beruflichen Karriere. Er hatte seine Macht als Polizeibeamter ausgenutzt und sich über das Gesetz erhoben, um sicherzustellen, dass man von Danny Fox nie wieder etwas sah oder hörte. Wenn Fred Brennan ganz ehrlich zu sich war, war dies der einzige Grund, weshalb er sich so lange von Maisie ferngehalten hatte.

Nachdenklich ließ er den Blick zu ihr hinübergleiten. Aus dem Kassettenrekorder unter dem beleuchteten Armaturenbrett erklang Frank Sinatra.

«Woran denkst du?», fragte sie ihn.

Fred sah sie an. «Nur an den Regen.» Es war die Wahrheit. Er dachte tatsächlich an den Regen. Er dachte an den Regen in einer bestimmten, nasskalten Winternacht, in der er die Grenze überschritten hatte. *Nie wieder, Mai. Das verspreche ich dir. Nie wieder.*

Sie saßen im Auto wie in einem warmen Kokon. Der Regen trommelte aufs Dach. Es war eine unbehagliche Nacht, aber Fred fühlte sich ganz und gar nicht unbehaglich. Sie waren schon in so vielen schwierigen Situationen zu zweit allein gewesen. Es war schön, zur Abwechslung einfach nur unbeschwert nebeneinanderzusitzen. «Ich glaube, ab jetzt werde ich den Regen feiern müssen.»

«Da hast du aber viel zu feiern.» Sie grinste und wurde

schon wieder rot, so sehr, dass Hals und Gesicht sich farblich dem Kleid annäherten.

«Du bringst deine Umgebung zum Leuchten, Mai, so viel steht fest.»

Sie sah aus, als würde sie gleich anfangen zu weinen. Sie wandte sich ab und sah zum Fenster hinaus. Er hatte sie schon früher ihre Emotionen zurückdrängen sehen, und das aus ganz anderen Gründen als wegen eines Kompliments. Diese Frau würde vor ihm so schnell nicht zusammenbrechen. «War das zu viel fürs erste Rendezvous?»

Sie bedeckte mit einer Hand das Gesicht und schüttelte den Kopf. «Nein.» Und dann nahm sie die Hand herunter, und strahlte ihn aufrichtig an. Fred spürte, wie er sich entspannte.

Sie mag mich. Klar mag sie mich, einen alten Schwerenöter wie mich muss man doch mögen. Du hast es immer noch drauf, Brennan. «Gut! Ich bin nämlich zu alt, um den coolen Macker zu spielen.» Vor ihrem Haus ließ er den Wagen langsam ausrollen.

Weil er den Regenschirm im Restaurant vergessen hatte, stieg er aus, zog sich die Jacke aus und hielt sie mit einem Arm über ihre beiden Köpfe. Den anderen Arm legte er ihr um die Taille, dann rannten sie los. Auf der Türschwelle sahen sie sich an, die Gesichter nur Zentimeter voneinander entfernt. Sie waren sich schon so oft so nahe gewesen, oft hatte er beruhigend auf sie eingeredet, ihr dabei tief in die Augen gesehen und tröstende Dinge geflüstert wie «Durchhalten, meine Liebe, es wird alles wieder gut». Als er jetzt die Hand hob, um ihr Gesicht zu berühren, gab es weder Blut wegzuwischen noch eine Schwellung zu kühlen. Ihre Haut fühlte sich weich an. Mit dem Finger fuhr er sachte die Narbe über ihrem Auge nach, und sie drückte ihre Hand gegen seine. Er bemerkte ihre Verlegenheit, aber es gab nichts, wofür sie sich genieren müsste. Er konnte sich an den Abend erinnern, als wäre es gestern gewesen.

Sie hatte ihn an der Haustür in Empfang genommen, ein Geschirrtuch ans Auge gedrückt. Danny war davongerannt, als er die Polizeisirene hörte. «Das ist nicht schlimm», hatte sie gesagt und den Kessel aufgesetzt. Er war froh gewesen, dass sie sich noch auf den Beinen halten konnte, hatte sich aber trotzdem geweigert zu gehen, ehe er die Verletzung begutachtet hatte.

Er hatte ihr behutsam das Handtuch abgenommen, und sofort war ihr das Blut über die Schläfe gelaufen. «Nicht schlimm, oder? Rocky musste weniger einstecken und hat den Scheißkampf verloren!»

«Man sollte gerechterweise dazusagen, dass die Entscheidung nicht einstimmig fiel», hatte sie geantwortet, und er hatte gelacht. Nicht nur, dass sie offensichtlich auch *Rocky*-Fan war, ihr ging sogar, nachdem sie verprügelt worden war, ihr Sinn für Humor nicht verloren – und das brauchte schon Mut. Weil sie an diesem Abend ausnahmsweise keinen Krankenwagen brauchte, hatte er die Kinder ins Auto gepackt und Maisie eigenhändig ins Krankenhaus gebracht. Schließlich waren sechzehn Stiche nötig gewesen, um die Wunde zu nähen. Sie hatte heftig ausgesehen, aber die Narbe war gut verheilt und schließlich zu einer unauffälligen Linie verblasst. *Sechzehn Stiche, und sie fand trotzdem die Zeit, mir auf dem Weg von der Toilette ein Sandwich aus dem Snackautomaten mitzubringen.* Unwillkürlich, fast ohne es selbst zu merken, hatte er sich vorgebeugt und sie geküsst, direkt über das Auge. «Du bist einmalig, Mai Bean.» Er nahm ihr Gesicht zwischen seine großen Hände, und sie sah mit feuchten Augen zu ihm hoch. Er küsste sie zärtlich auf den Mund. Ihre Lippen teilten sich, und er schmeckte ihre Süße. Sie erwiderte den Kuss. Sein Herz raste und hob sich empor, und in seinem Geist fing er wild an zu tanzen. Solche Gefühle hatte er seit Ewigkeiten nicht mehr empfunden, nicht, seit Joy gestorben war. Er zog Mai fest an sich, küsste sie auf die Wange und ließ sie los.

«Gute Nacht, Mai.»

«Gute Nacht, Fred.»

«Ich würde dich morgen schrecklich gern wiedersehen, falls dir das nicht zu früh und zu viel ist?», sagte er, und sie lächelte.

«Komm doch zum Tee», schlug sie vor, und er machte auf dem Absatz kehrt, ehe sie wieder zur Vernunft kommen konnte.

«Ich kann's kaum erwarten.» Er stieg in den Wagen. Sie wirkte unbeschwert, fast ausgelassen. Es war wunderschön anzusehen. Sie winkte ihm zu und steckte den Schlüssel ins Schloss. Er wartete, bis sie ins Haus gegangen war und die Tür hinter sich verriegelt hatte. Dann dachte er an den grausamen Verlust, der ihm drohte, falls sie je herausfand, was er getan hatte.

Maisie

Sie lag auf ihrem Bett, während ihre Mutter draußen auf dem Flur weiter unbeirrt hin und her schlurfte. Im Geiste durchlebte Maisie aufs Neue Freds zärtlichen Kuss, und tat es danach noch zweimal. Bis ihr plötzlich einfiel, dass ihre Mutter höchstwahrscheinlich nackt war. *Jesus, sie holt sich noch den Tod.* Maisie sprang auf und führte ihre nur mit Socken und Unterhose bekleidete Mutter sanft in ihr Zimmer zurück. Wo um alles in der Welt hatte sie die schwarzen Strümpfe her? Manchmal setzte Bridie sich heftig gegen ihre Tochter zur Wehr, aber diesmal hatte Maisie Glück. Bridie wirkte lediglich abwesend, roboterhaft, konnte weder Ruhe noch Frieden finden. Sie steckte irgendwo in einer Zwischenwelt fest, schlurfte bis nach nirgendwo und wieder zurück. Erst, als Maisie sie zudeckte, erwachte sie aus ihrer Apathie.

«Es regnet nicht, es schüttet», sagte sie zu ihrer Tochter.

«Aber dann kommt irgendwann die Sonne wieder raus, und wenn man Glück hat, sieht man einen Regenbogen.» Maisie stand noch ganz unter dem romantischen Eindruck des vergangenen Abends.

Bridie schnaubte. «Scheißregenbögen. Hab noch nie kapiert, was die Leute an dem Mist finden. Mir ist ein roter Abendhimmel lieber, Maisie. Das ist viel verheißungsvoller.»

Maisie legte sich zu ihrer Mutter aufs Bett und streichelte ihr sanft über den Kopf. «Wahrscheinlich hast du recht, Ma.»

«Obwohl, ich hab am Grab von deinem Daddy mal einen wunderschönen gesehen. Aber natürlich keinen Topf mit Gold, nur der grässliche Grabstein mit der falsch geschriebenen Inschrift. Arthur Beam! Wer zum Teufel ist Arthur Beam? Das ist doch ausgebessert worden, oder, Schätzchen?»

Als Maisie aufwachte, plärrte das Radio, und sie fuhr erschrocken hoch. Ihre Mutter lag nicht mehr neben ihr. Maisie rappelte sich auf und ging in die Küche. Als sie die Tür öffnete, sah sie ihre Tochter am Tisch sitzen. Sie aß eine große Schale Cornflakes und zeigte auf die beiden Scheiben Brot im Toaster. «Ich hoffe, du hast nichts dagegen, dass ich heute zur Abwechslung mal was esse. Oder wäre dir lieber, ich würde verhungern?»

«Iss was immer du möchtest, Liebes», sagte Maisie. Sie war nach dem perfekten Abend bestens gelaunt. Sie hatte keine Lust, sich das von Sorgen und Zweifeln wieder kaputt machen zu lassen. Dazu war sie viel zu glücklich. Bridie saß ebenfalls vor einer Schale Cornflakes. Maisie beugte sich zu ihr und gab ihrer Mutter einen Kuss auf die Stirn. «Geht's dir gut, Ma?»

«Ich hätte gerne eine Schüssel Cornflakes», sagte Bridie.

«Hast du doch, Grammy», sagte Valerie.

Bridie senkte den Blick. «Oh!» Sie fing an zu essen.

Maisie reichte Valerie den Toast, steckte für sich selbst auch zwei Scheiben in den Toaster und schaltete den Wasserkocher wieder ein, obwohl er noch heiß war.

«Hast du schon gehört, Maisie? Fred Brennan, dieser Mörder, hat sich letzte Nacht erhängt», sagte Bridie.

Maisie keuchte. *«Was?»*

Valerie lachte. «Fred *West*, Grammy!»

O Gott! Meine Nerven!

«Es kommt die ganze Zeit im Grammophon. Er hat sich in seiner Zelle aufgehängt. Ist denn das zu fassen?»

«Ich bin froh, dass er tot ist», sagte Valerie.

«Die Welt ist ohne Fred Brennan besser dran», sagte Bridie.

«Fred West, Ma!»

Valerie musste wieder lachen. «Find ich auch, Grammy. Wer braucht schon Fred Brennan?»

Bridie nickte. «Den braucht überhaupt kein Mensch, Schätzchen.»

«Du bist ziemlich gemein, Valerie. Deine Großmutter ist schon verwirrt genug.»

«'tschuldigung!»

«Einem bösen Mann kann man nicht trauen.» Bridie schüttelte entschieden den Kopf.

«Fred *West* war ein widerliches Arschloch.» Valerie versuchte, es wiedergutzumachen.

«Hör sofort auf zu fluchen, Valerie Bean.»

«'tschuldigung.»

«Noch ein Gespräch mit der Direktorin packe ich nicht.»

«Ich weiß, Ma'sie. Ich geb mir Mühe.»

«Okay.» *Wenigstens versucht sie es. Vielleicht sollte ich ihr öfter nichts zu essen geben.* «Und nun los. Zieh deine Uniform an und ruf deinen Bruder. Er will sicher duschen, ehe ich eurer Grammy beim Waschen helfe.»

«Ich kann mich alleine waschen. Danke sehr!»

«Weiß ich doch, Ma. Aber es ist mir lieber, wenn du dabei nicht das Bad unter Wasser setzt.» Maisie bestrich sich den Toast mit Butter. Sie biss hinein und setzte sich zu ihrer Mutter an den Tisch. Bridie starrte misstrauisch ihre durchweichten Cornflakes an. «Hier», sagte Maisie, brach ein Stückchen Toastbrot ab und steckte es ihrer Mutter in den Mund. «Lecker.»

Draußen auf dem Flur hörte sie Valerie an die Zimmertüre ihres Bruders pochen. «Aufstehen, Jeremy. Männer sind Penner!»

Bridie lachte. «Männer sind Penner.»

Maisie teilte sich mit ihrer Mutter das Toastbrot. Sie fütterte Bridie häppchenweise, trank Kaffee und hörte zu, während der Radiomoderator mit einem bekannten Kriminalpsychologen über Fred Wests Geisteszustand spekulierte. Valerie tauchte wieder auf. Sie trug ihre Schuluniform.

«Wo ist dein Bruder?»

«Wahrscheinlich immer noch unter der Dusche.» Valerie zuckte die Achseln.

Maisie fragte sich, warum Valerie sie nicht wegen ihres Dates löcherte. Vielleicht wartete sie auf Jeremy. Zwei gegen einen. *Ich kann's nicht fassen, dass ich ihn zu uns zum Abendbrot eingeladen habe. Ich hab echt nicht mehr alle Tassen im Schrank. 1995: das Jahr, in dem Maisie Bean reif für die Klapse wurde.*

«Jeremy, gib mal ein bisschen Gas, ja? Beeil dich!», rief Maisie raus in den Flur. Sie sah auf die Uhr. Es war schon nach halb neun, und spät dran zu sein sah Jeremy überhaupt nicht ähnlich. Er hasste Hetze. Es geschah nie, dass seine Haare nicht zur Perfektion zerzaust und gegelt oder mit Schaumfestiger bearbeitet waren. Er beherrschte den schlampigen Out-of-bed-Look perfekt. Seine wilden blonden Locken waren so kunstvoll drapiert, dass das Ergebnis völlig ungekünstelt und natürlich aussah. Es gab zwei Gründe, weshalb Jeremy mehr Zeit vor dem Spiegel verbrachte als seine kleine Schwester: Erstens hatte Valerie die dichten, glatten Haare ihres Vaters geerbt, die man nur waschen und lufttrocken musste und die keinerlei Styling brauchten; und zweitens war sie noch zu jung, um sich für Make-up zu interessieren, und Klamotten waren nur dazu da, einen warm zu halten. Dabei war Jeremy im Grunde nicht besonders eitel – ganz im Gegenteil, Maisie hatte manchmal das Gefühl, dass er sich selbst nicht genügend wertschätzte. «Du bist wunderschön, mein Sohn. Innen und außen», sagte sie oft zu ihm. Aber auch wenn er nicht eitel war, Jeremy war schon immer Perfektionist gewesen. Alles musste absolut richtig gemacht sein, weil es sonst falsch war, und der

Unterschied zwischen richtig und falsch war für Jeremy Bean von großer Bedeutung.

«Los jetzt, Jeremy. Du hast noch zehn Minuten. Der Countdown läuft», rief Maisie und steckte noch zwei Scheiben Brot in den Toaster. Die konnte er auf dem Schulweg essen. An seine Zimmertür zu klopfen war überflüssig. Maisie war klar, dass Jeremy bereits wach war und seine Morgenrituale absolvierte. Sein Zimmer war das einzige im Haus mit eigenem Waschbecken – es war avocadogrün und hing schon etwas lose von der Wand. Jeremy konnte es nicht ausstehen, gestört zu werden, vor allem, wenn er sich den spärlichen Flaum rasierte, der erst seit kurzem auf seiner Oberlippe sprießte. Einmal hatte Maisie versehentlich das Zimmer betreten, und er hatte sich in die Lippe geschnitten.

Maisie gab Valerie ihr Pausengeld, dann ging sie doch, um bei ihm anzuklopfen. Bridie trippelte ihr durch den Flur hinterher. «Ich muss aufs Klo», sagte sie.

«Ich bin in einer Minute bei dir, Ma.»

«Ich kann sehr gut allein aufs Klo gehen, Maisie. Ich will vorher nur kurz hallo sagen.»

Maisie klopfte an Jeremys Tür. «Jeremy, ich bin's. Darf ich reinkommen?» Weil keine Antwort kam, öffnete sie die Tür vorsichtig einen Spalt. Das Zimmer war leer, das Bett bereits gemacht.

«Wo ist Jeremy?», wollte Bridie wissen.

«Jeremy?», rief Maisie und ging ins Wohnzimmer. Die Badezimmertür stand offen, und Valerie war allein in der Küche. Maisie legte Jeremys Geld auf die Anrichte und öffnete die Hintertür. «Jeremy?» *Wie albern! Wieso sollte er im Garten sein?* Sie drehte sich zu ihrer Mutter um. Bridie starrte sie aus riesengroßen Augen an.

«Wo ist Jeremy?», fragte sie wieder.

«Keine Ahnung, Ma. Vielleicht in Valeries Zimmer.»

Sie ging erst dort nachsehen, dann in ihrem eigenen und in Bridies Zimmer. Jeremy war nicht da.

«Jeremy? Ich bin's, Schätzchen, deine Grammy. Wo bist du? Jeremy?» Bridie lief auf Trippelschritten durchs Haus, stieß sämtliche Türen auf und rang die Hände.

«Beruhig dich, Ma. Wir finden ihn», sagte Maisie. Im Gegensatz zu ihrer Mutter hatte sie keine Panik. Sie war nur neugierig. Sie kam nicht mal auf die Idee, dass irgendwas passiert sein könnte.

Bridie

Bridie folgte Maisie in die Küche, wo Valerie am Tresen saß. Sie hörte einer weinenden Frau zu, die im Radio erzählte, was die Wests ihr angetan hatten. «Rose West sollte sich auch aufhängen», sagte die Frau.

«Mach das Radio aus, Valerie. Das ist unpassend», sagte Maisie.

«Das ist Radio! Was soll denn daran unpassend sein?», schnaubte Valerie.

«Hat Jeremy dir was gesagt? Dass er heute früher loswollte?»

«Nein?»

Jeremy, Jeremy, Jeremy. Wo steckst du denn? Wo bist du, Schätzchen? Oh, ich weiß. Du bist in meinem Zimmer. Weil du mich suchst. Dann geh ich dich suchen. Bridie machte auf dem Absatz kehrt, um ihre Suche fortzusetzen. Valerie stellte sich ihr in den Weg.

«Sie sagen, er hatte Depressionen. Ich wusste gar nicht,

dass Psychokiller depressiv sein können. Ich dachte immer, die fühlen gar nichts. Und du, Grammy?»

Aber Bridie hatte nur Jeremy im Sinn. «Hast du Jeremy gesehen, Schätzchen?»

«Nein, Grammy.»

Er ist auf und davon und hat uns verlassen. Er ist fort. Oh nein!

«Bist du sicher?» Maisie schaltete das Radio aus. «Hat er wirklich gar nichts gesagt?»

«Ich bin mir sicher, dass er nichts gesagt hat.»

«Aber wo ist er dann?» Bridie hatte Angst, und ihr Gesicht wurde plötzlich ganz heiß.

Wo bin ich hingegangen? Was habe ich gemacht? Irgendwas wegen Jeremy … Wieso stehst du so dumm da rum, Kind?

«Es gibt bestimmt eine ganz einfache Erklärung, Ma.» Maisie führte sie zu einem Küchenstuhl.

Ja klar gibt's die! Er gilt als vermisst!

«Ich mag das nicht, Maisie! Er würde doch nie gehen, ohne seiner Grammy auf Wiedersehen zu sagen!»

«Na ja, so wie's aussieht, hat er seine Brotdose und die halben Küchenvorräte mitgenommen», sagte Maisie.

Vorräte! Als ob das da draußen lange halten würde.

«Dann braucht er den Fünfer ja nicht.» Valerie griff nach ihrer Schultasche, warf sie sich über die Schulter und ging.

Wir müssen den Suchtrupp losschicken! Bridie stand auf und fegte sich die Krümel vom Rock. Sie hatte eine Mission. *Jeremy finden!*

«Jeremy!» Bridie trat auf den Flur. «Schätzchen, wo bist du?» Sie spürte, wie ihr etwas die Beine runterlief. «Oh, nein!» *Dumme alte Frau. Schmutzige alte Frau. Was wür-*

de nur Arthur dazu sagen? Was würde Jeremy dazu sagen? Was ist mit Jeremy? Irgendwas … Sie starrte die Pfütze auf dem Fußboden an.

«Komm Ma, wir bringen das wieder in Ordnung.» Ihre Tochter stand plötzlich neben ihr.

Er wird vermisst!

«Nein, Maisie! Wir müssen Jeremy finden», sagte Bridie, machte einen Schritt aus ihrer Pfütze heraus und ging zu seinem Zimmer.

Sie musste sich konzentrieren. Sie durfte ihre Mission nicht vergessen, ihr entglitten jetzt schon die Einzelheiten, sie spürte es genau. «Jeremy? Schätzchen?»

Maisie folgte ihr. «Schau doch, Ma, seine Schultasche ist auch weg. Jeremy ist einfach früher aus dem Haus gegangen. Das ist alles.»

«Er würde nie gehen, ohne mir auf Wiedersehen zu sagen!» Ihr stiegen Tränen in die Augen, und plötzlich sah sie nichts mehr.

«Aber vielleicht hat er das ja. Und du hast es nur vergessen.»

«Das würde ich nie vergessen!» *Ich weiß, dass ich viele Sachen vergesse, aber das nicht. Es stimmt was nicht.*

«Ma …»

«Das würde ich nicht, Maisie.» Die Tränen liefen ihr über die Wangen. *Was ist los? Alles ist falsch. Nichts ergibt einen Sinn. Wo bin ich?*

«Ma, er ist doch kein kleines Kind mehr. Er ist einfach früher losgegangen.»

Wer ist früher losgegangen? Sie hatte sich solche Mühe gegeben, die Dinge in ihrem Kopf festzuhalten, aber plötzlich war Jeremy und alles, was sie im Zusammenhang mit seinem Verschwinden so beunruhigt hatte, wieder weg.

«Na, komm», sagte Maisie, und Bridie spürte, wie sie zum Badezimmer geführt wurde.

«Allmächtiger Gott im Himmel, lass mich los!» Bridie riss sich von der Frau neben sich los. *Wer zum Teufel glaubt die, dass sie ist?*

«Ma, du bist doch pitschnass!» Die Frau zerrte und schob sie mit Nachdruck Richtung Bad.

«Lass mich sofort los, du Miststück!» Sie hob die Hand, um die Fremde zu schlagen, doch die wich ihr rechtzeitig aus. *Ich lasse mich nicht misshandeln. Ich bin Krankenschwester – ich habe gedient, junge Dame! Von so einer wie dir lasse ich mich nicht schikanieren!* Sie setzte sich heldenhaft zur Wehr. *Du kriegst mich nicht!*

«Hör auf, Ma!» Jemand zerrte brutal an ihren Anziehsachen, also packte sie den Arm und kniff, so fest sie konnte, hinein.

Die Frau schrie auf. «Aua! Himmel noch mal! Ma!»

Sie wehrte sich nach Kräften, als sie in die Dusche gehoben wurde. Sie boxte, schlug um sich, rammte die Schulter gegen die Duschwand und schrie vor Schmerzen auf. «Warum tun Sie mir das an?»

«Oh, Ma, Ma, Ma! Es tut mir so leid …»

Als Bridie schließlich nackt in der Dusche stand, war ihre Energie verpufft. Sie sah an sich herunter, und anstelle der jungen, starken Frau, die sie zu sein glaubte, erblickte sie ein verhutzeltes, dürres, knochiges altes Weib, vornübergebeugt, die Arme um sich geschlungen. Sie hörte sich selbst leise weinen. *Was passiert nur mit mir?*

«Lassen Sie mich in Ruhe!», flehte sie und versuchte, sich zu bedecken. «Lassen Sie mich doch einfach in Ruhe!»

Die Frau trat zurück.

Bridie schluchzte leise, bis ihr Kopf ganz leer war. Dann

ließ sie zu, gewaschen zu werden. Hinterher, als wieder etwas Ordnung in ihre Gedanken zurückgekehrt war, wurde sie in ein großes, kuscheliges Handtuch gewickelt, und jemand nahm sie fest in den Arm. *Ach, Maisie, da bist du ja. Mein liebes Mädchen.* «Ich möchte bitte ein paar Cornflakes, Schätzchen.»

«Gerne, Ma», sagte Maisie. «Wie wär's, danach holen wir dein Rezept ab und gönnen uns bei Jingles eine Tasse Kaffee.»

«Und was Süßes dazu.» Bei dem Gedanken fing Bridie an zu lächeln, während ihre Tochter sie mit dem Handtuch kräftig abrubbelte.

«Warum auch nicht? Morgen muss ich wieder zur Arbeit, und dann haben wir so schnell keine Zeit mehr für eine Belohnung zwischendurch.»

Bridie seufzte zufrieden. «Die lieben mich bei Jingles.» Unter der Fürsorge ihrer Tochter fühlte sie sich warm und geborgen.

Als Maisie versuchte, ihr eine Strumpfhose anzuziehen, ein grässlich kratziges Ding, bohrte Bridie mit dem Finger durch das dünne Material. Nachdem das dritte Paar in den Müll gewandert war, gab Maisie es auf. «Dann eben keine Strumpfhose heute, Ma. Wir denken uns was anderes aus, ja?»

Wer war der Kerl gleich wieder, der sich erhängt hat wie dieser Fred Brennan? Mit einem Paar Strumpfhosen von seiner Ma hat er es gemacht. Sie war eine dicke Frau. Mary Sowieso, oder hieß sie Margaret? Er war eigentlich ein kleiner Mann, aber er wog mindestens eine Tonne. Das weiß ich noch. Die Strumpfhosen von heute sind auch nicht mehr das, was sie mal waren … Bridie schaukelte beim Denken sanft vor und zurück.

Sie hielten an der Apotheke, und Maisie reichte Barbara Cline das Rezept ihrer Mutter. Sie war eine freundliche Frau und hatte für Bridie immer ein nettes Wort übrig.

«Ah, June, da sind Sie ja!», sagte Bridie fröhlich. «Geht es Ihnen gut, meine Liebe?»

June war vor fünf Jahren in Rente gegangen. Barbara lächelte. «Man schlägt sich so durch, Bridie. Ich wünsche Ihnen ein frohes neues Jahr!»

«Frohes neues Jahr, Barbara. Entschuldigung», murmelte Maisie. «Wir hatten heute einen ziemlich schweren Start in den Tag.»

«Und wie läuft es sonst so?», wollte Barbara wissen.

«Wunderbar», sagte Maisie, und ausnahmsweise meinte sie es ehrlich.

«Also wenn man nach Ihrem Strahlen gehen darf, wird 1995 Ihr Jahr!» Barbara zwinkerte.

«Wie waren die Weihnachtsfeiertage?», fragte Maisie.

«Ich bin froh, dass wir's alle überlebt haben. Die blöde Katze hatte Blasenentzündung und hat uns das ganze Haus ruiniert, und meine Schwiegermutter hat geschworen, nie wieder einen Fuß über die Schwelle zu setzen. Hatte vielleicht also auch was Gutes.» Sie lächelte.

«Eine Tierarztrechnung – so was fehlt einem gerade noch zum Glück», sagte Maisie mitfühlend.

«Allerdings. Wenn ich eine Blasenentzündung gehabt hätte, hätte ich fünfunddreißig Pfund beim Arzt hingelegt und dann noch mal zwölf für die Antibiotika. Beim Tierarzt haben sie mir achtzig berechnet – ich wäre fast tot umgefallen!»

«Dem hätte ich's mit dem Besen besorgt!», sagte Bridie.

Barbara lachte. «Das merk ich mir fürs nächste Mal.»

Während Barbara das Rezept fertig machte, setzte Maisie sich zu ihrer Mutter.

«Ich hatte auch mal Blasenentzündung, das ist furchtbar. Die arme Katze», sagte Bridie.

«Das ist doch das, wo man immer das Gefühl hat, man würde Glasscherben pinkeln, oder?», fragte Maisie.

«Ganz genau. Das bringt einen um.» Bridie knetete ihren Rock, und der Saum rutschte ihr bis übers Knie hoch und entblößte Jeremys überlange Fußballstrümpfe.

«Das ist aber schick, Bridie!», sagte Barbara und zeigte auf die Strümpfe.

«Sie wollte mir eine Strumpfhose anziehen, June, eine viel zu warme, kratzige, enge Strumpfhose. Ich wollte mir ja einfach nur zwei Striche auf die Beine malen, und fertig ist die Laube, aber davon wollte sie nichts wissen.» Bridie schüttelte den Kopf, nestelte weiter an ihrem Rock herum und entblößte dabei immer noch mehr Bein.

Maisie zog den Rock wieder runter. «Ich konnte dich ja wohl schlecht nur in Rock und Höschen aus dem Haus lassen, Ma», sagte sie.

«Da hat sie recht, Bridie. Da würde morgen die ganze Stadt drüber sprechen.»

«Das wäre nicht das erste Mal, Liebchen.» Bridie fing an zu kichern, in eine alte Erinnerung versunken. Was auch immer sie so amüsierte, Maisie flehte zu Gott, dass sie es für sich behielt.

Barbara reichte Maisie die Medikamente. «Da bin ich mir ganz sicher.»

Lynn wartete bereits bei Jingles auf sie mit Kaffee und Gebäck.

«Frohes neues Jahr. Na, Bridie, hast du mich vermisst?», fragte Lynn. Sie war sehr viel robuster als Maisie und wurde trotz ihres schwachen Herzens spielend mit Bridie fertig, ohne auch nur außer Puste zu geraten. Sie war früher ebenfalls Krankenschwester gewesen, genau wie Bridie, aber eine Angina hatte ihrem Berufsleben vorzeitig ein Ende bereitet. Sie waren Verbündete. Bridie respektierte Lynns natürliche Autorität und ihre Erfahrung.

«Und wie.» Bridie zeigte mit dem Finger auf Maisie. «Ich kann es gar nicht mehr erwarten, bis die da endlich wieder zur Arbeit geht und die Dinge wieder in vernünftigen Bahnen laufen.»

Lynn kümmerte sich von Montag bis Donnerstag bei sich zu Hause um Bridie, während Maisie in der Zahnarztpraxis arbeitete. Jeremy übernahm die Abende am Wochenende, damit Maisie in der Fabrik putzen konnte. Am Anfang hatte er sich dagegen gewehrt. «Ich habe auch noch ein Leben, Ma!» Aber sie war immer spätestens um neun wieder zu Hause und erlaubte ihm, freitags und samstags bis Mitternacht wegzugehen, um es wiedergutzumachen. Maisie zahlte Lynn für die Betreuung ihrer Mutter so viel sie konnte, und Lynn tat es nicht des Geldes wegen. Ihr Ehemann arbeitete, und die beiden Kinder gingen aufs College. Wegen ihrer Herzprobleme durfte sie sich nicht übernehmen, und sich um Bridie zu kümmern half ihr dabei, ihren Tagen einen Sinn zu geben.

Die drei Frauen saßen am Fenster, das auf die belebte Straße hinausging.

«Ich hasse den Januar», sagte Lynn.

«Der schlimmste Monat im ganzen Jahr.» Maisie versuchte, ihrer Mutter den großen Rosinenkeks wieder aus der Hand zu pulen. «Nicht alles auf einmal, Ma!»

Bridie war fest entschlossen, sich in den Mund zu stopfen, was sie kriegen konnte.

Lynn hob die Augenbrauen. «Bridie? Den Keks. Sofort.»

Bridie ließ augenblicklich den Rosinenkeks fallen. «Sie ist sehr streng», sagte sie zu Maisie. «Aber es ist nur zu meinem Besten.»

Lynn grinste Maisie an. «Ja. So geht das.»

«Ach, wenn es doch bei mir auch so einfach wäre.» Sie brach den Keks in kleine Stücke und gab ihrer Mutter eins.

«Ich bin doch kein kleines Kind mehr, Maisie!», kicherte Bridie.

«Was wolltest du mir eigentlich erzählen?», fragte Lynn, sobald sie sicher war, dass Bridie mit ihren eigenen Gedanken beschäftigt war. Sie sang leise vor sich hin, pickte sich die Krümel vom Rock und starrte zum Fenster hinaus.

«Ich hatte ein Date. Mit Fred.»

«Dem Polizisten!»

«Welcher Polizist?» Bridie fuhr herum und sah sie an.

«Gar nichts, Ma.» Maisie nickte energisch.

«Das wurde aber auch Zeit!» Lynn stellte die Tasse ab. «Ach, jetzt schau nicht so schockiert – er ist doch schon seit Jahren hinter dir her.»

«Wer ist hinter dir her?» Bridie machte ein besorgtes Gesicht.

«Niemand, Ma.»

«Alles in Ordnung, Bridie. Ich habe nur einen Witz gemacht.» Lynn grinste und legte sich dann die Hand vor den Mund. «Und? War's gut?»

«Spinnst du?», flüsterte Maisie. «Für wen hältst du mich?»

«Für eine Frau, die nicht mehr flachgelegt worden ist, seit der Typ, den sie Jesus nennen, noch im Sandkasten saß. Maisie, bitte glaube mir – das Leben ist viel zu kurz. Ich weiß, wovon ich spreche!»

«Du hast Herzprobleme. Das heißt nicht, dass du morgen stirbst.»

«Du hast leicht reden. Wann seht ihr euch wieder?»

«Flüstern ist gemein!», sagte Bridie. «So bist du nicht erzogen worden, Maisie Bean!»

«Entschuldigung, Ma.» Maisie hob die Stimme. «Er kommt nachher zum Abendessen vorbei.»

«Wer denn?», fragte Bridie.

«Fred Brennan, Ma.»

«Der Kerl, der sich erhängt hat?» Sie sah verwirrt aus.

«Nein, Ma. Detective Brennan. Erinnerst du dich?»

«Oh.» Bridie verzog das Gesicht. «Den mag ich nicht.»

«Doch, du magst ihn», sagte Maisie. «Du hast ihn immer gemocht.»

«Oh nein, junges Fräulein, das tue ich ganz bestimmt nicht!»

«Für sie war er immer der Größte», erklärte Maisie ihrer Freundin.

«Das ist nur die Krankheit. Das gehört mit zum Bild. Sie meint es nicht so.» Lynn tätschelte Bridies Hand.

«Stimmt nicht!», sagte Bridie und umklammerte Lynns Finger. «Der Kerl ist gefährlich. Haltet euch bloß fern von dem!»

«Vielleicht ist das doch keine so gute Idee. Es ist noch zu früh. Ich habe mich überrumpeln lassen», sagte Maisie. *Was habe ich mir eigentlich dabei gedacht, ihn zu uns nach Hause einzuladen?*

Lynn ließ Bridie los und nahm Maisies Hand. «Hör mir zu. Fred Brennan ist ein wunderbarer Mann, der sich seit Jahren um dich kümmert. Du magst ihn, das weiß ich, und wenn du das unter schnell verstehst, würde ich gerne mal wissen, was langsam bei dir bedeutet.»

«Und was ist mit den Kindern?»

«Denen geht es gut, wenn es ihrer Ma gutgeht. Jetzt spiel bitte nicht die Märtyrerin, Maisie. Das steht dir nicht.»

Auf Lynn konnte Maisie sich immer verlassen, wenn es darum ging, die Dinge beim Namen zu nennen. Sie spürte eine Woge der Zuneigung für ihre beste Freundin. «Das Leben ist zu kurz, Lynn. Du hast recht.»

«Ganz genau. Das Leben den Lebenden!»

«Na, dann. Ich glaube, ich bringe Ma langsam nach Hause. Sie braucht ihr Nickerchen.»

«Bis morgen.» Lynn gab Bridie ein Küsschen. An Maisie gewandt, sagte sie: «Und du rufst mich heute Abend an. Ich will alles wissen. Jede noch so kleine Kleinigkeit!»

«Mal sehen.»

«Wunderbar! Du hast mir den Tag gerettet. Endlich ist mal was los.»

Lynn freute sich so offensichtlich und aufrichtig für Maisie, dass die sich beim Gehen zu ihr herunterbeugte und flüsterte: «Der beste Kuss meines Lebens.»

Als Maisie öffnete, stand Fred mit einem Strauß Blumen vor der Tür. Er reichte sie ihr und gab ihr einen Kuss auf die Wange. «Hallo, meine Schöne.»

«Das wäre nicht nötig gewesen», sagte Maisie. Ihr war etwas befangen zumute. Sie war es nicht gewohnt, Geschenke zu kriegen.

«Die sind von der Tankstelle. Ich musste sowieso tanken.» Fred folgte ihr ins Haus.

«Sie sind wunderschön.»

Bridie saß in der Küche und sah Fred misstrauisch an. Seine breite Gestalt füllte den Türrahmen aus.

«Hallo, Bridie», sagte er. Es klang etwas nervös.

«Ich hab Ihnen doch gesagt, dass Sie nie wieder herkommen sollen!» Sie musterte Fred von Kopf bis Fuß. Die Missbilligung stand ihr ins Gesicht geschrieben. «Mit dem bleibe ich nicht in einem Zimmer.» Sie stand auf und verschwand ins Wohnzimmer.

Maisie war entsetzt. «Das tut mir furchtbar leid, Fred. Ich weiß nicht, was in sie gefahren ist.»

«Das ist schon in Ordnung. Ehrlich», sagte Fred, aber auch er wirkte ein bisschen verunsichert.

«Gib mir bitte eine Minute mit ihr.»

«Nein, Mai, bitte nicht, lass es einfach gut sein.»

«Das geht leider nicht.» Maisie ging ihrer Mutter hinterher. «Was sollte das denn eben, Ma? Was tust du?»

«Ich schaue …», sie zeigte auf den Fernseher. «… diese Kiste da.»

«Warum hast du eben so mit Fred gesprochen?»

«Wegen was Schlimmem.»

«Ich fürchte, du musst dich ein bisschen genauer ausdrücken, Ma.»

«Kann ich nicht», sagte Bridie. «Wegen etwas eben.»

«Ach, Ma.» Maisie seufzte. «Bitte sei einfach nett zu ihm. Mir zuliebe.»

Sie überließ Bridie ihren wirren Gedanken, ging zurück zu Fred in die Küche, machte die Tür zu und beschloss, die Sorgen auszusperren. «Sie ist verwirrt.»

«Verstehe.» Er sah sich in der Küche um. Maisie beobachtete ihn dabei, wie er sämtliche Aufkleber auf den Schränken las. «Tassen», «Gläser», «Teller», «Töpfe». Über dem Ofen stand in besonders großer Schrift: «Ofen.

Heiß. Nicht anfassen!!!!» Es war seltsam, ihre Küche durch seine Augen zu betrachten. Ihr und den Kindern fielen die Aufkleber überhaupt nicht mehr auf.

«Das muss schwer für dich sein», sagte er.

«Mal schwerer und mal leichter.»

Sie trat zum Wasserkocher, auf den mit Tipp-Ex «Nicht anfassen» geschrieben stand. Sie befüllte ihn und legte den Schalter um. Er setzte sich an den Frühstückstresen, zog das Handy aus der Innentasche und legte es vor sich hin.

«Schick.» Maisie kannte sonst niemanden mit einem Mobiltelefon.

«Nervig trifft es eher. Mit so einem Ding hat man keine einzige Sekunde mehr frei, Mai. Die Dinger haben irgendwann Schuld am Weltuntergang. Denk an meine Worte.»

«Ich weiß auch nicht, wie man Freizeit schreibt», antwortete sie.

Er grinste sie an. «Stimmt auch wieder.»

Sie stellte ihm eine Tasse Kaffee hin und setzte sich dazu. Er nahm ihre Hand, drückte sie sanft und ließ dann wieder los.

«Gleich kommen die Kinder nach Hause. Jeremy ist beim Fußballtraining, und Valerie spielt in der Schauspielgruppe.» Sie war nervös.

«Ich finde es schön, einfach ein bisschen Zeit mit dir zu verbringen.»

Sie wurde rot. *Jesus, Maisie, reiß dich zusammen!* «Ich hab einen Stew im Ofen.» Plötzlich fiel ihr ein, dass nicht jeder Schmortopf mochte. «Magst du Stew überhaupt?»

«Ich liebe Stew.»

Maisie seufzte erleichtert.

«Und selbst wenn nicht. Für dich würde ich jeden

Scheiß essen, Mai.» Plötzlich zog er sie an sich und küsste sie, und das, obwohl ihre Ma direkt nebenan saß. Die Küche fing an, sich zu drehen. Das ging alles viel zu schnell, aber es fühlte sich unglaublich gut an. Zu gut, um gesund zu sein. Verwirrt machte sie sich los, biss sich auf die Lippe und schlug sich verlegen die Hand vor den Mund. Sie wollte ihn wirklich weiterküssen, aber …

«Geht dir das zu schnell, Mai?», fragte er sanft.

«Nein. Nein, gar nicht. Aber ich komme mir so albern vor.»

«Warum denn?»

«Das ist alles so unerwartet und …»

«Gut?», fragte er hoffnungsvoll.

«Ja.» Sie nickte. «Und seltsam.»

Er zog sie ganz nah an sich, sein Bart an ihrer Wange.

Das ist das Einzige, was ich ändern würde. Bärte sind unhygienisch, so viel steht fest.

«Ich würde nie zulassen, dass dir was passiert, Mai. Vor mir brauchst du niemals Angst zu haben.»

«Das weiß ich, Fred.»

Er nahm ihr Gesicht in seine Hände, und sie legte ihre Arme um ihn und versank in seinem Kuss. *Der Bart kommt ab. Definitiv.*

«Und genau davon wird man schwanger, junges Fräulein!» Bridie stand im Türrahmen. Dann zeigte sie auf Fred. «Und Sie machen, dass Sie rauskommen, sonst setzt's was mit dem Besen!» Sie wandte sich wieder an Maisie, die Hände in die Hüften gestemmt. «Ab auf dein Zimmer, Maisie Bean!»

«Ma! Fred ist mein Gast!» In Maisies Stimme schwang ein drohender Unterton mit.

«Und das ist mein Haus», sagte Bridie. In dem Moment

kam Valerie zur Tür rein, den Rucksack auf dem Rücken und mit finsterem Gesicht.

Valerie

Valerie schleuderte den Rucksack auf den Boden und trat ihn in die Ecke. «Was sucht der denn hier?», fragte sie wütend.

«Ich habe Fred zum Abendessen eingeladen.»

Valerie beäugte den Blumenstrauß, der immer noch in der Spüle lag. «Hilfe, Ma, ihr führt euch ja ganz schön auf.»

«Werd nicht frech, Valerie!»

«Wie geht es dir, Valerie?» Fred trank einen Schluck Kaffee und hielt tapfer Bridies Blicken stand.

«Bis eben noch toll.» Sie sah ihn misstrauisch an und wandte sich an ihre Großmutter, die Fred immer noch mordlüstern anstarrte. «Geht's dir gut, Grammy?»

«Ehrlich gesagt, mir ist ein bisschen schlecht», sagte Bridie und verließ die Küche.

Valeries Mutter spähte um sie herum in den Flur. «Wo steckt dein Bruder?»

«Keine Ahnung.»

«Hast du ihn in der Schule gesehen?»

«Um ihn zu sehen, müsste ich schon nach ihm suchen. Warum sollte ich das tun?»

Ihre Mutter sah auf die Uhr. «Wahrscheinlich steckt er wieder bei Mitch Carberry. In letzter Zeit hängt er nur noch dort rum.» Ma'sie warf einen Blick zum Ofen, dann zum Tisch, der für fünf gedeckt war. «Wir können ruhig schon anfangen.» Sie ging Grammy holen.

Valerie sah zu, wie Grammy Fred das ganze Essen über anstarrte. Sie war schweigsam, und wenn er sie ansprach, ignorierte sie ihn. So hatte Valerie ihre Großmutter noch nie erlebt. Es war eigentlich ziemlich unterhaltsam. «Was ist denn los, Grammy?»

«Weiß nicht, Liebchen. Vielleicht bringt er Pech.» Grammy zeigte auf Fred. Ihre Mutter vergrub den Kopf in den Händen.

«So wie Ted Duffys schwarzer Kater», sagte Valerie.

«Ja, genau. Wenn man den sieht, sollte man gut auf sich aufpassen.» Bridie schüttelte drohend den Finger.

«Ich hatte als Kind auch eine Katze», erzählte Fred. «Eine Katze, zwei Hunde, einen Papagei und ein paar Fische, die ich auf dem Rummelplatz gewonnen habe. Allerdings nicht alle auf einmal.»

«Ich wette, die haben alle nicht überlebt», sagte Bridie.

«Ma!»

Valerie musste lachen – das Gesicht ihrer Mutter war göttlich.

«Na ja, da haben Sie recht, Bridie. Tiere leben normalerweise nicht so lange.»

Valerie merkte, dass Fred verlegen war, aber er fasste sich schnell wieder.

«Ma, entschuldige dich bei Fred.»

«Nein. Sicher nicht.»

«Na schön. Das war dein letzter Ausflug zu Jingles. Keine Rosinenkekse mehr für dich.»

«Das kannst du nicht machen!», sagte Bridie.

«Entschuldige dich.»

Bridie sah aus, als wäre sie geschlagen worden. Fassungslos wandte sie sich an Valerie. «Ich liebe Jingles!»

«Sehr uncool, Ma», sagte Valerie.

«Entschuldige dich.»

«Entschuldigung», sagte Bridie zu der Wand über Freds Kopf.

«Schon gut, Bridie», sagte Fred fröhlich.

Er ließ sich nicht so leicht aus der Fassung bringen, das musste Valerie ihm lassen. Ihre Großmutter und sie saßen schweigend daneben, während Fred und Ma'sie sich ein bisschen unterhielten, dann, nach ungefähr einer Minute, versuchte Fred wieder, Bridie mit einzubeziehen. «Ach ja Bridie, Sie haben mir mal erzählt, dass Sie im Krieg Krankenschwester waren.»

Bridie rülpste ihm mitten ins Gesicht. Valerie schlug lachend mit der Hand auf den Tisch.

«Mir reicht's. Fred, hol deinen Mantel», sagte Ma'sie.

«Wo gehen wir hin?»

«Hauptsache, weg von den beiden.» Sie wandte sich an Valerie. «Sag deinem Bruder, im Ofen steht Stew, und kümmere dich um deine Großmutter.» Sie räumte die halb vollen Teller von Fred und sich vom Tisch, knallte sie ins Spülbecken und verließ die Küche. Fred zog schnell den Mantel an.

«Na, ganz toll!» Valerie wandte sich an ihre Großmutter. «Gestern Abend lässt sie mich halb verhungern, und heute Abend lässt sie mich hocken. Der Typ hat ja einen scheißtollen Einfluss auf sie.»

Bridie ergriff die Hand ihrer Enkelin. «Der macht nur Ärger.»

«Auf Wiedersehen, Bridie», sagte Fred, und als Bridie sich weigerte, ihn anzusehen, sagte er zu Valerie: «Schönen Abend, Kiddo.» Er lächelte sie an, dann verließ er die Küche.

«Ich will ihn hier nicht haben», sagte Bridie.

«Dann wären wir schon zwei», antwortete Valerie.

Bridie ließ den Teller stehen und ging ins Wohnzimmer. Valerie nahm ihren Teller vom Tisch und folgte ihr. Sie trat ans Fenster und sah zu, wie ihre Ma und Fred den Weg zur Straße entlanggingen, händchenhaltend, und sich nur losließen, um ins Auto zu steigen.

«Ein Sturm zieht auf», murmelte Bridie. «Maisie, mach die Luken dicht. Ist der Hund im Haus?»

«Ich bin Valerie, und der Hund ist vor zwei Jahren gestorben.» Sie sah Freds Auto nach, das sich langsam entfernte.

«Ach ja. Jetzt fällt's mir wieder ein. Ich nehme bitte ein W, Bob.»

«Na gut», sagte Valerie und legte die VHS-Kassette ein. Grammy versank augenblicklich in ihrer Ratesendung.

Valerie setzte sich dazu und aß ihren Schmortopf. *Wo steckst du, Jeremy, Scheiße noch mal! Sieh zu, dass du deinen Hintern nach Hause schwingst, bevor Ma wiederkommt*. Jeremy und Rave waren beide nicht in der Schule gewesen. Das wusste sie deshalb so genau, weil Dave und Mitch sie in der Mittagspause auf der Suche nach ihnen dumm angequatscht hatten. Am Anfang war sie noch ganz aufgeregt gewesen, weil Jeremy, der supergute Junge, endlich auch mal was Schlimmes gemacht hatte, aber das war Stunden her. Um kurz nach sechs Uhr abends fing Valerie an, sich Sorgen zu machen.

Fred

Fred schaltete das Autoradio ein. Es lief «Let Me In» von REM. Er drehte etwas leiser. Das Polizeifahrzeug hatte gepflegte Ledersitze, und vom Spiegel hing ein grüner Wunderbaum mit Tannenduft. «Ich hab ihn gerade erst sauber machen lassen», sagte er.

«Wie bitte?»

«Den Wagen.»

«Oh, das ist wunderbar. Meiner ist das reinste Chaos.»

«Das machen die Kinder.»

«Valerie und ich, ehrlich gesagt. Es treibt Jeremy zum Wahnsinn.»

Er lächelte in sich hinein.

Sie sah zum Fenster hinaus. Es regnete. Er sah ihr an, dass das Verhalten von Bridie und Valerie ihr zusetzte, weil sie ihre Hände nicht stillhalten konnte. Fred war auch froh, da raus zu sein.

«Also, wohin geht die Fahrt, werte Dame?»

«Na ja, wir haben eigentlich immer noch nichts gegessen. Wie wär's mit Fish & Chips?»

«Eine Frau nach meinem Geschmack. Da weiß ich genau das Richtige für uns.»

Er fuhr mit ihr nach Dún Laoghaire zu einer kleinen Fish-&-Chips-Kneipe mit Blick aufs Meer. Sie setzten sich ans Fenster und teilten sich eine große Portion Kabeljau mit Pommes.

«Bitte entschuldige das Benehmen von Valerie und meiner Mutter.»

«Hör auf, dich zu entschuldigen. Es ist okay.»

«Außerdem weiß ich nicht, was mit Jeremy los ist. Er lässt mich nie einfach so hängen.»

«Er ist ein Teenager. Er ist unterwegs und macht sein eigenes Ding.»

«Ja, ich weiß, du hast recht. Es sieht ihm einfach nur nicht ähnlich, das ist alles.»

Nach dem Abendessen machten sie einen Spaziergang am Kai. Sie gingen Arm in Arm, und weder Kälte noch Regen machten ihnen etwas aus. Im Gegenteil, es war ein guter Grund, sich noch ein bisschen enger aneinanderzukuscheln.

«Wolltest du jemals Kinder?», fragte sie ihn.

«Na klar!», sagte er. «Eine ganze Fußballmannschaft.»

«Und jetzt?» Sie klang leicht beunruhigt.

«Jetzt mache ich keine Pläne mehr.» Er drückte sie an sich. «Aber man kann nie wissen, was morgen ist.»

«Na, sag bloß!» Sie kicherte, aber sie wirkte nervös und schaute raus aufs Meer.

«Wenn du willst, fahre ich dich wieder nach Hause, Mai.»

«Ich würde einfach nur gern wissen, ob Jeremy inzwischen heimgekommen ist. Valerie kriegt das mit Ma nicht so gut auf die Reihe.»

«Ist er mit Sicherheit. Ich hätte in dem Alter jedenfalls keine Mahlzeit ausgelassen.»

«Stimmt. Das passiert ihm nie.»

«Na also.»

Sie gingen weiter.

«Was ist das Schlimmste, das du deiner Ma jemals angetan hast?», fragte sie plötzlich völlig ins Blaue hinein.

Er dachte kurz nach. «Da gibt es jede Menge.»

Sie lachte. «Ich bin mir sicher, du kannst eins aussuchen.»

«Als ich in Jeremys Alter war, bin ich mal mit einem Mädchen von zu Hause abgehauen.»

«Das hast du nicht getan!»

«Sie hieß Lucinda O'Brien. Sie war achtzehn.»

«Niemals!»

«Ich habe meiner Mutter einen Zettel geschrieben: ‹Auf Wiedersehen, Mammy, ich bin verliebt.› Und dann sind wir mit dem Zug bis nach Galway gefahren.»

«War das alles, was du ihr geschrieben hast?»

«Ja.»

«Ich hätte dich umgebracht.»

«Hätte sie am liebsten auch getan.»

«Wie lange warst du weg?»

«So ungefähr zwei Wochen hab ich durchgehalten, dann habe ich meinen alten Herren angerufen und gebeten, mich abzuholen. Lucinda O'Brien war, muss ich gestehen, nicht ganz dicht in der Birne, und was am Anfang exotisch und skurril wirkte, wurde ziemlich schnell sehr finster.»

Maisie biss sich auf die Lippe.

Darüber wusste Maisie bestens Bescheid, dessen war Fred sich bewusst. Danny war zwar nie besonders exotisch gewesen, aber definitiv sehr finster.

«Hast du sie je wiedergesehen?», wollte Maisie wissen.

«Nö. Wenn eine Frau damit droht, sich ein Messer reinzurammen, weil sie glaubt, du hättest ein Auge auf ihre Mutter geworfen, solltest du besser endgültig Abstand halten.»

«Und? Hattest du ein Auge auf ihre Mutter geworfen?»

«Ich bin der Frau nie begegnet.»

Maisie lachte.

Es regnete in Strömen, und als sie wieder zum Auto kamen, waren sie beide klitschnass. Er drehte die Heizung auf, und durch die Lüftungsschlitze blies ihnen warme Luft in ihre nasskalten Gesichter.

«Tut mir leid, dass ich dich bei dem Wetter vor die Tür gescheucht habe», sagte sie.

Er lächelte sie an. «Mit dir würde ich überall hingehen, Mai.» Er ergriff die Gelegenheit, beugte sich zu ihr und küsste sie. Plötzlich fielen sie übereinander her wie zwei Teenager. Schließlich holte Fred Luft. «Ich habe eine Idee.»

«Okay?»

«Gleich um die Ecke gibt es ein Hotel. Kein Druck, wirklich nicht. Ich erwähne es nur. Es liegt ganz bei dir, Mai.»

Sie lächelte ihn an. Es war ein echtes Lächeln, bis hinauf zu den Augen. «Worauf wartest du noch?»

Er gab ihr einen Kuss auf den Mund. «Streich dir das Datum in Kalender an, Maisie Bean, denn heute ist ab sofort mein neuer Geburtstag.» Er startete den Wagen, legte den Gang ein, gab Gas und nahm die Kurve wie ein Rennfahrer.

VIERTES KAPITEL

«Welcome To Paradise»
Green Day, 1994

Maisie

Fred und Maisie lagen sich nackt und warm in den Armen, mitten auf einem großen Doppelbett in einem sauberen, aber schlichten Zimmer im dritten Stock eines Hotels, von dem sie sich nicht mal den Namen gemerkt hatte. *Flittchen.* Sie kicherte stumm. «Ich kann nicht fassen, dass ich das getan habe.»

«Es tut dir aber jetzt nicht leid, oder Mai?»

«Nein.» Sie schüttelte den Kopf. «Es war schön.» Sie fing plötzlich an zu weinen. *Wo kommt das denn jetzt her? Hör auf zu heulen, Maisie, hör sofort auf.* Sie hatte vor Fred noch nie geweint, sosehr sie sich das auch manchmal gewünscht hatte.

«Es tut mir so leid, Fred», schluchzte sie. *Sehr attraktiv!* «Keine Ahnung, was in mich gefahren ist.»

Er küsste sie auf die Stirn. «Du musst einfach weinen, Liebling.» Also kuschelte Maisie sich an ihn und heulte sich mit seiner Erlaubnis die Augen aus.

Vierzig Minuten waren vergangen, seit sie zusammen im Aufzug gestanden hatten, nass bis auf die Knochen, ohne sich zu berühren, völlig unter Strom. Maisie hatte gedacht, die Aufzugtür würde sich nie öffnen, und als sie endlich aufglitt, hatten sie sich an den Händen gefasst und waren zu ihrem Hotelzimmer gerannt wie zwei Teenager in einem schnulzigen Liebesroman.

Sobald die Zimmertür ins Schloss gefallen war, hatten Maisie und Fred einander praktisch die Kleider vom Leib gerissen. Fred war behutsam und stürmisch zugleich, nicht wie Danny, der ihr irgendwann mal fast den Nippel abgerissen hatte, weil er ihren BH so brutal runtergerissen hatte. Fred war stark, aber zärtlich. Maisie war gleichzeitig entsetzt und außer sich vor Aufregung gewesen. Ausnahmsweise dachte sie beim Sex weder an die Kinder noch an all die Dinge, die noch zu erledigen waren. Sie wünschte sich weder, dass die Zeit einen Sprung machte, noch sang sie in Gedanken *Verpiss dich, bitte verpiss dich und verreck in 'nem brennenden Autowrack* vor sich hin, nur um sich davon abzuhalten, ihm gegen den Schädel zu dreschen. Sie schrie auch nicht stumm *Ich will das nicht!* Mit Fred verlor sie sich völlig im Augenblick und träumte sich nicht irgendwo anders hin. Im Gegenteil; das, was sie fühlte, war richtig gut. *Jesus, das war ja doch nicht gelogen! Sex ist tatsächlich toll!* Maisie Bean hatte sich endlich gehenlassen.

Als sie aufhörte zu weinen, gab er ihr ein Kleenex vom Nachttisch, und sie putzte sich die Nase. «So. Fertig.»

«Geht's dir besser?»

«Du hast ja keine Ahnung!» Sie lächelte. In Freds Armen fühlte sie sich warm und vibrierend, strahlend und absolut lebendig. Sexy sogar.

«Das hat sich angefühlt, als wär's mein allererstes Mal», sagte Maisie aufrichtig.

Fred konnte nicht verbergen, wie entzückt er war. Zufrieden streichelte er seinen Bart. «Tja, man nennt mich nicht umsonst Brennan den Hengst.»

«Das ist aber jetzt nicht dein Ernst, oder?»

«Nein. Aber falls du gerne ein entsprechendes Gerücht in die Welt setzen möchtest, habe ich nichts dagegen.»

Sie lachte ihn aus. *Idiot!* Ihr wurde klar, dass sie in den letzten vierundzwanzig Stunden mehr gelacht hatte als seit Jahren. *Jesus.*

«Ich glaube, ich bin in dich verliebt, seit ich dich zum ersten Mal gesehen habe, Mai», sagte Fred leise. «Das sollte ich vielleicht besser nicht zugeben, aber es ist nun mal so.»

«Wirklich? Wie ist das möglich?» Sie konnte sich noch gut an die schreckliche Nacht erinnern. Mrs. Nugent von Nebenan hatte ungefähr zehnmal gegen die Wand gepocht, um Danny zu warnen, dass es endgültig genug sei, aber je lauter sie klopfte, desto mehr tobte er. Der Streit hatte wegen einem Stew angefangen. Sie hatte den halben Tag in der Küche zugebracht, und er hatte behauptet, es würde schmecken wie Schweinescheiße. Er hatte sie auch davor schon getreten und geschlagen, aber an dem Abend hatte er zum ersten Mal die Fäuste benutzt. Als es an der Haustür klingelte, lag sie in einer Blutlache auf dem Fußboden. Sie hörte, wie er aufmachte und sich lautstark zur Wehr setzte, als jemand ihn zu Boden rang. Regungslos blieb sie auf dem Fußboden liegen und versuchte, rauszufinden, was los war. Sie dachte an einen Überfall, doch dann tauchte Freds freundliches Gesicht auf und der Anblick seiner Uniform. Er kniete sich neben sie und sah zu ihr runter. «Nicht bewegen, Liebes. Wir sind hier. Ist der Notarzt unterwegs, Dempsey?», rief er seinem Kollegen zu, der Danny festhielt.

«Runter von mir!», brüllte Danny. «Verpisst euch, ihr Penner!»

Fred hatte Maisie eine Decke gebracht und drückte ein sauberes Taschentuch an ihr blutendes Gesicht. «Bring ihn zum Wagen», hatte er gerufen, und Maisie hatte gehört, wie der zweite Polizist Danny nach draußen schaffte.

«Es tut mir leid», sagte sie.

«Warum?»

«Sie haben viel zu tun.» Als der Schock und die Taubheit etwas abklangen, merkte sie, dass er ihre Hand hielt. Mit der anderen strich er ihr die schwarzen Locken aus der blutenden Stirn. «Für so was haben wir immer Zeit.»

«Ich bin Maisie.»

«Fred.»

«Ich habe einen großen Fehler gemacht, Fred.» Doch ehe er antworten konnte, waren die Sanitäter eingetroffen und hatten übernommen. Als sie in den Krankenwagen geschoben wurde, hatte sie ihm zugewinkt. Er hatte zurückgewinkt.

«Wie konntest du dich denn da in mich verlieben?», wollte sie wissen.

«Du warst zauberhaft», sagte er. «Aber ich glaube, am Ende war es dein Winken. Du hattest so viel Würde, Mai, sogar als es ganz schlimm war. Es war, als wäre die ganze Welt um dich herum verrückt geworden, aber du hättest nicht zugelassen, dass dich das verändert.»

Oh, ich habe mich verändert. «Ich bin härter geworden.»

«Nur härter im Nehmen. Das ist ein Unterschied.»

«Damals war ich das erste Mal von meinen Kindern getrennt. Mrs. Nugent hat sie zu sich genommen. Weißt du noch?»

«Ob ich das noch weiß? Ich musste sie mit zwanzig Mäusen aus meiner eigenen Tasche bestechen.»

«Nein!»

«Altes, zähes Luder.» Fred lachte verhalten.

«Ja. Aber ohne sie wäre ich jetzt tot», sagte Maisie. «Und ohne dich auch.»

Fred streichelte ihren Arm. «Ich hätte das niemals ausgenutzt, und außerdem ging es mir damals selbst noch nicht wieder gut. Ich habe immer noch um Joy getrauert, aber du musst wissen, dass es für mich wirklich Liebe auf den ersten Blick war.»

Maisie brauchte einen Moment, um das auf sich wirken zu lassen. «Sieben Jahre sind aber eine lange Vorbereitungszeit, um mich zum Essen einzuladen.»

«Stimmt. Na ja, als du dann endlich in Sicherheit warst, musste ich loslassen. Alles andere wäre falsch gewesen. Aber ich habe dich immer wieder mal gesehen. Du sahst jedes Mal glücklich aus und wunderschön. Ich habe immer wieder darüber nachgedacht, vor allem nach meiner Beförderung, aber du hattest so viel durchgemacht.»

«Was hat sich geändert?» Maisie war neugierig.

«Ich war einsam.» Er mied ihren Blick. Wahrscheinlich war es schwer für ihn, sich diese Schwäche einzugestehen – das verstand sie nur zu gut –, andererseits kannte sie ihn als einen Menschen, der Ehrlichkeit schätzte.

«Ich auch», gestand sie ihm.

«Du, Mai?» Er wirkte ehrlich überrascht.

Sie nickte. «Ich wusste gar nicht, wie einsam ich war.» Sie drehte sich zum Fenster. Er schlang seine Arme um ihren Bauch und ihre Brust, und so lagen sie da.

«Ich hatte Angst, ich hätte meine einzige Chance verpatzt. So wie du mich gestern im Supermarkt angesehen hast, nachdem ich dich endlich gefragt hatte …»

«Ich stand unter Schock.»

«Das war auch völlig ungeplant. Der erste Tag des neuen Jahres, und plötzlich stehst ausgerechnet du vor mir, in einem Supermarkt, und ich dachte: *Heute ist der Tag, Fred. Jetzt oder nie.*»

Maisie lächelte und biss sich auf die Lippe. *Wenn er so ehrlich sein kann, kann ich das auch.* «Bei mir war es eine Woche nachdem ich aus dem Koma erwacht bin», sagte sie.

«War was?»

«Das erste Mal, dass es mir mit dir so ging. Du kamst in mein Zimmer, und ich dachte: *Gott, ich wünschte, er wär meiner.*» Eine einzelne Träne lief ihr über das Gesicht.

Fred drückte sie sanft um die Mitte. «Ich würde sagen, damals hättest du dir sogar gewünscht, mit einem Zirkusesel durchzubrennen.»

«Stimmt.»

«Und jetzt liegen wir hier, Mai.» Er küsste ihren Nacken.

«Eins sag ich dir, Fred, wenn das ein Traum ist, wache ich gleich bitter enttäuscht wieder auf.»

Lachend zog er sie an sich.

Und sie dachte, *Scheiß auf die Welt*, und dann liebten sie sich noch einmal.

Es war kurz nach acht, als sie schließlich zu Hause anrief.

Valerie ging ans Telefon. «Was?»

«Meld dich nicht immer so!» Maisie seufzte.

«Ach, bitte verzeih, Ma. Hallo? Sie sprechen mit den Beans. Kann ich Ihnen irgendwie in den Hintern kriechen?»

«Valerie! Die Fluchkasse!»

«Oh. Hab ich vergessen. 'tschuldigung.»

«Hol deinen Bruder ans Telefon.»

Valerie schwieg den Bruchteil einer Sekunde zu lang. «Der ist schon wieder weg, Ma.»

«Du machst Witze! Wohin denn?»

«Hab ich ihn nicht gefragt.»

«Was zum Teufel ist in den gefahren? Hat er wenigstens was gegessen?»

«Ja, Ma! Das beste Stew aller Zeiten, hat er gesagt», sagte Valerie sarkastisch.

«Wie geht es deiner Großmutter?»

«Die ist irre.»

«Aber geht es ihr gut?»

«Na ja, sie ist noch am Leben. Und? Kommst du jetzt mal nach Hause, oder was?»

«Ich bin in einer halben Stunde da.» Maisie legte auf und drehte sich zu Fred um. «Jeremy war zum Essen zu Hause und hat sich danach wieder unerlaubt verdünnisiert. Ich muss los.»

«Er ist sechzehn, Maisie, das ist vollkommen normal.»

«Ich weiß. Aber hätte er sich nicht irgendeinen anderen Tag aussuchen können als ausgerechnet den, an dem ich selbst einen Verschwindezauber ausübe?» Sie stieg aus dem Bett und fing an, ihre Unterwäsche zu suchen.

«Nur noch eine Stunde.»

«Ich bin schon viel zu lange weg, Fred.»

«Nur noch eine einzige», flehte er.

Sag nein. Sei standhaft. Der Regen trommelte gegen das Fenster, im Zimmer war es kalt, und das Bett war warm und verheißungsvoll. Sie hatte sich noch nie in ihrem Leben so sehr zu einem Mann hingezogen gefühlt. *Ich muss los.*

«Was könnte denn schlimmstenfalls passieren?», fragte er.

Maisie schossen eine Million Möglichkeiten durch den Kopf, inklusive Feuer, Überschwemmung, Hungersnöte und die Pest, aber damit kam Valerie auch gut allein zurecht.

Sie nickte. «Noch eine Stunde.»

Er grinste. «Oder auch zwei.»

Jetzt werd nur nicht frech, Mister. Maisie schlüpfte zurück ins Bett, schlang ihre Arme um ihn, legte den Kopf auf seine Brust, seinen Herzschlag dicht an ihrem Ohr.

Valerie

Valerie legte den Hörer auf und kaute auf dem einzigen verbliebenen Fingernagel herum. *Was treibst du bloß, Jeremy?* Sie hatte Angst, nicht mehr in der Lage zu sein, ihn wegen ihrer Lüge zu warnen, falls ihre Mutter vor ihm nach Hause kam. Sie hätte genauso gut petzen können, ihr erzählen, dass er die Schule geschwänzt und immer noch nicht nach Hause gekommen war, aber sosehr sie sich auch darüber gefreut hätte, dass der Goldjunge auch endlich mal Ärger bekam, die Kontras überwogen die Pros bei weitem. Ihre Mutter wäre ausgerastet, sofort nach Hause gesprintet und hätte sich ans Telefon geklemmt. Sie selbst wäre in die Zange genommen worden wie eine Verbrecherin, und am Ende hätte ihre Ma sich – so wie immer – deswegen mit ihr in die Haare gekriegt. *Ist doch sowieso immer alles meine Schuld.* Valerie war schließlich nicht dumm: Sie wusste genau, wenn sie ihn deckte, wäre er ihr was schuldig, und sie brauchte alle Gefallen, die sie kriegen konnte.

Sie schlenderte durch den Flur und klopfte an die Badezimmertür. «Alles okay, Grammy?» Die letzten Stunden waren echt anstrengend gewesen. Grammy war nicht zu stoppen gewesen, war die ganze Zeit auf und ab und hin und her gerannt und hatte ständig irgendwas gewollt. Sie war anstrengend, und Valerie hatte es satt, ihr hinterherzulaufen. Jetzt war sie zum dritten Mal in einer Stunde auf dem Klo, und obwohl Jeremy und Valerie sonst bei allem halfen, das Bad war definitiv nicht ihr Revier. Es gibt Anblicke, die kann man nicht mehr ungeschehen machen, und beide Kinder hatten ihrer Mutter unmissverständlich klargemacht, dass sie, was die nackte Grammy betraf, definitiv auf sich gestellt war.

«Ich würde an meiner eigenen Kotze ersticken», waren Valeries Worte gewesen.

«Ich wäre für den Rest meines Lebens gestört, Ma», hatte Jeremys Standpunkt in der Angelegenheit gelautet.

Ihre Mutter hatte nicht darauf bestanden. Sie hatte zugegeben, dass es für sie selbst schon schlimm genug war, und außerdem war sie eine Erwachsene, die wusste, was Horror war.

Valerie klopfte an die Badezimmertür. «Was ist denn los? Warte! Jesus, bitte, sag's mir nicht. Sag einfach nur ‹Fertig›.»

«Fertig.»

«Super. Bist du angezogen?»

«Aber ja!», sagte Grammy.

«Toll. Ich mache jetzt die Tür auf.»

Grammy stand im Bad, den Rock bis zur Brust hochgezogen. Die Unterhose baumelte ihr um die mit Jeremys Fußballstrümpfen bekleideten Knöchel.

Valerie schlug sich sofort die Hände vor die Augen und drehte sich um. «Was ist denn los mit dir?»

«Ich lass mich lufttrocknen, Schätzchen. Es gibt überhaupt kein Toilettenpapier», sagte Bridie. «Ooohhh …»

«Was denn?»

«Mir ist so schwindlig, Schätzchen.»

«Ach Scheiße!» Valerie seufzte. «Bleib, wo du bist. Ich kümmere mich.» Gott sei Dank hatte ihre Großmutter inzwischen den Rock losgelassen. Valerie ging zu ihr, packte die Unterhose und zerrte sie hoch bis zum Knie. «Jetzt bist du dran, Grammy. Na los: Hochziehen, ziehen, ziehen!»

Bridie tat wie geheißen. «Ist doch ganz einfach.»

«Sehr gut, Grammy.»

Als Valerie ans Klo trat, um abzuspülen, entdeckte sie in der Schüssel eine frische Rolle Klopapier. Sie überlegte, ein paar Handschuhe anzuziehen und sie rauszuangeln. *Nee. Echt nicht. Das ist Mas Job.* Wenn Jeremy jetzt zu Hause wäre, würde er Bridie ins Bett bringen, aber mit Valerie ging sie nirgendwohin, da konnte sie noch so müde sein.

Als sie wieder im Wohnzimmer waren und sich zurück vor den Fernseher gesetzt hatten, war Bridie plötzlich aufgewühlt, und Valerie wusste, dass irgendwas im Busch war. *Oh, bitte nicht.*

«Wo ist Jeremy?», fragte sie.

«Beim Fußballtraining.» Valerie beschloss, dass es besser war, jetzt nicht mit dem Lügen aufzuhören.

«Dazu ist es doch schon viel zu spät», sagte Bridie und sah raus in die Dunkelheit.

«Die trainieren seit neustem in der Halle, Grammy. Sehr nobel.»

«Aber wo ist er?»

«Er ist auf dem Weg, Grammy.»

«Ich will, dass er zu Hause ist.» Bridies Augen füllten sich mit Tränen.

«Da bist du nicht die Einzige.» Valerie starrte raus in die Dunkelheit vor dem Fenster, als ob sie Jeremy dazu zwingen könnte, plötzlich dort aufzutauchen und alles wiedergutzumachen. «Wenn du willst, mache ich dir eine Tasse Tee und bring dir ein paar von den Keksen, die du ohne Durchweichen eine halbe Stunde eintunken kannst.»

«Okay, Schätzchen.» Obwohl sie sich ganz normal anhörte, liefen ihr weiter die Tränen über das Gesicht. Und dann bekam sie plötzlich diesen schrecklich wilden Ausdruck – diesen Blick, der Valerie verriet, dass sie sich wieder irgendwo in ihrem Kopf verlaufen hatte. «Ich suche meine Familie», murmelte Grammy. «Haben Sie sie gesehen? Können Sie mir helfen?»

Scheiße! Jetzt ist sie weg. Grammy umklammerte Valeries Hand, aber Valerie schüttelte sie ab, floh in die Küche und ließ ihre schluchzende Großmutter allein. «Gleich kommen deine Kekse, Grammy», rief sie, als könnte ihre Großmutter im Augenblick irgendwas damit anfangen. «Dauert nicht mehr lange.»

Sie blieb, wo sie war, und lauschte dem Gejammer ihrer Großmutter. Sie würde hier warten, bis es vorbei war. Was anderes konnte sie sowieso nicht tun. Immer, wenn Grammy in der Vergangenheit verschwand oder wirr wurde, aggressiv oder traurig, machte Valerie dicht und tat so, als würde das alles nicht passieren. *Ich meine, was soll ich denn tun? Der kann niemand helfen, sie ist weg. Meine Grammy ist weg.*

Sie blieb in der Küche, bis ihre Großmutter vor dem Fernseher eingeschlafen war, dann ging sie zu ihr, breitete eine Decke über sie und verzog sich in ihr Zimmer.

Maisie war um kurz nach Mitternacht wieder zu Hause. Sie konnte nicht fassen, dass sie tatsächlich eingeschlafen war. In ihr tobte wilde Verzweiflung, sie wollte nur noch ins Haus, ihre Kinder sehen. Als der Wagen in die Auffahrt einbog, sah sie durchs hell erleuchtete Wohnzimmerfenster die schlafende Bridie auf dem Sofa liegen. *Das ist nicht gut*. Sie legte die Hand auf den Türgriff. Sie musste dringend ins Haus. Ihre Schuldgefühle zwangen sie fast in die Knie. Das innere Leuchten war abgeklungen, und die kalte Wirklichkeit übernahm wieder das Ruder. *Ich habe meine demente Mutter und mein Kind im Stich gelassen, um mit einem Mann ins Bett zu gehen, mit dem ich ein einziges Mal aus gewesen bin. Was bin ich eigentlich für ein Mensch?*

Sie riss die Tür auf, sobald das Auto anhielt. «Ich muss los.»

Er nahm ihre Hand und versuchte, sie zu beruhigen. Sie brachte es nicht über sich, ihn anzusehen, nicht auf der Auffahrt zum Haus ihrer Mutter.

«Ich werde mich nicht in dein Leben drängen, Mai. Ich weiß, dass du Kinder hast und dich um deine Mutter kümmern musst. Du bestimmst Ton und Tempo, aber ich lasse mich auch nicht von dir abwimmeln. Okay?»

Sie holte tief Luft und sah ihn an. «Es ist Mitternacht, Fred. Ich muss jetzt sofort ins Haus zu meiner Familie.»

«Okay.» Er reichte ihr eine Visitenkarte. «Hier. Das ist meine neue Handynummer. Bitte ruf mich an.»

Sie nahm die Karte. «So was kann ich nicht noch mal machen.»

«Das verstehe ich, Mai.» Er war unglaublich nett gewesen, als sie um kurz nach halb zwölf aufgewacht war, hatte sich tausendmal entschuldigt. Er hatte sich halb umgebracht dabei, sie so schnell wie möglich nach Hause zu bringen.

«Danke.» Sie lächelte und stieg aus dem Auto. Dann rannte sie auf das Haus zu und verschwand durch die Tür, ohne sich noch einmal umzudrehen. Sie hörte den Wagen wegfahren, sobald sie im Haus war. Sie ging zu Valeries Zimmer. Musik drang gedämpft auf den Flur. Als sie die Tür öffnete, lag Valerie völlig angezogen bei Festbeleuchtung auf dem Bett und schlief, einen Fuß auf dem Boden. Maisie stellte die Musik ab, zog Valerie die Schuhe aus und deckte sie zu. Dann eilte sie ins Wohnzimmer. Bridie saß tief und fest schlafend in ihrem Sessel, nachlässig zugedeckt. *Es sieht Jeremy nicht ähnlich, dass er sie nicht in ihr Bett locken konnte.* Behutsam machte sie sich daran, ihre Mutter aufzuwecken, und trug sie dann praktisch ins Bett. Sie zog sie aus und schaffte es, ihr ein Nachthemd überzustülpen. Bridie war völlig erschöpft, und viel zu müde, um sich zu wehren oder mitzuhelfen. Sie war wie ein nasser Sack. Ihre glasigen Augen standen halb offen.

«Wo bist du gewesen, Maisie?», fragte sie schlaftrunken.

«Arbeiten, Ma.»

«Braves Mädchen. Vergiss nicht, den Hund rauszulassen.»

«Nein, Ma. Und jetzt schlaf.»

In Jeremys Zimmer sah sie zuletzt nach. Sie öffnete die Tür, warf einen Blick hinein und sah ein leeres Bett. Ganz automatisch wollte sie die Tür schon wieder zuziehen und registrierte erst dann tatsächlich, dass sie eben ein leeres Bett gesehen hatte. Sie hielt inne und stieß die Tür wieder auf. Ihr Blick schoss kreuz und quer durchs Zimmer. *Kein Jeremy?*

«Jeremy?» Maisie machte das Licht an. Er war nicht da. Definitiv. *Er ist nicht da? Heute Morgen war er nicht da und jetzt auch nicht? Es ist nach Mitternacht, und er liegt nicht in seinem Bett. Ich bringe ihn um.* Sie ging durch den Flur und sah in ihrem Zimmer nach, im Bad, in der Küche.

Sie setzte sich an den Küchentisch, wartete darauf, dass sein Schlüssel sich im Schloss drehte, und versuchte, sich darüber klarzuwerden, was sie tun sollte. *Bei seinen Freunden anrufen? Geht nicht – viel zu spät. Soll ich Valerie wecken? Nein, ich warte lieber noch ein bisschen. Vielleicht kommt er bald nach Hause.* Sie kämpfte darum, die grauenhafte Angst von sich fernzuhalten, die immer wieder gegen sie anbrandete. In einem Augenblick wusste sie, dass irgendwas Schlimmes passiert sein musste, und im nächsten Moment war sie davon überzeugt, dass er sie bestrafte, weil sie mit Fred ausgegangen war. Oder er übernachtete bei Mitch und hatte ihr einen Zettel geschrieben.

Sie stellte die Küche auf den Kopf. Es gab keinen Zettel. Es war schon nach zwei. Ihr platzte der Kopf, ihr drehte sich der Magen um, und die Knie wurden ihr weich. *Ich hätte hier sein müssen. Wenn ich hiergeblieben wäre, wüsste ich jetzt, wo mein Sohn steckt.* In dieser Nacht wanderte nicht Bridie, sondern Maisie durch den Flur, immer hin und her, bis sie schließlich um kurz vor fünf Uhr morgens mit dem Kopf auf den Händen erschöpft am Küchentisch einschlief.

21 Uhr bis 22 Uhr, 1. Januar 1995

Jeremy

Auf dem Nachhauseweg hielten sie Händchen. Dieser Teil war Jeremy von der Zeit, die er mit Deirdre verbrachte, der liebste. Die gefürchtete Pflicht war erfüllt, er konnte sich entspannen, und wenn Deirdre nicht gerade wie verrückt über ihn herfiel, war es richtig schön mir ihr. Sie wusste genau, wer sie war, und Jeremy beneidete sie darum. Neben Rave war Deirdre seine beste Freundin. Ihm graute vor dem Tag, an dem er sie verlieren würde, und der würde definitiv kommen. *Eines Tages wird sie mich hassen*. Das war unvermeidbar. Bei der Vorstellung bekam er Magenkrämpfe.

Die Jungs waren neidisch, weil er und Rave eine Freundin hatten. Dave tat zwar so, als wäre es ihm egal, aber es fuchste ihn.

«Was sieht Deirdre nur in so einem verfickten Wischmopp wie dir, Beany?», hatte er mehr als einmal gefragt. «Ich meine, Rave, der ist wenigstens cool, aber du? Du bist ein milchgesichtiges Mamasöhnchen.» Da war was dran. Jeremy hatte keine Ahnung, was Deirdre mit ihm wollte: Jedes Mal, wenn sie zusammen waren, enttäuschte er sie.

Jonno hatte einen Horror vor Mädchen. Für ihn waren sie immer noch der Feind.

Mitch Carberry stand da schon auf einem ganz anderen Blatt. Er war verzweifelt auf der Suche nach jemandem, ganz egal wem, aber zu seinem Verdruss war die Antwort immer ein nein, wenn auch in Variationen. «Was stimmt denn nicht mit mir?», lamentierte er. «Ich dachte, Frauen stehen auf Geld. Ich habe Geld.»

So amüsant Mitchs Dilemma auch war, im Grunde wusste keiner der Jungs, warum Mitch kein Mädchen abbekam. Mitch hätte sein rechtes Ei geopfert, um mit Deirdre zusammen zu sein. Jeremy hatte Schuldgefühle deswegen, aber um mit Deirdre Schluss zu machen, reichten sie auch wieder nicht. Irgendwann hatte er sie mal gefragt, weshalb die Mädchen nicht auf Mitch standen. «Der ist total verzweifelt. Es gibt nichts Schlimmeres als verzweifelte Typen, außer totale Arschlöcher, und das ist er auch noch. Weißt du, dass er Jean Foley einen Zehner für 'nen Kuss mit Zunge geboten hat?»

«Nicht dein Ernst?» Jeremy war schockiert. Sein Entsetzen brachte sie zum Kichern.

«Absolut, und ich werde dir jetzt nicht verraten, was er ihr für einen Blowjob gegeben hätte.»

«Jesus! Dafür gibt es echt keine Entschuldigung.»

«Er hat behauptet, dazu wäre es nur gekommen, weil sie ständig an seiner Haustür geklingelt hat, um ihm ihre Dienste anzubieten.»

«Nein. Stopp.» Jeremy war fassungslos.

«Die Sache ist nur die, Jean Foley ist keine Nutte – sie ist Zeugin Jehovas.»

«Ich glaube nicht, dass die Blowjobs anbieten.»

«Eher nicht. Jehova hätte sicher was dagegen.»

«Ein bisschen wie Gott.» Jeremy schob zwar oft Religion und seine Angst vor Gottes Strafe vor, um es nicht zum Äußersten kommen lassen zu müssen, doch die Angst war echt. Nur, dass sie nichts mit dem zu tun hatte, was er mit Deirdre tat oder nicht tat.

Sie dachte darüber nach. «Kann schon sein, aber Gott ist nicht so streng wie Jehova. Zumindest befiehlt er uns nicht, überall Klinken putzen zu gehen.»

Es war schön, Teil eines Paars zu sein. Es war normal und wurde erwartet. Jeremys Leben war so lange unnormal gewesen. Er sehnte sich nach Normalität. Jeremy Bean hatte nie was anderes gewollt, als dazuzugehören und ein einfaches Leben zu führen. Er war fest entschlossen, alles zu tun, was nötig war, um dieses Ziel zu erreichen. *Wenn ich es mir nur fest genug wünsche. Wenn ich dran glaube. Wenn ich nur mein Bestes gebe. Werde ich sein, wie die andern Jungs. Das braucht nur genug Geduld und Spucke. Ich kann mich ändern. Es ist nicht zu spät.* Als seine Mutter ihn damals, nachdem sie seinen Dad verlassen hatten, zum Psychologen schickte, hatte er entdeckt, wie einfach es war, sich hinter Lügen zu verstecken. Obwohl er erst neun gewesen war, hatte er gelernt, ein fröhliches Gesicht aufzusetzen und die tief in sich vergrabenen schlimmen Dinge nicht zu zeigen. Es war ein wohltrainierter Muskel, ein angelerntes Verhalten, das sich nur sehr schwer wieder abgewöhnen ließ, weil es ihm schon früh zur Natur geworden war, schlimme Dinge zu verdrängen. Freiwillig nach der Schaufel zu greifen, um die Schwierigkeiten auszubuddeln, war dagegen total unnatürlich, und genau das erwartete Mr. Derek Bond, auf traumatisierte Kinder spezialisierter Psychotherapeut, von ihm. Jeremy hatte früh gelernt, Augenkontakt zu halten. Er wusste selbst nicht, warum, aber je durchdringender er Schnüffler wie Mr. Bond ansah, desto eher wandten sie den Blick ab. Das verschaffte Jeremy ein Gefühl der Kontrolle.

«Vermisst du deinen Vater?», hatte Mr. Bond ihn in der ersten Sitzung gefragt.

«Nein?»

«Warum nicht?»

«Weil er ein schrecklicher Mensch ist», hatte Jeremy

mit großer Bestimmtheit gesagt. Das hatte er seine Großmutter zu Nachbarn und Freunden sagen hören, die sich nach dem Ende der Ehe seiner Eltern gemeldet hatten, um zu fragen, wie es seiner Mutter ging.

«Warum ist er schrecklich?»

«Ist er eben. Er will es gar nicht. Er ist halt so. Sagt meine Ma. Grammy sagt, manche Menschen kommen schon gemein auf die Welt, und wenn man gemein auf die Welt kommt, versucht man entweder, so gut zu sein, wie man kann, oder man gibt auf.» Seine Stimme hatte ein bisschen gezittert dabei. Es machte ihn nervös, wenn sich Mr. Bond Sachen über ihn aufschrieb.

«Und dein Daddy hat aufgegeben?»

Jeremy nickte.

«Macht dich das wütend?»

«Nö. Ich bin nur froh, dass er weg ist. Ich, Ma, Grammy und Valerie, wir kommen sehr gut ohne ihn zurecht. Es ist schön so.» Er lächelte, und ganz egal, wie viele Fragen der Mann ihm danach noch stellte, er hielt dieses Lächeln durch, drei unendliche Sitzungen lang. Jeremys Mantra war ganz einfach. *Ich hab keine Angst. Mir geht's gut. Alles super.*

Jetzt lag er manchmal nachts wach, dachte an die Zeit zurück und fragte sich, warum er gelogen hatte, warum er Mr. Bond nicht einfach von seinen Albträumen erzählt hatte, dass er oft träumte, sein Dad würde ihn holen kommen, dass ihm sein Arm weh tat und ihm ständig schlecht war. Er vermutete, es hatte an dem verzweifelten Wunsch gelegen, einfach nur normal zu sein, denn Jeremy hatte schon damals, mit neun, gewusst, dass er nie normal sein würde. Was hatte die Grübelei also für einen Zweck? Es spielte keine Rolle, weshalb er so erfolgreich gelogen hatte, seinen Schmerz und seine Angst versteckt hatte. Wichtig war nur, dass er dazu in der Lage war. Immer, wenn Jeremy an sich zweifelte, erinnerte er sich an diese Erfahrung, weil sie ihm zeigte, dass er vorgeben konnte zu sein, wer immer er sein wollte. Sein wahres Selbst musste er ganz bestimmt nicht zeigen.

Trotzdem wurde es immer schwieriger, den guten Jungen zu spielen, den braven, auf den man sich verlassen konnte, und noch schwieriger, es jedem recht zu machen. Seiner Ma, Grammy, Rave, den Jungs und Deirdre. Vor allem Deirdre. Er gab sich solche Mühe mit ihr, aber sein Pimmel und sein Würgreiz ließen ihn schmählich im Stich.

«Rave ist echt dünn», sagte Deirdre und lehnte sich beim Gehen an ihn.

Er legte den Arm um sie und zog sie an sich, so wie Rave es mit Casey machte. «Ihm geht's gut.»

«Wirklich?»

«Ja, du kennst doch Rave.»

«Meine Ma hat erzählt, sie hätte neulich seinen Vater getroffen. Er stand auf der Straße und hat sich aufgeführt.»

«Das ist doch nichts Neues.»

«Es ist schrecklich. Er war früher mal so ein netter Mensch.»

«Tja. Das ist vorbei», sagte Jeremy mit einer Spur Bitterkeit in der Stimme. Raves Zwangslage bedrückte ihn. Er machte sich ununterbrochen Sorgen um ihn.

«Jetzt mach mich bitte nicht gleich blöd an, okay?», sagte sie. «Versprochen?»

«Versprochen. Red weiter.»

«Ich weiß, dass du nicht gerne darüber redest, aber meine Ma sagt, Raves Mutter wäre schon die ganze Zeit in der Klapsmühle.»

«Seit vier Jahren!? Die würden die alte Zicke doch keine zehn Minuten dabehalten», widersprach Jeremy. Er hasste nicht viele Menschen, aber diese Frau hasste er genauso wie seinen Vater, wenn nicht noch mehr. Sie war niemals warmherzig, nett oder liebevoll gewesen, so wie seine Ma. Sie hatte nicht mal so getan, als ob. Sie war kalt, streng und von Regeln besessen – was ironisch war, wenn man in Betracht zog, dass sie offensichtlich selbst das grundlegendste Naturgesetz nicht befolgen konnte. *Kümmere dich um deinen Nachwuchs!*

«Aber wo ist sie dann?»

«Wenn ich's dir sage, Deirdre, ich habe keine Ahnung. Sie ist eben abgehauen. Ganz einfach.»

«Das ist doch schräg. Wer macht denn so was?»

«Mein Dad zum Beispiel.»

«Das ist was anderes.»

«Wirklich?»

«Ja. Deine Ma hat ihn verlassen, und außerdem sind Mütter grundsätzlich anders.»

«Ja. Wahrscheinlich.»

Sie gingen weiter. Deirdre summte «Jeremy» von Pearl Jam vor sich hin. Sie liebte es, ihm diesen Song vorzusingen, vor allem, weil es ihn nervte und sie immer sagte, dass er genervt besonders süß war.

«Wo wir gerade von Kult sprechen, Dave behauptet, Raves Ma hätte sich der Moon-Sekte angeschlossen.»

«Na, dann muss es ja stimmen.» Deirdre lachte.

«Er ist nicht der Einzige. Ma hat beim Zahnarzt dasselbe gehört.»

«Scheiße», sagte sie, «die Moon-Sekte! Armer Rave.»

Jeremy schniefte. «Ich glaube, die sind so ähnlich wie die Zeugen Jehovas.»

«Ja, nur noch abgefuckter. Die Zeugen Jehovas wohnen wenigstens bei sich zu Hause und nicht in irgend so einer beschissenen Kommune eingepfercht wie die Tiere.»

«Das ist schon krass. Ich glaube nicht, dass es so schlimm ist.»

«Krass? Die betreiben Hirnwäsche.» Deirdre war fest überzeugt von dem, was sie sagte. Sie erzählte Jeremy, dass ihre Mutter sie vor der Moon-Sekte gewarnt hatte. Sie hatte sich nach einer BBC-Dokumentation im Fernsehen an dem Thema regelrecht festgebissen. «Wenn ein Moonie dich anspricht, was tust du dann?», hatte ihre Mutter sie gefragt.

«Wegrennen.»

«So schnell, wie du noch nie gerannt bist – und während du wegrennst?»

«Bete ich leise zu Jesus.»

«Genau, und warum tust du das?»

«Weil Jesus mich retten wird.»

«Braves Mädchen.»

Im Alter zwischen zehn und zwölf hatte Deirdre sehr viel Zeit damit verbracht, vor freundlichen Fremden wegzurennen, auch vor Kindern (denn Kinder können auch zu den Moonies gehören). Jeremy wusste, dass sie kein Risiko eingegangen war.

«Bei der Moon-Sekte», wiederholte sie. «Armer Rave.»

«Ich glaube, sein Dad ist inzwischen noch schlimmer drauf, aber Rave will selbst für sich sorgen.»

«Sprich mit ihm.»

«Kann ich nicht. Der flippt aus. Ich wünschte, er würde zulassen, dass Ma ihm hilft. Er weiß, dass sie das tun würde. Jedes Mal, wenn sie ihn sieht, sagt sie: ‹Wir sind immer für dich da, Rave. Jederzeit, Sohn.› Und dann nickt er nur und sagt: ‹Danke, Maisie›, und das war's dann wieder.»

«Wenigstens weiß er es.»

«Ja. Aber ich darf zu ihr kein Wort über seinen Dad sagen. Wenn sie das wüsste, würde sie austicken.»

«Vielleicht ist es ja doch nicht so schlimm.»

«Rave hat mich seit Juni nicht mehr zu Hause reingelassen.»

«Scheiße.»

«Trotzdem geht's ihm super. Wir kümmern uns schon um ihn.»

«Klar tun wir das. Aber es ist trotzdem traurig. Er sieht immer so einsam aus.»

«Er ist nicht einsam, er ist cool.»

«‹Cool› – sag mal, wie alt bist du eigentlich?» Sie lachte. «Riesenbaby!»

«Er ist nicht einsam!» Jeremy machte sich von ihr los.

«Ja, schon gut. Entschuldige.»

Jeremy hasste die Vorstellung, sein bester Freund könnte einsam sein oder sich irgendwie mies fühlen. *Ist doch logisch, dass er sich mies fühlt. Seine Ma hat ihn verlassen. Sein Dad ist ein Wrack.* Jeremy wünschte, er könnte seiner Mutter erzählen, wie schlimm es inzwischen geworden war, aber Rave hatte ihn gewarnt. «Die stecken mich ins Heim, Beany», hatte er gesagt, und die Angst in seinem Blick hatte Jeremy das Versprechen abgerungen, ihn nicht zu verraten. Er liebte seine Ma, aber in dieser Sache konnte er ihr nicht trauen, und deshalb unterstützte er seinen Freund allein, so gut er konnte. Er brachte ihm was zu essen, er kümmerte sich um ihn, und er würde immer da sein, wenn er ihn brauchte.

Als sie in Deirdres Straße abbogen, brannte auf der Veranda das Licht. «Mein Dad schaut zum Fenster raus», sagte sie.

Das tat er immer. *Ein Guter.* Jeremy winkte ihm zu. Zur Antwort hob Deirdres Vater nur die Hand, fast, als wollte er ausholen.

«Ich geh dann mal besser», sagte Jeremy.

«Gut.» Deirdre wandte sich ab. Er setzte sich wieder in Bewegung, doch sie drehte sich noch mal um. «Du magst mich wirklich, Jeremy, oder?»

«Ich finde dich wunderbar, Deirdre», sagte Jeremy, und er meinte es auch so – aber das reichte eben nicht.

«Gute Nacht», rief sie.

Er warf ihr einen Kuss zu.

«Schleimscheißer.» Sie ging die Stufen hoch – aber ihre Stimme hatte sie verraten: Sie freute sich tierisch.

Auf dem Rückweg hielt er am Imbisswagen an, um Pommes zu holen. Von dem Zehner, den seine Grammy ihm am Vortag zugesteckt hatte, kaufte er drei Portionen. «Nicht verraten, Sohn. Frohes neues Jahr. Das geht nur dich und mich was an.» Er nahm es gerne an. Er hatte Deirdre zu Weihnachten ihr Lieblingsparfum und einen Schal geschenkt, Rave pumpte ihn alle paar Tage wieder an, und er war fast pleite. Er bat Della, die Pommes doppelt einzuwickeln, und rannte den ganzen Weg zum Park mit den Tüten unter dem Mantel zurück. Es gab nichts Widerlicheres als kalte Pommes.

Als er zurückkam, hockten die Jungs immer noch unter dem Galgenbaum, ein bisschen betrunkener als vorhin. Rave saß gegen den Stamm gelehnt auf der Erde. Jeremy fasste in seinen Mantel, reichte ihm eine Tüte Pommes und gab die anderen beiden zum Teilen an Mitch und Jonno weiter. «Wo sind die Mädels?», fragte er.

«Abgehauen.» Jonno grinste.

«Wieso kriegt der seine eigene Tüte?» Dave zeigte auf Rave.

«Halt's Maul, Dave. Ich teile mit Jeremy», sagte Rave beinahe abwehrend.

Jeremy setzte sich neben ihn, fasste die Pommes aber nicht an. Rave brauchte sie dringender als er.

Mitch reichte ihm eine Flasche, in der noch ein Rest Wodka war. «Nein, danke, alles super.»

«Na los, Muttersöhnchen, jetzt trink schon», sagte Dave.

«Ich habe nein gesagt, Dave.» Jeremy achtete grundsätzlich darauf, zwar genug zu trinken, um kein Spielverderber zu sein, aber nie zu viel. Er konnte es sich nicht leisten, die Kontrolle zu verlieren.

«Danke für die Fritten, Beany», sagte Jonno mit vollem Mund.

«Ich kann nicht glauben, dass wir schon 1995 haben», sagte Rave, als Dave ihm die Flasche reichte. Er musterte sie und setzte an. «Neunzehnhundertfünfundneunzig! Scheiße!»

«Los, wir spielen ein Spiel. 1994 war das Jahr, in dem ...», sagte Mitch.

«Was? Meinst du so? 1994 war das Jahr, als ich meinen Hobel zwischen Melissa Grangers Titten gesteckt habe?», fragte Dave.

«Sehr hübsch, Dave, ganz genau so», sagte Mitch. Dave hatte nie Probleme, Mädchen abzuschleppen. Sein Problem war, sie länger als fünf Minuten zu halten. Wer Dave kannte, wusste, dass er früher oder später zum Inhalt eines seiner Witze wurde, und das kam bei den Mädchen nicht immer gut an.

«1994 war das Jahr, in dem ich mir dreifach das Bein gebrochen habe», sagte Jonno.

«Gähn!»

«Fick dich, Dave – wochenlang ein Drahtgestell ins Bein geschraubt und 'nen Schlauch im Schwanz? Ich bin mir vorgekommen wie Robocop. Meine Ma sagt, hätte ich den Helm nicht aufgehabt, hätten sie mir den Schädel operieren müssen.»

«Dich haben sie doch schon längst am Schädel operiert! Oder wie erklärst du dir sonst deine Persönlichkeit?», stichelte Dave.

Mitch lachte, nahm Rave die Flasche ab und trank. «Noch mal, Jonno.»

«Okay. 1994 war das Jahr, in dem meine Mutter mich dazu zwang, einen Fahrradhelm zu tragen und wie ein Idiot durch die Gegend zu rennen.»

«Immer noch langweilig, aber schon besser.» Mitch reichte Jonno die Flasche.

«1994 war das Jahr, in dem Kurt Cobain gestorben ist», sagte Jeremy.

«Ja! Shit», sagte Rave und sah einen Moment lang tatsächlich aus, als würde er weinen. Er nahm Jonno die Flasche weg. «1994 war das Jahr, in dem Dad angefangen hat, Heroin zu spritzen.» Er trank und reckte die Flasche in die Luft. «Auf Kurt und meinen Dad, zwei egoistische Riesenarschlöcher, der eine tot und der andere auf dem besten Weg, ihm Gesellschaft zu leisten.» Er lachte bitter und leerte die Flasche. Sie schwiegen. Sie wussten alle nicht, was sie sagen sollten. Dave und Jonno sahen hilfesuchend zu Jeremy rüber, aber sogar er war ratlos. *Sag gar nichts. Lass ihn einfach. Das wird gleich wieder. Na los, Rave, komm schon.* Rave schluckte, und Jeremy wusste nicht, ob er anfangen würde zu lachen oder zu weinen. Er wartete. Dann verzog sich Raves Gesicht zu einem breiten

Grinsen, und Jeremy atmete auf. «1994 war das Jahr, als ich es mit Casey gemacht habe.»

Oh nein. Bitte nicht.

Sofort hob sich die Stimmung.

«Niemals!», rief Dave. «Wirklich? Du hast es echt getan? Ich meine, GETAN?» Er bildete mit Daumen und Zeigefinger einen Kreis und schob den Zeigefinger der anderen Hand hindurch.

Rave lachte.

«Einzelheiten, bitte. Und zwar sämtliche Einzelheiten. Sofort, Rave», sagte Mitch.

«Was gibt's da schon zu sagen?»

«Alles!», sagte Dave.

«Wann?», fragte Mitch misstrauisch.

«Vor Weihnachten.»

«Wo?», wollte Dave wissen.

«In ihrem Zimmer, als ihre Eltern nicht da waren.»

«Hast du das gewusst?», wollte Mitch von Jeremy wissen.

Er schüttelte den Kopf. *Natürlich nicht. Warum sollte er mir so was Wichtiges auch erzählen? Ich verbringe ja auch nur jeden einzelnen beschissenen Tag meines Lebens mit ihm. Ich kümmere mich ja auch nur um ihn und mache mir Sorgen. Mit mir redet er nur, wenn er sonst keinen hat. Warum sollte er mir das erzählen?* Sein Gesicht und der Hals fühlten sich heiß an, obwohl sein ganzer Körper kalt war. Er steckte sich die Hände in die Achselhöhlen und hielt den Blick vor sich auf den Boden gesenkt, obwohl er spürte, dass Rave ihn ansah. Er wusste, dass er nicht richtig reagierte, dass er sich an der Fragerei beteiligen sollte, aber ausnahmsweise gelang es ihm nicht, so zu tun, als ob.

«Ich hab da mal 'ne Frage», sagte Dave. «Ist es besser als wichsen?»

«Jesus, Dave!», sagte Jeremy. *Bitte, bitte hör auf.*

«Nein, nein, nein», fiel Mitch ihm ins Wort. «Das ist eine sehr gute Frage.»

Rave lächelte. Er zog eine frische Flasche aus der Jackeninnentasche, schraubte sie auf und trank einen Schluck. Die Jungs starrten ihn an.

«Und?», wollte Dave wissen.

«Millionen Mal besser.»

«Blödsinn», sagte Mitch. «Wenn es Millionen Mal besser wäre, würde es dir den Kopf absprengen.»

«Das siehst du ja dann», sagte Rave herablassend.

Jeremy riss Rave die Flasche aus der Hand und nahm ein paar große Schlucke.

«Geht's dir gut?», fragte Rave.

«Klar, spitzenmäßig. Nur ein bisschen kalt von der Rumhockerei.» Das war gelogen. Ihm ging es ganz und gar nicht spitzenmäßig. Jesus, kein Wunder, dass Deirdre so viel Druck machte. Ihm war zum Heulen. *Ganz egal was, fang jetzt nicht an zu heulen. Das musste irgendwann passieren. Das ändert gar nichts. Reiß dich am Riemen. Was zum Teufel regst du dich so auf? Wenn Casey es getan hat, will Deirdre es sicher auch tun. Das ist der Grund, warum sich meine Brust anfühlt, als würde es sie in Stücke reißen.*

«Erzähl schon, Rave.» Jonno klang fasziniert und gleichzeitig ein bisschen verängstigt. «Wie war es?»

Rave dachte nach. «Als würdest du deinen Schwanz in was reinstecken, das gleichzeitig ganz weich und trotzdem eng ist.»

«Wie eine Röhre voller Pudding vielleicht?», bot Mitch an.

«Ein bisschen.»

Mitch nickte bedeutsam.

«Ich liebe Pudding», sagte Jonno, und die Jungs fingen an zu grölen, aber Jeremy war nicht nach Lachen zumute. Er fror, er war müde, und ihm war zum Heulen. *Ich will einfach nur nach Hause. Bitte, Rave, lass mich nach Hause gehen.*

Jonno sah auf die Uhr und stand auf. «Schon kurz vor zehn. Ich sollte los, bevor Ma die Hunde loslässt.» Er setzte den Helm auf und schloss den Riemen.

Mitch lachte. «Wie du aussiehst!»

«Bis dann.» Jonno hob sein Fahrrad auf und fuhr davon. Am Anfang schlingerte er ein bisschen, aber dann stabilisierte er sich.

«Wenn der bis zu Hause nicht wieder nüchtern ist, bringt seine Ma ihn um», frotzelte Mitch.

«Quatsch. Der schafft das schon», sagte Rave.

Jeremy blieb stumm. Jetzt, wo einer den Anfang gemacht hatte, würden sie hoffentlich bald alle aufbrechen.

Mitch trank noch einen Schluck Wodka und reichte die Flasche an Dave weiter, der ziemlich kleinlaut wirkte. «Wenn ich jetzt fahre, liegt mein Dad im Sessel und pennt. Meine Ma kann Schnaps nicht riechen, aber Dad merkt das schon durch die geschlossene Haustür.» Mitch stand auf und griff nach seinem Rad. «Bis dann.»

Zwei weg, bleibt noch einer.

Die Arme in die Luft gereckt, fuhr Mitch davon. «Gute Nacht, Dublin, ich liebe dich!», rief er.

«Immer schön locker bleiben, Mitch», rief Dave ihm nach. Dann sah er Jeremy und Rave an. «Und jetzt?»

«Du gehst jetzt nach Hause», sagte Rave.

«Genau, wir haben noch was zu erledigen, Dave.» Jeremy konnte es kaum erwarten, aus dem Park rauszukommen, zu erfahren, was Rave ihm zeigen wollte, und dann endlich nach Hause zu gehen. Wenn sie sich beeilten, schaffte er es vielleicht noch, ehe seine Ma wieder zurück war.

«Na klar, Beany, alter Schwanzlutscher! Du willst ein bisschen extra Zeit allein mit Rave? Tja, da wird er sich leider nie drauf einlassen», sagte Dave. Jeremy wäre fast das Herz in die Hose gerutscht. Er konnte nicht sprechen, er konnte sich nicht bewegen, er konnte gar nichts tun. Rave wurde wütend.

«Was hast du da gesagt?» Rave kam ein bisschen unsicher auf die Beine, dann stand er plötzlich, und zwar nur Zentimeter von Daves Gesicht entfernt.

«Gar nichts.»

«Komm schon, was wolltest du sagen?»

«Ich hab nur Spaß gemacht.» Dave wurde nervös.

«Ist schon okay, Rave.» Jeremy nahm seinen Arm und versuchte, ihn von Dave wegzuziehen.

«Ist es nicht.» Rave schüttelte ihn ab und versetzte Daves Schulter einen Stoß. «Mit allen anderen kannst du treiben, was du willst, Dave, aber ich schwör dir, Jeremy beschimpfst du nicht. Verstanden?»

«Ja, schon klar, Rave. Sorry.»

Jeremy ging dazwischen. «Hau einfach ab, Dave, alles ist gut.»

Dave nahm sein Rad und verschwand. Rave sah ihm hinterher.

Jeremy setzte sich wieder hin und wartete darauf, dass Rave sich beruhigte. Es dauerte mehrere Minuten, bis Rave ihn ansah. Schließlich ließ er sich neben ihn unter den Baum plumpsen.

«Tut mir leid, Mann. Ich hab gerade ein bisschen überreagiert. Weiß ich selbst.»

«Er hat nur Spaß gemacht.»

«Tja, hat sich aber so angehört, als würde er es ernst meinen, und Scheiße bleibt nun mal kleben, Beany.» Rave trank noch einen Schluck.

«Du hast ihm Angst gemacht.»

«Ich hätte ihn niemals geschlagen. Das weißt du, oder?»

«Klar.»

«Okay, gut. Und jetzt wird es Zeit, ich zeig es dir ...» Rave sammelte die Flaschen mit den Resten ein, die noch unter dem Baum lagen und steckte sie in Jeremys Rucksack.

«Was zeigst du mir?» Jeremy stand auf und klopfte sich die Hose ab.

«Einen Ort.»

«Wo denn?»

«Hinter'm Stausee ein Stück den Berg hoch.»

«Jesus, Rave, es ist mitten in der Nacht.»

«Bitte», sagte Rave. «Deine Ma kommt noch ewig nicht nach Hause.»

Jeremy dachte darüber nach. Grammy und Valerie waren wahrscheinlich immer noch allein zu Hause. Seine Ma würde ausflippen.

«Jetzt komm schon. Bitte!»

«Ich weiß nicht.»

«Das musst du aber unbedingt sehen.»

Shit! «Okay, Scheiß drauf. Ich komme mit. Aber dann schwing endlich die Hufe, ehe es wieder anfängt zu regnen.»

«Auf dich ist Verlass, Beany. Ich wusste es!» Rave stieg aufs Rad und wartete auf Jeremy. «Und?»

Jeremy sprang auf den Gepäckträger. «Aber bring mich nicht um.»

«Niemals.»

Im gleichen Augenblick, als sie den Pfad einschlugen, der aus dem Park hinausführte, öffnete der Himmel seine Schleusen, und es fing wieder an zu regnen.

Dienstag, 3. Januar 1995

FÜNFTES KAPITEL

«Come As You Are»
Nirvana, 1992

Maisie

Als Maisie zum ersten Mal eine Selbsthilfegruppe für misshandelte Frauen besuchte, hatte sie keine Ahnung, worauf sie sich einließ. Sie ging hin, weil jeder in ihrem Umfeld sagte, es sei für sie das Beste. Sie war sich nicht sicher, aber damals war sie sich im Grunde wegen gar nichts sicher. Ihre Zukunft war ungewiss, und plötzlich als alleinerziehende Mutter dazustehen, erfüllte sie mit einer neuen Form von Angst, einer, die mit Hoffnung gewürzt war. Fred war es gewesen, der sie zu dem Treffen ermutigt hatte. Er hatte sie an dem Nachmittag ihrer Entlassung aus dem Krankenhaus bei ihrer Mutter besucht, um zu sehen, wie sie und die Kinder zurechtkamen. Maisie war noch immer stark beeinträchtigt, also hatte Bridie ihm die Haustür geöffnet und ihn herzlich willkommen geheißen.

«Da sind Sie ja», hatte sie gesagt. «Ich werde Sie jetzt umarmen.»

Maisie hörte ihre Stimmen leise im Flur.

«Es ist schön, Sie zu sehen, Mrs. Bean.»

«Sie können mich Bridie nennen.»

«Also gut. Bridie.»

«Guter Mann, kommen Sie rein. Sie ist im Wohnzimmer.»

Maisie war zu schwach, um aufzustehen. Sie saß mit

einer Tasse Tee im Sessel. Ihre Mutter hatte eine Decke über sie gebreitet. Bei ihrem Anblick wurden seine Augen weit.

Sie hatte ihren brutalen Ehemann und ihr altes Leben hinter sich gelassen, und so zerbrechlich sie auch wirkte, sie hatte nie zugelassen, dass Danny sie zerstörte. Aber ihr körperlicher Zustand sprach eine andere Sprache. Sie wusste, dass ihr Anblick erschreckend war, selbst für einen so routinierten Veteranen wie Fred. Also versuchte sie ihm zuliebe zu lächeln.

«Da sind Sie ja», sagte er.

«Ihr wird nicht warm. Die Heizung läuft Tag und Nacht auf Hochtouren, und trotzdem friert sie. Ich glaube, das liegt an den Blutverdünnern, die sie ihr gegeben haben. Möchten Sie ein Tässchen Tee?», fragte Bridie.

«Lieber Kaffee, falls Sie haben, danke. Mit Milch und zwei Stück Zucker», sagte er.

Bridie verschwand in der Küche.

«Ich hoffe, Sie haben nichts dagegen, dass ich einfach so vorbeigekommen bin», sagte er.

«Nein.»

Er nahm Platz. «Wie fühlen Sie sich?»

«Frei.» Sie versuchte, ihr Lächeln aufrechtzuerhalten, aber die Schmerzen im Kiefer waren zu groß.

«Gut.» Er nickte. «Das ist gut.»

Obwohl Maisie ihn nicht sehr gut kannte, merkte sie, dass er etwas auf dem Herzen hatte. «Wollen Sie mir etwas sagen?», fragte sie.

Er seufzte. «Ja.»

«Raus damit.»

«Er wartet ab, bis Sie wieder gesund sind, dann steht er wieder vor der Tür.»

«Ich weiß.»

«Er gehört zu den Typen, die nicht aufgeben. Aber Sie dürfen ihn nicht wieder reinlassen.»

«Werd ich nicht.»

«Und falls er Ihnen doch zu nahe kommt, sind wir für Sie da.»

«Ich werde anrufen.»

«Genau das wollte ich hören.»

Bridie kam mit Kaffee und einem Stück Kuchen ins Zimmer. «Hab ich selbst gebacken. Ganz frisch, heute Morgen.» Sie wartete ab, bis er probiert hatte.

«Köstlich.» Ihm war anzuhören, dass er es ehrlich meinte.

«Liegt an meiner Spezialzutat.»

«Liebe?» Er lachte verhalten.

«Schnaps.» Sie zwinkerte. «Ich lasse euch zwei allein.»

«Sie ist toll», hatte er gesagt, als sie wieder zur Tür raus war.

«Ich habe Glück.» Sie hatte trotz allem das Gefühl, dass es stimmte.

«Hören Sie, ich wollte Ihnen das hier geben.» Er reichte ihr den Prospekt einer Selbsthilfegruppe für misshandelte Frauen.

«Danke.»

«Danke reicht mir nicht. Ich möchte, dass Sie da hingehen.»

«Genau wie alle anderen.» Sie sabberte unkontrolliert und hielt sich ein Taschentuch vor den Mund.

«Der Austausch mit den anderen Frauen wird Ihnen guttun.»

«Ich bin nicht in der Verfassung für Gespräche.»

«Dann hören Sie eben nur zu. Es ist wichtig.»

«Ich gehe nicht wieder zu ihm zurück», sagte sie. «Er hat meinem Sohn den Arm gebrochen.»

Fred nickte. «Da gibt es auch Kuchen.» Er hob seinen Teller hoch. «Wahrscheinlich nicht so gut wie der hier, dafür ist er umsonst.»

Sie holte ein paar Formulare hervor und gab sie ihm. «Ich habe Ma gebeten, die zu besorgen.»

Er überflog die Seiten. «Namensänderungsantrag.»

«Ich lasse Fox aus unseren Namen streichen.» Sie versuchte es wieder mit einem schiefen Lächeln. «Ich gehe nicht zu ihm zurück.»

Fred drückte ihr den Prospekt in die Hand und hielt ihn dort fest. «Noch ein Grund.»

Schließlich, nach vielen schlaflosen Nächten und einer Standpauke von Lynn tat Maisie, was man von ihr verlangte.

An jenem ersten Abend erfuhr sie, dass die meisten misshandelten Frauen das Problem hatten, dass sie ihre Männer liebten. Das war für Maisie eine seltsame Vorstellung. *Wie das?* Die Gruppe bestand aus fünf Frauen und einer Mediatorin, die zufällig ebenfalls ein Missbrauchsopfer war. Maisie sagte nichts, aber man konnte ihr ansehen, dass sie noch nicht wiederhergestellt war. Eine Frau namens Beatrice sprach über ihren Mann Paul. Sie war klein, ein bisschen pummelig und trug die roten Haare in einem strengen Pferdeschwanz hoch oben auf dem Kopf, obwohl sie mit siebenundvierzig Jahren nach Maisies Geschmack ein bisschen zu alt für so eine Frisur war. *Na ja, wer bin ich schon, mir ein Urteil zu erlauben? Dafür sieht mein Hinterkopf aus, als wäre ich rückwärts durchs Gebüsch gerobbt.* Beatrice erzählte von den Anfängen ihrer Beziehung und wie er sie zum Lachen gebracht hatte. Er sah gut aus, hatte es zu was gebracht und war Bankmanager mit einer Reihe von Abschlüssen in Dingen, von denen Maisie noch nie was gehört hatte. Beatrice redete über ihn, als wäre er etwas ganz Besonderes, ein Mann, auf den man stolz sein konnte, und nicht der Typ, der ihr die Nase gebrochen, die Augenhöhle zertrümmert und drei Zähne ausgeschlagen hatte.

«Mein Problem ist, dass ich seine Wärme in den guten Zeiten vermisse», sagte Beatrice. Über die Gewalt selbst sprach sie nicht, obwohl dies eine Gruppe von Missbrauchsopfern war. Sie erzählte lieber, wie toll er war. Maisie wurde leicht übel. *Tut mir leid, Fred, aber hier bin ich falsch.* Sie stand auf, um zu gehen.

«Gehen Sie noch nicht», sagte Julia, die Mediatorin.

«Ich habe die Kinder bei meiner Mutter gelassen.»

«Bleiben Sie wenigstens diese eine Stunde.»

Weil Maisie kein Theater machen wollte, setzte sie sich wieder hin, mit dem Effekt, dass jetzt alle Augen auf ihr ruhten.

«Erzählen Sie uns, was Sie am meisten vermissen, Maisie», bat Julia.

«Nichts.»

«Gar nichts?», hakte Julia nach. Aber mehr hatte Maisie an jenem Abend nicht zu sagen. Nachdem eine andere Frau dann erzählte, wie sie irgendwann genug hatte und ihrem Mann den Schädel mit einer Bratpfanne einschlug (er hatte zwar überlebt, aber mit einem schweren Schädel-Hirn-Trauma und chronischem Klingeln im linken Ohr), fühlte sich Maisie in der Gruppe schon ein bisschen besser, und schließlich ging sie ein Jahr lang zu den Treffen, wenn auch unregelmäßig. Als sie endlich erzählte, dass sie ihren Mann vom ersten Tag an gehasst hatte, kannte sie alle dort. Sie erwähnte sogar den Date-Rape-Artikel und gestand, dass genau das an jenem ersten Abend mit Danny passiert war.

Es wurde völlig still im Raum, bis Beatrice schließlich murmelte: «Jesus, Maria und Josef!»

«Oh nein!», ertönte eine andere Stimme, aber Maisie konnte sie nicht genau zuordnen, weil sie in dem Moment nur Augen für ihre Schuhspitzen hatte. Sofort hatte sie Angst, sie hätte zu viel gesagt, aber es hatte gutgetan, es endlich rauszulassen. Mit ihrer Mutter konnte sie nicht über Sex sprechen, und abgesehen von Lynn hatte sie damals auch keine Freundinnen mehr. Dafür hatte Danny gesorgt. Selbst Lynn hatte sie niemals etwas von der Vergewaltigung erzählt – nicht weil sie ihr nicht vertraute, sondern weil sie Angst hatte, dass Lynn nicht verstehen würde, weshalb sie sich auf eine Ehe mit einem Vergewaltiger eingelassen hatte. Sie verstand es ja selbst nicht.

Julia und die Gruppe trugen wesentlich dazu bei, Maisie ein bisschen Selbstvertrauen zurückzugeben. An jenem ersten Abend schüttelte Julia Maisie die Hand und gratulierte ihr.

«Wozu denn?», wollte Maisie wissen.

«Für den Mut zu gehen.»

«Das hätte ich schon viel früher tun sollen.»

«Sie haben es jetzt getan, und Sie müssen dieses Grauen nie wieder durchmachen.»

Maisie lächelte sie an. «Das wäre schön.» Sie wusste genau, von welchem Grauen Julia sprach: Sie hatte es jedes Mal verspürt, wenn ihr Mann den Hausschlüssel ins Schloss steckte. Sogar nach ihrer Flucht hatte sie es weiter gespürt – wenn sie ihm auf der Straße begegnete oder als er einmal an die Tür gedonnert hatte und sie gedacht hatte, er würde ins Haus kommen und sie alle umbringen. Dann, eines Tages, völlig überraschend, hatte er seinen Job gekündigt und war verschwunden. Danach dauerte es noch drei Monate, ehe sie aufhörte, ständig den Atem anzuhalten, und bis das Grauen langsam von ihr wich. In den Jahren, die seitdem vergangen waren, hatte sie beinahe vergessen, wie intensiv und lähmend das Gefühl war.

An diesem Morgen erwachte Maisie um fünf nach sechs aus einem unruhigen Schlaf. Ihr Nacken war steif, der Rücken tat ihr weh, und obwohl sie völlig benommen war, spürte sie einen Anflug von Kopfschmerzen. Als sie die Augen aufmachte und sah, dass sie am Küchentisch saß, sprang sie sofort auf. *Jeremy!* Sie humpelte mit steifen Beinen in sein Zimmer, streckte sich mit jedem Schritt und wurde immer schneller. Das Zimmer war leer. Sie stand da, starrte auf das unberührte Bett. Es war unverändert, sah noch genau so aus wie in der Nacht. *Hier stimmt was nicht*. Ihr Herz raste, die Hände zitterten. Sie drehte um, und obwohl sie das Gefühl hatte, sich durch Sirup zu bewegen, ging sie den Flur entlang bis zu Valeries Zimmer. Sie machte die Tür auf und lehnte sich gegen den Rahmen, um ihre weichen Knie zu stabilisieren.

Valerie lag ausgestreckt da wie eine Katze in der Sonne. *Mein Sohn sollte in seinem Bett liegen!* Maisies Brust zog sich schmerzhaft zusammen, und sie konnte nur mit Mühe weiteratmen. Das Grauen, ihr alter Begleiter, war zurück und breitete sich mit jedem Atemzug, den sie tat, weiter in ihr aus. Schwerfällig ließ sie sich auf Valeries Bett sinken, aber Valerie stöhnte nur und drehte Maisie dann den Rücken zu. «Valerie», flüsterte sie und berührte ihre Tochter sacht an der Schulter. «Valerie!» Sie rüttelte sie sanft. *Etwas Furchtbares ist passiert.* Ihr Herz wusste es. Ihre Seele wusste es. «Valerie!», rief sie, inzwischen weinend.

Valerie schlug die Augen auf. «Was ist denn los?»

«Valerie. Versprich mir, dass du jetzt die Wahrheit sagst, okay?»

Normalerweise hätte Valerie sich sofort zur Wehr gesetzt, hätte losgemault, wie unglaublich unfair und seelisch grausam es sei, dass ihre Mutter sie quasi unter Eid nahm, nur um ihr irgendeine dämliche Frage zu stellen. Aber heute Morgen war irgendwas anders. Irgendwas Schlimmes ging vor sich; sie wusste zwar nicht, was, aber es machte ihr Angst.

«War Jeremy gestern zum Abendessen zu Hause?»

Valerie schüttelte den Kopf.

Maisie hatte Angst, die nächste Frage zu stellen, denn sie kannte die Antwort. «War er gestern in der Schule?»

Valerie schluckte und schüttelte den Kopf.

Maisie stöhnte gequält auf.

«Wann hast du ihn zum letzten Mal gesehen?» Ihre Stimme bebte.

«Sonntagabend», sagte Valerie mit Tränen in den Augen.

Maisies Herz gefror. Sie holte tief Luft und atmete zitternd aus.

«Ma'sie?»

Seit vorgestern Abend hat ihn keiner mehr gesehen! O Gott! Maisie sprang auf und eilte zur Tür. Ihre Hand lag schon auf der Klinke, als Valeries heisere Stimme sie aufhielt: «Wo ist Jeremy?»

Maisie blieb stehen, hielt Valerie aber den Rücken zugewandt, weil sie nicht wollte, dass ihre Tochter ihre Tränen sah. «Ich weiß es nicht, Liebes, aber wir finden ihn.» Sie ging in die Küche und versuchte sich selbst zu beruhigen, so wie immer, wenn es richtig schwierig wurde.

Es ist okay. Alles ist gut. Er macht einfach nur einen drauf, mit den Jungs oder mit dieser Deirdre. Er zahlt mir heim, dass ich mit Fred ausgegangen bin. Er hat zwar Megastress mit seiner Mutter, aber es geht ihm gut. Sie versuchte, zu glauben, was sie sich einredete, aber ihr Bauchgefühl schrie *Hol Hilfe, hol Hilfe, hol Hilfe.* Maisie machte die Küchentür hinter sich zu und durchwühlte auf der Suche nach der Karte mit Freds Handynummer ihre Handtasche. Sie griff zum Telefon und wählte. Er hob beim fünften Klingeln ab.

«Detective Brennan.»

«Ich bin's. Maisie.» Ihre Stimme klang fremd und weit weg.

«Mai?» Sie registrierte die Besorgnis in seiner Stimme. «Was ist passiert?»

Sie hörte, wie er sich im Bett aufsetzte. «Jeremy ist weg.» Die Worte hallten in ihren Ohren.

«Seit wann?»

«Er ist gestern Abend nicht nach Hause gekommen, in der Schule hat ihn keiner gesehen, und gestern Morgen war er auch nicht hier. Seit Sonntagabend!» Sie verhaspelte sich fast, sprach schnell und abgehackt, als könnte sie selbst nicht glauben, was sie sagte. Jedes einzelne Wort triefte vor Schuldgefühlen.

«Alles ist gut, ja, Mai? Alles wird wieder gut.»

«Glaub ich nicht. Es ist was Schlimmes passiert, Fred.» Sie würde sich nicht erlauben, hysterisch zu werden. *Atme! Atme einfach weiter, dumme Kuh. Hysterie hat noch nie irgendwem geholfen.*

«Ich bin auf dem Weg.»

«Danke.»

«Setz schon mal Wasser auf.»

«Okay.»

«Und, Mai …»

«Ja?»

«Wir finden ihn.»

Sie legte den Hörer auf und stellte den Wasserkocher an wie ein Roboter, genau wie in den schlimmen alten Zeiten, als es in ihr keine anderen Gefühle gegeben hatte als Angst und Schmerz.

Fred

Fred war da, ehe Bridie wach wurde. Valerie machte ihm auf und führte ihn in die Küche. Sie war bereits fertig für die Schule angezogen, wirkte kleinlaut und verweigerte die Frühstücksflocken, die vor ihr standen. Sie starrte die Schüssel an, als hätte das Konzept Frühstück seine Bedeutung verloren. Er umarmte Mai. «Ich übernehme den Fall», sagte er so heiter wie möglich. «Ihr habt den besten Mann der Branche.»

Sie wirkte blass und erschöpft und hatte nichts mit der strahlenden Frau gemeinsam, mit der er am Abend zuvor im Bett gelegen hatte. Er legte ihr den Arm um die Schulter und setzte sie neben Valerie an den Tisch. Dann nahm er gegenüber Platz. Sie bot ihm weder Tee noch Kaffee an, dazu war sie offensichtlich zu aufgewühlt, also zog er Stift und Notizbuch heraus und kam sofort zur Sache.

«Also. Am Sonntag habt ihr beide Jeremy zum letzten Mal gesehen, richtig?»

Beide nickten.

«Um wie viel Uhr?»

«Etwa eine halbe Stunde vor unserem ...», sie zögerte kurz, «... Date.»

«Also so etwa gegen 19 Uhr 30?»

Sie nickte wieder.

«Valerie?»

«Vielleicht um zehn oder Viertel nach acht.»

Fred kritzelte etwas in sein Heft. «Und er hat nicht gesagt, dass er irgendwohin wollte?» Die Frage war an Valerie gerichtet.

«Nein.»

«Lässt er dich und deine Großmutter oft allein?»

«Nein. Nie.»

«Er hätte sie nie allein gelassen», sagte Maisie.

Fred lehnte sich zurück und sah sie an. «Es gibt für alles ein erstes Mal, Mai. Er ist sechzehn. Ich werde für die Vermisstenmeldung den Zeitpunkt nehmen, als er zum letzten Mal gesehen wurde. Das war also ungefähr um 20 Uhr 15 am Sonntag, den ersten Januar. Okay?»

Maisie machte ein gequältes Gesicht. «Sonntag, Fred. Heute ist Dienstag! Welche Mutter –»

«Rave ist auch nicht in der Schule gewesen», fiel Valerie ihr ins Wort, als wäre ihr eben erst klargeworden, was das bedeutete. «Die anderen Jungs haben nach ihnen gefragt. Dave war total angepisst, weil sie ohne ihn Schule schwänzen.»

«Das ist ein gutes Zeichen, auch wenn's nicht so klingt. Schwänzt dein Bruder oft die Schule?»

Fred bemerkte den Blick, den Valerie ihrer Mutter zuwarf. «Hier geht es nicht darum, Jeremy in Schwierigkeiten zu bringen», sagte er beruhigend.

«Er schwänzt nie. Deshalb haben die Jungs ja auch gefragt. Rave manchmal schon, aber Jeremy nicht.»

«Gut, Valerie. Ich werde in die Schule fahren und die Jungs befragen. Mal sehen, was die zu erzählen haben.» Er blieb ganz ruhig. Für Fred war dies mehr oder weniger Routine. Die Vermisstenstelle hatte ständig mit solchen Fällen zu tun. *Neun von zehn Teenagern kommen wieder nach Hause.* Er fragte sich, ob Jeremy seine Mutter bestrafte, weil sie mit ihm ausgegangen war. Vielleicht führte er auch irgendwas im Schilde. Wahrscheinlich waren die Jungs einfach hinter ein paar Mädels her. Vielleicht gab es auch irgendwo ein Konzert oder ein Festival, obwohl das Anfang Januar eher unwahrscheinlich war. Er nahm sich vor, es trotzdem zu überprüfen. Fred sah auf die Uhr. Für die Schule war es noch zu früh.

«Versuch, was zu essen», sagte er zu Valerie. Sie schob die Schüssel weg. Er ignorierte den kleinen Trotzakt. *Es wird alles wieder gut, Liebes.*

«Und du, Mai? Wie wär's mit einer Scheibe Toast?»

«Ich glaube, ich würde ersticken. Aber trotzdem Danke.» Plötzlich merkte sie auf. «Entschuldige, Fred, du hast sicher Hunger.»

Sie stand auf, aber er war sofort auf den Beinen, legte ihr sanft die Hände auf die Schultern und führte sie zurück zu ihrem Stuhl. «Alles gut. Ich hol mir nachher auf dem Revier eine Kleinigkeit.»

«Bist du sicher?»

«Absolut. Außerdem habe ich genug Reserven, um auch mal ein oder zwei Tage ohne auszukommen.» Er klopfte sich auf den Bauch.

Valerie verdrehte die Augen und entschuldigte sich. «Ich muss noch meine Schulsachen packen.»

«Klar. Du kannst mit mir fahren», sagte Fred. Ihr Gesicht verriet, dass sie eher bei einem bewaffneten Bankräuber mitfahren würde als bei ihm. «Dann können wir reden.»

«Ich habe aber nichts zu sagen.»

«Und ich wette, du bist trotzdem eine sehr nette Gesellschaft.»

Sie sah ihn seltsam an. Er lächelte ihr zu. «Es wird alles wieder gut, Liebes.»

Ihr stiegen Tränen in die Augen, und sie verließ die Küche und ließ Fred mit einer schockstarren, völlig derangierten Mai allein in einem Raum, der bis unter die Decke voll war mit schleichender Beklemmung.

Maisie

Maisie saß still da, versunken in der wogenden Angst in ihrem Kopf. *Er ist von einem Verrückten entführt worden. Er ist in den Fluss gestürzt. Er ist abgehauen, weil ich mit Fred ausgegangen bin. Er liegt verletzt irgendwo rum und kann nicht nach Hause kommen. O Jesus, sein Vater hat ihn!*

Fred zog sich Valeries Stuhl heran und setzte sich ihr gegenüber. «Hast du irgendeine Idee, wohin er und sein Freund unterwegs sein könnten?»

«Sie mögen den Strand und Bray Head.» Als die Jungs noch kleiner waren, war sie mit ihnen öfter dort gewesen. Sie spielten stundenlang zwischen den Dünen, rannten immer wieder ins Wasser, mit Gänsehaut, die Haare voller Sand. Am Strand war sogar Valerie zufrieden. Am Bray Head mochten die Jungs vor allem den Auto-Scooter und die Geisterbahn. Sie aßen klebrige, blaue Zuckerwatte und amüsierten sich an den Videospielautomaten, bis die paar Pfund, die Bridie ihnen zugesteckt hatte, weg waren. Valerie mochte weder Autoscooter noch Zuckerwatte oder Videospiele und kaufte sich von Bridies Geld lieber eine Tüte Pommes, setzte sich damit ins Auto und sah aufs Meer. Danach legte sie sich auf die Rückbank und schlief. Wie oft hatten Maisie und Bridie dann zufrieden auf einer Bank gesessen, Kaffee aus Pappbechern getrunken und auf das schlafende Kind aufgepasst. Besonders der zweite Sommer nach Dannys Verschwinden war Maisie im Gedächtnis geblieben, es war der Sommer, ehe die Demenz Bridie von ihnen fortholte und ihr gemeinsames Leben in der Cypress Road eine kurze Zeit lang unbeschwert gewesen war. Jeremy und Rave waren damals knapp zwölf gewesen und Valerie sieben. Bridie liebte das Meer. Ihr Vater war Fischer gewesen, und sie war in Bray aufgewachsen. Die Liebe zu einem Soldaten hatte sie nach Tallaght geführt. «So ist das Leben am schönsten, Maisie», sagte sie immer, während sie zusah, wie sich der blaue Himmel langsam rosa färbte. «Hier und jetzt.»

Und es stimmte: Diese kostbaren, tief in Maisies Erinnerung eingravierten Tage waren die besten ihres Lebens gewesen. Maisie fragte sich, ob ihre Mutter noch eine einzige Erinnerung an jenen Sommer besaß.

«Mai.» Sanft holte Fred sie in die Gegenwart zurück.

Sie versuchte zu lächeln und nahm seine Hand zwischen ihre. «Ich bin hier.»

«Noch irgendeine andere Idee?»

«Es ist so: Jeremy würde nie einfach so abhauen.» Tränen brannten in ihren Augen. «Niemals.»

Fred seufzte. «Ich mache jetzt telefonisch Meldung, Mai. Ich möchte dich bitten, mir ein gutes, deutliches Foto von den beiden Jungs rauszusuchen, nur für den Fall, dass wir eins brauchen.»

«Okay», sagte Maisie. Die Tränen strömten ihr über die Wangen. *Das ist er. Der Punkt ohne Wiederkehr.* Der Augenblick, wo alles Gute schlimm wurde, der Wendepunkt, von dem aus es kein Zurück mehr gab. Früher war das der eine Blick in die Augen ihres Mannes gewesen, seine erhobene Stimme, das Geräusch, das er von sich gab, wenn er im Begriff war, sie zu schlagen. Was nach diesem Punkt passierte, spielte keine Rolle – es ließ sich nicht aufhalten, nicht rückgängig, nicht ungeschehen machen: Von hier an ging es nur noch abwärts. Sie spürte den altvertrauten Sog, das Gefühl zu ertrinken. *Bleib da, Maisie. Es geht vorbei. Bleib am Leben. Gib nicht auf.*

Valerie

Valerie zerrte ihre Schultasche hinter sich her durch den Flur, als Fred sie abpasste. Er zog sein Telefon aus der Tasche und nickte ihr kurz zu. Direkt vor der offenen Küchentür blieb sie stehen, hypnotisiert von dem Anblick ihrer Mutter. Bewegungslos sah sie Ma'sie an: Sie saß am Küchentisch und starrte in die Luft, genau wie ihre Grammy, wenn sie sich verloren hatte.

«Hallo, Tom, hör zu. Ich melde einen vermissten Jungen, sechzehn Jahre alt, zuletzt gesehen von Angehörigen am Sonntag, 1. Januar gegen 20 Uhr 15. Jeremy Bean. Cypress Road 34. Noch nie ausgerissen, kein Streit mit der Familie. Ich bin vor Ort und besorge alle Infos, um die Sache ins Rollen zu bringen, wenn das für dich in Ordnung ist … Ja. Mach ich. Danke.»

Das ist nur meine Schuld.

Er legte auf, und sie hörte ihn näher kommen, dann

spürte sie seine Hände auf den Schultern und wurde von ihm zu einem Küchenstuhl geführt. «So, junge Dame. Ich mache jetzt ein bisschen Toast und Tee, und dann setzen wir uns hin, und du erzählst mir alles, was du weißt, und nennst mir die Namen von allen Leuten, die Jeremy kennt. Okay, Valerie?»

Valerie nickte. *Hätte ich nur nicht gelogen! Wir hätten schon gestern nach ihm suchen können. Warum habe ich gelogen?*

«Mai, such du bitte nach dem Foto.»

Ma'sie raffte sich mühsam auf und verließ die Küche.

Die Aufkleber überall in der Küche halfen ihm zu finden, wonach er suchte, ohne fragen zu müssen. «Jesus, das sollte ich bei mir zu Hause auch einführen. Das ist verdammt praktisch.»

«Nein, ist es nicht. Es ist schräg», murmelte Valerie. *Du hast doch keine Ahnung, was du da laberst.*

Er stellte ihr einen Teller mit gebuttertem Toast hin, dann setzte er sich gegenüber an den Tisch. Sie rührte sich nicht.

«Also. Du hast deinen Bruder um kurz nach zwanzig Uhr zum letzten Mal gesehen.» Er zog sein Notizheft wieder raus.

Valerie nickte.

«War er sauer? Hat er irgendwas gesagt, das darauf hindeutet, dass er noch mal wegwollte oder dass irgendwas nicht stimmte?»

«Nein», sagte Valerie. «Er hat nur gesagt, wenn ich Hunger habe, kann ich was essen.»

«Warum?»

«Ma ist ausgeflippt und hat mich ohne Abendessen ins Bett geschickt, weil ich Sie einen Wichser genannt habe. Und dann habe ich gesagt, ich bin wie mein Dad.»

«Oh.» Er lächelte sie an. «Damit hast du natürlich voll ins Wespennest gepikt. Und was war dann?»

Sie zuckte die Achseln. «Wir haben geredet.»

«Worüber?»

«Keine Ahnung, lauter Blödsinn. Es war nur ganz kurz.»

«Und er hat gar nichts Ungewöhnliches gesagt?»

«Nein.» *Na ja … nein. Er war einfach nur mies drauf. Jeder hat mal schlechte Laune, sogar Jeremy.*

«Okay. Wir sollten eine Liste mit seinen ganzen Freunden machen.»

«Können wir das nicht im Auto erledigen?» Valerie wollte endlich raus aus dem Haus. *Bald wacht Grammy auf, und wenn sie merkt, dass er weg ist, tickt sie völlig aus. Ich muss dringend hier raus.*

Fred warf einen Blick auf die Küchenuhr. «Es ist noch viel zu früh, und außerdem fahren wir nirgendwohin, ehe du nicht mindestens eine Scheibe Toast gegessen hast.»

«Bedienen Sie sich.»

«Hab ich nichts dagegen.» Er nahm eine Scheibe vom Teller und schob sie sich im Ganzen in den Mund. «Lecker.» Er wischte sich die Butter aus dem Bart, dann schob er ihr den Teller hin. Sie nahm die Scheibe vom Teller und biss hinein. Er grinste sie mit vollem Mund an. So widerlich es auch aussah, sie konnte sich ein winziges Lächeln nicht verkneifen. *Der Typ ist irre.*

«Er hängt immer mit vier Typen rum, inklusive Rave. Ein paar Mädchen sind auch dabei.»

«Sehr gut, Valerie.»

Ma'sie kam mit Schachteln und alten Fotoalben beladen in die Küche zurück. Sie legte die Sachen auf den Tisch.

«Und kannst du bitte seinen Reisepass für mich suchen?», bat Fred ihre Ma.

«Seinen Reisepass?»

«Nur, falls er beschlossen hat, eine Reise zu machen.»

«O Gott!»

«Kein Grund zur Panik. Das ist reine Routine. Okay?»

«Die Pässe sind immer in meinem Schrank in der Schublade.» Wie betäubt ging sie wieder hinaus.

Fred notierte sich sämtliche Namen von Jeremys Freunden, auch den von Deirdre. Valerie holte das Telefonbuch ihrer Mutter und las ihm die Telefonnummern der Eltern vor. Während Valerie noch Namen und Adressen von allen runterratterte, die Jeremy nahestanden, kam Ma'sie mit seinem Pass zurück. Dann fing sie an, sich durch fröhliche Familienfotos zu wühlen. Valerie merkte, dass Fred ihre Mutter nicht aus den Augen ließ, während sie die Bilder durchsah und sich auf dem Küchentisch langsam ein Stapel bildete. *Mein Dad ist nicht dabei, falls du darauf lauerst.*

Ma'sie fand schnell ein einigermaßen aktuelles Schulfoto von Jeremy. Er stand aufrecht vor dem blauen Hintergrund, in seiner dunkelblauen Uniform, die Schultern zurückgenommen, die Haare fast totgegelt. Er trug ein unverbindliches Lächeln zur Schau und starrte konzentriert links an der Kameralinse vorbei. Ihre Ma wischte behutsam den Staub von dem Foto und legte es neben den Stapel auf den Tisch. Dann fing sie einen neuen Stapel an, Bilder, die Jeremy und Rave gemeinsam zeigten. Es gab eins von ihnen am ersten Schultag auf der weiterführenden Schule. Die beiden Jungs hielten sich gegenseitig umschlungen, als würden sie anfangen zu ringen, sobald das Foto im Kasten war. Dann ein Bild, im Sommer aufgenommen – beide sicher nicht älter als dreizehn, in ihren Badehosen, Jeremy erdbeerrot vor Sonnenbrand, Rave, der sich den Pony aus dem Gesicht schiebt, beide glitzernd vor Nässe und mit Angelruten bewaffnet.

Valerie konnte sich noch gut an den Tag erinnern. Obwohl sie damals so klein gewesen war, sah sie die Jungs noch genau vor sich, auf einem Mäuerchen sitzend, von wo aus sie stundenlang in einem seichten Fluss angelten. *Wo waren wir da?* Ma'sie legte das Bild zu den anderen, und Valerie nahm eins von Rave in die Hand. Er war von der Seite fotografiert und saß mit einer ramponierten Gitarre im Fenster und spielte, die Augenbrauen leicht gerunzelt. Er musste etwa zwölf sein, etwas pummeliger als heute, mit rausgewachsenem Haarschnitt. *Er sieht sich gar nicht mehr richtig ähnlich. Er hat sich total verändert.*

Fred nahm den kleinen Stapel zur Hand und sah sich die Fotos an. «Gibt es auch was Aktuelleres?», fragte er.

«Bis jetzt nicht.»

«Na ja. Such noch ein bisschen weiter. Bist du fertig, Valerie?» Sie war aufgestanden und hatte die Schultasche auf dem Rücken, noch ehe er seinen Satz beendet hatte. Sie hörte, wie ihre Großmutter sich in ihrem Zimmer rührte. *Los jetzt! Fahren wir!*

Er warf ihr seinen Autoschlüssel zu. «Da, fang!»

Sie fing den Schlüsselbund mit Leichtigkeit.

«Geh schon mal zum Auto.»

Valerie brachte es nicht über sich, ihrer Ma auf Wiedersehen zu sagen, aber das war nicht weiter schlimm, weil ihre Mutter überhaupt nicht merkte, dass sie wegging. Sie wühlte immer noch in den alten Bildern rum, als würde ihr Leben davon abhängen. *Es tut mir leid, Ma. Wirklich, es tut mir so leid!*

Bridie erwachte von Vogelgezwitscher. Dachte sie zumindest, aber langsam wurde ihr klar, dass es in Wirklichkeit eine Frauenstimme war. *Wer ist denn da?* Dann erkannte sie auch eine Männerstimme. *Arthur? Ach, Arthur du bist wieder zu Hause!* So schnell ihre alten Knochen es erlaubten, sprang sie aus dem Bett und eilte in den Flur. Dort stand plötzlich ein sehr behaarter Mann mit einem Telefon vor ihr. *Du bist nicht Arthur Bean!* Die Enttäuschung war so gewaltig, dass sie ihn am liebsten geschlagen hätte. *Wer bist du?*

«Ich muss Schluss machen», sagte der Mann in das Telefon. Dabei wandte er den Blick ab und streckte ihr die Hand entgegen, als wollte er sie davon abhalten, näher zu kommen.

«Bridie.» Er drehte den Kopf weg.

Er sah vertraut aus, aber sie konnte ihn nicht einordnen. *Warum sieht er mich nicht an? Traue nie einem Kerl, der dir nicht in die Augen sehen kann!* «Was haben Sie hier zu suchen?», rief sie. «Sie haben hier gar nichts verloren!» Ihr Morgenmantel wehte hinter ihr her. Die Heizkörper hatten sich noch nicht aufgewärmt, und die Luft im Flur war wunderbar kühl auf ihrer nackten Haut.

«Entschuldigung, Bridie», sagte der Mann zur Wand. «Äh, Maisie, könntest du bitte mal herkommen?»

Sobald der Mann den Namen ihrer Tochter ausgesprochen hatte, machte etwas in ihr «klick». *Fred Brennan. Mit dem stimmt was nicht. Er hat irgendwas getan. Was hat er gemacht? Er hat mir Angst eingejagt. Aber warum?* «Fred Brennan! Du kannst mich nicht mal ansehen, und weißt du auch, warum? Ich weiß, was du gemacht hast!

Ich weiß es.» Das war gelogen. Er lehnte sich an die Wand und schluckte schwer. *Der Mann hat Schuld auf sich geladen, oh ja! Was hat er gemacht? Was hat er gemacht? Was hat er gemacht?* Sie hatte das Gefühl, ihre Erinnerung wäre in einen aufgeblasenen Luftballon eingesperrt, der über ihr schwebte; sie versuchte die ganze Zeit, ihn zu fassen zu kriegen, aber er schwebte gerade so außer Reichweite.

«Bridie, bitte!»

Dann hörte sie Maisie auf die Tür zulaufen.

«Wenn ich etwas Falsches getan habe, dann, weil Sie mich darum gebeten haben, Bridie», sagte er so leise, dass nur sie es hören konnte.

Ich? Was habe ich getan? Sie wich zurück.

«Grundgütiger Gott, Ma!» Maisie griff nach ihr und dem Gürtel ihres Morgenmantels. Bridie ließ zu, dass ihre Tochter sie einhüllte. *Ich verstehe das nicht.*

«Es tut mir schrecklich leid, Fred. Ihr ist andauernd so warm.»

«Das ist doch kein Problem», sagte Fred zur Wand.

«Du solltest jetzt gehen», sagte Maisie, und es klang wie ein Befehl, keine Bitte.

«Maisie?» Er machte eine Bewegung, wollte sie berühren, aber sie wich zurück.

«Bitte geh einfach, Fred.» In ihrer Stimme lag ein ungewohnter Klang.

Sie will dich auch nicht hier haben, Fred Brennan.

«Okay. Ich melde mich», sagte er, und Bridie spürte seine Verletztheit und seine Besorgnis. Sie blieb ganz still, dachte nach, grub, so tief sie konnte, in ihrer Erinnerung. *Was ist passiert? Es ist da, es versteckt sich da irgendwo. Ich kann seinen Schatten sehen. Was habe ich gemacht? Was hat er gemacht?*

Fred verließ bedrückt das Haus. *Ich verliere sie. Sie entgleitet mir. Komm schon, Jeremy, bitte, Kumpel, tu mir das nicht an!* Valerie saß auf dem Beifahrersitz. Die meisten Kinder wären hinten eingestiegen, aber nicht Valerie: Sie gehörte definitiv zur «Ich-sitz-aber-vorne!»-Fraktion. *Du weißt ganz genau, was du willst, Liebes.*

Sie schwiegen, beide in Gedanken, und erst als sie die Siedlung verlassen hatten, fing Valerie an zu sprechen.

«Ma sieht komisch aus.»

«Sie hat Angst, das ist alles.»

«Jeremy ist viel zu gut, um wahr zu sein. Der würde nie was anstellen», sagte sie, als wäre sie sich nicht ganz sicher, ob das gut oder schlecht sei.

«Und du?», fragte Fred.

«Meine Grammy sagt, ich lande sowieso irgendwann im Gefängnis. Sie sagt, sie hofft, dass es wenigstens an einem exotischen Ort sein wird. Da ist das Essen dann zwar auch scheiße, dafür ist immer schönes Wetter. Ma'sie sagt, ich soll gar nicht auf sie achten. Ich kann alles werden, was ich will.»

«Deine Ma hat recht.»

«Ich glaube, ich wäre eine gute Kriminelle.»

Fred musste grinsen. «Tja, dann haben sie beide recht», sagte er wie aus der Pistole geschossen.

Dann waren sie da. Vor der Schule herrschte reger Betrieb, die Schüler strömten ins Gebäude, redeten, lachten. Valerie blieb sitzen und sah zu, wie draußen das ganz normale Leben weiterging.

«Du musst nicht hier sein, wenn du nicht willst. Ich kann dich auch wieder nach Hause bringen.»

«Ma will mich nicht zu Hause haben.»
«Das stimmt nicht.»
«Kann ich gut verstehen.»
«Valerie, sag mal, warum hast du gelogen?»
«Weil ich dämlich bin.» Sie stieg aus. «Noleen!»

Ihre Freundin machte kehrt und kam ihr entgegen. Sie warf einen Blick in den Wagen. «Wer ist der Typ?», wollte sie wissen.

Fred bekam ihre Antwort, «Niemand!», gerade noch mit, ehe sie die Autotür zuknallte und die beiden Mädchen verschwanden und ihn allein hocken ließen. Er wartete, bis alle Schüler im Gebäude waren und die Schulglocke zum Unterricht rief, dann steckte er Notizbuch und Stift in die Tasche. Er stieg aus dem Wagen und machte sich an die Arbeit.

Maisie

Maisie setzte sich auf die Treppe und rief in der Praxis an.

Lorraine war am Telefon. Maisie wollte schon wieder auflegen, aber sie konnte ihre Kollegen nicht im Stich lassen. Außerdem durfte sie ihren Job nicht riskieren. «Hallo, Lorraine. Es tut mir leid, aber ich kann heute nicht kommen.»

«Oh nein, Maisie, wir sind total voll. Ich habe mehr Jungs mit abgebrochenen Zähnen auf der Liste, als du dir vorstellen kannst.»

«Sorry, Lorraine, ich kann nicht.»

«Was ist denn passiert?»

«Jeremy ist verschwunden», sagte Maisie. Es war nicht einfach, aber es gelang ihr, sich zusammenzureißen und einen verstörend sachlichen Tonfall beizubehalten. Lorraine war eine schreckliche Tratschtante. Sie würde ihr auf keinen Fall mehr erzählen als unbedingt notwendig.

«Oh nein, wie furchtbar. Natürlich kriegen wir das hin. Ich sag Perry Bescheid. Ich weiß gar nicht, was ich sagen soll. Jesus, das ist ja schrecklich!»

«Danke», sagte Maisie.

«Na klar, pass gut auf dich auf, Maisie. Halt uns auf dem Laufenden, okay?»

Maisie legte auf. Sie stellte sich vor, wie Lorraine hinter dem Empfang hervorschoss und die Treppe zu den Behandlungsräumen hochrannte, um es jedem zu erzählen, der ihr über den Weg lief. Der Tratsch über die «arme Maisie» würde sie dafür entschädigen, dass sie den ganzen Tag lang jedem Einzelnen ein frohes neues Jahr wünschen musste.

Bridie kam mit frischgebügelter weißer Bluse, grauem Cardigan und schwarzer Hose aus ihrem Zimmer. Sie trug weder Schuhe noch Strümpfe, und an der Bluse stand ein Knopf offen, aber abgesehen davon sah sie perfekt aus.

«Ich hätte dich duschen sollen», sagte Maisie.

«Unsinn. Ich bin sauber. Die Leute duschen heutzutage viel zu viel. Das ist schlecht für die Haut.»

Maisie umarmte ihre Mutter, und Bridie erwiderte die Umarmung herzlich. Sie roch gut, eine Mischung aus frischer Bettwäsche, Waschmittel und Rosen.

«Aber du könntest mir die Haare machen, Lynn», sagte Bridie, was Maisie an ihre Freundin erinnerte. Sie hatte Lynn völlig vergessen. Sie gehorchte ihrer Mutter, kämmte ihr die Haare zu einem Pferdeschwanz und steckte sie zu einem festen Knoten hoch.

Als das Telefon klingelte, rannte Maisie los, als stünde

sie in Flammen, und hätte sich beim Abheben fast den Finger gebrochen. «Jeremy?»

«Was? Wo steckst du denn?», fragte Lynn.

«Oh, Lynn. Tut mir leid. Warte kurz.» Maisie brachte ihre Mutter zurück in ihr Zimmer. «Bin gleich wieder da, Ma.» Sie machte die Tür hinter sich zu.

«Gestern Abend kein Anruf und heute versetzt du mich! Ein einziger Kuss, und du bist völlig verändert, Maisie Bean!»

Maisie rutschte zu Boden und blieb an die Tür gelehnt sitzen. Es war so surreal: Als sie das letzte Mal mit Lynn gesprochen hatte, war das Leben aufregend gewesen und verheißungsvoll, dabei war ihr Sohn auch während sie nichtsahnend bei Jingles saßen und quatschten, schon verschwunden gewesen. *Wieso wusste ich das nicht? Wie kann das sein? Ich habe meine Familie im Stich gelassen, um mit Fred ins Bett zu steigen. Ich habe nicht gemerkt, dass mein eigener Sohn seit mehr als dreißig Stunden verschwunden ist.* Wie sollte sie das Lynn erklären? Wie konnte sie jemals wieder irgendwem unter die Augen treten? Sie hatte als Mutter vollkommen versagt.

«Oh, Lynn.» Sie presste sich eine Hand auf den Kopf. *Ich glaube, mein Hirn zerplatzt gleich. Vielleicht wäre das auch besser so. Alles ist besser als das hier.* Die Schuld hinterließ einen metallischen Geschmack in ihrem Mund. Der Ekel vor dem, was sie und Fred getan hatten, lag bleiern auf ihrer Brust. Sie hätte sich am liebsten übergeben, aber in ihr war nichts. Sie wollte sich weh tun, aber sie war völlig taub.

«Was ist los?» Lynn war augenblicklich ernst geworden.

«Jeremy ist verschwunden», flüsterte Maisie.

Sie konnte ihre Mutter in ihrem Zimmer rumoren hören.

Sie blätterte in irgendwas. «Ich weiß, es ist hier irgendwo», ertönte Bridies Stimme hinter der geschlossenen Tür.

«Seit wann?», wollte Lynn wissen.

«Sonntagabend.»

«Sonntag!»

«Gestern Morgen dachte ich, er wäre früher zur Schule gegangen – sein Rucksack war weg, und er hatte genug zu essen mitgenommen, um eine ganze Kompanie satt zu kriegen. Gestern Abend ist er nicht nach Hause gekommen. Und Valerie hat gesagt … ich war so mit Fred beschäftigt … ich …»

«Nein, nein, nein! Wage es nicht! Das lasse ich nicht zu», sagte Lynn und, nach einer Pause: «Er ist sechzehn, Maisie. Glaub mir, Sechzehnjährige bauen ständig Mist.»

«Aber nicht Jeremy.»

«Hör zu, tu mir einen Gefallen und hör endlich mit dieser ‹Jeremy der Heilige›-Nummer auf. Davon krieg ich Kopfschmerzen. Teenager sind grundsätzlich zu allem imstande, auch die harmlosen.»

«Soll mich das trösten?», murmelte Maisie.

«Na ja, er ist groß und schlau genug, um auf sich selbst aufzupassen, und du hast absolut nichts falsch gemacht. Hast du das verstanden?»

«Er würde nie einfach so abhauen.»

«Tja, ist er aber – und eins kann ich dir versichern: Ganz egal, wie wild es hier auch zugehen mag, in der Cypress Road gibt es keinen finsteren Bösewicht, der sich nachts die kleinen Teenager-Jungs aus ihren Betten schnappt.»

«Rave ist auch weg», sagte Maisie.

«Gut. Sag ich doch. Die sind abgehauen, um irgendwo irgendwelchen Mist zu bauen. Verlass dich drauf.»

Es war möglich, natürlich, und trotzdem nagte etwas an

ihr, krallte sich an sie, flüsterte ihr zu, dass irgendetwas ganz und gar nicht in Ordnung war.

«Hast du mit der Polizei gesprochen?»

«Fred kümmert sich darum.»

«Er ist toll», sagte Lynn.

Maisie schnaubte. *Toll? Er hat mich die halbe Nacht bei sich behalten, obwohl mein Kind verschwunden war.*

«Jeremy taucht im Nu wieder auf, und wenn er dann wieder nach Hause kommt, sprichst du ein Machtwort.» Lynn war offensichtlich felsenfest überzeugt, dass es sich lediglich um irgendeine Dummheit handelte.

«Okay.» Maisie wünschte sich mit jeder Faser ihres Körpers, dass ihre Freundin recht hatte.

«Was ist mit Bridie?»

«Ich bleibe heute zu Hause, neben dem Telefon.»

«Natürlich. Hör zu, ich komme rüber und hol sie ab. Es ist besser, wenn sie sich nicht aufregt.»

«Das wäre toll.»

«Bin sofort bei dir.» Lynn legte auf.

Maisie rappelte sich auf und machte die Tür zum Zimmer ihrer Mutter auf. Bridie stand verwirrt mitten im Raum. Maisie nahm sie an der Hand und führte sie ins Wohnzimmer. Bridie ging ans Fenster und sah hinaus in den Regen. «Das hört wohl nie wieder auf», sagte sie. Dann entdeckte sie Kenny, den Postboten, der gerade versuchte, an Vera Malones Hund vorbeizukommen. Maisie brachte ihrer Mutter eine Tasse Tee und stellte sich zu ihr, um den Machtkampf zwischen Mensch und Hund zu beobachten.

«Wenn Kenny nach links geht, geht Jake nach links. Wenn Kenny nach rechts geht, geht Jake nach rechts. Das ist lustig.» Bridie lächelte. Jake hielt den Kopf gesenkt, und sie konnten sein tiefes, bedrohliches Knurren sogar durchs geschlossene Fenster hören. «Der Hund hasst diesen Mann.»

Kenny legte die Hände an den Mund und rief: «Vera! Hallo, Vera! Ich bin's, Kenny. Ich habe Post, und der verfluchte Hund lässt mich nicht vorbei.»

«Ich finde, du solltest ihn aus seiner Not befreien», sagte Bridie zu ihrer Tochter.

«Ja.» Maisie ging an die Haustür und öffnete. Kenny trat zögerlich näher.

«Der wird immer schlimmer, Maisie, und eins sag ich dir: Wenn der mich ein einziges Mal beißt, ist es aus mit ihm. Das ist mein Ernst. Hast du eine Ahnung, wie viele Tetanusspritzen ich mir im Laufe der Jahre schon verpassen lassen musste?» Er drückte ihr ein paar Briefe für Vera in die Hand. «Und die hier sind für euch.» Er reichte ihr zwei Rechnungen. Auf beiden Umschlägen war in Rot das Wort «Mahnung» aufgedruckt. «Tut mir leid. Ich hasse den Januar. Der beschissenste Monat im ganzen Jahr.»

«Ja», seufzte Maisie.

«Danke.» Er machte sich auf den Rückweg zu seinem Postauto. Der Hund knurrte immer noch. Geduckt lauerte er hinter der Hecke, der die beiden Grundstücke voneinander trennte.

«Kenny, Sie haben auf Ihrer Runde nicht zufällig Jeremy irgendwo gesehen, oder?», wollte Maisie wissen.

Kenny blieb stehen und drehte sich zu ihr um. «Nein. Ist alles in Ordnung, Maisie?»

«Ja, wahrscheinlich schon. Aber darf ich Ihnen trotzdem meine Telefonnummer geben, für den Fall, dass er Ihnen über den Weg läuft?»

Er nickte und sah sie beunruhigt an. «Na klar. Ich

habe was zu schreiben im Auto.» Sie folgte ihm zu seinem Wagen. Er machte die Tür auf, kramte etwas herum und reichte ihr schließlich Zettel und Stift. «Kinder.»

Sie schrieb ihre Telefonnummer auf und reichte sie ihm. «Falls Sie ihn sehen –»

«Gebe ich's über Funk an die Zentrale, und Mary klingelt bei Ihnen durch.»

«Und falls Sie ihn persönlich erwischen, sagen Sie ihm, seine Ma will, dass er sofort nach Hause kommt.» Sie versuchte, nicht zu weinen.

«Wenn ich ihn erwische, liefere ich ihn persönlich hier ab. Versprochen.»

«Danke, Kenny.»

«Was wollte Kenny denn von dir?», fragte Bridie, als Maisie zurück ins Haus kam.

Maisie war beeindruckt. Ihre Mutter wirkte so klar wie seit Tagen nicht. «Gar nichts.»

«Und worüber habt ihr dann gesprochen?»

«Ich habe versucht, ihn davon abzuhalten, Jake zu ermorden», sagte Maisie.

Bridie kicherte. «Ich kenne überhaupt keinen Hund, der Briefträger mag. Genau wie deinen Danny. Jesus, die haben ihn gehasst, aber das ging uns schließlich allen so, oder?»

Es war ziemlich lange her, seit Bridie zum letzten Mal von Danny gesprochen hatte. Die Ärztin hatte zwar gesagt, sie wollte ein neues Medikament ausprobieren, aber Maisie hatte das Rezept erst am Vortag eingelöst und glaubte eigentlich nicht, dass die Tabletten in weniger als vierundzwanzig Stunden eine derartige Wirkung entfalten konnten. Trotzdem, Bridie wirkte wieder sehr viel mehr wie sie selbst.

«Das vorhin war doch Fred Brennan, oder?», sagte Bridie.

«Stimmt, Ma.»

«Ich will ihn hier nicht haben, Maisie.»

«Mach dir keine Sorgen, Ma, der kommt so schnell nicht wieder», sagte Maisie, und in ihr rührte sich ein leiser Schmerz. *Ich darf meine Kinder nie wieder aus den Augen lassen. Ich bin doch alles, was sie haben.*

«Habe ich Jeremy schon wieder verpasst, Maisie?»

«Ja, Ma. Er hat in der Schule zurzeit viel zu tun.»

«Das sieht ihm aber gar nicht ähnlich, sich nicht von seiner Grammy zu verabschieden.»

«Ich wollte nicht, dass er dich weckt.»

«Ich vermisse ihn», sagte sie. «Sag ihm das, ja, Maisie?»

«Klar, Ma. Mach ich.»

«Nur, falls ich es vergesse: Gehe ich heute zu Lynn?»

«Sie ist gleich da und holt dich ab.»

«Gut. Du siehst aus, als bräuchtest du ein bisschen Ruhe, Liebes», sagte Bridie.

Maisie fühlte sich, als wäre sie geschlagen worden. Sie führte Bridie zu ihrem Sessel, entschuldigte sich, verließ das Zimmer und ging in die Küche. Sie wartete auf Lynn und versuchte, sich einen Reim auf diese völlig verrückte Welt zu machen, in der ihre Mutter auf einmal wieder zu Verstand kam, während ihr Sohn spurlos verschwunden war.

Dave

Als Dave Rave zum ersten Mal sah, lag Dave auf dem Rücken und versuchte, sich gegen Bush Farrelly und ihre beste Freundin Josie zu wehren. Er war gerade elf Jahre alt geworden. Bush Farrelly war vierzehn und das haarigste Mädchen, das Dave jemals gesehen hatte. Sie hatte wilde, widerspenstige Locken, die furchtbar dick waren und ihr bis auf die Schultern runterhingen. *Wie schafft sie es, ständig dieses Gewicht mit sich rumzuschleppen?* Auf ihrer Oberlippe wuchs der zarte Flaum eines Damenbarts. Eigentlich hieß sie Hayley, aber Dave fand es witzig, sie Bush zu nennen. Er hatte mit seinem Walkman zu Hause auf der Gartenmauer gesessen und Musik gehört, als die beiden Mädchen vorbeikamen. Bush ließ einen Basketball springen, und sie lachten über irgendetwas, das mit Dave nichts zu tun hatte.

Er war neu in der Gegend und hatte noch keine Freunde, obwohl er in Finglas, ehrlich gesagt, auch keine gehabt hatte. Er wusste selbst nicht genau, warum. Seine Mutter meinte, es läge daran, dass er nie gelernt hätte, richtig zu teilen. Sein Vater behauptete, es läge daran, dass er ein Klugscheißer wäre. «Klugscheißer kann niemand ausstehen, mein Sohn», sagte sein Dad immer und zerraufte Dave dabei die Haare, aber wenn sie dann abends am Tisch saßen und sein Vater wieder mal über irgendjemanden lästerte, den er nicht mochte (und sein Dad hasste jeden), dann gab Dave einen klugen Kommentar ab, und sein Dad hielt sich regelmäßig den Bauch vor Lachen. «Hast du den gehört, Marie? Unglaublich! Guter Junger, guter Junge!», sagte sein Vater dann lachend und wischte sich die Tränen weg. «O Gott, wenn ich das den Jungs erzähle.»

Dave musste als Kind mit vielen widersprüchlichen Botschaften zurechtkommen. Eben noch als kleiner Star gepriesen, fand er sich im nächsten Augenblick in der Hundehütte wieder.

«Was in aller Welt hat dich dazu getrieben, das Wort ‹Bombe› auf den Scheißhund zu pinseln? Findest du das etwa witzig?», hatte sein Vater ihn angebrüllt. Der Hund war ein weißer Schäferhund namens Barry, benannt nach Barry McGuigan, dem Lieblingsboxer seines Vaters, und das Tier war sein ganzer Stolz. Sosehr seine Mutter sich auch bemühte, Daves Missetat – mit wasserfestem Edding verübt, wie sich später rausstellte – ließ sich nicht wieder ungeschehen machen. Der Hund musste geschoren werden, und weil gerade Winter war und sie sich keinen schicken Hundemantel leisten konnten, musste das arme Tier mit einem alten, um den Bauch gebundenen Autositzbezug aus Kunstfell durch Tallaght spazieren.

«Das ist entwürdigend, und zwar nicht nur für mich, sondern auch für den Scheißhund! Sieh ihn dir doch an! Der ist schwer traumatisiert, du kleiner Wichser», waren die letzte Worte seines Vaters zu der Angelegenheit gewesen.

Dave bekam jede Menge an den Kopf geworfen. Er tat so, als würde ihm das nichts ausmachen, aber das war gelogen. *Ich dachte, es wäre lustig.* Nach diesem Vorfall sprach sein Vater sehr lange kein Wort mit ihm.

«Er kommt drüber weg, Sohn», versprach ihm seine Ma. «Aber du kennst ihn ja.»

Wenn Daves Vater schmollte, dann richtig, also machte Dave einen Rückzieher und verschwand für drei Monate in sein Zimmer, so lange, bis das Hundefell nachgewachsen war und der Sitzbezug in die Tonne wanderte. Er hatte seinen Vater richtig vermisst, aber noch mehr, als mit ihm zu reden, hatte er sein Lachen vermisst. Es war alles so verwirrend. Im Grunde wollte Dave nie etwas anderes als witzig sein. Er wollte nie jemanden verletzen. Er mochte

Bush Farrelly. Sie war zwar ganz schön haarig, aber auch ziemlich cool. Sie konnte unglaublich gut Basketball spielen und besaß ein wunderschönes Lachen, das meilenweit zu hören war. Ein herzliches, ungezwungenes Lachen machte ihm sofort gute Laune. Dave wollte einfach nur ein bisschen Aufmerksamkeit, vielleicht sogar ein bisschen mit den Mädchen quatschen. Die Jungs ließen ihn links liegen. Er hasste Sport, und sein Sinn für Humor verwirrte sie. Mädchen hielten es etwas länger mit ihm aus, aber irgendwann wandte sich jeder von ihm ab. Bis zu dem Tag, als Rave dazukam, während Dave gerade von Bush und Josie Prügel bezog.

Rave kam auf dem Nachhauseweg mit dem Fahrrad an den dreien vorbei. «He, Hayley, Josie! Was geht denn hier ab?»

«Die hauen mir die Rübe runter, das geht ab!», schrie Dave, die Arme vor Gesicht und Bauch.

Hayley hielt kurz inne. «Wir kümmern uns nur um diesen Wichser.»

«Was hat er denn gemacht?»

Josie trat weiter auf Dave ein, und er brüllte sie an, endlich aufzuhören. Der Hund saß im Garten, aber auf den war nach der Geschichte mit dem Edding auch kein Verlass mehr.

«Er hat uns beleidigt», sagte sie.

«Ja, das mag niemand, aber ich glaube, ehrlich gesagt hat er jetzt genug, Josie.»

Josie hörte auf, Dave zu treten. «Wehe, ich höre noch einmal, wie du meine Freundin Bush nennst», und Dave konnte selbst mit Tränen in den Augen sehen, dass sich ein winziges Lächeln auf Raves Gesicht geschlichen hatte.

«Seid ihr Freitag auch im Jugendclub?», fragte Rave.

«Klar», sagten die Mädchen.

«Cool! Bis dann!»

«Okay», antworteten sie, und Dave konnte mit ansehen, wie sie sich von prügelnden Bestien in alberne Mädchen verwandelten. *Falsche Zicken!*

Als die beiden weg waren, streckte Rave die Hand aus und half Dave hoch. «Alles okay?»

«Klar. Super», sagte Dave und wischte sich die Tränen weg. Er hob den Walkman auf. Die Kopfhörer waren kaputt, und er hätte am liebsten wieder angefangen zu weinen. «Das verdammte Mannsweib hat meine Kopfhörer geschrottet.» Er hockte sich wieder auf die Mauer.

Rave lächelte und setzte sich daneben. «Du hast Hayley also Bush getauft.» Er versuchte nicht länger zu verbergen, wie sehr er sich amüsierte.

Dave grinste. «Ja. ‹Hairy› wäre mir etwas zu platt gewesen.»

Rave lachte. «Hairy gefällt mir auch, aber ich weiß, was du meinst. Bush hat mehr Schlagkraft.»

«Genau!», sagte Dave und wurde langsam hibbelig. «Ganz genau!»

«Du bist neu hier.»

«Ja.»

«Ich bin Rave.»

«Ich weiß. Ich gehe seit einem Monat in deine Klasse. Ich bin Dave. Dave und Rave klingt allerdings ziemlich scheiße, oder?»

«Gut, dass wir nicht miteinander gehen.»

«Ja, stimmt. Rave ist ein cooler Name.»

«Das kommt von meiner Haarfarbe. Aus John wurde Rabe und aus Rabe wurde Rave.»

«Scheiße, das ist ja noch cooler.» Dave hatte den Ball in

der Schule absichtlich flach gehalten und den Kopf eingezogen, weil seine Ma ihn vorgewarnt hatte. Der erste Monat an einer neuen Schule wäre der schlimmste. «Mach es dir selbst nicht noch schwerer, Sohn», hatte sie gesagt. *Halt die Klappe*, hieß das im Klartext.

«Hättest du Lust, mit mir und meinem Kumpel Jeremy abzuhängen?»

«Willst du mich verarschen?» Dave dachte, er würde gleich wieder anfangen zu heulen.

«Nein. Natürlich nicht.»

«Cool! Toll! Sehr gerne!»

Nach diesem Tag geschah zweierlei: Dave hatte zum ersten Mal in seinem Leben Freunde, und aus einem wundersamen Grund wurde Hayley Farrelly in ganz Tallaght nur noch liebevoll Bush genannt.

Insgeheim war Dave überzeugt davon, dass Jeremy ihn nie so gemocht hatte wie Rave. Er war nett zu ihm, er gab sich mit ihm ab, er lachte sogar über seine Witze, aber ihre Freundschaft war trotzdem nicht besonders eng. Sie verbrachten niemals Zeit zu zweit, und das war auch völlig in Ordnung. Solange Rave ihn mochte, tangierte ihn das wenig, und ganz egal, was Dave tat oder sagte, sogar wenn es ihn wirklich ankotzte, Rave verzieh ihm immer wieder ziemlich schnell.

Ihm war klar, dass er Rave letzten Samstag wirklich sauer gemacht hatte, und wollte sich unbedingt mit ihm versöhnen. Es war ein echter Schlag für ihn gewesen, als Rave am Montag nicht zur Schule kam. Er wollte sich entschuldigen, und noch viel mehr wollte er, dass Rave ihm sagte, alles sei okay. *Jesus, Rave, es tut mir so leid!* Ohne Rave hatte er in der Clique das Gefühl, total überflüssig zu sein. Zwischen Rave und Jeremy passte kein Blatt Papier, und Mitch und Jonno waren auch beste Freunde. Er war das fünfte Rad am Wagen, aber zumindest gehörte er dazu. Er würde sterben, wenn er seine Freunde verlor. Es würde ihn umbringen, wieder allein zu sein. Mitch juckte ihn nicht besonders – er lachte mehr über ihn als die anderen – und sie hatten auch mal zu zweit rumgehangen, als Jonno wegen irgendwas von seiner Mutter Hausarrest verpasst bekommen hatte. Jonno hatte ihn wahrscheinlich eine Zeitlang echt gehasst, weil Dave seine Witze ehrlich gesagt meistens auf Jonnos Kosten machte. Aber als er jemanden brauchte, der dreimal wöchentlich in aller Frühe seine Laufzeiten maß, hatte Rave Dave vorgeschlagen.

«Spinnst du!», hatte Dave damals geantwortet.

«Er wäre aber echt dankbar dafür.»

«Um fünf Uhr morgens? Bei der Schweinekälte? Warum macht Mitch das denn nicht?»

«Weil Mitch um acht Uhr morgens sein Bettfrühstück einnimmt. Er ist ein fauler Sack, und er will nicht riskieren, dass Jonno ihm tagtäglich eine reinhauen will.»

«Ja, klar, das ist natürlich ein Argument.»

«Es wäre gut, wenn ihr beide mal ein bisschen Zeit miteinander verbringt.»

«Okay. Ich mach's.»

Er begleitete Jonno jetzt seit zwei Monaten morgens mit der Stoppuhr auf dem Fahrrad. Am Anfang war es die reinste Qual gewesen, aber inzwischen hatte er sich daran gewöhnt. Jonno war richtig schnell, und Dave fand es cool, Teil von etwas zu sein. Außerdem konnte er gut motivieren, und obwohl er Jonno immer noch gehörig auf die Nerven ging, waren sie sich ein Stückchen näher gekommen. Rave hatte recht gehabt. Trotzdem fühlte er sich immer noch nicht ganz wohl, wenn Rave nicht mit dabei war.

Kurz nach Unterrichtsbeginn wurden Dave, Mitch, Jonno, Deirdre, Mel und Casey ins Direktorat gerufen. Sie saßen auf dem Flur und versuchten, sich darüber klarzuwerden, warum man sie herbestellt hatte.

«Irgendwer hat uns im Park beim Saufen gesehen», sagte Jonno mit tonloser Stimme. «Meine Ma zerfetzt mich in der Luft.»

Mitch war sich nicht so sicher. «Quatsch, darum geht es nicht.»

«Warum?»

«Weil deswegen nicht gleich ein Bulle in die Schule kommt.»

«Was?», sagte Casey. «Welcher Bulle denn?»

«Der, der sich gerade mit der Rektorin unterhält.» Der Umriss des Mannes war durch die Milchglasscheibe deutlich zu erkennen.

«Wie kommst du denn drauf, dass das ein Bulle ist?», flüsterte Deirdre.

«Schau dir doch mal an, wie riesig der ist. Das ist ein Bulle. So viel steht fest.»

«O Gott», flüsterte Mel. «Mein Vater ist auf Bewährung draußen.»

Mitch ließ das kalt. «Der könnte genauso gut im Zirkus auftreten, so viel, wie der Clown weiß.»

Rektorin Young betrat den Gang und wandte sich an die sechs sichtlich blass gewordenen Schüler.

«Ich weiß nicht, ob ihr es schon wisst, aber Jeremy Bean und John Murphy werden seit Sonntagabend vermisst, und wir hoffen, dass ihr bei den Ermittlungen helfen könnt. Ich habe eure Eltern darüber informiert, dass Detective Brennan sich mit jedem von euch unterhalten wird, und ich habe ihnen versichert, dass ich in ihrer

Abwesenheit bei euch bleiben werde.» Sie sah Jonno an. «Deine Mutter ist auf dem Weg hierher.»

Er schlug sich an die Stirn. «Scheiße!», flüsterte er.

«Wir benötigen noch ein, zwei Minuten, dann rufen wir euch einzeln zu uns herein.» Sie schloss die Tür, und die Freunde sahen einander fassungslos an.

«Seit Sonntag vermisst?», fragte Casey mit rotem Kopf.

Mitch winkte ab. «Die machen doch bloß blau.»

«So was macht Jeremy nicht», sagte Deirdre leise.

«Quatsch. Denen geht's super», widersprach Dave. «Und so kommen wir wenigstens um den Unterricht rum. Entspannen und Klappe halten, lautet meine Devise.»

«Also, meine Ma reißt mir jedenfalls gleich den Kopf ab, ich hoffe also, sie sind glücklich, wo immer sie auch sind.»

«Jetzt beruhig dich mal, Jonno. Wir waren im Park, wir haben geredet, sonst nichts. Reit uns nicht rein, und reit vor allem Rave nicht rein», sagte Dave. *Der bringt uns alle um.*

«Und was, wenn ihnen was passiert ist?», fragte Mel.

«Na klar! Wir sind hier nicht in South Central LA», sagte Dave, und Mitch nickte.

«Er hat recht. Wir sagen gar nichts.»

Mitch war der Erste. Fünfzehn Minuten später kam er wieder heraus, schüttelte den Kopf und sagte: «Sorry, Jungs», als er unter dem strengen Blick der Rektorin an ihnen vorbeiging.

«Idiot», murmelte Dave.

«David? Was war das?», fragte Rektorin Young.

«Nichts, Mrs. Young.»

«Na, dann ist es ja gut. Mel, du bist die Nächste.»

Einer nach dem anderen wurden sie hereingerufen. Casey war nur fünf Minuten lang im Direktorat und kam weinend wieder heraus. Bei Deirdre dauerte es zehn Minuten. Sie kam zwar mit trockenen Augen, aber sehr besorgt zurück. Als Jonnos Mutter aufkreuzte, wurden sie sofort hereingerufen, und als sie eine halbe Stunde später wieder rauskamen, hielt sie ihn am Ohr gefasst. «Du bist tot!», zischte sie und zerrte ihn an seinen Freunden vorbei.

Dave war als Letzter dran. *Kinderspiel. Ich lass euch nicht im Stich, Jungs.* Dem Bullen die Stirn zu bieten war das Mindeste, das er tun konnte, nachdem er Jeremy einen Schwanzlutscher genannt hatte. Das war nur Spaß gewesen, aber er hatte Rave noch nie so sauer erlebt.

Gegenüber von dem Polizisten stand ein Stuhl. Er setzte sich und hörte, wie sich hinter ihm die Tür schloss. *Nur keine Angst zeigen.*

«David?», sagte die Rektorin. «Das ist Detective Brennan. Er hat ein paar Fragen an dich über Jeremy und John. Ich erwarte, dass du offen und ehrlich darauf antwortest.»

Der Polizist stellte seine Fragen, und Dave weigerte sich zu antworten. «Dazu kann ich nichts sagen», wiederholte er zum fünften Mal.

«Und warum nicht?», wollte Brennan wissen.

«Ich möchte mich nicht selbst belasten.»

«Das mit dem Alkohol interessiert uns nicht, Junge. Wir möchten nur herausfinden, was genau mit deinen beiden Freunden passiert ist. Warst du von eurer Gruppe der Letzte, der sie am Sonntagabend gesehen hat?»

Aha. Hatte also doch jemand geplaudert und die Sache mit dem Schnaps erzählt. Dave nickte zögerlich. «Ja.»

«Haben sie gesagt, wohin sie wollten?»

«Nein.»

«Glaubst du, Rave war betrunken?»

Ja. Hackedicht war der. «Sprechen Sie mit meinem Anwalt.»

Hinterher erfuhr Dave, dass Jonno dem Bullen im Grunde den ganzen Abend Augenblick für Augenblick geschildert hatte, inklusive Raves Ausspruch, ein Mädchen zu vögeln wäre, als würde man seinen Schwanz in ein Rohr voller Pudding stecken. *Labersack!*

«Gut. Ich glaube, die anderen haben uns bereits genug gesagt.» Der Polizist steckte das Notizheft zurück in die Jackentasche.

Dave stand auf und wollte gehen.

«Eine Sache noch, Sohn. Als du weggefahren bist, waren die beiden da vielleicht am Wehr?»

Dave blieb wie angewurzelt stehen. «An der Old Bawn Bridge?»

«Ja, genau.»

Dave musste schlucken. *Ach, nein. Die liegen doch nicht in dem Scheißwehr!* «Wir waren eigentlich den ganzen Abend unter dem Galgenbaum, schon in der Nähe, aber doch nicht – nein, nicht nah genug, um … ich meine, die hatten doch gar keinen Grund, so nah ans Wasser zu gehen. Es war dunkel und hat geregnet …»

«Okay. Ich musste das fragen. Und es hat nichts zu bedeuten, Junge.» Der Polizist legte Dave die Hand auf die Schulter. «Das war's fürs Erste.»

Dave machte Anstalten zu gehen, aber an der Tür drehte er sich noch mal um. «Ich habe Rave schon ganz anders erlebt, und er ist völlig normal nach Hause gefahren.»

«Das ist gut zu wissen. Danke, Dave.»

Die Rektorin begleitete ihn nach draußen.

«Die liegen nicht im Wehr», wiederholte er noch mal, damit sie es auch wirklich glaubte.

Die Rektorin nickte. «Geh zurück in den Unterricht, David.»

Dave ging nicht zurück in den Unterricht. Er ging aufs Jungenklo und saß stundenlang einfach nur da, in seine Gedanken versunken, und hoffte und redete sich ein, dass alles gut war.

Fred

Fred saß auf dem Fahrersitz und funkte das Revier an. Linda meldete sich. «Ich hab's gehört», sagte sie.

«Ein Albtraum.»

«Unglücklich, aber wir finden sie. Bin trotzdem froh, dass du endlich in die Pötte gekommen bist.»

Linda und er waren seit Ewigkeiten befreundet. Er hatte ihr bei zwei Gelegenheiten betrunken seine Gefühle für Maisie gestanden, aber nichts von dem Date erzählt, für den Fall, dass es schiefging. «Ach so? Hat Tom dir das mit mir und Maisie erzählt?»

«Das ganze Revier redet darüber.»

«Heilige Scheiße!»

«Also. Was kann ich für dich tun?»

«Kannst du mitschreiben?» Er ratterte seine Notizen herunter, alles, was wichtig sein konnte, was die Jungs anhatten, wo sie zuletzt gesehen worden waren, Marke und Modell des Fahrrads, mit dem sie unterwegs waren.

«Ich geb's weiter.»

Deirdre Mahoney hatte während der Befragung etwas Interessantes gesagt, fiel ihm ein. Sie war zwar verhalten gewesen, aber aufschlussreich war es trotzdem. «Wenn Sie mich fragen, die sind abgehauen», hatte sie gesagt.

«Warum glaubst du das?»

«Weil Raves Dad ein Junkie ist und ihn ständig bloßstellt.»

«Wenn das stimmt, weshalb sollte Jeremy ihm folgen?»

«Weil Jeremy Rave sogar auf den Mond folgen würde.»

«Und was glaubst du, wohin könnten sie abgehauen sein?»

«Keine Ahnung. Nach England … oder sie suchen Raves Ma? Die steht seit Jahren auf der Vermisstenliste.»

Fred gab Linda die Daten von Sid Murphy und die Adresse durch.

«Warte mal, Tom ist da», sagte sie und stellte ihn durch. Fred war klar, dass Tom, während sie sich unterhielten, Lindas Notizen überflog.

«Wir funken das durch und geben es an die Presse weiter, regional und national. In der Zwischenzeit fahren wir zu Sid Murphy, falls du dazu in der Lage bist. Du bist hier offiziell definitiv nur Beobachter. Okay?»

«Glaubst du, der weiß irgendwas?»

«Eher nicht, aber wir können genauso gut bei ihm anfangen», sagte Tom.

«Und was ist mit dem Wehr?»

«Ich schicke ein paar Jungs zum Fluss, die sollen sich da mal umsehen. Um die Froschmänner zu rufen, ist es noch ein bisschen zu früh.»

«Okay.»

Mit ungutem Gefühl beendete Fred das Gespräch und saß eine Minute lang still da. Abwesend starrte er auf den leeren Schulhof hinüber und kaute an seiner Daumenkuppe. *Wo steckt ihr, Jungs?* Er hatte die ganze Zeit das Wehr vor Augen. Er erinnerte sich an den Sonntagabend. Als er schützend seine Jacke über Maisie gehalten hatte, wo war

Jeremy da gewesen? Er stellte sich den Park vor: Er kannte den Galgenbaum. Er sah die Jungs vor sich, redend, trinkend, die Mädchen eng aneinandergedrängt und fröstelnd. Er stellte sich vor, wie sie nacheinander verschwanden, zu Fuß oder mit dem Fahrrad, bis nur noch Jeremy und Rave übrig waren. *Wo seid ihr dann hin?* Er sah Rave vor sich, wie er das Fahrrad aufhob, und Jeremy, der auf den Gepäckträger stieg, Rave etwas angetrunken, das Fahrrad leicht schwankend. Jeremy, der versuchte, ihn zu stabilisieren. *Vielleicht sind sie zu nah ans Wasser gekommen. Es war dunkel, matschig, rutschig. Wie hoch war der Wasserstand an dem Abend, nach dem vielen Regen?* Er stellte sich die Staustufe vor, sah die Jungen still in der Dunkelheit davontreiben. *Nein. Auf keinen Fall.*

Er schwenkte in seiner Vorstellung zu dem Hotelzimmer, lag mit Maisie im Bett. Das schien eine Ewigkeit her zu sein.

SECHSTES KAPITEL

«Everybody Hurts»
REM, *1992*

Maisie

Das Haus der Murphys sah heruntergekommen aus. Es war seit Jahren nicht gestrichen worden, und in dem ungepflegten Garten lagen auf einer überwucherten Wiese Auto- und Fahrradteile verstreut. In dem Moment, als Maisie an die Tür klopfte, fuhr ein Streifenwagen vor. «Sid Murphy? Ich weiß, dass du da bist. Mach die Scheißtür auf, verdammt noch mal!»

Sie drehte sich um und sah zwei Männer aus dem Auto steigen. Der, den sie nicht kannte, musste Detective Tom Doran sein. Er hatte sie vorhin angerufen, sich vorgestellt und ihr erklärt, wie die Suchaktion ablaufen würde. Obwohl er ruhig und sachlich geklungen hatte, hatte alles, was er sagte, ihr eine furchtbare Angst eingejagt. Sie konnte Fred nicht in die Augen sehen und mied seinen Blick. «Dadrin ist jemand – das kann ich hören.» Sie drehte sich wieder zur Haustür um und pochte dagegen. «Aufmachen!»

«Ms. Bean, ich bin Tom Doran. Wir haben telefoniert.»

Maisie schätzte ihn auf Anfang fünfzig, ein gutaussehender Mann mit kurzen, blonden Haaren, groß, aber nicht so groß wie Fred. «Hallo.» Sie gab ihm die Hand. Es gab keinen Grund, unhöflich zu sein.

«Alles gut, Mai? Was tust du hier?», fragte Fred.

Sie konnte nicht genau sagen, ob er besorgt oder genervt war. Er hatte sie gebeten, zu Hause am Telefon zu bleiben. Aber das war ihr egal; sie konnte unmöglich einfach rumsitzen, wenn Sid Murphy vielleicht wusste, wo ihr Kind war. «Seine Leitung ist tot.» Sie hielt ihm den Rücken zugewandt und hämmerte wieder gegen die Tür.

«Ich verstehe», sagte er und legte ihr sanft die Hand ins Kreuz. «Aber du musst Tom seinen Job machen lassen.»

Sie schüttelte ihn ab. Sie brauchte ihm nicht ins Gesicht zu sehen, um zu wissen, dass er verletzt war.

«Jetzt übernehmen wir», sagte Tom sanft.

«Wenn es sein muss, aber ich gehe nirgendwohin.»

Fred seufzte.

Tom nickte. «Gut.» Er beugte sich zum Briefschlitz runter und öffnete die Klappe. Von innen war heftiger Lärm zu hören. «Mr. Murphy? Hier sind Detective Tom Doran und Fred Brennan. Machen Sie bitte die Tür auf, wir haben ein paar Fragen an Sie. Sollten Sie abhauen oder sich weiter weigern, treten wir die Tür ein und führen eine Hausdurchsuchung durch. Es ist Ihre Entscheidung.»

Maisie wartete ab und sah zu. Sie hatte fünf Minuten lang ununterbrochen an diese Tür gehämmert. Sie wollte nur wissen, wo ihr Junge war, und begriff nicht, wie Sid sie einfach um Hilfe flehend draußen stehen lassen konnte. *Bitte, Sid, hilf uns doch.*

Tom klopfte wieder. «Zwingen Sie mich nicht, die Tür einzutreten, Mr. Murphy.»

Schließlich waren schlurfende Schritte zu hören, die Tür ging auf, und Sid Murphys Gesicht erschien im Spalt. Er sah furchtbar aus, die Augen lagen tief in den Höhlen, die Haut war fleckig. Seine schmutzigen Sachen hingen ihm vom Leib, er war nur noch Haut und Knochen, doch am auffälligsten waren die vielen Narben, die den kahlrasierten Schädel bedeckten. Ein unmenschlicher Gestank ging von ihm aus. Maisie war zutiefst erschüttert. *Was ist mit dir passiert?* Ihr traten die Tränen in die Augen, und sie hielt sich die Nase zu. Sie konnte nicht anders. Sid sah an den beiden Männern vorbei zu ihr hin. «Maisie?» Er wirkte benommen und ein bisschen verwirrt. «Bist du das, Maisie Bean?»

Sie ließ die Hand sinken. «Hallo, Sid», sagte sie sehr viel freundlicher als eben noch. «Entschuldige die Störung.»

Sid stand schwer gegen die Tür gelehnt, die Augen halb geschlossen. «Quatsch, alles super. Für dich hab ich immer Zeit, Maisie.»

Reiß dich zusammen! Nur nicht spucken! Gott im Himmel, was ist das für ein Gestank?

«Dürfen wir reinkommen?», fragte Fred.

Sids Blick wanderte von Fred zu Tom und wieder zu Fred zurück. «Ich kenn euch nicht.»

«Das macht nichts, wir kennen Sie.» Tom drückte die Tür auf, und Sid stolperte rückwärts.

«Au! Mein Fuß! Pass doch auf meinen Scheißfuß auf!», jaulte er.

«He, Fred, es ist nicht nötig –», sagte Maisie.

«Lass Tom seinen Job machen, Mai.»

Sie folgte den Männern ins Haus, aber der Gestank hätte sie fast wieder hinausgetrieben. Dann traf sie die nächste Welle. «O Gott, Herr im Himmel!» Sie schlug sich wieder die Hand vors Gesicht.

Fred und Tom wirkten völlig unbeirrt. Sie folgten Sid in die Wohnung. Er humpelte stark. Er trug keine Schuhe. Ein Fuß war dick mit Geschirrtüchern und einer Plastiktüte umwickelt. Das Ganze wurde mit Tesafilm und einem Gummiband zusammengehalten. An die Wand gestützt, bewegte er sich langsam durch den vermüllten Flur. Das Telefon an der Wand war offensichtlich kaputt und aus der Halterung gerissen. Der Hörer lag auf dem Boden, die Schnur war durchgeschnitten worden.

Die Männer begleiteten Sid ins Wohnzimmer. Maisie gewann die Fassung zurück und folgte ihnen gerade noch rechtzeitig, um zu sehen, wie Sid eine schmutzige Decke über den Couchtisch warf. Er zeigte darauf. «Das geht Sie nichts an.» Er schwankte unsicher, klang aber entschlossen. Maisie war fassungslos über die Lebensumstände, die der beste Freund ihres Sohnes offensichtlich erdulden musste. *Ich hatte ja keine Ahnung! Warum weiß ich davon nichts? Was ist mir noch alles entgangen? Warum hat Jeremy mir das nicht erzählt? Oh, Rave, Schatz, ich habe dich im Stich gelassen. Es tut mir so leid!* Das Wohnzimmer war völlig versifft. Der Boden war übersät mit leeren Konservenbüchsen und halbvollen Flaschen, und wohin sie auch schaute, waren Fastfood-Verpackungen, manche mit eingetrockneten Soßenresten, andere mit gammligen Pizzastücken, in denen Zigarettenstummel steckten. Überall war nasse Asche verschmiert. *Hier gibt es bestimmt Ratten,* dachte Maisie. Plötzlich fingen ihre Beine an zu jucken, und sie hätte am liebsten angefangen zu hopsen. Sie hatte mal irgendwo gelesen, dass Stampfen Ratten verjagt. *Oder waren das Schlangen?*

Sid ließ sich auf das völlig verdreckte, zerrissene, mit Brandflecken übersäte und mit Sicherzeit von Ungeziefer befallene Sofa plumpsen und legte den schorfigen Kopf in die schmutzigen Hände. «Hast du mir die Bullen ins Haus geschleppt, Maisie?» Er sah aus, als würde er gleich anfangen zu weinen.

«Nein.»

«Die stehen aber direkt vor meinen Scheißaugen, Maisie.» Er zeigte mit einem langen, dürren Finger auf Fred. Fred winkte ihm zu.

«Wir sind nur auf der Suche nach Jeremy», sagte sie. «Hast du ihn gesehen?»

«Jeremy kommt schon lange nicht mehr hierher, Maisie.»

Kann ich verstehen.

«Wo ist Ihr Sohn, Sid?» Tom stand mit verschränkten Armen über ihn gebeugt. Fred hielt sich im Hintergrund, als wollte er Tom ausreichend Raum für sein Verhör verschaffen.

«Keine Ahnung. Der kommt und geht.»

«Wann ist er das letzte Mal gekommen und gegangen?»

«Weiß nicht. Der wohnt in seinem Zimmer. Da komm ich mit meinem Scheißfuß nicht mehr hoch.»

«Okay. Haben Sie ihn gestern gesehen oder vorgestern, oder vorvorgestern?», fragte Tom.

Anstatt zu antworten, zog Sid sich mühsam vom Sofa hoch, fand sein Gleichgewicht und humpelte dann unsicher zur Tür. «Vielleicht ist er ja jetzt da oben. Was weiß denn ich? Rave?», rief er. Er hielt sich am Türrahmen fest, dann trat er auf den Flur und humpelte in Richtung Treppe. «Rave!», rief er und stolperte. «Rave. Gib Laut, wenn du da bist!» Er drehte sich zu den drei Leuten um, die hinter ihm standen. «Vielleicht ist er in der Schule. Heute ist doch Schule, oder?»

«Ist er nicht», sagte Maisie. «Und Jeremy auch nicht. Er war seit Sonntag nicht mehr zu Hause, Sid.»

Sid schaute zurück zur Treppe. «Scheiße!», murmelte er. «Jetzt komm schon, Rave, ja?» Er machte Anstalten, sich die Treppe raufzuquälen, aber es war offensichtlich zu schmerzhaft, zu schwierig. Nach der Hälfte gab er auf und setzte sich auf die Stufe. «Mein Diabetes.» Er zeigte auf seinen Fuß.

«Das kannst du jemand anderem erzählen», murmelte Fred.

«Er sperrt sich in seinem Zimmer ein. Gehen Sie doch selber rauf. Nur zu.»

Fred und Tom gingen an ihm vorbei die Treppe hoch. «Welches Zimmer?», fragte Tom.

«Das mit dem ‹Keine Junkies›-Schild an der Tür.»

Die Männer verschwanden, und Maisie stand schockstarr am Fuße der Treppe, auf Augenhöhe mit dem zusammengekauerten Schatten eines Mannes, den sie früher mal respektiert hatte. Schniefend saß er da und kratzte sich. «Es war hart ohne seine Ma», sagte Sid, vielleicht in dem Versuch, den Zustand zu rechtfertigen, in dem sie ihn und das Heim seines Sohnes angetroffen hatte.

«Sie ist schon lange weg, Sid. Das ist keine Entschuldigung.»

«Ich weiß, Maisie. Weiß ich doch. Tut mir leid. Ich hab's versucht. Ich hab echt alles versucht.»

Sein Selbstmitleid war unerträglich. *Das hast du dir selbst angetan. Wie konntest du nur, Sid? Du bist doch alles, was er hat.*

«Irgendwas zu finden?», rief sie nach oben.

Fred beugte sich über das Geländer und schüttelte den Kopf. «Nein, Maisie, hier sind sie nicht.» Er verschwand wieder in Raves Zimmer.

«Die Kinder sind verschwunden, Sid», sagte Maisie. «Verstehst du das?»

«Denen geht's bestimmt super. Die sind inzwischen große Jungs. Die können auf sich selbst aufpassen.»

«Wann hast du Rave zum letzten Mal gesehen? Bitte, denk nach.»

«Weiß nicht … Irgendwann letzte Woche?»

«Letzte Woche!»

«Falls du es noch nicht gemerkt hast, Maisie, mir geht es echt dreckig.» Er rieb sich den Schädel, und ein Stückchen Kruste löste sich und flog davon.

Maisie drehte sich der Magen um. «Das ist nicht gut, Sid.»

«Du darfst mich nicht verurteilen, Maisie.»

«Tja, Sid. Es tut mir leid, aber dafür gibt es keine Entschuldigung. Du bist ein erwachsener Mann. Du wusstest vorher, was Heroin einem antut. Du wusstest genau, worauf du dich einlässt.»

Er schnüffelte und rieb sich die Nase. «Du hast noch nie lang um den heißen Brei rumgeredet, was, Maisie?»

«Nein, Sid.»

«Hat er dich deshalb verprügelt?» Er hob den Kopf, um zu sehen, wie sie reagierte.

«Du warst schon immer ein Loser, Sid, aber früher warst du echt nett. Also werde ich diese Unverschämtheit auf die Drogen schieben und es gut sein lassen.»

Seine Worte hatten einen wunden Punkt getroffen, und ums Haar hätte sie die Beherrschung verloren.

Seine Augen füllten sich mit Tränen. «Tut mir leid. Tut mir so, so leid!» Er vergrub den Kopf in den Händen. «Ich könnte ein paar Scheine brauchen, Maisie.»

Sie ertrug seine Gegenwart keine Sekunde länger. «Von mir bekommst du gar nichts», sagte sie, drückte sich an ihm vorbei und ging die Treppe rauf.

Sie betrat Raves Zimmer und sah sich mit einem Raum konfrontiert, der in krassem Gegensatz zum Rest des Hauses stand. Alles war in perfekter Ordnung. Das Fenster stand einen Spalt offen, um frische Luft hereinzulassen, sämtliche Kleidungsstücke waren präzise gefaltet und gestapelt oder aufgehängt; Bürste und Kamm lagen sorgsam ausgerichtet auf der Kommode. Nichts war in Unordnung; alles war makellos. Natürlich war der Teppich ausgetreten. Die Vorhänge waren fadenscheinig. Das Kopfteil vom Bett war kaputt und mit Klebeband repariert. Die Bettwäsche war alt und eindeutig schon länger nicht gewaschen, aber das Bett war ordentlich gemacht, das Laken umgeschlagen wie beim Militär. Maisie schloss die Tür, damit der Gestank aus dem übrigen Haus Raves Refugium nicht verpesten konnte.

Tom untersuchte etwas an der Wand beim Fenster, und Fred stand vor der Kommode des Jungen. Der zugehörige Spiegel hatte blinde Flecken und war mit Fotos übersät. Sie waren mit Tesafilm am Glas befestigt. In einer Ecke des Rahmens steckte eine Aufnahme von Rave und Jeremy. Fred zog das Bild heraus und strich es behutsam glatt. Maisie stellte sich neben ihn, um es näher in Augenschein zu nehmen. Es konnte noch kein Jahr alt sein: Die zwei Jungen blickten in die Kamera, beide in Schwimmshorts. Rave stand an ein Surfbrett gelehnt und hatte lässig den Arm um Jeremy gelegt. Sie waren nass und lächelten. Rave wirkte cool und selbstbewusst, den Blick direkt in die Linse gerichtet. Jeremys Lächeln war albern, und er streckte dem Fotografen den Daumen entgegen. Maisies Herz machte einen Satz. *Da bist du ja, Liebling.* Dann holte die Realität sie ein, so schnell, dass sie sich auf Raves perfekt gemachtes Bett setzen musste.

«Da ist ja unser Foto», murmelte Fred.

Eine einzelne Träne war entwischt und lief Maisie über

die Wange. «Rave hat mir vertraut. Was ist passiert?», sagte sie laut zu sich, während sie den Blick durch das nüchterne Zimmer gleiten ließ. «Wann habe ich ihn aus den Augen verloren?»

«Maisie ...», sagte Fred.

«Nicht ...»

Tom, der sich aus dem Fenster gelehnt hatte, zog den Kopf zurück. «Kein Wunder, dass sein Vater ihn nicht kommen und gehen sieht. Er benutzt ein Kletterseil.» Tom hob ein dickes Seil hoch, das professionell an einem massiven Wandhaken befestigt war. «Ist zwar ziemlich anstrengend, aber für einen starken jungen Kerl durchaus machbar.»

«Wenigstens haben wir jetzt einen triftigen Grund, weshalb der Junge abgehauen sein könnte», sagte Fred. «Ich würde mich auch verpissen, wenn ich hier leben müsste.»

«Stimmt», sagte Tom und fing Maisies Blick auf. «Aber Jeremy?»

«Es heißt, wo immer Rave hingeht, geht auch Jeremy hin», sagte Fred.

Das wusste Maisie auch, und das hier war ein Ort der Verzweiflung. Ganz deutlich sah sie vor sich, wie Rave sich mit dem Seil Zutritt zu seinem Zimmer im ersten Stock verschaffte. Sie sah ihn, wie er sich in seinem Zimmer einschloss und von besseren Zeiten träumte. Sie konnte seinen Frust spüren und das dringende Verlangen, hier rauszukommen. Sie sah ihn abhauen. Ein neues Jahr und ein neuer Anfang ... Aber konnte sie sich auch vorstellen, wie Jeremy ihm nicht nur blindlings folgte, sondern tatsächlich sein eigenes Zuhause im Stich ließ, ohne ein Wort? Das ergab keinen Sinn. Vielleicht hatte er versucht, Rave das Ganze auszureden. Vielleicht hatte er sogar versucht, ihn zu überreden, zu Maisie zu gehen. Vielleicht hatten sie es versucht, und sie hatte nicht zugehört, hatte es nicht verstanden oder war einfach nicht genug da gewesen. *Was, wenn Rave sie um Hilfe bitten wollte, als sie bei Fred gewesen war? Was, wenn er so verzweifelt war, dass Jeremy in ihrer Abwesenheit gar nicht anders konnte, als ihn zu begleiten? Warum habe ich nicht einfach nein gesagt? Ich hätte da sein können. Ich hätte helfen können.* Maisie ließ sich von ihren Schuldgefühlen mitreißen. Es gab kein Halten mehr. *Das ist meine Schuld.*

«Der Junge besitzt kaum Klamotten. Vielleicht hat er was mitgenommen», sagte Tom und betrachtete das Foto. «Sie haben etwa die gleiche Größe und Statur.»

«Stimmt. Sie könnten sich die Sachen im Notfall definitiv teilen, falls sie's eilig hatten», sagte Fred.

«Was soll das heißen? Sie sind zusammen abgehauen, aber es geht ihnen gut?» Ein Funken Hoffnung stahl sich in Maisies Stimme.

Einen Herzschlag lang herrschte Schweigen, ehe Tom sagte: «Bis jetzt können wir nur mit Gewissheit sagen, dass die Jungen offiziell vermisst werden.»

«Maisie», sagte Fred sanft und nahm ihren Arm. «Wir geben eine Fahndung raus und befragen die Nachbarn, ob noch irgendjemand was gesehen hat. Es steht alles bereit. Wir tun, was wir können.» Sie schüttelte ihn diesmal nicht ab, aber sie kam auch nicht näher. Er tat sein Bestes, aber Maisie hatte zu viel damit zu tun, ihre aufsteigende Wut unter Kontrolle zu halten, um ihn zu beruhigen. *Was ist das Schlimmste, das passieren könnte, Fred? Sieh dich um.*

«Ich mache Meldung und bringe die Sache ins Laufen», sagte Tom.

Fred führte sie weg, hinaus aus dem Zimmer, das so anders aussah, als das Zimmer eines Teenagers aussehen sollte. An der Treppe blieb Maisie stehen. Sie wusste nicht, ob Sid eingeschlafen oder an Ort und Stelle gestorben war: Er war zur Seite gekippt und rührte sich nicht. Unter dem kaputten Wandtelefon und neben der Tür entdeckte sie plötzlich ein paar Biergläser mit einer dunkelgelben Flüssigkeit. *Ist das Urin? O Gott. Ja.* Ihr wurde heiß und schwindlig. Sie hatte das Bedürfnis, sich zu übergeben. Sie atmete ein und aus, flache Atemzüge, den Jackenärmel dicht vors Gesicht gedrückt. Fred ging vor ihr die Treppe hinunter und stieß Sid im Vorbeigehen an.

«Wo ist Ihre Frau, Sid?»

Sid bewegte sich, und Fred kniete sich zu ihm auf die Stufe. «Weiß nicht. Mir egal», sagte Sid.

«Haben Sie wirklich keine Ahnung?»

«Vom Erdboden verschluckt.»

«Hat sie Familie?»

«Ja.»

«Und Sie, Sid, haben Sie Familie?»

«Von denen spricht keiner mehr mit mir.»

«Ich brauche trotzdem die Namen und Telefonnummern.»

«Oh Mann, keine Ahnung … das schaff ich echt nicht …»

«Na dann geben wir uns Mühe», sagte Fred.

«Oh nein, verpiss dich einfach, ja?»

«Was ist mit Kindern? Ist Rave Ihr einziges Kind?»

«Das einzige, das noch übrig ist», sagte Sid und wirkte plötzlich traurig.

«Was heißt das?», hakte Fred nach.

Sids Augen füllten sich mit Tränen. Mit zitternden Fingern wischte er sich den Rotz von der Nase.

«Jason, Raves Bruder, ist vor fünf Jahren auf dem Fußballplatz gestorben. Er war siebzehn», sagte Maisie. Sie brachte es immer noch nicht über sich, die Treppe runterzugehen und an Sids stinkender Pisse vorbeizulaufen.

«Das tut mir leid», sagte Fred. «Was ist passiert?» Sein Tonfall wurde sanfter. Sid stieß einen tiefen, schmerzvollen Seufzer aus. «Ist einfach gestorben. Ohne Scheißgrund. Ohne irgendeinen verfickten Scheißgrund.»

Maisie biss sich auf die Lippe. Sein Schmerz war immer noch so roh, nach all den Jahren. Das war so schwer zu verstehen. Jason war ein toller Junge gewesen.

«Er hätte ein Star werden können – stimmt doch, Maisie, oder? Wie der mit dem Ball umgehen konnte. Den hätten Sie sehen sollen!»

«Er war ein toller Fußballer, Sid.» So wütend sie auch auf ihn war, sie hatte Mitleid. *Es steht mir nicht zu, dich zu verurteilen, Sid. Ich weiß, dass ich so einen Verlust nie verkraften würde.*

Fred streckte die Hand aus. «Sie müssen jetzt aufstehen.»

«Ich kann nicht. Mein Fuß.»

«Der Krankenwagen ist auf dem Weg», sagte Tom. Er stand plötzlich direkt hinter ihr.

«Oh nein!», rief Sid.

«Oh doch», sagte Tom. «Es sei denn, Sie wollen hier verrecken.»

Sid schluchzte auf.

«Jetzt sollen die sich erst mal um ihn kümmern, und wir nehmen später im Krankenhaus seine Aussage zu Protokoll», sagte Tom.

Die Sirene des Krankenwagens kam näher. Maisie bewegte sich, zum ersten Mal seit einer gefühlten Ewigkeit.

Sie stieg langsam die Treppe herunter, Stufe für Stufe, vorsichtig, und machte die Haustür auf. Fred ging durch den Flur und zog die Schublade des ramponierten Telefontischchens auf. Er nahm ein Adressbuch heraus und hielt es hoch. Als Tom bei Sid angelangt war, nickte er Fred zu, und der steckte das Buch ein.

«Zeit zu gehen, Sid», sagte Tom.

Sid antwortete nicht. Er sagte kein Wort mehr, bis die Sanitäter ihn auf eine Trage geschnallt hatten und er aus dem Haus gerollt wurde. «Maisie?»

«Ja?»

«Es war nicht immer so, oder?»

«Nein. Es gab auch gute Zeiten.»

«Ja, richtig tolle Zeiten», sagte er.

Sie fragte sich, ob er sich überhaupt noch daran erinnerte, dass sein Sohn verschwunden war, oder ob es ihn interessierte. Er wirkte nicht besorgt. Er war viel zu tief in Selbstmitleid versunken. Ihr kam der Gedanke, dass Rave vielleicht besser dran wäre, wenn er starb.

Sie sah zu, wie die Sanitäter ihn in den Krankenwagen verfrachteten. Fred war ihr in den Vorgarten gefolgt. Wie oft er so dagestanden und zugesehen hatte, wie sie verladen wurde. Es fühlte sich seltsam vertraut an.

«Der wird wieder», sagte er zu ihr.

«Das ist mir egal. Ich will nur die beiden Jungs wiederfinden.» Sie hatte sich inzwischen ein bisschen beruhigt. Falls Rave der Meinung gewesen war, er sei in Gefahr, zweifelte sie nicht daran, dass Jeremy mit ihm gegangen war. Plötzlich ergab das Verschwinden der beiden Sinn.

«Die Kollegen werden Jeremys Zimmer durchsuchen wollen.»

«Wenn es hilft.»

«Wie hältst du es aus, Mai?», fragte er plötzlich.

Sie spürte, wie verzweifelt er versuchte, mit ihr in Verbindung zu kommen, aber sie konnte einfach nicht.

«Was glaubst du denn?» Sie ging zu ihrem Auto und ließ Fred allein im Vorgarten stehen. Er starrte ihr nach.

Fred

Fred saß im Streifenwagen, rauchte eine Zigarette und wartete darauf, dass Tom aus dem Haus kam. Als er endlich auftauchte, telefonierte er, ging langsam über den Rasen und erteilte Anweisungen. Schließlich stieg er zu Fred in den Wagen und ließ das Fenster herunter.

«Die Dinger bringen dich irgendwann noch um, Fred.»

«Kann schon sein.» Fred schniefte.

«Also. Die gute Nachricht lautet: Ein Junge hat die beiden Sonntagabend gegen halb elf auf der Bohernabreena Road gesehen.

Fred atmete auf. «Dann sind sie nicht im Wehr.»

«Das können wir noch nicht mit Gewissheit sagen, aber es ist ziemlich unwahrscheinlich.»

«Gott sei Dank.»

«Linda hat die Aussage aufgenommen, aber ich will noch mal rüber, um persönlich mit dem Jungen zu sprechen.»

Fred nickte. «Ich glaube, in Raves Zimmer fehlen ein paar Sachen.»

«Ja?»

«Ich habe CDs gesehen, aber keinen Player.»

«Vielleicht ist er kaputt, oder er hat ihn verkauft.»

«Keinerlei Waschzeug, nicht mal Zahnpasta im Bad,

und das passt nicht zu einem so ordentlichen Jungen wie Rave.»

Fred hatte sich in dem winzigen Bad umgesehen. Es hatte nach Bleiche gerochen. Die Flasche hatte zusammen mit einem Schwamm und einer Flasche Badezimmerreiniger in einer Kiste neben der blassrosaroten Wanne gestanden. Er hatte das Schränkchen über dem Waschbecken geöffnet. Bis auf ein altes Rasier-Set und eine Tube Handcreme mit Rosenduft war es leer gewesen: Die einzigen Hinweise darauf, dass Rave sein Leben irgendwann tatsächlich mit einer Mutter und einem Vater geteilt hatte. Fred sah Rave beim Putzen vor sich; die Toilette, die Wanne, das Waschbecken, vielleicht sogar das Linoleum. Der Bodenbelag hatte Löcher, darunter kam faulendes Holz zum Vorschein. Sein Zimmer und das Bad waren eindeutig Raves Revier. Falls der Junge das Bad benutzte, wo waren dann seine Sachen?

«Wo auch immer er hin ist, er hat die Zahnbürste mitgenommen», sagte Tom. Er sah sich die Bilder an, die Fred von Raves Spiegel entfernt hatte. Außer dem Foto von Rave und Jeremy gab es noch eins von Rave und Casey, Arm in Arm. Eins von den Jungs in einem Bus: Rave saß ganz hinten, die Beine über die Lehne des Vordersitzes gelegt; Jeremy hielt den Daumen hoch, das Gesicht zur Hälfte von Daves ausgestreckter Hand verdeckt; Dave saß in der Reihe vor Jeremy, neben Mitch, der sich vorgebeugt hatte, um Raves Füßen auszuweichen, und den Mittelfinger in die Kamera gereckt hielt. Jonno war vor den beiden platziert.

«Das sind also unsere Jungs», sagte Tom.

Fred identifizierte sie der Reihe nach.

«Was hatte Rave Sonntagabend an?», wollte Tom wissen.

Fred konsultierte seine Notizen. «Khakifarbene Armeejacke, schwarzer Pullover, schwarze Jeans, schwarze Armeestiefel.»

«Wo ist dann die schwarze Lederjacke, die er hier trägt?» Tom musterte das Foto im Bus. «Außerdem vermissen wir ein Jeanshemd.» Er zeigte auf das Bild von Rave und Casey.

«Unter dem Waschbecken im Bad steht eine Schüssel mit Waschpulver. Der Waschsalon ist also eher unwahrscheinlich», sagte Fred.

«Was Jeremy Bean betrifft, bin ich mir nicht so sicher, aber dieser Junge hier hatte definitiv den Plan, irgendwohin zu gehen», sagte Tom, und Fred nickte. *Das ist gut. Das ist sehr gut.*

Es hatte aufgehört zu regnen, und als es ihnen im Auto zu stickig wurde, setzten sie sich auf die feuchte Haustürstufe und warteten auf den Suchtrupp. Fred rauchte noch eine Zigarette. Tom knurrte der Magen, und er jammerte über die Diät, zu der ihn seine hübsche deutsche Freundin verdonnert hatte.

«Das tut mir aber leid», sagte Fred mit einer Spur Bitterkeit in der Stimme. Er hatte Maisie noch nie so kalt erlebt. Es zerriss ihm das Herz. Sie entglitt ihm.

Tom sah auf die Uhr. Es war Mittag. «Die Kids sind jetzt etwa vierzig Stunden verschwunden», sagte er. «Wann genau hat Maisie dich angerufen?»

«Das war so gegen sechs Uhr morgens.»

«Das heißt, Jeremy war über dreißig Stunden verschwunden, ehe sie es gemerkt hat.»

«Das ist unfair. Dafür gibt es Gründe.»

«Wir haben es mit zwei vermissten Minderjährigen zu tun. Wir müssen damit so schnell wie möglich an die

Öffentlichkeit. Aber das bedeutet automatisch auch eine noch genauere Überprüfung.»

Fred wusste, was er damit meinte. «Mai schafft das.»

«Und du, Fred? Schaffst du das auch? Du könntest eine Auszeit vertragen. Ich schlage vor, du nimmst dir etwas Urlaub.»

«Wir hatten ein Date. Wir haben nichts Unrechtes getan, Tom.»

«Das weiß ich, aber falls hier irgendwas schiefgeht, gehörst du auf alle Fälle auf die richtige Seite, und das ist an der Seite deiner Frau. Nur da gehörst du jetzt hin.»

«Sie will mich aber nicht in ihrer Nähe haben.»

«Sie ist völlig durch den Wind – du weißt doch, wie Frauen sind.»

«Ich weiß nicht, Tom. Ich fühle mich verantwortlich. Ich kann mich jetzt nicht einfach raushalten.» *Ich habe ihr versprochen, dass ich ihn finden werde.*

«Dafür gibt es eine Lösung. Du kannst als mein inoffizieller Kontaktbeamter fungieren, mir Informationen beschaffen, über die Familie, über Freunde, die Lieblingsplätze der Jungs, eventuelle Krankheiten, finanzielle Hintergründe, alles. Ich weiß, es sind Teenager, aber uns kann sogar ein Postsparbuch oder ein geplündertes Sparschwein weiterhelfen, alles, was sich mit dem Verschwinden in Verbindung setzen lässt. Um Sid kümmere ich mich selbst, sobald er wieder in besserer Verfassung ist, aber ich könnte mir vorstellen, dass Maisie Bean viel mehr Einblick in Raves Leben hat, als sie sich selbst eingesteht. Mag sein, dass er die aktuelle Situation vor ihr geheim gehalten hat, aber es ist offensichtlich, dass sie ihn immer auf dem Schirm hatte.»

«Ich muss zuerst mit Jim reden, ich brauche grünes Licht von ihm.»

«Ich habe schon mit ihm gesprochen, Fred. Es ist alles geregelt.»

Fred seufzte. *Klar redet er zuerst mit dem Boss und dann mit mir. Verständlich. Hätte ich genauso gemacht.* Sein Freund hatte ihn mit einem sehr realen Problem und der bestmöglichen Lösung konfrontiert. Er wäre ein Idiot, wenn er sich dagegen sträuben würde. «Danke», sagte er. «Du bist einer von den Guten, Tom.»

«Sag das mal meiner Exfrau und den Kindern.»

«Niemand ist perfekt.»

«Ja, genau. Und bitte erinnere dich daran, wenn uns irgendwann in dieser Geschichte die Scheiße um die Ohren fliegt.» Tom schlug ihm freundschaftlich auf den Rücken.

Fred wusste, dass er recht hatte. Wenn die Jungs nicht gefunden wurden, ehe die Sache öffentlich wurde, stand Maisies Leben von heute auf morgen auf dem Kopf. Die Geschichte war zu verlockend; zwei fotogene Teenager sind anderthalb Tage lang verschwunden, ehe irgendjemand etwas merkt. Auf dem Foto sahen sie aus, als könnten sie kein Wässerchen trüben, und die Presse würde sie mit Freuden als unschuldige Opfer des Arbeitermilieus hinstellen, dem sie entstammten, Raves Vater ein Fixer, seine Mutter verschollen, Maisie alleinerziehende Mutter, Freds Verstrickung und – natürlich – Jeremys Vater. *O Gott, Danny.* Fred Brennans persönliche gemeinsame Vergangenheit mit Danny Fox allein barg schon genug Sprengstoff, um ihm irgendwann um die Ohren zu fliegen, aber er hätte nie gedacht, dass die Wahrheit auf diese Weise ans Licht kommen könnte, und ausgerechnet in dem Augenblick, als es für Maisie und ihn endlich eine Chance gab.

Er musste es dringend erklären. Er hatte nur keine Ahnung, wie.

Lynn

Lynn hatte einen Großteil der achtziger Jahre damit verbracht, ihren Hund Marvin im örtlichen Stadtpark auszuführen. Das passte ihr aus diversen Gründen in den Kram. Sie konnte Marvin von der Leine lassen, der Park lag in der Nähe, es gab immer etwas zu sehen – entweder die ungehobelten Annäherungsversuche der Teenager unter den Bäumen oder kleine Kinder, die versuchten, einander auf dem Spielplatz umzubringen –, und im Sommer war für die örtlichen Bands und Straßenkünstler eine kleine Bühne aufgebaut. Sie waren alle nicht besonders gut, aber das spielte keine Rolle – je schlimmer sie spielten, desto besser. In ihrem Park sah Lynn die Jahreszeiten kommen und gehen und die Kinder aus der Nachbarschaft groß werden. Im Laufe der Jahre traf sie immer wieder auf dieselben Gesichter, und ab und zu kam man auch ins Gespräch – «Ach, Sofia, schön Sie zu sehen! Na, was macht die verzwickte Verdauung?» – und andere mied man wie die Pest. *Geraldine Grey! Nur nicht hinschauen, Lynn, und sag ja nichts. Die ist in ihre eigene Scheiße verliebt.* Lynn war gerne im Park. Sie fühlte sich dort zu Hause.

Eine Bank liebte sie besonders. Dort setzte sie sich hin, während Marvin Kaninchen und Vögel jagte oder versuchte, Kindern die Snacks abzuluchsen. Die Bank war normalerweise sogar dann frei, wenn im Park viel Betrieb herrschte. Lynn betrachtete sie als ihr persönliches Eigentum. Bis eines Tages eine hochschwangere Frau dort gesessen hatte. *Die gefällt mir kein bisschen.* Lynn wäre einfach weitergelaufen, wenn sie nicht so außer Atem gewesen wäre. *Scheißherz.* Sie setzte sich, legte sich eine

Hand auf die Brust und kramte mit der anderen in ihrer Tasche herum.

Die Fremde schien beunruhigt zu sein und sprang für eine Frau von den Ausmaßen eines kleinen Elefanten erstaunlich schnell auf die Beine. «Kann ich Ihnen helfen?», fragte sie, aber die arme Lynn war nicht mal in der Lage zu antworten. Sie starrte die Frau an, die inzwischen ihre Schuhe ausgezogen hatte. «Direkt vor dem Eingang steht eine Telefonzelle – ich schaffe es innerhalb von fünf Minuten hin und zurück.»

Lynn schüttelte den Kopf und zog ihr Spray aus der Handtasche. Sie nahm die Kappe ab und sprühte sich das Medikament unter die Zunge. Inzwischen war die Frau kurz davor, loszusprinten.

«Alles gut!», sagte Lynn, die endlich wieder sprechen konnte. «Ist nur das Herz. Mir geht's gleich wieder prima.»

«Sicher?»

«Wirklich. Kein Grund, irgendwohin zu rennen.» Sie lächelte.

Die Frau ließ sich zurück auf die Bank plumpsen. «Gott sei Dank. Ich weiß nicht, wie weit ich auf diesen Würstchen gekommen wäre.» Sie deutete auf ihre geschwollenen Füße.

Lynn beäugte die kleinen Leinenschühchen der Frau. «Ihnen ist schon klar, dass Sie da nie wieder reinkommen werden?»

«Ja.» Die Frau seufzte. «Ich bin übrigens Maisie.»

«Lynn.»

Sie saßen ein paar Minuten lang auf der Bank. Maisie zeigte ihr ihren Sohn. Jeremy und sein bester Freund Rave wetteiferten darum, wer höher schaukeln konnte.

«Armer Jeremy. Rave gewinnt immer.» Maisie lachte.

«Woran liegt das?»

«Er hasst die Höhe», sagte sie. «Aber für Rave würde er sogar auf den Mount Everest klettern.»

Es wurde langsam spät, und Lynn musste nach Hause, um für Mann und Kinder das Abendessen zu machen. Maisie stand auf. «Na los, Kinder, wir gehen.»

«Wohin gehen wir, Maisie?», fragte Rave.

«Wir begleiten die nette Dame hier nach Hause, Liebchen.»

«Oh nein, Sie machen Witze! Mir geht es wirklich prima», protestierte Lynn. «Außerdem habe ich ja den Hund.»

«Kann Ihr Hund sprechen?», fragte Maisie.

Lynn musste grinsen. «Nein.»

«Und Wiederbelebung?»

«Nein. Sie?»

«Nein. Aber ich kann zumindest sprechen, ich bin also immer noch besser als der Hund.»

Als sie Lynns Haustür erreicht hatten, wussten beide, dass sie eine Freundin fürs Leben gefunden hatten.

Lynn war sechs Jahre älter als Maisie; sie hatte ihre Kinder ebenfalls früh bekommen, auch wenn es ihr noch gelungen war, ihre Ausbildung zur Krankenschwester zu beenden, und ihr Ehemann es sehr unterstützte, dass sie arbeiten ging. Er war selbständiger Gärtner, und wenn er zu tun hatte, blieben die Kinder bei Lynns Mutter, und wenn er nichts zu tun hatte, war er die Mama im Haus, und zwar eine richtig gute. Als Lynn mit Anfang dreißig ernsthafte Herzprobleme bekam, stellte sie fest, dass sie vorzeitig in die Menopause kam. Es folgte eine Notfallhysterektomie, und danach schrumpfte ihre Welt. Sie hängte ihren Job an den Nagel und wurde Vollzeitmutter. Trotz der regelmäßigen Stimmungsschwankungen und des neuen, sehr viel strengeren Regimes wuchsen ihre Söhne in einem liebevollen Umfeld auf. Lynn frequentierte regelmäßig das Krankenhaus, ging mit dem Hund im Park spazieren und fand immer wieder neue Hobbys, um sich zu beschäftigen. Das war, ehe sie Maisie traf.

Lynn hatte als Krankenschwester in Vollzeit, Mutter und Ehefrau keine Zeit gehabt, Freundschaften zu pflegen, und so war die Bekanntschaft mit Maisie für sie eine unverhofft schöne Überraschung gewesen. Beide Frauen waren, als sie einander begegneten, auf ihre Weise «verloren». Lynns schwaches Herz hatte sie auf eine nie gekannte Weise verwundbar gemacht, und für Maisie da sein zu können, gab ihr, wenn auch in kleinem Rahmen, das Gefühl, gebraucht zu werden. Denn Maisies Zwangslage war schon nach ein paar Wochen offensichtlich geworden. Lynn hatte lange genug als Krankenschwester gearbeitet, um windige Ausreden zu durchschauen. Sie konfrontierte ihre neue Freundin unumwunden.

«Du lügst mich nicht an, und ich verurteile dich nicht. Ich bin einfach nur da. Wann immer du dazu bereit bist, und ich hoffe, das wirst du eines Tages sein, verlässt du den Mistkerl, und ich steh an der Zielgerade und juble dir zu. Und falls meine Pumpe sich nicht querstellt, führe ich sogar ein Freudentänzchen auf.»

«Ich wünschte, ich könnte gehen», hatte Maisie geantwortet, und das war ihre Art gewesen, zuzugeben, dass er sie schlug. Sie sprach nie darüber, erzählte Lynn nie irgendwelche Einzelheiten. Sogar, wenn sie mal wieder im Krankenhaus lag, sagte sie nie, wie es dazu gekommen war, oder was sie durchmachte. Nicht mal über die Schmerzen beklagte sie sich. Sie und Lynn redeten immer um die Sache herum. Lynn war bewusst, dass sie es Maisie überlassen musste, auf ihre eigene Weise mit ihrer Ehe umzugehen, falls sie Freundinnen bleiben wollten. Es fiel ihr schwer, den Mund zu halten, manchmal war es fast unmöglich, aber sie tat ihr Bestes. Mit jedem Übergriff wurde es für Lynn schwerer, ihre Freundin nicht auszufragen, sich nicht über all die furchtbaren Einzelheiten den Kopf zu zerbrechen, nicht laut herauszuschreien, dass Maisie verrückt war und ihn endlich abservieren sollte. Sie biss sich auf die Zunge, denn falls Danny je den Verdacht hegte, dass sie wusste, was bei ihnen zu Hause hinter verschlossenen Türen vor sich ging, würde er ihre Freundschaft kaputt machen. Er gehörte zu den Typen, die ihrer Frau laut vorschrieben, was im Haus zu erledigen war, wenn Besuch kam. Er übernahm die Gastgeberrolle, während «das Frauchen» noch schnell das Baby badete, zum Laden lief, um Kaffee zu holen, oder sich um das schreiende Kleinkind kümmerte. Er liebte es, den großen Max zu markieren, ganz egal vor welchem Publikum.

Lynn hielt das nicht lange aus. *Ich bin nicht hergekommen, um meine Zeit mit dir zu verschwenden, du Arschloch.* Sie sah ihn nie an, wenn sie mit ihm sprach, tat so, als wäre sie schwerhörig, und nannte ihn «Sohn», was ihn zwar ärgerte, aber er ließ sich darauf ein. *Du willst eine Show abziehen? Was du kannst, kann ich schon lange.* Es wurde zu einer Art Spiel. Irgendwann hatte auch er es kapiert und ging, sobald sie kam, aber bis es so weit war, musste sie jedes Mal eine reife Schauspielleistung hinlegen.

«Entschuldige, mein Sohn, was hast du gesagt?»

«Ich sagte, wie geht's?», rief er.

«Oh nein, es regnet nicht mehr.»

«Nein! Ich sagte, WIE GEHT'S?»

Dann sah sie ihn an und schüttelte den Kopf. «Nein.»

«Scheißverrückte Alte», murmelte er dann.

Je dümmer Lynn in seinen Augen war, desto weniger empfand er sie als Bedrohung, und schließlich hatte Maisie eine Freundin, die ihr Mann tolerierte – was konnte so eine dämliche Kuh schon anstellen? Lynn und Maisie lachten sich immer kaputt, sobald die Tür hinter ihm ins Schloss gefallen war.

«Ach Maisie, ich hätte Schauspielerin werden sollen.»

«Also, für die Rolle hast du definitiv einen Oscar verdient.»

Weil Lynn im Krankenhaus immer noch so gut wie jeden kannte, sagte ihr eine der Schwestern immer Bescheid, wenn Maisie eingeliefert wurde. Außerdem wussten sie, wann Danny zu Besuch kam, und riefen Lynn an, sobald er gegangen war, damit sie ihm dort nie über den Weg lief. *Besser, er bekommt nicht mit, dass ich weiß, was los ist.*

«Du wirst selbst merken, wenn die Zeit gekommen ist», hatte Lynn einmal gesagt, als sie Maisie nach einem «Zwischenfall» besuchte. Damals hatte er ihr «nur» das Handgelenk gebrochen, also war die Zeit noch nicht reif. *Ich hoffe nur, dann ist es nicht zu spät,* hatte sie sich verkniffen. Doch dieser Gedanke kam ihr häufig. *Komm schon, Liebes, sieh zu, dass du endlich da rauskommst.* Sie sorgte dafür, dass ihre ehemaligen Kolleginnen Maisie Prospekte von Frauenhäusern und Selbsthilfegruppen zusteckten. Hinter dem Rücken ihrer Freundin redete sie sogar heimlich mit Fred darüber, was man tun könnte. Aber sie waren sich alle einig, dass nur Maisie selbst etwas verändern konnte.

Normalerweise hätte Lynn die Freundschaft zu jemandem, der so wild entschlossen war, an einer derart untragbaren Situation festzuhalten, schon längst beendet, aber

Maisie hatte irgendetwas Besonderes an sich. Lynn konnte mit selbstzerstörerischen Menschen nämlich eigentlich nichts anfangen. Menschen, die ständig über ihr schreckliches Leben lamentierten, ohne jemals etwas daran zu ändern, langweilten sie. *Entweder du leidest weiter und hältst die Klappe, oder du gehst. Ganz einfach.* Maisie jammerte nicht, und sie würde irgendwann gehen, dessen war Lynn sich sicher. Es war nur eine Frage der Zeit. Sie blieb bei ihr, erlebte mit, wie Maisie allmählich stärker wurde, wie sie ihre Stimme fand und ihre Füße und irgendwann tatsächlich ging. Sie war stolz darauf, dass ihre Freundschaft, mit welchen Herausforderungen sie auch immer konfrontiert waren, mit jedem Jahr tiefer geworden war.

Maisie hingegen unterstützte Lynn, ermutigte sie und gab ihr ein gutes Gefühl. Sie brachte Lynn bei, sich zu schminken, und selbst wenn sie wenig oder gar kein Geld hatte, fand sie doch immer eine Möglichkeit, ihr die neuste Creme für die Haut im Klimakterium mitzubringen. Maisie schnitt Lynn die Haare und frisierte sie, und sie ging mit ihr einkaufen, als die Taille breiter wurde und der Bauch sich wölbte.

Maisie verlor nie die Ruhe, wenn Lynn einen Anfall bekam. Ruhig suchte sie nach dem Medikament, sprühte es ihr unter die Zunge und plauderte weiter munter vor sich hin, als wäre nichts geschehen. Als Maisie zu ihrer Mutter zog, gehörte auch Bridie mit dazu, und eine Zeitlang hatten sie richtig Spaß zusammen, drei Frauen, die sich unbeschwert bei Jingles zum Essen trafen und lachten und redeten. Lynn war diejenige, die als Erste die Anzeichen für Bridies beginnende Demenz erkannte. Es zerriss ihr das Herz, Maisie darauf ansprechen zu müssen, aber Bridie musste dringend getestet werden. Lynn war es auch, die Maisie und Bridie tröstete, als sie die Diagnose bekamen.

«Ich kannte mal einen Mann mit Demenz», sagte Bridie unter Tränen. «Wir haben immer gesagt, tot wäre er besser dran.»

«Bridie, seit damals hat sich viel getan. Wir kümmern uns um dich, und dir wird es gutgehen», sagte Lynn bestimmt.

Für Maisie war es ein Schock gewesen – ihre Welt war sprichwörtlich zusammengebrochen. «Das kann dich nicht zerstören, Ma.»

«Doch. Genau das wird passieren, Maisie. Ich kann es kommen fühlen, wie Nebel, der sich niedersenkt. Unter dem alles verschwindet.»

«Na, jetzt hört aber bitte auf, ihr zwei», sagte Lynn mit belegter Stimme. «Bridie, du wirst geliebt, und wir kümmern uns um dich.»

«Das will ich aber nicht.»

«Tja. Dein Pech», sagte Lynn.

Lynn war immer da, wenn Maisie sie brauchte, und sie wusste, was sie sagen musste, damit es ihr besserging. Doch diesmal war sie ratlos. Sie bemühte sich nach Kräften, ein fröhliches Gesicht zu machen, aber sie war nicht dumm. Jeremy würde seine Mutter niemals absichtlich derartigen Qualen aussetzen, ganz egal, wie wichtig ihm sein Freund auch sein mochte. Wenn Jeremy sich nicht meldete, dann gab es einen triftigen Grund. Sie versuchte, nicht an die ganzen Horrorszenarien zu denken, die ihm zugestoßen sein konnten. Sie bekam von Tag zu Tag mehr Angst vor der Welt, in der sie inzwischen lebten, und Jeremys Verschwinden drohte, sie endgültig über den Rand zu stoßen. Sie schloss die Augen und befahl sich, ruhig zu bleiben.

Er wurde weder von einem Sexualstraftäter entführt noch über die Klippe gestoßen, noch zum Sterben in der Schlucht liegengelassen, vor allem, weil es in Tallaght keine Schluchten gibt. Also beruhige dich. Lynn hatte das Gefühl, aus Sandstein gemacht zu sein. Sie kam sich vor, als würde sie langsam zerbröseln. Lynn hatte den perfekten Ehemann und zwei erwachsene Söhne, und sie würden alle drei jederzeit alles für sie tun. Lynn war klar, dass sie trotz ihres schlechten Gesundheitszustands Glück hatte, und ihre Freundin hatte keins. Das machte die Hoffnung so schwer.

Sie hatte Maisie erst vor ein paar Stunden verlassen, und Bridie schlief friedlich im Nebenzimmer, aber sie hatte das dringende Bedürfnis, mit ihrer Freundin zu reden. Sie griff zum Telefon, doch dann merkte sie, dass sie keine Ahnung hatte, was sie sagen sollte. Sie saß da, den Hörer in der Hand, und übte den ersten Satz so lange, bis sie sich endlich traute, Maisies Nummer zu wählen.

Maisie

Am anderen Ende von Tallaght saß Maisie im Flur auf dem Boden und starrte das Telefon auf der Ladestation an. Sie konnte nicht riskieren, dass die Batterie schlappmachte. Die Zustände bei Sid zu Hause gingen ihr nicht aus dem Kopf, und in ihr herrschte mehr Wut als Angst. Sie war wütend auf sich, weil sie nicht gemerkt hatte, wie verzweifelt Rave war, wütend auf Jeremy, weil er ihr kein Wort erzählt hatte, wütend auf Sid, weil er so ein schreckliches Wrack geworden war, wütend auf Carina Murphy, weil sie ihre Familie im Stich gelassen hatte. Auf Valerie war sie auch wütend, weil sie gelogen hatte. Heute Morgen hatte sie unter Schock gestanden, und nur den Schrecken in Valeries Blick gesehen, aber jetzt saß sie seit Stunden herum und tat nichts anderes, als auf ein Lebenszeichen ihres Sohnes zu warten, und sie kochte vor Wut. *Hättest du mir gesagt, dass er gestern nicht in der Schule war, hätte ich schon viel früher was unternehmen können. Wie soll ich dir jemals verzeihen, falls ihm was passiert ist?* Der einzige Anruf war von Fred gekommen. Er hatte sich gemeldet, um ihr zu sagen, mit welchen Fotos sie an die Öffentlichkeit gehen würden.

«Und wie geht es voran?», hatte sie wissen wollen.

«Wir geben die Bilder raus, unterrichten die lokale und die überregionale Presse darüber, dass wir nach zwei Jungen suchen, und dann sehen wir weiter. Wir sprechen später darüber, ich komme nachher noch bei dir vorbei.»

«Du willst herkommen?»

«Wegen der Suchaktion.»

«Ach so.»

«Es ist Toms Fall, Mai, aber falls du nichts dagegen hast, würde ich gern als Bindeglied zwischen dir und der Polizei fungieren.»

«Aber du bist doch die Polizei.»

«Das ist für mich momentan die beste Möglichkeit, meinen Job zu machen, Mai.»

«Ich verstehe nicht, was das heißt.»

«Es heißt, dass ich da bin, um Fragen zu stellen und zu beantworten. Ich bin da, um deine Interessen zu wahren und dafür zu sorgen, dass nichts übersehen wird, und ich werde da sein, wenn du eine Aussage machst.»

Sie verstummte, versuchte das Gehörte zu verarbeiten.

«Mai?»

«Ja?»

«Ist das in Ordnung?»

«Okay.» Mehr brachte sie nicht heraus. Sie legte auf, ehe er noch etwas sagen konnte. Sie ertrug ihn nicht mehr, denn sosehr sie auch auf alle um sie herum wütend war, am wütendsten war sie auf Fred. Hätte er sie nicht gebeten, mit ihm auszugehen, und hätte sie nicht zugesagt, hätte sie viel früher Alarm geschlagen.

Maisie hatte sich seit mehr als zwei Stunden nicht vom Fleck bewegt. Sie aß nichts, sie trank nichts, sie wartete nur auf das Klingeln des Telefons. Ihr brannten schon die Augen vom Hinstarren. Als es endlich klingelte, war sie derart benommen, dass sie hochschrak. Als sie aufstand, merkte sie, dass ihre Beine eingeschlafen waren, und in ihren Füßen kribbelten tausend Nadelstiche. Sie humpelte ein paar Schritte und riss den Hörer hoch. «Hallo?»

«Gibt's was Neues?», fragte Lynn, und Maisie hätte am liebsten geheult.

«Nein.»

«Deine Mutter kann gerne erst mal hierbleiben», sagte sie. «Ich mache ihr was zum Abendessen und bringe sie erst zurück, wenn sie bettfertig ist. Das Letzte, was du jetzt brauchen kannst, ist Bridie in Action.»

Maisie war ihrer Freundin unglaublich dankbar. Sie hatte für ihre Mutter im Augenblick keine Nerven. «Danke, Lynn, das rettet mir das Leben.»

«Ich lass dich dann lieber mal wieder in Ruhe dein Telefon anstarren.»

«Woher weißt du?»

«Na, was solltest du denn sonst tun? Hör mal. Ich sage jetzt nicht, dass alles wieder gut wird, weil ich es nicht weiß, aber eines sage ich trotzdem: Dreh jetzt nicht durch.»

«Mach ich nicht.»

«Durchdrehen hat noch nie geholfen.»

«Weiß ich.»

«Ich hab dich lieb, Maisie.»

«Ich dich auch, Lynn.»

«Ich pass gut auf Bridie auf.»

«Das weiß ich.»

«Und du passt gut auf dich auf.»

«Versprochen.» Maisie steckte das Telefon vorsichtig zurück in die Ladestation. Sie setzte sich wieder auf den Fußboden, den Rücken an die Wand gelehnt, und wartete darauf, dass irgendetwas passierte. Es war fünf Uhr nachmittags: Jeremy und Rave waren seit dreiundvierzig Stunden verschwunden. *Ich dreh durch, Lynn. Ich hab's versucht, aber ich kann nicht anders.*

Irgendwann stand Maisie auf, nahm das Telefon, öffnete die Haustür, ging in den Garten und stellte sich in den Regen. Sie brauchte Sauerstoff, und sie musste nachdenken. Ständig passierten ihr und ihrer Familie fürchterliche Dinge. Danny, die Demenz und jetzt das. *Warum? Womit haben wir das verdient?* Vielleicht war sie verflucht oder hatte in einem früheren Leben was ganz Schlimmes getan, oder sie war einfach unter einem schlechten Stern geboren oder … oder vielleicht war es ja auch viel einfacher: Vielleicht ging bei Maisie und ihrer Familie immer alles schief, weil sie schwach war. *Eigentlich wollte ich gar nicht zu diesem beschissenen Date!* Sie fragte sich, was Lynn in ihrer Situation machen würde. Sie würde sich zusammenreißen und vielleicht eine Patience legen. Maisie war noch nie gut im Patiencenlegen gewesen.

Sie sah, wie sich drüben in Hausnummer vierunddreißig die Gardinen bewegten. Dann sah sie zur sechsunddreißig und zur achtunddreißig rüber. Hinter jedem Fenster war Bewegung. *Neugierige Weiber. Die haben es inzwischen alle mitbekommen.* Sie ging zur vierunddreißig herüber und klopfte an die Tür.

Leslie O'Shea machte sofort auf, fast, als hätte sie auf der Lauer gelegen. «Oh, Maisie, wie geht's?»

«Hast du's schon gehört?»

Leslie nickte und legte mitfühlend den Kopf schief.

«Tony an der Tankstelle hat was gesagt – sein Sohn hat es ihm mittags erzählt.»

«Hast du ihn an dem Abend noch gesehen?»

«Nein, Maisie, leider nicht. Ich war Silvester auf 'ner Party. Ich hatte 'nen schrecklichen Kater und war schon um sieben im Bett.»

«Hat sonst jemand bei euch im Haus ihn vielleicht gesehen?»

«Ich bin allein, die Kinder sind noch nicht zu Hause. Peter ist heute Abend draußen auf dem Land.»

«Kannst du sie fragen?»

«Mach ich.»

«Danke.» Maisie machte Anstalten zu gehen.

«Aber ich habe oft beobachtet, wie er und dieser junge Kerl mit den schwarzen langen Haaren durch sein Zimmerfenster rein und raus sind», sagte Leslie.

Maisie drehte sich noch mal zu ihr um. «Wirklich?»

«Ja, Teenager und ihre blöden Streiche eben. Man weiß nie, was sie gerade wieder aushecken, die Blagen.» Sie kicherte.

Das ist nicht lustig.

«Das ist alles nur ein Sturm im Wasserglas. Warte einfach ab, du wirst schon sehen, die sind im Handumdrehen wieder da.»

«Danke.»

Maisie klopfte an jede Tür in ihrer Straße. Diejenigen, die nicht zur Arbeit oder im Pub waren, sagten alle, sie hätten die Jungs zwar nicht gesehen, wollten aber gerne die Augen offen halten und sich melden, falls es was Neues gab. Vera Malone war die Letzte in der Reihe.

«Ich hab mich schon gefragt, wann du kommst», sagte sie.

«Weißt du irgendwas?»

«Ich weiß nur eins: dass du ersäufst, wenn du nicht endlich aus dem Scheißregen rauskommst.»

«Über Jeremy, Vera.»

«Na ja, ich weiß 'ne ganze Menge über Jeremy, Maisie, aber das beinhaltet leider nicht seine aktuellen Koordinaten.» Veras Hund rieb sich an ihrem linken Bein.

«Also, falls du was hörst ...»

«Klopf ich sofort bei dir an.»

«Danke.» Jake machte einen Schritt vor die Tür, schüttelte sich und verzog sich zurück ins Haus.

Maisie ging den Gartenweg hinunter.

«Er ist ein guter Junge, Maisie», rief Vera ihr nach. «Ich hoffe, es geht ihnen gut. Ich bete für sie.»

Maisie blieb wie angewurzelt stehen, drehte sich um und sah sie an. Vera war die Erste, die es wagte, der möglichen Wahrheit ins Gesicht zu sehen. *Den Kindern ist was passiert. Alles andere ergibt keinen Sinn.* Die beiden Frauen standen da und sahen sich an, die eine in der Wärme ihres Zuhauses, die andere dem kalten Regen ausgeliefert. Sie sagten kein Wort. Das war nicht nötig. Vera erlaubte Maisie nur zu fühlen, was sie fühlte, ohne Heuchelei, ohne falsche Zuversicht oder sülzige Sentimentalität. Jake bellte und lenkte Veras Blick rechts an Maisies Kopf vorbei.

Maisie drehte sich um und folgte dem Blick bis hin zu dem Streifenwagen, der vor ihrem Haus hielt. Sie sah zwei Typen in Uniform aus dem Auto steigen; der dritte, der Fahrer, blieb sitzen und telefonierte. «Ich muss los.»

«Pass auf dich auf, Maisie.» Vera schloss die Haustür.

Nass bis auf die Haut und mit klappernden Zähnen begrüßte Maisie die Männer. «Hier geht's lang.» Sie zeigte auf die offen stehende Haustür.

«Sie holen sich noch den Tod», sagte einer von ihnen.

Sie antwortete nicht, ließ die Polizisten nur stumm ins Haus.

Kurz darauf fuhr auch Tom vor. Sie erwartete ihn an der Haustür.

«Da bin ich wieder», sagte er. «Ist Fred da?»

«Noch nicht.»

«Sie sollten dringend unter die heiße Dusche.» Plötzlich bemerkte Maisie, dass sie mitten im Flur in einer Pfütze stand. «Eine Lungenentzündung ist das Letzte, was Sie jetzt brauchen können.» Die Haare hingen in nassen Strähnen herunter. Als sie mit der Hand durchfuhr, rann ihr das Regenwasser über den Nacken.

«Ich habe nichts angerührt», sagte sie und nickte zu den Beamten rüber, die im Zimmer ihres Sohnes ein und aus gingen.

«Gut. Und sicher keine Anrufe?»

«Keine Anrufe.» Sie merkte, dass sie das Telefon in der Hand hielt. Sie war damit durch die Straße gelaufen. *Ich kann mich gar nicht erinnern, es mitgenommen zu haben. O Gott, es ist ja völlig nass. Ich habe es kaputt gemacht!* Sie schüttelte das Telefon wie wild, bis Tom es ihr abnahm. Er wischte es an seiner Jacke ab und drückte auf die grüne Taste. Maisie hörte das Freizeichen und atmete auf.

«Wie wär's, wenn ich es einen Augenblick nehme und Sie gehen unter die Dusche?»

Wie betäubt ging Maisie in ihr Zimmer. Die Polizisten im Haus erinnerten sie an die schlimmen alten Tage, als sie auch nur ein Opfer gewesen war, erniedrigt, blutend, verheult, innerlich gebrochen. Heute ging es ihr äußerlich gut, sie stand aufrecht, konnte sprechen, von Verletzungen weit und breit keine Spur, und doch war dieser Zustand lähmender als alles zuvor. *Schätzchen, wo steckst du?* Sie setzte sich aufs Fußende ihres Bettes und hörte zu, wie fremde Männer sich unterhielten und durch den kleinen Bungalow liefen. Sie konnte nicht genau verstehen, was gesprochen wurde. *Selbst wenn er mit Rave abgehauen wäre, hätte er sich inzwischen längst gemeldet. Kann sein, dass ich ihn nicht so gut kenne, wie ich dachte, aber ich kenne ihn gut genug. Welchen Drachen auch immer du zu erlegen hast, Schätzchen, bitte bring es hinter dich und komm zurück zu mir.* Stumme Tränen liefen ihr über die Wangen, während sie darauf wartete, dass die Männer ihr Haus wieder verließen.

Valerie

In dem Augenblick, als Valerie hinaus in den Regen trat, bog Fred auf den Parkplatz der Schule ein. Sie drehte sich zu Noleen um. «Der schon wieder.»

Noleen beäugte den behaarten Riesen, der am Randstein hielt.

«Scheiße, der sieht aus, als wäre er aus dem Zoo ausgebrochen.»

«Hab ich doch gesagt.»

«Du hattest recht.»

«Ich glaub, ich geh dann mal», sagte Valerie.

«Ruf an, wenn dir nach reden ist.»

«Ist mir nicht.»

«Na logo. Das wäre ja auch viel zu normal. Anbieten darf ich's aber trotzdem, oder?» Noleen schwang sich den Rucksack auf den Rücken und ging weiter. «Vielleicht will ich ja reden – vielleicht rufe ich dich an», rief sie.

«Okay. Wie du willst.» Valerie war froh, Noleen zur Freundin zu haben. «Danke!», rief sie ihrem Rücken hinterher.

Noleen hob lediglich den Arm und reckte den Mittelfinger, und Valerie musste grinsen. Sie ging zu Freds Auto und beugte sich zum Fahrerfenster hinunter.

Fred ließ die Scheibe herunter. «Steig ein», sagte er.

«Sind Sie jetzt mein Privatchauffeur?»

«Wenn du willst», gab er zurück, und sie ging um den Wagen herum und ließ den Zeigefinger über das Regenwasser auf der Kühlerhaube gleiten. Als sie einstieg, machte er das Fenster wieder zu.

«Gibt's was Neues?», fragte sie.

«Nein.»

«Scheiße.»

Er legte den Gang ein und fuhr langsam an ihren Mitschülern vorbei, die auf dem Parkplatz standen und redeten. Es war klar, dass Valerie das Hauptthema war. «Die haben sich schon den ganzen Tag lang das Maul zerrissen. Als wäre die Tatsache, dass Jeremy und Rave verschwunden sind, das Beste, was jemals passiert ist.»

«Tja, die Menschen reden eben – so sind sie nun mal.»

«Das sollen sie aber nicht. Die sollen die Klappe halten. Das geht sie überhaupt nichts an.»

«Und was ist mit dir?»

«Was soll mit mir sein?»

«Hast du deshalb gestern Abend Jeremy nicht verraten? Weil du lieber die Klappe hältst?»

Sie biss sich auf die Lippe. «Ma würde mich sicher am liebsten verhaften lassen.»

Er lachte. «Das hat sie noch nicht erwähnt.»

«Noch schlimmer. Es ist immer ein schlechtes Zeichen, wenn sie grübelt und gar nichts sagt.»

«Also?» Er ließ nicht locker.

«Ich dachte, ich tue ihm einen Gefallen. Ma flippt ja schon bei der kleinsten Kleinigkeit immer völlig aus. Der kann man überhaupt nichts erzählen, ohne dass sie gleich einen Scheiß-Eppi kriegt.»

«Eppi?»

«Nen epileptischen Anfall.»

«Ach so.» Er dachte kurz nach. «Sie ist aber keine Epileptikerin, oder?»

«Sind Sie sicher, dass Sie Detective sind?»

«Absolut.»

«Das sagt man bloß so. Das bedeutet, Ma flippt aus, sobald was nicht ganz perfekt ist.» Sie setzte das Wort «perfekt» mit ihren Fingern in Gänsefüßchen.

«Glaubst du, das ist der Grund, weshalb Jeremy nie erzählt hat, dass Raves Dad an der Nadel hängt?»

«Klar. Ma hätte sofort das Jugendamt informiert, völlig lächerlich, wenn man's mal genauer betrachtet.»

«Sie tut ihr Bestes.»

«Kann schon sein.»

«Was ist mit Jeremy? Verheimlicht er viel vor eurer Ma?»

«Falls ja, dann verheimlicht er's auch vor mir.»

«Ich hab was beim Chinesen bestellt», wechselte er das Thema. «Magst du Hühnchen mit Black Bean Sauce und Pilzen?»

«Ist mein Lieblingsessen.»

«Meins auch.» Er bog in eine Parkbucht ein. «Willst du noch was dazu? Frühlingsrollen, eine Cola, dieses seltsame Eis, das die dort zum Nachtisch machen?»

«Nein.»

«Ganz sicher? Okay, ruf rüber, wenn dir noch was einfällt.» Er schlug die Autotür zu und rannte in den Imbiss. Valerie beobachtete, wie er durch die Eingangstür rumpelte. Sie hatte Bauchschmerzen, ihr tat der Kopf weh, und die Augen brannten. Sie war zwar völlig erschöpft, aber trotzdem nicht müde. Sie wollte weinen und konnte nicht. Innerlich fühlte sie sich staubtrocken, ihr lag ein Geschmack wie Sand auf der Zunge, und sie war vollkommen ausgelaugt. Sie hatte den ganzen Tag lang nur an ihren Bruder gedacht, wo er war, was er dachte und ob er ihr vielleicht einen Hinweis gegeben hatte, den sie aus lauter Blödheit oder Selbstbezogenheit nicht verstanden hatte. Wieder und wieder hatte sie den Sonntagabend vor ihrem inneren Auge ablaufen lassen. *Warum habe ich mich so aufgeführt? Warum bin ich in mein Zimmer verschwunden? Ist irgendwas passiert, während ich in meinem Zimmer war? Hat er versucht, mir irgendwas zu sagen? Bitte wünsch dir niemals, so zu sein wie ich. Genau das hat er doch gesagt. Was habe ich zu ihm gesagt? Was habe ich als Letztes zu ihm gesagt? Ich weiß es nicht mehr. Ich kann mich nicht erinnern. Wieso kann ich mich nicht daran erinnern? Wo ist er? Wo bist du, Jeremy? Wieso soll ich nicht so sein wollen wie du? Was hat dich so genervt? Scheiße, Jeremy, bitte komm wieder zu uns zurück. Mir zerreißt es das Herz, Jeremy. Ich hab echt Angst.*

Sie starrte auf das Schaufenster. Fred reichte dem Mann hinter der Theke Geld. Er griff nach der Tüte und drehte sich zu ihr um. Auf dem Rückweg zum Auto lächelte er freundlich und zwinkerte ihr zu. Ein tonnenschwerer Stein lastete auf ihrer Brust, und Valerie schloss die Augen, um die trockene, staubige Dunkelheit zu verbergen, die in ihr lauerte.

Du darfst nicht mehr so nett zu mir sein. Du musst Jeremy nach Hause bringen. Und dann musst du dich, wenn's geht, wieder verpissen und uns in Ruhe lassen. Sorry, Feuerstein, ich will einfach nur, dass alles wieder so ist wie früher.

Als sie in die Cypress Road abbogen, kam Fred auf Raves Mutter zu sprechen. «Kanntest du sie?»

«Ich war noch klein», sagte Valerie.

«Weißt du, mit wem sie befreundet war?»

«Nee, tut mir echt leid. Warum denn? Glauben Sie, Jeremy und Rave haben sich auf die Suche nach ihr gemacht?»

«Möglicherweise.»

«Ich habe gehört, sie ist bei der Moon-Sekte.»

«Wo hast du das gehört?»

«Sagt doch jeder.»

«Aha.»

«Was bedeutet, dass es wahrscheinlich nur blödes Gerede ist.»

Er lächelte. «Vielleicht hast du recht, aber falls nötig, werden wir sie finden.»

«Was ist mit meinem Dad? Werden Sie den auch finden, wenn's nötig wird?»

Valerie fixierte Fred mit festem Blick, aber sie sah nur das Gesicht ihres Vaters vor sich. Ihr Herz raste. Die Hände waren schweißnass.

Er zog sich am Bart. «Nur, wenn das der letzte Ausweg wäre.»

Der letzte Ausweg? Was soll das denn bitte bedeuten? «Das ist alles echt megascheiße, oder?», sagte sie leise.

«Ja. Das ist es.»

Als sie nach Hause kamen, stand ihre Mutter unter der Dusche – zumindest rauschte es im Bad. Dann sah sie aus dem Zimmer ihres Bruders plötzlich fremde Männer kommen. Sie bewegten sich wie selbstverständlich durchs Haus. Ein heftiger Schmerz durchzuckte ihren Magen. So viele Männer im Haus, und keiner davon Jeremy. *Das gefällt mir nicht.* Ihr war zum Heulen, aber sie riss sich zusammen. *Keine Tränen vor Fremden – also eigentlich vor niemandem, aber vor Fremden erst recht nicht.* «Was haben die hier zu suchen?»

«Sie versuchen nur, etwas zu finden, das uns zu den Jungs führen könnte.»

«Also, unter dem Scheißbett sind sie jedenfalls nicht!», blaffte sie die Männer an. Valerie ersetzte Weinen oft durch Schreien. Sie richtete sich kerzengerade auf und ballte die Hände zu Fäusten. Sie war kampfbereit. *Die haben hier nichts verloren. Die haben nicht das Recht, seine Sachen zu durchwühlen. Das ist Jeremys Zimmer!*

Fred drückte ihr die Tüte in die Hand. «Ich sorge dafür, dass nichts durcheinandergerät. Und du gehst in die Küche und isst was. Du hast bestimmt riesigen Hunger.»

Plötzlich war Valerie ganz schwach und schwindlig zumute. Sie hatte den ganzen Tag so gut wie nichts gegessen.

Fred nickte ihr zu. «Ich kümmere mich darum. Versprochen.»

Die Kampfbereitschaft sickerte wieder aus ihr heraus. Sie hatte die Schulkantine in großem Bogen gemieden, weil alle sie den ganzen Tag angestarrt hatten, egal wo sie war, und die Lunchpakete ihrer Mutter blieben ihr auch an guten Tagen schon im Hals stecken. Sie hatte sich ins Klassenzimmer verkrochen, und Noleen war bei ihr geblieben. Valerie verschmolz grundsätzlich am liebsten mit dem Hintergrund. Sie hasste es auch im Normalfall, im Mittelpunkt zu stehen. «Vielleicht sind Jeremy und Rave ja vom CIA angeworben worden», hatte Noleen gesagt.

«Der CIA ist in Amerika!»

«Na und?»

«Die rekrutieren keine Iren, und zwei durchgeknallte irische Teenager schon gar nicht.»

«Und wie erklärst du dir dann die IRA?»

«Das sind Terroristen. Was haben die denn mit dem CIA zu tun?»

«Na ja, eben, dass sie richtig gute Terroristen sind.»

«Sag mal, hast du was genommen?», fragte Valerie.

«Ach komm schon, du weißt, was ich meine.»

«Nein. Weiß ich nicht.»

«Also, ich meine ja nur, wenn die Typen in der IRA sich so gut mit diesem ganzen Terroristenkram auskennen, dann glaubt die CIA vielleicht, dass sie auch gute Agenten wären.»

«Aber Jeremy ist nicht bei der IRA.»

«Das stimmt. Oder vielleicht doch? Woher wollen wir das denn so genau wissen?»

«Noleen?»

«Ja?»

«Halt die Fresse, ja?»

«Okay.»

Der Geruch des Hühnchens stieg ihr aus der Tüte in die Nase. Ihr Magen knurrte, und ihr lief das Wasser im

Mund zusammen. Dabei hatte sie bis gerade eben überhaupt keinen Hunger gehabt. Valerie nahm Fred die Tüte ab und ging in die Küche. Die Tür ließ sie offen, damit sie mitbekam, was im Flur vor sich ging.

Sie aß immer noch, als Fred endlich in die Küche kam, um sich sein Essen aufzuwärmen. Ein paar Minuten später saß er ihr gegenüber am Küchentisch. Er roch an seinem Teller.

«Das ist durch nichts zu toppen, oder?» Er machte sich darüber her.

«Geht es Ma gut?»

«Ich glaube, sie ist immer noch unter der Dusche. Jesus, die steht da schon seit einer Ewigkeit.»

«Das macht sie immer, wenn sie Schiss hat. Manchmal so lange, bis das ganze warme Wasser alle ist. Das weiß ich, weil dann, wenn ich den Hahn aufdrehe, nur noch scheißkaltes kommt. Jeremy sagt, kalt duschen wäre gesund.»

«Ist super für die Haut.»

«Echt?»

«Heißt es jedenfalls, aber mich bringen keine tausend Pferde unter eine kalte Dusche.» Ihn schauderte.

Valerie kicherte. «Mich auch nicht. Das ist doch Folter.»

Valerie mochte Fred. Sie wollte es zwar nicht, aber sie mochte ihn. Sie fühlte sich ungezwungen in seiner Gegenwart. Er lächelte, wenn sie redete, und es gab nicht viele Leute, die das taten. Es war schön. Dass sie sich nicht gut dabei fühlte, ihn zu mögen, hatte nichts damit zu tun, dass sie illoyal war; ihr Vater hatte ihre Loyalität nicht verdient. Es lag lediglich daran, dass er ein Mann war, der versuchte, in ihr Leben einzudringen, und deshalb blieb er der Feind, so nett er auch war. *Bleib standhaft, Valerie.*

Lass dich ja nicht von ihm weichkochen. Bitte Feuerstein, finde Jeremy, und dann verpiss dich wieder, okay? Neben Fred lag eine Zeitung auf dem Tisch. Valerie entdeckte das Foto ihres Bruders. Sie nahm die Zeitung an sich und schlug sie auf. Es handelte sich um die Abendausgabe der *Evening Press*. Das Bild von Jeremy und Rave prangte auf dem Ehrenplatz oben links. Darunter stand ein kleiner Artikel, in dem jeder, der etwas gesehen oder gehört hatte, aufgefordert wurde, sich zu melden.

«Wo haben Sie dieses Foto her?», fragte sie.

«Das haben wir bei Rave gefunden.»

«Jeremy hasst es, fotografiert zu werden. Normalerweise sieht er auf Bildern immer aus wie ein Verrückter oder als hätte er gerade einen Herzinfarkt. Ma hat immer versucht, ihn rumzukriegen, indem sie Witze gerissen hat oder ihm gesagt hat, er soll statt ‹Cheese› lieber ‹Scheiße› sagen, aber das hat auch nie was gebracht. Also hat sie ihm gesagt, er soll auf den Bildern einfach die Daumen hochheben. Und das macht er jetzt auf jedem Foto. Ist zwar immer noch dämlich, aber wenigstens sieht er jetzt nicht mehr aus, als müsste man ihn sofort einliefern.»

Während sie redete, musterte Valerie eindringlich das Bild ihres Bruders. «Rave ist ein schräger Typ. Die Leute denken immer, ihm wäre alles scheißegal, dabei stimmt das überhaupt nicht.»

«Wie meinst du das?»

«Irgendwann hat ihm mal irgendwer gesagt, er wäre cool, und seitdem tut er immer so, dabei ist er gar nicht so cool, und das ist jetzt keine Klugscheißerei.»

«Ich weiß, was du meinst.»

Das war neu. Die Leute fanden Valerie meistens zickig, wenn sie versuchte, zu erklären, wie sie die Dinge sah.

«Rave hat einfach auch nur Schiss und ist genauso fertig wie alle anderen», sagte er.

«Genau.» Valerie schüttelte den Kopf. «Das stimmt genau. Ich dachte früher, er wäre einfach ein arrogantes Arschloch, aber das stimmt nicht. Ich hab ihn sogar mal weinen sehen.»

«Wann war das?»

Normalerweise ließ Valerie sich nicht ausquetschen, aber sie hatte das Bedürfnis zu reden. Fred hörte ihr richtig zu. Außerdem war es eine Ablenkung von ihrem verschwundenen Bruder und ihren eigenen Schuldgefühlen. «Vor einiger Zeit saß er mal bei Jeremy auf dem Bett und hat geheult. Er hat mich nicht gesehen.»

«Wie kam das?»

«Ich hab mich im Schrank versteckt. Ich war in Jeremys Zimmer, um mir aus seiner Schuhschachtel 'nen Fünfer zu mopsen. Grammy steckt ihm immer jede Menge Geld zu. Sie denkt, ich merke das nicht. Plötzlich kam Rave durchs Fenster. Ich konnte mich gerade noch verstecken. Er hat sich auf Jeremys Bett gesetzt, und dann hat er plötzlich angefangen zu heulen. Das ging eine Ewigkeit. Ich dachte schon, ich würde im Schrank ersticken oder, noch schlimmer, umfallen.»

«Hat er sonst noch was getan?»

«Nein. Irgendwann hat er sich dann die Augen abgewischt und ist wieder gegangen.»

«Wo war Jeremy?»

«Beim Zahnarzt. Der Boss von meiner Ma macht ihm die kaputten Backenzähne umsonst.» Valerie aß auf, erhob sich und stellte den Teller in die Spüle. «Ist Grammy noch bei Lynn?», wollte sie wissen.

«Ja.»

«Bleibt sie dort?» Sie vermisste ihre Großmutter nicht sonderlich – und schon gar nicht die Tatsache, dass sie alle fünf Minuten austickte –, trotzdem fühlte sich die Wohnung ohne Jeremy und Grammy seltsam an. Gar nicht mehr wie ihr Zuhause.

«Nein, ich glaube, sie kommt nachher wieder», sagte Fred.

«Okay. Gut.»

Sie verließ ohne ein weiteres Wort die Küche und verschwand in ihr Zimmer. Sie machte die Tür hinter sich zu, machte Jeremys Oasis-CD an, legte sich aufs Bett und starrte zur Decke. Sie dachte an ihren Bruder und daran, wie sie mal zusammen bei Nanna Fox, der Mutter ihres Vaters, übernachtet hatten.

Nanna Fox war völlig anders als ihre Grammy. Sie bezeichnete sich selbst als anständige Frau und lebte in einem Haus, das voll war mit religiösem Krempel, nicht nur katholisches Zeug, sondern aus allen möglichen Religionen, angefangen bei Jesus am Kreuz, über Hexenköpfe, fröhliche Männer mit fetten Wänsten, bekleidete Elefanten mit Ohrringen bis hin zu einer Frauenstatue mit vier Armen. Gruselkabinett, hatte Valerie immer dazu gesagt. Nanna Fox war zwar kein besonders herzlicher Mensch, aber sie war auch nicht gemein. Sie kochte ihren Lieblings-Shepherd's Pie für sie, außerdem gab es bei ihr immer Süßigkeiten und Eis, Schokoladenkuchen und Chips. Trotzdem war es in dem Haus so schrecklich gruselig, dass Valerie und Jeremy sich dort fast zu Tode fürchteten.

Ihr Großvater (der verlangte, mit «Großvater» angesprochen zu werden) war ein distanzierter Mensch, dem sie nur abends bei Tisch begegneten. Er sprach mehr zu als mit ihnen und schloss sich meistens in dem vollgestopften

Zimmer ein, das er als Arbeitszimmer bezeichnete, obwohl er dort nie was anderes tat, als Comics zu lesen. An jenem Abend, den Valerie noch so gut in Erinnerung hatte, hatte der dreizehnjährige Jeremy sich eins der Comichefte seines Großvaters genommen, um es im Bett zu lesen. Großvater kam ins Zimmer gestürmt und packte Jeremy so heftig an der Hand, dass er aufschrie. Er riss das Heft an sich. «Das ist nichts für Kinder!», brüllte er.

«Sind sie wohl!», hatte die neunjährige Valerie geantwortet. «Die sind ganz speziell für Kinder.»

«Die hier nicht!», hatte Großvater gezischt. «Und widersprich mir nie wieder!»

Valerie war verstummt. Als er das Licht ausgemacht, die Tür zugezogen und sie im Dunkeln allein gelassen hatte, hatte sie angefangen zu weinen. Jeremy hatte ihr bloß aus dem Heftchen vorgelesen, um sie von dem scheußlichen Riesenjesus mit dem roten Leuchtherz abzulenken, der gegenüber vom Bett an der Wand hing.

«Erzähl ich dir eben eine Geschichte.» Jeremy hatte sie in den Arm genommen.

«Aber keine gruslige», hatte Valerie gesagt und sich an ihn gekuschelt.

«Hier? Bist du verrückt?»

«Okay.» Sie schloss die Augen.

«Es ist die Geschichte von einem Jungen, der immer Angst hatte.»

«Ich dachte, du hast gesagt, es ist keine Gruselgeschichte!»

«Ist es auch nicht. Versprochen.»

«Okay.»

«Er hatte immer Angst, anders zu sein.»

«Wie, anders?»

«Weiß nicht … Also, zum Beispiel mochte er am liebsten Fisch, obwohl alle anderen Fleisch mochten.»

«Ich mag Fisch.»

«Okay, aber die Geschichte handelt nicht von dir.»

«Erzähl weiter.»

«Aber dann traf er eines Tages einen, der war genau so wie er.»

«Wie ein Zwillingsbruder?»

«Nein, jemand, der genau dieselben Dinge mochte, die er mochte.»

«Wie ein Fischer?»

«Ja, genau.»

«Okay.»

«Und von da an kam er sich nicht mehr so blöd und anders vor.»

«Aber wieso kam er sich denn überhaupt blöd und anders vor?», wollte sie wissen.

«Keine Ahnung … er war eben so.»

«Das ist eine Scheißgeschichte.»

«Ja, das liegt daran, dass du mich mit deiner dämlichen Fragerei total rausgebracht hast.»

«Ich kenne niemanden, der kein Fleisch mag. Du?», fragte Valerie, und er schüttelte den Kopf.

«Nein. Das war ja das Problem. Sosehr er es auch versuchte, er konnte es einfach nicht essen. Das ging so weit, dass er schließlich nicht mal mehr dabei sein wollte, wenn irgendjemand anderes Fleisch aß.»

«Und als er den Fischer getroffen hat, konnten die beiden einfach nur in Frieden ihren Fisch essen.»

«Genau.»

«Vielleicht könnten sie ja eine Fish-&-Chips-Bude aufmachen.»

«Ja, gute Idee.»

«Und damit total reich werden.»

«Das wäre cool.»

«Genau», sagte sie. «Ist trotzdem eine Scheißgeschichte.»

Jeremy lachte und dann, völlig überraschend, umarmte er sie. «Ich hab dich lieb, Krümel.»

«Ich dich auch», hatte sie spontan geantwortet, ohne darüber nachzudenken, und eine Sekunde lang hätte sie am liebsten geweint, aber hauptsächlich hatte sie sich richtig gut gefühlt. Diese Worte hatten sie einander seit dieser Nacht bei ihren Großeltern nie wieder gesagt, aber das spielte keine Rolle: Jeremy wusste, was sie für ihn empfand. *Ich weiß, ich bin eine Nervensäge, Jeremy, aber ich hab dich lieb. Bitte komm jetzt sofort nach Hause. Okay?*

Valerie hatte ihre Mutter seit dem Morgen nicht mehr gesehen, und sie hatte Angst vor der Begegnung, weil Ma'sic sauer sein würde und dazu jedes Recht hatte. *Ich bin ein schlechter Mensch.* Sie schloss die Augen und versuchte zu schlafen, aber ihr Kopf war viel zu beschäftigt. Die Gedanken rasten hin und her. Das machte sie ganz kribbelig. Sie wäre am liebsten weggerannt, aber sie konnte nirgendwohin. *Wenn ich abhauen würde, würde Ma das nicht mal merken.*

Es war noch früh, und bald würde Grammy nach Hause kommen. Lynn musste sie zurückbringen, bevor sie müde wurde. Übermüdet war Grammy der reinste Albtraum. Valerie vergrub den Kopf unter dem Kissen und wartete hilflos darauf, dass die nächste Katastrophe hereinbrach.

Maisie hörte das Klopfen an der Badezimmertür. Sie versuchte, es zu ignorieren, aber es wurde immer lauter und drängender.

«Bitte, Maisie, es wird langsam Zeit, da rauszukommen», sagte Fred.

Sie drehte das Wasser ab und blieb stehen wie erstarrt. Ihr war zu kalt, um sich zu bewegen. Auf Lynns Drängen hin hatten sie irgendwann mal gemeinsam einen Meditationskurs besucht. Lynn hatte schnell gemerkt, dass Meditation nichts für sie war, aber Maisie hatte einen einfachen Zugang gefunden. «Manchmal meditiere ich, ohne es zu merken», hatte sie der beeindruckten Lehrerin gesagt. So war es auch jetzt. Sie war eine Zeitlang ganz woanders gewesen – sie hatte keine Ahnung, wie lange genau, aber die Tatsache, dass ihre Lippen und die Fingernägel blau waren und ihre Haut gelblich, sagte ihr, dass es vielleicht zu lange gewesen war. Ihr taten regelrecht die Gliedmaßen weh. *Na, toll! Ich habe mich starrgefroren. Was zum Teufel ist eigentlich los mit mir?*

«Mai? Was ist los?» Freds Stimme klang besorgt.

«Nichts. Mir geht's gut.» Sie versuchte, mit dem Zittern aufzuhören.

«Wenn du nicht in einer Minute hier draußen erscheinst, komme ich zu dir rein.»

Sie wusste, dass er es ernst meinte. Er konnte die Tür bestimmt mit einer Schulter aufbrechen. Die Gehässigkeiten ihres Exmanns fuhren wie wild in ihrem Kopf Karussell. *Du bist gar nichts, weniger als nichts. Du bist die nutzloseste Schlampe aller Zeiten. Du kriegst doch nie was auf die Reihe, du Fotze. Wieso musste ich eine so miese kleine nutzlose*

Drecksschlampe wie dich heiraten? Ich muss verrückt gewesen sein, mich auf so eine miese nutzlose Drecksschlampe wie dich einzulassen! Sie hörte seine Stimme ganz deutlich. Sie sah sein verzerrtes Gesicht, die Speichelfäden auf den Vorderzähnen und der Unterlippe, den stochernden Zeigefinger. Sie versuchte verzweifelt, die Gedanken an ihn abzustellen, aber das war fast unmöglich. *Nicht nutzlos sein. Nicht jetzt. Denk nach, Maisie. Bitte! Wo können sie sein?*

Sie bewegte sich langsam und unter Schmerzen. Sie brauchte alle Kraft, die in ihr war, um über den Wannenrand zu steigen, nach dem Handtuch und ihrem Bademantel zu greifen. Sie trocknete sich nicht ab, wickelte sich nur das dicke Handtuch um die Taille und zog den Frotteemantel darüber. Sie drehte sich ein kleineres Handtuch um den Kopf, steckte es fest und machte die Tür auf.

Fred war sichtlich erleichtert. «Da bist du ja, Mai.» Er führte sie zum Schlafzimmer und machte die Tür hinter ihnen zu. Er setzte Maisie aufs Bett. Sie hatte weder den Willen noch die Energie, sich zu wehren.

«Wo sind deine Socken?», wollte er wissen.

Sie zeigte mit zitternder Hand auf die Kommode, sah zu, wie er in ihrer Schublade kramte und schließlich das dickste Paar Strümpfe herauszog, das er finden konnte. Er zog sie ihr an, dann setzte er sich neben sie aufs Fußende. «Du musst dich aufwärmen», sagte er. «Leg dich für ein paar Minuten unter die Decke.» Er half ihr ins Bett und stützte sie so, dass sie aufrecht saß, die Decke bis unter das Kinn festgesteckt. «Ich mach dir eine Wärmflasche, bin gleich wieder da. Warte hier.»

«Wo ist Ma? Wie spät ist es?» Sie machte Anstalten aufzustehen.

«Du bleibst, wo du bist.» Er machte mit der Hand das

Stoppzeichen, wie sie es von den Verkehrspolizisten kannte. «Lynn ist auf dem Weg.»

Sie muss angerufen haben, dachte Maisie. *Oh, Jesus! Das Telefon!* «Wo ist das Telefon?» Plötzlich war sie von blinder Panik gepackt.

«Auf dem Küchentisch, voll aufgeladen. Man kann es von hier aus hören – von überall, um genau zu sein. Du wohnst schließlich nicht im Buckingham Palace, Mai.» Er lächelte.

«Ich hätte es gern in meiner Nähe.»

Er ließ sie einige Minuten allein. Sie taute langsam wieder auf, Stück für Stück kehrte ihre Beweglichkeit zurück, bis sie sich schließlich abrubbeln, die Handtücher weglegen und ein Nachthemd anziehen konnte. Sie schaute in den Spiegel. Ihre Lippen waren inzwischen nicht mehr dunkelblau, sondern eher lila. *Nutzlose, hässliche alte Schlampe. Kannst nicht mal auf deine eigenen Kinder aufpassen. Wozu bist du eigentlich nütze, verfickte Schlampe?* Sie ging wieder ins Bett, und einen Moment später kam Fred zurück ins Zimmer. Er hatte die Wärmflasche dabei, ein Tablett mit Toast und Tee, und eine Zeitung unter den linken Arm geklemmt. Er stellte das Tablett ans Fußende und gab ihr die Wärmflasche.

«Danke.»

Er stellte ihr das Tablett auf die Knie.

«Ich kann nicht», sagte sie.

«Sechs Bissen.»

Sie lächelte. «Das habe ich früher zu Jeremy immer gesagt. Sechs Happen. Ich war dann immer auch mit vier zufrieden.»

«Ich würde mich über drei schon freuen.»

Sie beäugte die Zeitung. «Steht es drin?»

«Ein Happen, und ich sag es dir.»

Sie tat, was er verlangte. Das Toastbrot fühlte sich an wie Sand im Mund. Sie schluckte.

«Darf ich mich setzen?», fragte Fred. Sie nickte. Er setzte sich mit dem Gesicht zu ihr auf den Bettrand und reichte ihr die Zeitung.

Sie betrachtete das Foto von ihrem Sohn und seinem besten Freund, beide in Shorts, Raves Arm um Jeremy geschlungen, ein Surfbrett im anderen Arm, und Jeremy mit seinen berühmten gereckten Daumen. «Sie sehen so glücklich aus», sagte sie.

«Ja, das tun sie.»

«Es ist ein schönes Foto.»

«Ja.»

«Ich sehe sie ganz deutlich vor mir: Sie sind am Strand, die Sonne knallt runter, das Wasser glitzert, sie albern mit diesem Surfbrett rum und genießen das Leben.»

«Ich auch.»

Sie las den kurzen Absatz unter dem Bild, in dem nichts stand, das sie nicht bereits wussten, nämlich, dass die Jungs seit Sonntag vermisst wurden. *Wie konnte das passieren?* «Weißt du, was sie aus seinem Zimmer mitgenommen haben?», fragte sie ihn.

«Nein.»

«Ich habe seine Privatsphäre immer respektiert. Das ist wichtig für einen Teenager.»

«Das hast du gut gemacht.»

«Vielleicht auch nicht. Vielleicht bin ich nur dumm gewesen.»

«Warst du nicht und bist du nicht.»

«Wir werden sehen.»

«Noch zwei Bissen.»

«Einen.»

«Einen ganz großen, und ich erzähle dir, was es Neues gibt.»

Maisie biss in den Toast, kaute und schluckte.

«Tom hat mit dem Jungen geredet, der die beiden vor dem Pub von Bridget Burke gesehen hat. Chris Kinsella.»

«Jugs? Er ist in derselben Fußballmannschaft.»

«Genau.»

«Die gute Nachricht lautet, dass der Pub eine Überwachungskamera vor der Tür hat, und wenn Jugs sich nicht geirrt hat, werden wir die Jungs auf den Bändern finden. Dann hätten wir eine genaue Uhrzeit und einen Hinweis darauf, in welche Richtung sie unterwegs waren.»

«Eine Überwachungskamera – das ist doch schon mal was.»

«Würde ich auch sagen. Trink deinen Tee, Liebling.»

Sie tat ihm den Gefallen.

Um acht Uhr abends brachte Lynn Bridie nach Hause. Sie war unruhig, aufgewühlt und durcheinander. Als Maisie die Haustür öffnete, weinte sie. «Es ist weg», sagte sie. Sie war rastlos und konnte nicht entspannen. Sie musste etwas wiederfinden, was sie verloren hatte, konnte sich aber nicht mehr erinnern, was es war.

Maisie nahm ihre Mutter in die Arme. «Alles gut, Ma, ich bin hier. Maisie ist hier.»

«Diesmal ist es wirklich weg, Maisie. Für immer.» Bridie umklammerte ihre Tochter.

«Nein», sagte Maisie beruhigend. «Wir finden es wieder.» Maisie hatte selbst angefangen zu weinen. «Wir hören nicht auf zu suchen, bis wir es wiedergefunden haben.»

Bridie wischte ihrer Tochter die Tränen aus dem Gesicht. «Okay, Liebes. Das wäre wunderbar. Du weißt, dass ich es nicht ausstehen kann, Dinge zu verlieren.»

«Ja, Ma, ich weiß.»

Bridie schniefte. «Reg dich bitte nicht meinetwegen auf.» Sie ging in ihr Zimmer.

Lynn nahm Maisie in den Arm. «Es ging den ganzen Tag auf und ab mit ihr.»

«Hat sie nach ihm gefragt?», wollte Maisie wissen.

«Nein. Sie hat nur immer wieder von früher erzählt, als er noch ein kleiner Junge war.»

«Sie weiß es», sagte Maisie, und in ihr loderte ein brennender Schmerz. «Sie weiß nicht, dass sie es weiß, aber sie weiß es trotzdem.» *Oh, Ma, es tut mir so leid.*

Lynn nickte, und Maisie hatte das Gefühl, zu einer Pfütze zu zerfließen. *Was soll ich nur machen?*

«Was kann ich sonst noch tun?» Lynn zog den Mantel aus und hängte ihn in den Flur.

«Eine Tasse Tee trinken.» Fred kam aus der Küche.

Lynn lächelte ihn an. «Es ist schön, Sie wiederzusehen, Detective Brennan. Danke. Sehr gern.»

«Ich bin Fred.»

Sie folgte ihm in die Küche.

Maisie ging in Nachthemd und den dicken Strümpfen, die Fred ihr aufgezwungen hatte, in Bridies Zimmer. Sie half ihrer übermüdeten, überforderten Mutter ins Bett. Es dauerte nicht lange. Bridie weinte zwar still, doch sie fügte sich. Maisie deckte sie zu.

«Ich wünschte, ich wäre anderswo», sagte Bridie.

«Und wo, Ma?»

«Da, wo Jeremy immer hingeht.»

«Wo ist das denn? Wohin geht Jeremy immer?» Einen Augenblick lang gestattete Maisie sich zu träumen, Jeremy hätte Bridie vielleicht etwas erzählt, das er ihr nicht erzählte.

«Irgendwo ins Glück.»

Die Enttäuschung traf sie wie ein Hieb in die Magengrube.

Still blieb Maisie auf der Bettkante sitzen, nur ein oder zwei Minuten, um ihre Gedanken zu ordnen. Als sie bereit war aufzustehen, schlief Bridie bereits tief und fest.

Später verabschiedete sie sich an der Haustür von Lynn. «Danke für heute.»

«Ich komme morgen früh und hole sie wieder ab.»

«Ich bin dir sehr dankbar.»

«Während du sie ins Bett gebracht hast, habe ich kurz nach Valerie gesehen.»

Maisie sagte kein Wort.

«Es ist nicht ihre Schuld, Maisie.»

«Ich weiß.»

«Du solltest mit ihr sprechen.»

«Ich kann nicht. Ich bin viel zu wütend, Lynn.»

«Sie braucht ihre Mutter.»

«Sie brauchte eine …» Sie schüttelte den Kopf. «Tut mir leid. Ich verstehe es nur einfach nicht.»

«Sie ist ein Kind, das seinen Bruder gedeckt hat. Sie wusste es nicht. Keiner von uns hat das gewusst.»

«Du hast recht. Ich weiß doch, dass du recht hast.»

«Also redest du mit ihr?»

Maisie nickte seufzend. *Ich geb mir Mühe.* «Hast du das Foto von den beiden in der Zeitung gesehen?»

«Ja. Hübsche Jungs.»

«Oh ja!» Maisie lächelte.

«Ich möchte so gern sagen, dass alles wieder gut wird.»

Nach einigen Jahren Erfahrung als Krankenschwester auf der Intensivstation hatte Lynn nichts übrig für Phrasen. Und Maisie, die einige Jahre Erfahrung damit hatte, sich immer wieder bewusstlos prügeln zu lassen, auch nicht. Lynn würde niemals sagen, dass alles wieder gut wurde. Nichts war gut, und für Maisie würde es vielleicht auch nie wieder gut werden, denn ihr Sohn wurde vermisst.

«Wir halten zusammen, du und ich, in Krankheit und Gesundheit, in guten und in schlechten Zeiten. Hast du mich verstanden?», sagte Lynn.

«Verstanden.»

«Na gut. Ich hau dann mal ab. Ach, eine Sache noch –» Sie zögerte. «Ich würde für diese Jungs meine Seele verkaufen.»

Maisie sah genau, wie Lynn die Wangen einsaugte und darauf biss, versuchte, sich zusammenzureißen, doch dann liefen ihr die Augen über. «Komm her, du dummes Huhn!», sagte sie, und dann lagen sie einander in den Armen und weinten. Keine von ihnen sagte ein Wort. Sie standen einfach nur stumm auf der Veranda, hielten einander fest und weinten sich die Augen aus dem Kopf.

Schließlich machte Lynn sich los, streckte sich und wischte sich über die Augen. «Herr im Himmel, wenn er heute Abend nach Hause kommt, dann stehen wir da wie die Idioten.»

«Hoffentlich. Ich würde alles darum geben, wie ein Idiot dazustehen», sagte Maisie. Sie sah ihrer Freundin nach, die in den regnerischen Abend hineinfuhr, starrte die Straße hinunter und betete darum, ihren Sohn zu sehen. *Komm schon, Jeremy, komm einfach diese Straße raufgelaufen. Auf allen vieren, kriechend, wenn es sein muss, aber komm zu mir zurück. Bitte, Sohn. Bitte komm zu mir zurück.*

Maisie holte tief Luft, wappnete sich, machte die Haustür zu und betrat das Zimmer ihrer Tochter. Valerie schlief wie tot, das Licht war an, das Radio lief, und neben ihr auf dem Bett lag ein Schreibblock. Maisie griff danach. Valerie hatte die Berichterstattung mitgeschrieben. Maisie las die Beschreibung der beiden Jungen, was sie getragen hatten, die Zeugenaufrufe, alles in Valeries ordentlicher Handschrift. Mit dem Zeigefinger fuhr Maisie die Namen nach. Darunter hatte Valerie dreimal Jeremys Namen geschrieben, einzeln eingekringelt, die Kreise miteinander und mit einem großen Fragezeichen verbunden. *Wo bist du, Jeremy?* In eine Ecke hatte sie ein gebrochenes Herz gemalt. Maisie gab ihrer schlafenden Tochter einen Kuss auf die Stirn, legte den Block zurück aufs Bett und setzte sich neben sie auf den Fußboden. Sie lehnte sich an die Wand und betrachtete ihr schlafendes Kind, bis Fred irgendwann kam und sie ins Bett brachte.

22 Uhr bis 23 Uhr, 1. Januar 1995

Jeremy

Rave lenkte das Fahrrad langsam und ziemlich unsicher durch den Ort. Abgesehen von ein oder zwei ebenfalls verlorenen Seelen, die im Regen unterwegs waren, lagen die Straßen verlassen. Auf dem Weg aus dem Park wäre er ein paarmal fast mit einem Baum zusammengestoßen. Er fuhr unter den Straßenlaternen entlang, und obwohl die Straßen völlig leer waren, war Jeremy nervös. Er saß kerzengerade auf dem Gepäckträger, das Gesicht in den eisigen Regen gestreckt, die Arme fest verschränkt. *Alles cool, Jeremy. Sei nicht so ein Lahmarsch. Genieß es doch einfach. Ein Abenteuer. Dave würde seine Mutter verkaufen, um jetzt an deiner Stelle zu sein. Entspann dich einfach, du Arschloch.* Aber er konnte sich nicht entspannen: Irgendetwas war mit seinem besten Freund los, und Jeremy wünschte, Rave würde endlich was sagen. Die Ferien waren hart für ihn gewesen. Jeremy hatte ihn angefleht, an Weihnachten zu ihnen zu kommen, aber Rave hatte abgelehnt. «Ich würde mir wie ein Arsch vorkommen», hatte er gesagt.

«Warum denn?»

«Das ist deine Familie, Beany. Ich hab keinen Bock, das fünfte Rad am Wagen zu sein.»

«Bei mir zu Hause wärst du niemals das fünfte Rad am Wagen», hatte Jeremy widersprochen.

«Nett von dir.»

«Stimmt ja auch. Wir lieben dich, Mann.»

«Halt's Maul.»

«Doch. Tun wir.»

«Ich bin ein großer Junge, Beany. Ich kann selbst auf mich aufpassen. In Ordnung?»

Immer, wenn Rave einen Satz mit «in Ordnung» beendete, hieß das, dass die Unterhaltung vorbei war.

«In Ordnung», hatte er geantwortet, obwohl gar nichts in Ordnung gewesen war. Er hatte genau gesehen, in welchem Zustand Rave gewesen war. Nachdem sein Freund eines Tages mit einem blauen Auge und aufgeplatzter Lippe zur Schule gekommen war, hatte Jeremy sich zu ihm nach Hause geschlichen, als Rave bei Casey gewesen war.

Rave hatte eine dämliche Ausrede parat gehabt, aber Jeremy war kein Idiot. Ihm war klar, dass Raves Vater ihn geschlagen hatte, und das machte ihn so wütend, dass er hinter das Schulhaus verschwunden war und gegen eine Mauer getreten hatte. Dabei hatte er sich dermaßen den großen Zeh angestoßen, dass er warten musste, bis die Tränen versiegt waren, ehe er wieder zu den anderen zurückging. *Er glaubt, keiner sieht es, aber das stimmt nicht. Jemand muss dem Alten klarmachen, dass er nicht damit durchkommt. Das lasse ich nicht zu.* Er beschloss, Raves Vater zur Rede zu stellen, aber erst, nachdem Deirdre sich bereit erklärt hatte, ihn zur moralischen Unterstützung bis an die Straßenecke zu begleiten.

«Ich warte hier auf dich», hatte sie gesagt und sich ein paar Haustüren weiter auf die Mauer gesetzt. «Viel Glück.»

Und kurz darauf hatte Jeremy auf dem Gehweg vor Raves Haus gestanden. Er wappnete sich, dann öffnete er das Gartentor. *Was tue ich hier?* Den Zustand des Gartens registrierte er gar nicht. Seine Augen waren voll und ganz auf das Fenster des Vorderzimmers konzentriert. Sid starrte direkt zu ihm raus. Er wirkte ausgemergelt, knochendürr und gruselig. Und er war übersät mit blauen Flecken. Jeremy blieb stehen, wartete darauf, dass Sid auf ihn reagierte, aber er tat es nicht. Er starrte nur durchs Fenster, die glasigen Augen fest auf irgendwas in weiter Ferne gerichtet. Er erinnerte Jeremy an seine Grammy. Er war zwar da, aber irgendwie auch nicht. Fast hätte Jeremy umgedreht und wäre davongerannt, aber er zwang sich zu bleiben. *Ich muss da jetzt rauf. Für Rave.* Er klopfte, und Sid kam in seinem eigenen Tempo an die Haustür. Dann öffnete er, aber nur einen kleinen Spalt. Trotzdem stank es derart heftig aus der Wohnung, dass Jeremy unwillkürlich einen Schritt zurück machte.

«Ach. Hallo, Mr. Murphy. Wie geht's?» Jeremy konnte seinen Anblick nicht ertragen und starrte zu Boden.

«Na, scheißgroßartig geht's mir, wie denn sonst?» Sid wollte die Haustür wieder schließen, aber Jeremy hielt dagegen.

«Ich wollte nur schauen, ob alles in Ordnung ist.» Seine Stimme zitterte. *Was zum Teufel tue ich hier?*

«Wovon redest du?», fragte Sid und wirkte plötzlich nicht mehr abwesend.

«Rave hat ziemlich Prügel bezogen. Ich mache mir Sorgen um ihn.»

«Lass das mal. Der kann gut auf sich selbst aufpassen», sagte Sid.

«Nein, kann er nicht. Er ist noch ein Kind», sagte Jeremy. «Er braucht Sie.»

«Verschwinde, Jeremy.»

Sid versuchte, die Tür zuzumachen, aber Jeremy stellte den Fuß mit dem lädierten Zeh dazwischen. «Nein!», rief er. Die Wut kochte in ihm hoch. Er zitterte und versuchte verzweifelt, sich nichts anmerken zu lassen, aber als er weiterredete, zitterte seine Stimme ebenfalls. «Tu ich nicht!»

Sid lachte. «Bist du dir sicher, dass nicht besser Rave sich um dich kümmern sollte?»

Jeremy hätte ihm am liebsten in sein bereits grünes und blaues Gesicht geschlagen, aber ihm zitterten die Knie, und dann drückte Sid auch noch die Tür gegen seinen Zeh. *Oh scheiße, tut das weh!* Aber Jeremy wich trotzdem nicht zurück. Stattdessen mobilisierte er jeden Funken Mut und Kraft, den er in sich hatte und drückte die Haustür auf.

Sid strauchelte leicht. «Sie schlagen ihn nicht noch einmal!»

«Was?»

«Sie schlagen ihn nie wieder! Haben Sie mich verstanden?»

Sid lachte. «Ja, ja, alles klar. War's das?»

«Sie sind dazu da, sich um ihn zu kümmern!» Jeremy stiegen die Tränen in die Augen. «Sie sind sein Dad.» *Wie kann man so gemein sein?* Er sah Sid direkt in sein verwüstetes, gequältes Gesicht.

Sid sperrte den Mund auf und stieß einen Seufzer aus. Er senkte den Kopf und drückte sich mit Daumen und Zeigefinger in die tiefliegenden Augenhöhlen. Als er die Hand vom Gesicht löste und Jeremy in die Augen sah, liefen ihm die Tränen über die schmutzigen Wangen. Jeremy versuchte, nicht auch loszuheulen, aber er schaffte es nicht.

«Ich weiß. Glaubst du etwa, das wüsste ich nicht? Ich habe mein Bestes versucht. Ich kann es einfach nicht.» Er fiel in sich zusammen.

«Es tut mir so leid.» Jeremys Wut war wie weggeblasen, und übrig blieb nur tiefe Traurigkeit.

«Mir auch», sagte Sid. «Sag ihm das.» Jeremy drehte sich um und wollte davongehen. «Jeremy?»

Jeremy sah ihn an. «Ja?»

«Hast du ein bisschen Kohle? Ich hab nix mehr zu essen im Haus.»

Jeremy hatte einen Fünfer dabei, mit dem er für Deirdre und sich Pommes kaufen wollte. Er sah den Mann an, der mit ausgestreckter Hand vor ihm stand.

«Ist bloß ein Fünfer.» Jeremy wusste genau, dass er das Geld nicht für was zu essen ausgeben würde, aber er brachte es nicht über sich, nein zu sagen.

«Bist ein guter Junge.» Sid nahm ihm den Schein aus der Hand und knallte die Haustür zu.

Von da an kochte Jeremy immer, wenn er mit Kochen dran war, für Rave mit. Er füllte Raves Portion in eine Plastikdose, die er am nächsten Tag in der Schule in seinem Spind oder Rucksack deponierte. Meistens erwähnte Rave die Dose mit keinem Wort. Er aß einfach und tat so, als würde er nichts merken, wenn Jeremy die leere Dose wieder an sich nahm. Manchmal schob Jeremy ihm auch ein bisschen Kohle in die Tasche. Was immer er gerade entbehren konnte. Es war nie viel, aber es war besser als nichts. Ab und zu lächelte Rave ihn an. «Du bist der allerbeste Kumpel der Welt», sagte er dann, und Jeremy fing innerlich an zu strahlen. Außerdem ließ er grundsätzlich sein Fenster offen, damit Rave einen Zufluchtsort hatte. Eine Woche später wachte Jeremy nachts auf und sah Rave neben sich auf dem Fußboden in dem Schlafsack liegen, den Jeremy unter seinem Bett deponiert hatte. Von da an kam Rave, wenn es bei ihm zu Hause zu schlimm wurde, nachts durchs Fenster und schlief neben Jeremy auf dem Fußboden.

Sie hatten nur ein einziges Mal wirklich über Raves Zwangslage gesprochen. Eines Abends vor Weihnachten war er aufgetaucht, bevor Jeremy eingeschlafen war. Er hatte am Abend für eine Geschichtsprüfung gelernt, und ihm brummte so der Schädel vor historischen Daten und dem, was Deirdre gesagt hatte, dass er nicht schlafen konnte. Er versuchte, sich aufs Lernen zu konzentrieren, aber Deirdre schob sich immer wieder in seine Gedanken. Ihre Worte ließen ihm keine Ruhe. Es war etwas, dass sie an dem Abend, als er bei Raves Dad gewesen war, zu ihm gesagt hatte. Er hatte sich Vorwürfe wegen dem Geld gemacht, das er Sid gegeben hatte.

«Ich bin ein solches Arschloch.»

«Bist du nicht.»

«Bitte, bitte, das darfst du Rave nie erzählen. Versprich es mir.»

«Das bleibt unter uns, Beany.»

«Danke.»

Sie hatte ihn auf den Mund geküsst, es war ein flüchtiger Kuss gewesen, keiner dieser feuchten, weichen Küsse, die sich so schrecklich in die Länge zogen. Sie hatte sich gelöst und ihn angelächelt, und er hatte sie an sich gezogen und festgehalten. *Ich liebe dich wirklich, Deirdre.*

«Du bist anders als die andern Jungs», hatte sie ihm ins Ohr geflüstert.

Sie hatte es als Kompliment gemeint, aber ihm war ganz schlecht geworden davon. Diese sieben Wörter gingen ihm seitdem nicht mehr aus dem Kopf. *Du bist anders als die andern Jungs. Ahnt sie was? Wenn ja, ist alles aus. Dann habe ich niemanden mehr, dann stehe ich alleine da.* Er musste ständig an die Geschichte denken, die Dave ihnen ein paar Monate zuvor erzählt hatte, über die beiden Schwuchteln, die in irgendeiner dunklen Seitengasse von einer Horde Kerle beim Küssen erwischt und gejagt worden waren. Der eine war davongekommen, aber der zweite war nicht schnell genug gewesen. Dave hatte einen Witz über seine Schuhe gerissen und gemeint, hinterher hätte der Typ sich gewünscht, er hätte statt der Pumps seiner Mutter lieber Turnschuhe getragen. Die anderen hatten gelacht, auch Rave, aber Jeremy konnte daran nichts witzig finden. Die Kerle hatten den Typen geschlagen und getreten, ihn übel beschimpft und ihm gesagt, er solle zur Hölle fahren.

Sie hatten beschlossen, ihn selbst dorthin zu bringen. Sie hatten ihn an den Beinen gefesselt, an ihren Lastwagen gebunden und meilenweit mitgeschleift.

Jeremy hatte die Geschichte eine Heidenangst eingejagt, während seine Freunde sich nur darüber kaputtlachten und dann das Thema wechselten und sich lieber über Fußball stritten. *Ich kapier das nicht. Die haben ihn zu Tode geschleift*. Seitdem hatte er Albträume deswegen, und wenn er gestresst war, drängte sich die Geschichte sogar tagsüber in seine Grübeleien. *Was wohl seine letzten Gedanken waren? Hat er um sein Leben gefleht? Wie lange hat es gedauert, bis er tot war? An wen hat er gedacht? Oder war es so brutal, dass für Worte oder Gedanken kein Platz mehr blieb?* Jeremy brauchte eine Weile, bis er seinen Freunden verzeihen konnte, dass sie an dem Abend gelacht hatten, vor allen Dingen Rave, aber die kapierten das eben nicht und würden es auch niemals kapieren.

An jenem Abend hatte Jeremy sich aufgesetzt, als Rave durchs Fenster kam.

«Oh, sorry, soll ich wieder abhauen?» Er war offensichtlich überrascht, weil Jeremy noch wach war, als hätte er extra gewartet, bis er schlief.

«Nein! Spinnst du? Natürlich nicht.»

«Okay.» Rave zerrte den Schlafsack unter dem Bett raus und schüttelte ihn auf. Er zog sich die Jacke aus, das Oberteil und die Jeans. Obwohl es dunkel war, drehte Jeremy sich weg und sah in die andere Richtung, während sein Freund sich auszog. Rave schlüpfte in den Schlafsack. Eine Weile lagen sie schweigend im Dunkeln.

«Alles okay?», fragte Jeremy schließlich.

«Klar.»

«Hast du Hunger?»

«Nein. Ich hab den Shepherd's Pie gegessen, den du mir übrig gelassen hast. Du machst dich, Beany. Der war fast schon genießbar.»

Jeremy lachte. «Na, danke!»

«Ich weiß, dass du mit meinem Dad geredet hast», sagte Rave nach ein oder zwei Minuten plötzlich.

Jeremy wäre fast das Herz stehengeblieben.

«Schon okay, ich weiß, warum du da warst, aber geh da bitte nicht wieder hin. In Ordnung?»

«Mach ich nicht.»

«Ich zähl auf dich, Beany.»

«Versprochen.»

«Und du erzählst niemandem, was du gesehen hast, okay?»

Mist. Ich hab's Deirdre erzählt, aber sein Dad weiß nicht, dass Deirdre dabei war. «Ich sag keinen Ton.» *Ab jetzt. Das ist nicht gelogen.*

Jeremy wünschte, sie lägen jetzt auch in seinem warmen, trockenen Zimmer. Sie hatten eine Ewigkeit gebraucht, die Straße raufzukommen, weil Rave ständig im Zickzack fuhr, und als er zum zweiten Mal fast ein Auto streifte, weil er Jugs Kinsella zuwinkte, hatte Jeremy die Schnauze voll.

«Schau gefälligst auf die Straße, okay?» Er sprang vom Rad.

«Scheiße, sorry, hab's verpeilt.»

«Ich geh nach Hause.» Er wandte sich ab, um zu gehen.

«Ach, komm schon, Mann, tut mir leid. Ich reiß mich zusammen.»

«Nein, ich muss echt los. Ich kann meine Grammy und Valerie nicht so lang allein lassen. Außerdem habe ich meine Zimmertür nicht abgeschlossen. Das ist uncool.»

Rave stieg vom Rad und folgte ihm. «Komm. Wir schieben ein bisschen. Ich bin sofort wieder nüchtern – bitte!»

Jeremy blieb stehen. Rave flehte ihn an. Rave flehte nie irgendwen an. Er konnte seinen besten Freund unmöglich im Stich lassen.

«Ich brauch dich!», sagte Rave.

Ach, scheiß drauf! «Okay. Aber wir gehen nicht zu Fuß. Ich fahre.»

«Mein Rad ist dein Rad.» Rave gab ihm einen Klaps auf den Rücken. Jeremy legte die Hand auf den Sattel. Rave ließ das Fahrrad los.

«Das ist doch völlig dämlich», sagte Jeremy.

«Ist es nicht. Ich schwör's.»

«Es ist schweinekalt.»

«So ist das Leben.»

«Du bist hackedicht.»

«Bitte, Beany! Bitte, komm mit.»

Jeremy sah die Straße runter. Er sah das Auto von Jug Kinsellas Ma aus dem Parkplatz von Bridget Burkes Pub fahren. *Glücklicher Schweinehund. Ab ins warme Bettchen.* Jeremys Füße waren eiskalt. Er setzte den Schulrucksack auf. «In Ordnung», sagte er.

«Cool!»

Jeremy stieg aufs Rad. Rave hockte sich auf den Gepäckträger. «Wohin?»

«Die Bohernabreena Road rauf», sagte Rave.

Jeremy fuhr los. Rave wedelte mit den Armen und sang «Jetzt geht's los, jetzt geht's los …» Jeremy trat so schnell er konnte in die Pedale, um wieder warm zu werden, während Rave weiter vor sich hin grölte. Als sie das Tor zum Stausee passierten, rief Rave: «Hier!»

«Du machst Witze!» Jeremy stellte sich vor, wie er Deirdre morgen von diesem Irrsinn berichtete. *Na, die wird mir was erzählen.*

«Nein, im Ernst! Na los, Fahrer, weiter geht's», sagte Rave.

Das Tor war unverschlossen, sosehr Jeremy sich auch was anderes gewünscht hätte. *Scheiße! Warum gibt es dann überhaupt ein Tor? Das ist doch total gefährlich hier. Ich hätte gute Lust, denen einen Brief zu schreiben.* Er fuhr den schmalen Weg neben dem tosenden Wasser entlang. Sein Herz raste, und er wollte dringend von dem Fahrrad runter. «Komm, lass uns schieben!», rief er zu Rave nach hinten.

«Was?», schrie Rave.

«Wir schieben!»

Rave beugte sich zur Seite, um ihn besser zu verstehen.

Nicht zur Seite! Hier ist es scheißrutschig – nicht zur Seite beugen, du Irrer!

«Na? Hat Beany etwa Schiss?» Rave lachte, packte Jeremy von hinten um die Taille und schüttelte ihn so sehr, dass sie ins Schwanken kamen. Eine Sekunde lang fühlte es sich so an, als würden sie in Richtung Wasser rutschen. Jeremy handelte instinktiv: er packte den Lenker, richtete das Fahrrad auf und bahnte sich einen Weg durch das schlammige Gestrüpp neben dem Weg. Rave hielt sich ein paar Sekunden länger als nötig an ihm fest, und Jeremy spürte sein Herz an seinem Rücken schlagen, fühlte das Gewicht und die Wärme seines Körpers. Sein Mund wurde trocken. Raves Hände glitten hoch zu seinem Brustkorb, er spürte seinen Atem im Nacken. *O Gott!* Als sein Freund sich von ihm löste, fuhr der eisige Wind zwischen ihnen hindurch.

«Ich fühl mich nicht gut», sagte Rave, als sie direkt vor

der Stauseebrücke waren, und Jeremy hielt an. Rave glitt vom Gepäckträger und schwankte ein bisschen. «Ich glaub, ich hab's etwas übertrieben, Beany. Mir ist schwindlig.»

«Kann ich was tun?»

«Warte einfach kurz.» Rave setzte sich hin und lehnte sich gegen das Brückengeländer. Jeremy war es nicht gewohnt, seinen Freund in diesem Zustand zu sehen. *Vorhin, als die Jungs gegangen sind, ging's ihm noch gut.*

«Setz dich einen Moment zu mir, Beany.»

«Es ist klitschnass.»

«So schlimm ist es gar nicht.»

Jeremy setzte sich zögerlich auf die Brücke, den Rücken gegen das rostige Geländer gelehnt. Es fühlte sich wacklig an. Das Wasser war ein gutes Stück unter ihnen, aber ihm war es trotzdem zu nah. «Hast du was genommen?», wollte er wissen.

«Nein. Ich schwör's. Würd ich nie tun. Der Alk hat mich einfach plötzlich umgehauen.»

«Okay.»

«Und ich bin so müde.»

Rave sah wirklich müde aus, dachte Jeremy, eigentlich richtig fertig. Seine Augen lagen tief in den Höhlen, sein Gesicht war geradezu ausgemergelt.

«War ein Scheißtag.» Rave legte den Kopf in den Nacken und sah zum Himmel hoch. Er war wolkenverhangen, ohne Sterne, einfach nur dunkel, und es drohte jeden Moment wieder zu regnen. Er lehnte sich gegen das Geländer und atmete langsam den Sauerstoff ein.

«Geht's wieder?», fragte Jeremy.

«Schon besser.» Rave gab ihm einen Klaps auf den Oberarm und ließ die Hand dort liegen, um sich abzustützen.

Jeremy fühlte sich angespannt, ein Kribbeln durchfuhr

ihn, er war leicht benommen. Er wollte die Hand ausstrecken, nach Raves Fingern greifen, doch er bekämpfte den Drang mit all seiner Willenskraft. «Wir müssen weiter.»

«Okay. Aber ohne das Rad», sagte Rave.

«Wohin gehen wir denn?»

«Überraschung. Hab ich doch gesagt.» Er musterte das Gebüsch. «Schieb's da rein.»

Jeremy seufzte. «Gut.» Er schob das Fahrrad runter zu den Büschen. Rave hockte immer noch am Boden und starrte in den Himmel. «Es ist viel schöner raufzuschauen als runter, findest du nicht?»

«Bist du sicher, dass du nichts genommen hast?»

«Nein. Niemals! Nie im Leben.»

Jeremy quetschte das Fahrrad so gut es ging zwischen die Büsche.

«Und du findest es wieder, okay?»

Rave sah zu ihm rüber. «Das würde sogar ein Blinder mit Krückstock wiederfinden.» Er lachte.

Jeremy ging zurück zu seinem Freund auf die Brücke. «Also. Wohin?»

Rave zeigte den steil zum Stausee abfallenden Abhang hoch. «Da rauf.»

«Spinnst du? Wir rutschen aus und stürzen ab.»

«Nein, tun wir nicht.»

«Es hat drei Tage ununterbrochen geregnet – da kannst du drauf warten, dass der Hang runterkommt.»

«Nein. Alles super.»

«Wir sehen doch nicht mal, wo wir hintreten.»

«Wenn du Schiss hast, halt dich einfach an mir fest, Beany.» Rave setzte sich in Bewegung.

Jeremy starrte den schlammigen, unebenen Hang hinauf. *Ach, Scheiße!*

Inzwischen hatte es wieder angefangen zu regnen. Rave drehte sich zu Jeremy um und lachte. Es tat gut zu sehen, dass er wieder besser drauf war, trotzdem war das, was sie vorhatten, der reinste Irrsinn. «Wir werden hier sterben», sagte Jeremy am Fuß des Abhangs.

«Irgendwo müssen wir doch sterben, Beany.» Rave machte den ersten glitschigen Schritt, drehte sich zu Jeremy um und streckte die Hand nach ihm aus. Jeremy griff danach, und Rave zog ihn zu sich nach oben. «Jetzt gibt es kein Zurück mehr, Beany.»

Mittwoch, 4. Januar 1995

SIEBTES KAPITEL

«Patience»
Guns N'Roses, 1989

Fred

Es war eine harte Nacht. Gegen zehn brachte Fred Maisie ins Bett.

«Bitte geh», sagte sie zu ihm.

«Ich warte nur noch, bis du eingeschlafen bist.»

«Bitte geh», wiederholte sie.

«Okay.» Er reichte ihr eine Schlaftablette.

«Das kann ich nicht tun.»

«Wenn du den morgigen Tag irgendwie durchstehen willst, musst du schlafen.»

«Aber meine Ma ...»

«Die sind ganz leicht. Falls sie dich braucht, wachst du auf.»

Sie vertraute ihm, und er log sie an. Sie würde für mindestens fünf Stunden weg sein. *Tut mir leid, Liebling, aber du wirst sonst noch zum Zombie, und wir brauchen dich hier.*

Er legte sich ins Wohnzimmer aufs Sofa, machte die Augen zu und war Sekunden später eingeschlafen. Ein paar Stunden später, es war schon nach drei, wachte er wieder auf, weil Bridie murmelnd durch den Flur schlurfte. Solange sie auf der Pirsch war, konnte er unmöglich schlafen. Er überlegte, ob er zu ihr rausgehen und nachsehen sollte, ob er etwas für sie tun konnte, aber das hatte wenig Sinn. In ihrem Kopf war der Gedanke fest verankert, dass er etwas Schlimmes getan hatte, und das stimmte auch. Und wenn nötig, würde er es, ohne zu zögern, sofort wieder tun. *Kannst du dich denn nicht mehr erinnern, warum ich es getan habe? Erinnerst du dich nicht mehr, dass du mich selbst um Hilfe gebeten hast?* Es hatte Zeiten gegeben, da hatte Bridie ihm vertraut, da waren sie Verbündete gewesen. Aber das hatte sie vergessen. Wenn sie ihn heute sah, sah sie nur einen gefährlichen Mann. Jeder einzelne Schlurfschritt, den sie tat, war ein kleiner Stich in sein Herz. *Geh zurück ins Bett, altes Mädchen. Das Rumwandern tut dir nicht gut.* Er konnte nicht zu ihr rausgehen, weil sonst die Hölle los wäre. Er wollte ihr auf keinen Fall Angst machen. Es blieb ihm nichts anderes übrig, als still im Dunkeln zu sitzen und darauf zu lauschen, ob sie stürzte oder versuchte, aus dem Haus zu gelangen.

Er fragte sich, was Tom aus der Wohnung mitgenommen hatte. *Zwei Kisten.* Tom war zugeknöpft gewesen, nicht ganz so entgegenkommend, wie Fred es erwartet hatte. Aber Linda würde ihn ins Bild setzen. Er nahm sich vor, sie am nächsten Morgen sofort anzurufen. Er war auch privat schon seit vielen Jahren mit ihr und ihrem Ehemann befreundet. Sie waren im selben Golfclub und spielten mindestens einmal im Monat zusammen. Linda war anders als alle Frauen, die er kannte. Sie war ein Kraftpaket, eine Frau, die nicht viele Worte machte und, wie manche sagen würden, ein beschränktes Vokabular hatte, aber sie war loyal, vertrauenswürdig und wusste, wann man eine alberne Regel auch mal brechen konnte. Außerdem existierte unter Golfern eine Kameradschaft, welche die üblichen Beziehungen unter Arbeitskollegen überstieg.

Er setzte sich auf und überlegte, den Fernseher einzuschalten, aber damit würde er womöglich die ruhelose Bridie aufschrecken. Er dachte an das erste richtige Gespräch mit ihr zurück. Sie waren sich im Krankenhaus begegnet, damals, nach dem letzten, dramatischen Gewaltakt. Maisie war gerade operiert worden. Bridie hatte Angst, ihre Tochter würde sterben. Sie saß im Aufenthaltsraum, einen Rosenkranz zwischen den Händen. Sie knetete die Perlen, aber sie betete nicht. Dazu war sie viel zu nervös.

Er war auf sie zugegangen und hatte sich vorgestellt. «Wir haben sie so schnell wie möglich hergebracht.»

«Haben Sie ihn?»

«Ja.»

«Und bringt das überhaupt irgendwas?»

«Er kommt vor Gericht, mit Maisies Hilfe.» Er hatte sich zu ihr gesetzt.

«Der prügelt ihr seit Jahren die Seele aus dem Leib.»

«Ich weiß.»

«Sie tut so, als ob nichts wäre, also tue ich auch so, als ob nichts wäre, und jetzt sehen wir ja, wohin dieses ganze So-tun-als-ob uns gebracht hat.» Sie schloss die Augen. Eine einzelne Träne lief ihr über das Gesicht.

«Sie ist stark.»

«Ihr Vater war Soldat. Wahrscheinlich hat er Dinge gesehen und getan, die kein Mann jemals sehen oder tun sollte, aber trotzdem war er immer freundlich und sanft zu uns. Aber wahrscheinlich weiß sie das gar nicht mehr. Sie war noch so klein, als er starb.»

«Es ist nicht Ihre Schuld.»

«Er hätte nie darauf bestanden, dass sie diese Bestie heiratet.»

«Ich bin ganz sicher, dass Sie das nicht wussten.»

«Ich habe noch nicht mal was geahnt. Ich muss wirklich ganz besonders dumm sein.»

«Das glaube ich nicht.»

«Ich wollte nie was anderes für sie als einen netten Mann.»

Fred schwieg. Es gab nichts, was er hätte sagen können.

«Muss er dafür in den Knast?», fragte sie.

«Ich hoffe es.»

«Aber sicher sind Sie nicht.»

«Häusliche Gewalt ist ein heikles Thema.»

«Sollte es aber nicht sein.»

«Nein. Sollte es nicht.»

«Wenn Maisie das hier überlebt, kommt sie mit zu mir nach Hause, sie und die Kinder. Und das steht nicht zur Diskussion.»

«Gut. Gut so.»

«Ich werde sie beschützen», sagte sie.

«Und ich werde Ihnen dabei helfen.» Er reichte ihr seine Karte.

Sie lächelte ihn an. «Ach, dann sind Sie der Typ, den Lynn den haarigen Ritter nennt.»

Da hatte er gelacht und sich mit der Hand über den Bart gestrichen.

Damals hatte Bridie offensichtlich etwas Gutes in ihm gesehen. Anderenfalls hätte sie doch die Karte, die er ihr gegeben hatte, nie hervorgeholt. Hätte sie nicht den Verstand verloren, hätte sie mit Fred Brennan liebend gern ihre Zeit verbracht.

Um halb vier hörte er Maisie aufstehen. Er lauschte angestrengt, als sie sanft auf ihre Mutter einsprach und sie in ihr Zimmer zurückführte. Er hätte ihr gerne geholfen, aber ihm waren die Hände gebunden, und so saß er einfach nur im Dunkeln und wartete. Das entsprach überhaupt nicht seiner Natur und verleitete ihn dazu, in Selbstmitleid zu versinken. Er hasste diese weinerliche Seite an sich, aber er wollte nun mal mehr vom Leben: eine Familie, Geborgenheit, Liebe. Er wollte jemanden, um den er sich kümmern konnte und der sich um ihn kümmerte. Dazu war es noch nicht zu spät. Mais Einverständnis, mit ihm auszugehen, und diese magische Nacht, die sie zusammen verbracht hatten, hatten ihm gezeigt, dass alles möglich war. Doch dann war in einem einzigen Augenblick alles wieder anders geworden. An die Stelle des wunderbaren Lebens, das er sich in seiner Phantasie bereits ausgemalt hatte, war ihr vermisster Junge getreten, und Maisie Bean brach wieder völlig zusammen, direkt vor seinen Augen. *Wie oft muss ich dich noch leiden sehen, Mai?* Er legte sich wieder hin und schloss endlich die Augen. *Bitte, Mai, du darfst mich nicht hassen. Ich gebe mein Bestes. Bitte.*

Er driftete für ein paar Minuten ab, wachte aber sofort wieder auf, als Maisie ins Wohnzimmer kam. Sie hatte eine Decke auf dem Arm und deckte ihn damit zu, steckte die Ränder sorgsam fest. Er schlug die Augen auf, und sie sahen einander einen oder zwei Augenblicke lang an, dann drehte Mai sich wieder um und verschwand.

Um acht Uhr klingelte sein Telefon. Die anderen waren eben erst aufgewacht.

«Ich bin's, Tom. Es gibt Neuigkeiten.» Er klang irgendwie kleinlaut.

Fred setzte sich auf. «Was?»

«Die Jungs sind heute Morgen auf der Titelseite.»

«Aber das ist doch gut, oder?»

«Fred, die Zeitungen haben, was die Jungs betrifft, eine Theorie.»

«Und was für eine Theorie soll das sein?»

«Dass sie womöglich ein Liebespaar sind.»

«Was zur Hölle? Wovon redest du, Scheiße noch mal?» Er sprang auf.

«Wir haben in Jeremys Zimmer Schwulenpornohefte gefunden. Offensichtlich hat einer unserer Leute das Zeug kurz aus den Augen gelassen.»

«Schwulenpornos?» Fred ging nervös im Wohnzimmer auf und ab.

«Ja.»

«Und was soll das heißen? Aus den Augen gelassen?» Die Vorstellung, die Jungs könnten schwul sein, ging Fred nicht in den Kopf. *Mist. Das Zeitungsfoto zeigt sie mit nacktem Oberkörper, und auch noch Arm in Arm. Das ist gar nicht gut.*

«Ein Kollege vom Suchtrupp hat die Kiste in den Kofferraum gestellt. Es hat geregnet, und er wollte sich beeilen. Weil er dachte, er wäre allein, hat er den Kofferraum kurz offen stehen lassen, um die zweite Kiste zu holen. Die Sachen waren höchstens fünf Minuten unbeaufsichtigt.»

«Du willst also damit sagen, irgendein Nachbar hat die Pornohefte entdeckt und die Scheißpresse informiert?»

«Sieht ganz so aus.»

«Herr im Himmel, Tom! Heilige Scheiße noch mal!»

«Das hätte nicht passieren dürfen.»

«Und was schreiben die Zeitungen?»

«Also, bis jetzt ist es nur eine, aber wir können davon ausgehen, dass die anderen auf den Zug aufspringen werden. Es heißt nur, dass die Jungs seit Sonntagabend vermisst werden. Sie sagen zwar nicht direkt, dass die beiden zusammen durchgebrannt sind, aber sie deuten es an. Sie appellieren an die Jungs, nach Hause zu kommen. Und haben die Nummer einer Schwulen-Telefonseelsorge abgedruckt.»

«Jesus!»

«Hör zu, davon geht die Welt nicht unter. Wenigstens sind sie jetzt auf der Titelseite. Wenn sie irgendwo da draußen sind, werden wir sie finden.»

«Diese abstruse Idee würdige ich jedenfalls –»

«Na ja, es ist eine ziemlich starke Theorie.»

«Ach, komm schon!»

«Der Junge ist schwul, Fred.»

«Nur wegen ein paar Pornoheften? Die hätte er doch Gott weiß wo finden können.»

«Teenager verstecken keine Schwulenpornos bei sich, es sei denn, sie sind schwul.»

«Blödsinn! Er hat eine Freundin.»

«Fred, hör mir bitte zu. Falls sie zusammen abgehauen sind, ist dies das bestmögliche Szenario mit der bestmöglichen Prognose. Wir werden trotzdem sämtliche anderen Spuren weiterverfolgen, so lange, bis wir sie gefunden haben.»

«Dann verlangt ihr von der Presse auch keine Gegendarstellung?»

«Das wäre zu diesem Zeitpunkt absolut nicht hilfreich.»

«Himmel.»

«Du musst Maisie darauf vorbereiten.»

«Und wie soll ich das bitte hinkriegen?», fragte Fred wütend.

«Es tut mir leid, Fred. Ich halte dich auf dem Laufenden.»

«Tu das.» Fred legte auf. Er hörte Maisie durch die Wohnung laufen, sich um ihre Mutter kümmern, mit Valerie sprechen. Der Wasserkocher brodelte. Toastbrot sprang aus dem Toaster. Sein Magen knurrte.

Er setzte sich hin und dachte darüber nach, wie um

alles in der Welt er Maisie ausgerechnet diese Neuigkeiten beibringen sollte. Ihm war klar, dass ihm die Zeit davonlief. Die Geier zogen bereits ihre Kreise. Das Telefon klingelte. *Ach, Scheiße.* Er kam rechtzeitig in die Küche gelaufen, um Valeries dringliches «Jeremy?» zu hören. Er sah ihre Gesichtszüge entgleisen. «Was?»

«Leg auf, Liebes.»

«Wie bitte?» Sie lief dunkelrot an.

«Valerie? Leg sofort auf!», rief er energisch.

Maisie sah ihn mit hochgezogenen Augenbrauen an. Sie war noch im Bademantel. Bridie saß bereits am Tisch. Sie war zwar schon angezogen, aber noch nicht frisiert. «Wo ist Jeremy?», wollte sie wissen.

«Fick dich! Für wen hältst du dich?», rief Valerie in den Hörer.

«Gib mir das Telefon, Valerie.» Fred streckte die Hand aus.

«Ja, klar. Los, fick dich doch!»

Fred riss ihr den Hörer aus der Hand und legte auf. Valerie, Maisie und Bridie starrten ihn fassungslos an. «Die Zeitungen bringen heute einen großen Bericht über die Jungs. Sie behaupten, sie wären …»

Er mühte sich, das richtige Wort zu finden. «Homosexuell» klang so technisch.

«Schwuchteln», sagte Valerie. «Da steht, sie wären Schwuchteln.» Sie hatte Tränen in den Augen.

Das letzte bisschen Farbe wich aus Maisies Gesicht. Sie tastete nach einem Stuhl und setzte sich. «Ja, aber warum denn?» Ihre Frage war nur ein heiseres Flüstern.

Bridie legte ihrer Tochter die Hand auf die Schulter und drückte sie fest. «Das sind alles Lügner, und Lügner lügen, oder nicht?», sagte sie zu niemand Bestimmtem.

Fred war sich nicht sicher, dass Bridie wirklich verstand, was vor sich ging. Sie wirkte zu ruhig.

«Jeremy ist ein guter Junge.» Sie stand auf und ging ins Wohnzimmer.

Niemand folgte ihr. Valerie und Maisie warteten auf eine Erklärung. Fred setzte sich neben Maisie an den Tisch. «Setz dich, Valerie.»

Maisie packte seinen Arm. «Fred? Bitte erklär mir, was zum Teufel da vor sich geht.»

Sie klammert sich an mich, als hinge ihr Leben davon ab, dachte er. Er legte seine Hand auf ihre.

«Ja, Mai, ich werde es versuchen.» Und er fing an zu reden.

Bridie

Bridie starrte in den Fernseher. Sie wusste nicht genau, was eigentlich lief, aber das war auch egal. Im Geiste sang sie wieder und wieder den Refrain von «We'll Meet Again» vor sich hin, und plötzlich hatte sie einen Zeitsprung gemacht und wartete wieder darauf, dass Arthur nach Hause kam. *Wenn der Krieg vorbei ist, kriegen wir Kinder. Ich hätte gerne fünf. Drei Jungen und zwei Mädchen. Eine kleine Familie wäre nichts für mich. Jede Menge Lärm und Trubel und Gelächter, das hätte ich gern.* Sie lächelte selig vor sich hin, als Fred ins Zimmer kam und sich zu ihr setzte. *Ich hätte gerne einen alten Omnibus, mit dem könnten wir alle durch die Gegend brausen, und am Wochenende fahren wir ans Meer. Oh, und wir haben auch ein kleines Boot, mit dem fahren wir zum Angeln raus, und ich bringe ihnen das Schwimmen bei. Schwimmen können ist sehr wichtig, wenn man auf einer kleinen Insel lebt.* Bridies Arthur konnte nicht schwimmen. *Ihm bringe ich es auch bei. Man kann doch nicht nicht schwimmen können.*

«Bridie?»

«Ja, Lieber?», sagte sie zu Fred und sah dabei mitten durch ihn durch. Sie sah nichts außer den Bildern in ihrem Kopf.

«Könnte ich kurz mit Ihnen sprechen?»

«Geht es um Arthur?»

«Nein. Es geht um mich.»

«Wer sind Sie?»

«Ich bin der Mann, der sich um Ihre Tochter kümmert.»

Sie lachte. «Ich habe doch noch gar keine Kinder. Noch nicht.»

«Bridie, ich bin's. Fred Brennan.»

Sie starrte ihn an, lange und eindringlich, aber sie erkannte ihn nicht.

«Es tut mir leid», sagte er sanft. «Ich wollte Ihnen nur sagen, dass es mir sehr leidtut, und außerdem möchte ich Sie von Herzen bitten, Maisie nichts zu sagen. Noch nicht.» Dann ging er wieder hinaus. Sie hörte, wie die Haustüre ins Schloss fiel und sah, wie er hinaus in den Regen trat.

«Ich frage mich, ob er meinen Arthur kennt», sagte sie zu ihrem Spiegelbild im Fenster.

Maisie

Nach und nach trafen die Reporter in Tallaght ein. Bereits um zehn Uhr vormittags klapperten ein paar Zeitungsjournalisten in der Cypress Road die Häuser ab. Lynn blieb bei

Maisie. Fred wollte auf keinen Fall, dass sie alleine war. Das hieß natürlich, dass auch Bridie zu Hause blieb, aber sie saß ganz still im Wohnzimmer und schaute sich ihre Sendung an. Valerie wollte zur Schule, aber da schob Maisie einen Riegel vor.

Die Zeitung lag auf dem Küchentresen. Lynn hatte sie mitgebracht. Maisie starrte das Titelblatt an. Das Foto war wunderschön. Zwei Jungen mit frischen Gesichtern, fröhliche beste Freunde, die voller Lebenslust in die Kamera lächelten. Der Text unter dem Bild gab dem Foto einen geschmacklosen Touch. In dem Artikel stand nicht, dass sie schwul waren. Er zählte lediglich die Fakten auf.

Zwei Teenager gelten als vermisst. Ein Stapel Schwulenpornos wurde gefunden. Falls jemand die beiden Jungen zusammen gesehen hat, möge er die Nummer der Vermisstenstelle anrufen. Außerdem wird eine Schwulen-Telefonseelsorgenummer abgedruckt, für den Fall, dass die Jungen den Artikel lesen und Redebedarf haben.

Den Rest besorgte die Vorstellungskraft der Leser. *Die beiden sind Freunde. Beste Freunde. Daran ist doch nichts verkehrt. Sie kennen sich doch schon, seit sie kleine Kinder waren, Himmel noch mal! Das ist ein riesiges Missverständnis. Das ist alles nur … Was eigentlich? Was ist das?* Maisie spürte, dass sie Kopfschmerzen bekam.

«Jetzt kommen sie ganz bestimmt nicht mehr nach Hause», sagte sie. «Der ganze Ort wird sie auslachen.»

«Lass die Leute reden», sagte Lynn.

«Er ist sechzehn Jahre alt! Wie soll er mit so was umgehen?»

«Das geht wieder vorbei.»

«Wo ist er, Lynn?»

«Ich wünschte, ich wüsste es.»

Als Fred sich zu ihr gesetzt und ihr erzählt hatte, was passiert war, hatte sie Schwierigkeiten gehabt, die Flut an Informationen zu verarbeiten. Das ging alles viel zu schnell. *Das ist alles ein Riesenfehler. Die Pornohefte gehören nicht meinem Jeremy.* Daran bestand kein Zweifel. Was ihr überhaupt nicht in den Kopf wollte, war, dass einer ihrer Nachbarn sie verraten hatte. *Wer tat denn so was? Wer von denen könnte derart abgestumpft und gemein sein? Wer war so unglaublich neugierig, durchtrieben und egoistisch?*

Darauf hatte Fred keine Antwort. Alles, was er zu sagen hatte, war, dass es helfen könnte, die Jungs zu finden. «Und das zählt doch schließlich, oder, Mai?»

«Natürlich tut es das. Aber die Wahrheit zählt auch. Und genauso der gute Ruf meines Sohns.»

Fred musste ein paar Dinge erledigen. Er sagte zwar nicht, was genau, aber Maisie wusste, dass es etwas mit ihrem Sohn zu tun hatte. Ehe er zu Bridie ins Wohnzimmer ging und die Tür hinter sich schloss, hatte er noch kurz mit Lynn geflüstert. Maisie wollte von ihrer Freundin wissen, was er gesagt hatte.

«Dass es noch schlimmer werden wird.»

«Inwiefern schlimmer?»

«Sie werden jedes noch so kleine schmutzige Geheimnis ans Licht zerren, das Jeremy je hatte.»

Maisie wurde flau. «Er ist noch ein Junge.» *Er hat keine schmutzigen Geheimnisse.*

«Ich koche uns jetzt erst mal eine schöne Tasse Tee», sagte Lynn.

Maisie hörte die Haustür ins Schloss fallen. Fred war endlich gegangen, und sie spürte Erleichterung. «Ich muss nachdenken», sagte sie und ging ins Wohnzimmer. Sie setzte sich aufs Sofa und nahm die Hände ihrer Mutter, die völlig vertieft in eine Quizshow war, die sie schon x-mal gesehen hatte.

Valerie

Valerie hielt es nicht sehr lange in ihrem Zimmer aus. *Da scheiß ich drauf.* Sie öffnete das Fenster und sprang hinaus, ging quer durch den Garten und stieg über den Zaun zu Vera rüber, um den Journalisten und den Schnüfflern zu entgehen, die vor dem Haus lauerten. Vera hängte gerade die Wäsche auf, als Valerie plötzlich vor ihr stand. «Haust du ab?», fragte Vera.

«Ja.»

«Ich habe noch einen Chocolate Fudge Cake im Kühlschrank.»

«Ich erzähl Ihnen gar nichts.»

«Und ich stell keine Fragen.»

«Double Chocolate?»

«Ja.»

«Mein Lieblingskuchen.»

«Eis ist auch noch da. Himbeer-Vanille.»

«Schoko-Minze ist mir zwar lieber, aber Himbeer-Vanille ist auch okay.»

«Na dann …», sagte Vera und ging mit dem leeren Wäschekorb ins Haus. Valerie folgte ihr und setzte sich an den Küchentisch, während Vera ihr eine Portion Kuchen mit Eis zurechtmachte. Der Hund lag unter dem Tisch und schnarchte.

«Er hält vormittags gern ein Nickerchen», sagte Vera. Sie stellte Valerie den Teller hin und reichte ihr einen Löffel.

«Danke.»

Valerie entdeckte die Zeitung mit dem Bild ihres Bruders auf dem Titel. Sie wandte sich ab und schaute in Veras Garten hinaus. «Warum hängen Sie eigentlich die Wäsche draußen auf, wenn's regnet?»

«Im Moment regnet es nicht.»

«Aber es fängt jeden Augenblick wieder an.»

«Und dann hole ich die Sachen wieder rein.»

«Aber dann sind sie doch noch gar nicht trocken.»

«Aber gelüftet.»

«Und was soll das bringen?»

«Das ist natürlicher Wäscheweichmacher.»

«Meine Ma nimmt immer Lenor.»

«Das ist auch gut.»

«Haben Sie das gelesen?» Valerie deutete auf die Zeitung.

«Ja, hab ich.»

Valerie verschlang ihren Kuchen. «Nur damit Sie's wissen: Ma und Grammy sagen, die Presse lügt», sagte sie mit vollem Mund.

«Die Presse bringt doch ständig alles durcheinander.» Vera spitzte die Lippen.

«Wann zum Beispiel?»

«Na, immer.»

«Sagen Sie mir ein Beispiel.»

«Ach, so aus dem Stegreif fällt mir da gerade auch nichts ein, ist aber so.»

«Irgendein Nachbar hat geschnüffelt und gepetzt.»

«Was meinst du damit?»

«Jemand hat in einer Kiste im Kofferraum von den Bullen ein paar Pornos entdeckt und mit der Presse geredet.»

«Na ja, den Streifenwagen hatte gestern Abend jedenfalls die ganze Straße im Visier.»

«Haben Sie irgendwas gesehen?», wollte Valerie wissen.

«Konnte meine Brille nirgends finden. Hatte nur die Lesebrille zur Hand, und die ist zum Spionieren echt nicht geeignet.»

«Vielleicht haben Jeremys Freunde ihm die Pornos zum Spaß untergejubelt. Die Wichser machen ständig so 'nen Scheiß.»

«Pass auf deine Sprache auf, Valerie Bean!»

«Tut mir leid, aber es stimmt doch. Dave O'Loughlin hält sich für den Star-Komiker. Ich wette, der war das oder Mitch, dieser Angeber – der kommt doch an alles ran. Wahrscheinlich fanden die das besonders witzig.»

«Wenigstens regnet es nicht», sagte Vera mit einem Blick auf ihre Wäsche.

«Ja», sagte Valerie. «Ich hasse Regen.»

«Da, wo mein Sebastian lebt, regnet es nie.»

«Echt?»

«Na ja, fast nie.»

«Kommt er eigentlich irgendwann wieder nach Hause?», fragte Valerie.

«Er ist vierunddreißig. Er hat eine Frau und zwei Kinder, wahrscheinlich eher nicht.»

«Tut mir leid.»

«Muss es nicht. Er hat sowieso nie richtig hierhergepasst.»

«Warum?»

«Keine Ahnung.» Sie dachte einen Augenblick nach. «Nur, weil man an einem Ort geboren wurde, heißt das wahrscheinlich noch nicht, dass man auch dorthin gehört.»

«Jetzt wird jeder sagen, dass Jeremy ein Arschficker ist», sagte Valerie leise.

«So werden sie ihn bestimmt nicht nennen, junges Fräulein.»

«Schwuchtel, Homo, Warmer Bruder, Tunte, Lutschei, Knallfrosch, Hinterlader, ist doch alles dasselbe. Wenn Jeremy noch am Leben ist, dann bringt er sich jetzt um.»

«Natürlich lebt er noch, und sag so was nicht.»

«Stimmt doch.»

«Hör zu, Valerie, es gibt mit Sicherheit schon genügend Leute, die Schlange stehen, um mit dem Finger auf deinen Bruder zu zeigen und ihm Schimpfnamen zu verpassen. Ich will nicht erleben, dass du auch zu denen gehörst!»

Valerie dachte einen Moment darüber nach. «Pater Moss sagt, eine Schwuchtel – ich meine schwul zu sein, wäre ein Verbrechen gegen Gott.»

«Aber das gilt nur, wenn man entsprechend handelt», sagte Vera.

«Und wenn man das tut?»

«Dann ist es Gottes Sache.»

«Wenn das stimmt, ist Jeremy am Arsch.»

«Wieso das?»

«Na ja, wenn Jeremy sich Bilder von Jungs angeschaut hat, die's miteinander treiben, dann doch sicher nicht, um seine Gebete sprechen zu können, oder?»

Darauf hatte Vera keine Antwort. Sie schürzte die Lippen, schleuderte die Pantoffeln weg und rieb sich am Rücken ihres Hundes die Füße.

«Gott schickt Leute in die Hölle», sagte Valerie.

«Und er schickt sie in den Himmel.»

«Wollen Sie etwa damit sagen, im Himmel gibt es eine Abteilung für Schwule?»

«Ich will damit sagen, dass wir es nicht wissen. Es liegt alles in Gottes Hand.»

«Außerdem ist er nicht schwul. Er hat eine Freundin.»

«Dann musst du dir auch keine Sorgen machen.»

Aber Valerie *machte* sich Sorgen. Sie musste ständig daran denken, was Jeremy Samstagabend zu ihr gesagt hatte. *Du kennst mich nicht, Valerie.*

Valerie hatte ihre Portion Kuchen mit Eis kaum zur Hälfte aufgegessen, als sie draußen plötzlich Maisie verzweifelt nach Valerie rufen hörten. «Oh, Scheiße!», sagte sie.

«Du weißt, dass deine Mutter ausrastet, wenn du fluchst. Gott weiß, was ich durch diese dünnen Wände alles mitbekomme.»

«Tut mir leid.»

Valerie folgte Vera an die Haustür. Maisie war im Vorgarten, sie streifte brüllend auf und ab, während ein Fotograf sie dabei knipste. Eine schwangere Frau und ein Mann versuchten, ihr ein Interview abzuschwatzen.

«Nur ein paar Worte, Mrs. Bean.»

«Jetzt sind es schon drei Tage. Was würden Sie den Jungen gerne sagen?»

«Valerie! Valerie Bean, wo bist du?»

Sie lief hin und her wie ein Tiger im Käfig. Lynn versuchte nach Kräften, sie aufzuhalten, aber Maisie war nicht zu bändigen.

«Valerie!»

«Ich bin hier, Ma'sie», rief Valerie von Veras Haustür zu ihr rüber.

Maisie fuhr herum. «Ich habe dir doch gesagt, du sollst im Haus bleiben!», schrie sie vor sämtlichen Fremden und den Nachbarn, die in ihren Vorgärten lauerten: Jim Buckley, mit vor der Brust verschränkten Armen; Leslie O'Shea, auf ihrer Veranda am Telefon; die Ryans auf weißen Plastikstühlen. Sie hockten mitten in ihrer Einfahrt und genossen die Show. Beschämt versteckte Valerie sich hinter Veras Rücken.

«Du kommst augenblicklich hierher!» Maisie deutete mit dem Zeigefinger neben sich.

«Maisie, beruhig dich», sagte Lynn.

«Werde ich nicht. Valerie, ich habe dich um eine ganz einfache Sache gebeten!», schrie sie. «Im Haus zu bleiben! Ist das wirklich so schwer zu kapieren?»

Valerie verschwand vollständig hinter Veras Rücken.

«Es geht ihr gut, Maisie», sagte Vera. «Sie ist nur durcheinander, genau wie du.»

Die beiden Journalisten waren ihnen so nah auf die Pelle gerückt, wie der Anstand es gerade noch erlaubte, und streckten ihr die Aufnahmegeräte entgegen. Maisie starrte sie an. Dann blickte sie zu ihren Nachbarn hinüber, die genüsslich dabei zusahen, wie ihr Leben in Stücke zerbrach, als wäre es irgendeine Unterhaltungsshow. «Verschwindet!», schrie sie die Journalisten an. «Hier gibt es nichts für euch zu holen.» Niemand bewegte sich. «Hol den Gartenschlauch!», sagte sie durch zusammengebissene Zähne zu Lynn.

«Wie bitte?»

«Hol den Gartenschlauch.»

«Dein Ernst?»

«Hol den verfickten Gartenschlauch, Lynn.»

«Okay.» Lynn drehte sich zu Bridie um, die inzwischen in der Haustür aufgetaucht war. «Holen wir den Gartenschlauch.»

Dann nahm Maisie ihre Nachbarn ins Visier. Sie schubste die Journalisten beiseite und stellte sich mitten auf die Straße. «Und ihr! Ich weiß genau, was einer von euch getan hat. Ich weiß, dass einer von euch schuld daran ist, dass diese Aasgeier so furchtbare Sachen über meinen Sohn erzählen. Warum tut ihr so was? Mein Kind war immer nur nett zu euch. Du, Leslie O'Shea! Dir hat er beim Rasenmähen geholfen, damals, in dem Sommer, als du dir den Fuß gebrochen hast und der nutzlose Penner, mit dem du verheiratet bist, zu sehr damit beschäftigt war, seine fette Plauze in die Sonne zu hängen. Den ganzen Sommer über hat Jeremy sich um deine Scheißbegonien gekümmert und nicht einen einzigen Penny von dir genommen. Und du, Jim Buckley? Er ist in dein bescheuertes Karatetraining gegangen und hat sogar seine Freunde mitgeschleppt, obwohl er es gehasst hat, nur damit du deine Kurse am Laufen halten kannst und den Job nicht an den Nagel hängen musst. Und was euch anbelangt!» Sie zeigte auf die Ryans. «Weißt du noch, als Livie dich bei Schnee und Eiseskälte vor die Tür gesetzt hat? Das ist gerade mal einen Monat her. Jeremy hat dich mit zu uns geschleppt und wollte wissen, ob du auf dem Sofa schlafen kannst. Ich habe nein gesagt. Ich wollte keinen fremden Kerl in meinem Haus, weil meine Mutter in diesem Zustand ist, aber Jeremy hat drauf bestanden. ‹Aber Ma, wir können ihn doch nicht einfach draußen lassen. Das wäre falsch.›» Inzwischen weinte sie. «Wisst ihr, warum er all diese Dinge getan hat? Weil er nett ist und verantwortungsbewusst und zum Teufel noch mal besser als ihr alle zusammen. Also, genießt die Show, ihr miesen Verräter!»

Lynn kam mit dem Schlauch aus dem Haus und reichte ihn Maisie. «Bist du dir sicher?»

«Ich war mir in meinem ganzen Leben noch nie so sicher.»

«Die da ist schwanger.»

«Dann ist sie jetzt gleich schwanger und nass.» Maisie stellte den Schlauch an und richtete den Strahl auf die

Versammlung. Die Leute stoben auseinander, rannten in unterschiedliche Richtungen davon und schützten ihre elektronischen Geräte vor dem Wasser. Ein paar liefen auf die Straße, andere suchten Deckung hinter einem Auto.

Valerie tauchte hinter Veras Rock auf, als das Wasser wieder abgestellt war. «Das war cool.»

Maisie ging zu ihrer Tochter hinüber und streckte ihr die Hand entgegen. Valerie nahm sie.

«Tut mir leid, dass ich geschrien habe.»

«Tut mir leid, dass ich abgehauen bin.»

«Schon okay, Käferchen.»

Maisie hatte sie seit einer Ewigkeit nicht mehr Käferchen genannt. Valerie musste grinsen. «Danke für den Kuchen, Vera», sagte sie.

«Gern geschehen, Valerie.» Vera drehte sich um und ging zurück zu ihrer Haustür.

«Na dann. Schaffen wir euch beide mal wieder rein.» Lynn scheuchte sie ins Haus.

Fred

Auf dem Revier war es still. Bis auf Linda, die hinter dem Tresen stand, war niemand da.

«Tom geht einem Hinweis nach, den er bei den Murphys bekommen hat.»

Fred setzte sich auf den Drehstuhl neben ihr. «Ach ja?»

«Er hat Sid Murphy noch mal einen Besuch abgestattet. Wie sich rausstellte, schickt die Mutter dem Jungen jedes Jahr eine Weihnachtskarte.» Sie zeigte Fred die Karte. «Sieh dir das mal an!»

Es handelte sich um die schlichte Zeichnung eines Babys

in der Krippe. Er klappte sie auf. Dort stand geschrieben: *Lieber Sohn, gesegnete Weihnachten. Mutter.*

«Grundgütiger!» Fred drehte die Karte um. Auf der Rückseite prangte die Signatur eines Künstlers aus Wexford.

«Die kann man doch sicher überall kaufen.»

«Nein, wir haben das überprüft. Der Typ verkauft die Karten eigenhändig auf lokalen Weihnachtsmärkten. Es ist ein Anfang.»

«Gibt es von Sid sonst noch was Neues?»

«Sie haben ihm den Fuß abgenommen.»

«O Gott.»

«Mehr als über den Verlust seines Fußes regt er sich allerdings darüber auf, dass die Presse seinen Sohn als Schwuchtel bezeichnet.»

Tief in Gedanken zupfte Fred an seinem Bart. «Valerie hat mir von dem Gerücht erzählt, dass Carina Murphy sich der Moon-Sekte angeschlossen hat, vielleicht sollten wir uns bei denen mal umhören, regional und überregional.»

«Wird erledigt.» Sie machte sich eine Notiz. «Wie geht es Maisie?»

«Irgendwie glaube ich, ich sollte mich zurückziehen. Vielleicht richte ich mehr Schaden an, als ich ihr nutzen kann.»

«Unsinn. Sie braucht dich jetzt dringender denn je.»

«Ich glaube nicht, dass sie das auch so sieht, Linda. Es ist alles zu viel.»

«Egal, ob sie es so sieht oder nicht, sie braucht dich. Du bist ihr Kontaktbeamter. Da musst du jetzt durch.»

Er lachte. «Tja. Pech gehabt.»

Sie gab ihm einen Klaps auf den Oberschenkel. «Na komm, ich zeig dir die Bänder von den Überwachungskameras.»

Sie setzten sich vor den Computer und sahen sich die Aufnahmen der beiden Jungen auf der Bohernabreena Road an, direkt gegenüber von Bridget Burkes Pub. Jeremy trug einen Rucksack, Rave jedoch keinen.

«Raves Schulranzen war nicht in der Wohnung», sagte Fred. «Also, wo ist der? Und seine Anziehsachen. Wo würde er die an einem regnerischen Abend bunkern? Der Rucksack ist doch auch halb leer.» Er tippte auf den Bildschirm.

«Die Jungs durchkämmen in diesem Augenblick sowohl den Friedhof als auch die Hügel. Die Telefonleitungen glühen. Der halbe Ort hat angeboten zu helfen, und wir haben eine riesige Suchmannschaft auf die Beine gestellt, um die ganze Gegend zu durchkämmen.»

«Ach, wirklich? Dann glauben die also nicht alle, die Jungs hätten sich nach Griechenland auf eine Schwuleninsel verpisst?», sagte Fred mit sarkastischem Unterton.

«Die Leute wollen helfen.»

«So was Intimes sollte keine Mutter auf diese Art und Weise erfahren, Linda.»

«Das musst du mir nicht erzählen.»

Fred stand auf. «Ich lass dich dann besser mal weiterarbeiten.» *Und was jetzt? Was tue ich denn jetzt?* Er hatte keine Ahnung. Er wusste nicht mehr weiter. Maisie wollte ihn nicht im Haus haben, und er wollte ihr nicht im Weg stehen, nicht, solange er nichts tun oder sagen konnte.

«Du fährst jetzt nach Hause, schläfst ein bisschen, dann machst du dich frisch und bringst die Frau zur Suchmannschaft. Zeig ihr, wie viele Menschen sich für sie ins Zeug legen.»

Gute Idee. «Danke, Linda.»

Kurze Zeit später betrat Fred sein leeres Haus und stieg

mit schweren Schritten die knarzenden Stufen zu dem Schlafzimmer hinauf, das einst seiner Mutter gehört hatte. Er setzte sich auf das riesengroße Doppelbett, das fast das ganze Zimmer einnahm, und zum ersten Mal, seit er seine Verlobte beerdigt hatte, weinte er hemmungslos wie ein kleines Kind.

Maisie

Nach dem fünfundzwanzigsten Anruf infolge verlor Maisies beste Freundin langsam die Fassung. «Das halt ich nicht mehr aus, Maisie.» Lynn brach der Schweiß aus. «Das ist die reinste Folter. Ring, ring, ring! Da kann doch kein Mensch denken!»

«Dann leg den Hörer daneben.» Dann kam Jeremy, falls er wirklich versuchte, sie anzurufen, zwar nicht durch, aber die Polizei hatte schließlich genügend Telefonnummern veröffentlicht, die er wählen konnte. Er war in allen Nachrichten. Wenn er sie erreichen wollte, würde er einen Weg finden. *Alles wird gut*.

Maisie zog sich an und setzte sich zu Valerie an den Küchentisch, während Lynn Bridie für ihren Mittagschlaf fertig machte. Das Radio lief, und nach dem Ende des nächsten Songs kamen die Nachrichten. Maisie streckte sich und drehte lauter. «Eine Vermisstenmeldung der Polizei: Seit Sonntagabend werden zwei sechzehnjährige Jungen vermisst, Jeremy Bean und John Murphy. Jeremy ist 1 Meter 70 groß und hat blonde, lockige Haare. Er ist mit einem langärmligen, schwarzen T-Shirt, Jeans, blauer Regenjacke und weißen Turnschuhen bekleidet. John ist 1 Meter 85 groß, hat schwarze Haare und grüne Augen.

Er trägt eine schwarze Jeans, einen schwarzen Pullover, einen khakifarbenen Parka und schwarze Armeestiefel. Zuletzt wurden die beiden Jungen am 1. Januar gegen 22 Uhr 15 auf der Bohernabreena Road gesichtet. Sie waren auf einem schwarzen Dynatech-Fahrrad 405ti unterwegs. Bitte wenden Sie sich mit jeglichen Hinweisen auf den Verbleib der Jungen umgehend an das Polizeirevier von Tallaght. Sämtliche Informationen werden vertraulich behandelt. Die Polizei hat in Bohernabreena eine großräumige Suche anberaumt, die den Friedhof, die Bergregion um Kilbride und den Stausee umfasst. Die Polizei hofft auf die Mitwirkung Freiwilliger. Die Suchaktion beginnt um 14 Uhr bei Bridget Burkes Pub. Die Freiwilligen werden gebeten, mit festem Schuhwerk und der Witterung entsprechend gekleidet zu erscheinen. Auch wenn es momentan nicht regnet, ist das betroffene Gelände tückisch.»

«Wenigstens hat er nicht gesagt, dass sie Schwuchteln sind», sagte Valerie.

«Weil es nicht stimmt!», entgegnete Maisie mit Nachdruck. «Und nenn deinen Bruder nicht Schwuchtel. Jeder Mensch hat Respekt verdient, egal, wie er tickt. Ich habe nichts gegen Schwule, und dasselbe erwarte ich auch von dir. Aber mein Sohn ist nicht schwul. Punkt. Ende der Diskussion.»

«Okay, Ma'sie.»

Sie hörten Lynn ins Bad gehen.

«Und wir, Ma'sie? Hocken wir jetzt einfach hier rum?»

«Nein! Tun wir nicht, verdammt noch mal.» Sie stand auf und griff nach dem Schlüsselbund. «Komm.»

«Ich muss weg, Lynn», rief Maisie durch die geschlossene Badezimmertür.

«Wohin denn?»

«Jeremy suchen. Kannst du dich bitte um meine Mutter kümmern?» Sie riss die Mäntel von der Garderobe und griff sich zwei Paar Gummistiefel.

«Warte doch mal!»

«Es dauert nicht lange, Lynn.»

Sobald sie die schützende Veranda verlassen hatten, waren sie von den wartenden Journalisten umringt. Maisie drängte sich «Kein Kommentar!» rufend durch die Menge, genau wie Fred es ihr geraten hatte. Die Nachbarn standen immer noch gaffend in ihren Vorgärten. Maisie bahnte sich einen Weg zum Auto, Valerie im Schlepptau.

«Haben Sie gewusst, dass Ihr Sohn schwul ist, Mrs. Bean? Glauben Sie, das hat bei seinem Verschwinden eine Rolle gespielt?»

Bleib ganz ruhig. Sag keinen Ton.

«Weiß Jeremys Vater, dass er verschwunden ist?»

Maisie wäre um ein Haar das Herz stehengeblieben. Ihre Finger wurden schlaff, und der Schlüsselbund fiel zu Boden. *Danny Fox. Den Gedanken an Danny Fox ertrage ich jetzt nicht.* Zeternde Stimmen, die geifernd um Aufmerksamkeit buhlten. Fremde, die Fragen stellten, die Maisie nicht beantworten konnte, auf die sie nicht vorbereitet war. Die Haustür schien meilenweit weg. Das Auto war direkt vor ihr, aber es war abgeschlossen. *Die Schlüssel, die Schlüssel, wo sind die verdammten Schlüssel?* Maisie ging auf die Knie und suchte verzweifelt den schlammigen Boden ab, während ihre Inquisitoren von hinten über sie herfielen.

«Verpisst euch, ihr Blutsauger!», schrie Valerie und schubste einen Mann. Maisie krabbelte weiter suchend im klitschnassen Gras und Schlamm herum, während ihre

Jüngste ihr die Meute vom Hals hielt und wütend wildfremde Menschen beiseitestieß.

Plötzlich tauchte inmitten des Chaos Freds Gesicht vor ihr auf. Seine starken Arme umfassten sie und zogen sie hoch. «Gehen wir!», blaffte er. Er führte Maisie und Valerie weg, schob sie in seinen Wagen und machte die Türen zu. Er beugte sich über Maisie hinweg, kramte kurz im Handschuhfach herum und gab ihr ein Päckchen Taschentücher. «Hier.»

Sie wischte sich provisorisch Hände und Knie sauber. Sie fuhren los und hatten schon fast ihre Straße hinter sich gelassen, ehe jemand etwas sagte.

«Wo fahren wir hin?», fragte Maisie schließlich.

«Wir schließen uns der Suche an», sagte er. «Das hattest du doch vor, oder?»

«Ja. Danke.» Sie war froh, dass er da war.

«Na also.»

«Ma'sie hat den Pressefritzen an der Haustür eine Dusche verpasst und die Nachbarn so richtig zusammengeschissen!» In Valeries Stimme schwang Stolz.

«Ach, wirklich? Und was war mit ‹Kein Kommentar›?»

«Hat sie natürlich auch gesagt.»

«Na, dann ist ja gut.» Er zwinkerte Valerie zu.

Er kann wirklich gut mit ihr. Viel besser als ich. Die Stimme von Danny Fox erklang laut brüllend in ihrem Kopf. Er beschimpfte sie auf furchtbare, verletzende Art. Die Tirade gipfelte in einem hasserfüllten *Das ist nur deine Schuld, Maisie. Das ist alles deine Schuld.*

«Gibt es Neuigkeiten?», fragte Maisie in dem verzweifelten Versuch, Danny zum Schweigen zu bringen.

«Noch nicht, Mai, aber die Leute kommen alle zum Sammelpunkt. Das ist schon mal gut.»

«Ich will Jeremys Sachen wiederhaben.»

«Du bekommst sie so bald wie möglich zurück.»

Den Rest der Fahrt über schwieg sie. Sie sah zum Fenster hinaus und betrachtete die veränderte Welt. *Verändert und gleichzeitig wie immer*, dachte sie, als sie an den vertrauten Läden und Gesichtern vorbeifuhren.

Auf dem Parkplatz hinter dem Pub war eine große Menschenmenge versammelt. Alle hatten Regensachen an. Es waren auch viele Polizisten da, ausgestattet mit Funkgeräten, außerdem ein paar Journalisten und ein Fernsehteam. Zwei Beamte markierten die Grenze zwischen ihnen und den Freiwilligen. Tom stand im Zentrum der Menge und sprach in ein Megaphon.

«Alle, die ein Handy besitzen, stellen sich bitte auf die linke Seite und heben es hoch, okay?»

Etwa zwanzig der ungefähr achtzig Anwesenden hielten Mobiltelefone in die Luft und bewegten sich nach links.

«Gut. Speichern Sie bitte folgende Nummer ein.» Er verlas eine Telefonnummer. «Wählen Sie diese Nummer ausschließlich, wenn Sie etwas gefunden haben, das in Verbindung zu den vermissten Jungen steht.» Er wiederholte die Nummer noch einmal ganz langsam, und die Männer und Frauen mit den Handys tippten eifrig mit.

«Ich möchte, dass Sie sich in Gruppen von jeweils fünf Personen zusammenschließen. In jeder Gruppe brauche ich entweder einen Polizisten oder einen Freiwilligen mit Mobiltelefon. Im Anschluss weisen wir Ihnen Ihr Suchgebiet zu, und dann begeben Sie sich zu dem Ihnen genannten Abschnitt. Sie bleiben zusammen, und sobald Sie etwas von Bedeutung finden, machen Sie telefonisch Meldung. Alles klar?»

Ein paar Leute murmelten etwas Unverständliches.

«Alles klar?»

«Ja!», erschallte es wie aus einem Mund.

«Sehr gut. Suchen Sie sich Ihre Gruppe und stellen Sie sich dann dort drüben an.» Er deutete zu einem Beamten hinüber, der an einem der Tische hinter dem Pub saß.

Tom entdeckte Maisie und bahnte sich einen Weg zu ihr. «Die Resonanz war riesig», sagte er und deutete auf die Freiwilligen.

«Tja, die Geschichte ist ja auch schlüpfrig genug. Sie bringt das Beste und das Schlimmste in uns zum Vorschein», sagte Maisie.

«Das tut mir wirklich leid, Maisie.»

«Mir auch.»

«Sie haben Ihre Regensachen an», sagte er.

«Wir müssen helfen.»

«Gut. Mit dem Friedhof sind wir bereits durch, aber Berg und Stausee sind noch nicht völlig abgedeckt.»

«Und danach?»

«Danach sehen wir weiter. Wir fangen jetzt erst mal beim Naheliegenden an.»

«Okay.» Plötzlich entdeckte sie in der Menge Deirdre, Casey und Mel. Sie standen mit Jeremys Freunden zusammen, Dave, Mitch und Jonno. «Entschuldigen Sie mich», sagte sie zu Tom und ging zu den Jugendlichen hinüber.

Sie sahen sie kommen. Jonno sah aus, als wollte er abhauen, aber sie rührten sich nicht vom Fleck, starrten sie an wie im Scheinwerferlicht gefangene Rehe.

«Hallo, Deirdre», sagte Maisie.

Deirdre wäre fast gestorben. *Scheiße, was soll ich denn jetzt sagen?* «Hallo, Mrs. Bean.»

«Ihr seid zu sechst, und wir könnten noch Verstärkung brauchen», sagte Maisie und deutete zu Fred und Valerie rüber. «Such doch mit uns.»

Deirdre machte ein langes Gesicht. «Oh, nein, nein, ist schon okay, Mrs. Bean.»

«Bitte», sagte Maisie.

Deirdre sah hilfesuchend ihre Freundinnen an. Casey hielt den Blick gesenkt. Mel zuckte nur mit den Achseln. «Okay.» Deirdre ging mit Maisie mit und ließ ihre Freundinnen stehen.

Deirdre hatte den ganzen Vormittag geweint. Ihr Vater hatte ihr das mit Jeremy und Rave am Frühstückstisch erzählt. «Es tut mir leid, Liebes, dass ich dich damit belasten muss, aber ich kann dich unmöglich in die Schule schicken, ohne dass du Bescheid weißt.»

Ihre Mutter brannte vor Scham. «Das ist doch unmöglich», sagte sie immer wieder.

Deirdre hatte ihrem Vater kein Wort geglaubt, bis er ihr die Zeitung gezeigt hatte. «Er ist nicht schwul, Dad», hatte sie gesagt. Doch gleichzeitig hatte etwas in ihr Klick gemacht, und plötzlich hatte sie die Antwort auf all ihre Fragen, wurden sämtliche Zweifel auf einen Schlag bestätigt. Sie war weinend aus der Küche gerannt, hatte sich auf ihr Bett geworfen und den Kopf im Kissen vergraben. *Das kann nicht sein, Jeremy. Du hast gesagt, du liebst mich. Ich hab dich gefragt. Ich hab dir gesagt, wenn du mich nicht willst, dann musst du ehrlich zu mir sein, und du hast gesagt, du willst mich. «Ich liebe dich», hast du gesagt. Ich habe dir vertraut.*

«Deirdre? Ist alles in Ordnung, Liebes?», hatte ihre Mutter durch die verschlossene Tür gefragt.

Sie hörte ihren Vater draußen neben ihrer Mutter. «Frag sie, ob sie mit dem Kerl aufgepasst hat.»

«Ganz bestimmt nicht! Sie hat nichts mit ihm gemacht», zischte ihre Mutter ihn an.

«Möglich, dass er sie mit irgendwas ansteckt.»

«Sei nicht so unsensibel, Himmel noch mal!»

«Unsensibel? Diese schwulen Typen sterben doch wie die Fliegen!»

«Sieh zu, dass du Land gewinnst, bevor ich mich vergesse. Das sind doch noch Kinder, du Dummkopf!»

Deirdre kam erst wieder aus ihrem Zimmer, als ihr Vater das Haus verlassen und zur Arbeit gegangen war. Sie rannte zur Haustüre raus, ehe ihre Mutter ihr ein bisschen Geld fürs Mittagessen in die Hand drücken konnte.

Während der Mittagspause verkündete die Direktorin, dass der fünfte Jahrgang und die Abschlussklassen den Nachmittag freibekämen, um sich der Suche nach ihren Klassenkameraden anzuschließen. Sofort setzte eine Massenflucht in Richtung Ausgang ein. Dave, Mitch, Jonno, Deirdre, Mel und Casey blieben allein an ihrem Tisch in der Kantine zurück.

«Geht ihr?» Dave ergriff als Erster das Wort.

«Klar», sagte Jonno. Mitch nickte zustimmend.

«Ich suche auch mit», sagte Casey. Sie hatte den ganzen Vormittag kein einziges Wort gesprochen. Casey neigte dazu, den Leuten den Kopf abzubeißen, wenn sie schlecht drauf war, und jetzt war sie definitiv schlecht drauf. Sie machte ein finsteres Gesicht. Sie aß nichts. Sie schleuderte jedem, der es wagte, sie anzusehen, einen tödlichen Blick zu.

«Ich auch», sagte Deirdre.

Mel hatte den Mund voll und hob nur die Hand. «Bin dabei», sagte sie, sobald sie runtergeschluckt hatte.

«Also wegen dieser Schwulenkiste wird Rave definitiv stocksauer sein, das weiß ich jetzt schon», sagte Mitch.

«Jeremy auch.» Deirdre brannten Tränen in den Augen. Sie wusste eigentlich nicht, warum sie das gesagt hatte. Wen wollte sie in Schutz nehmen? *Mich, Jeremy oder uns beide?* War er tatsächlich schwul? Das war alles so verwirrend.

«Ja, na klar, der auch, aber Rave hat das schlimmere Temperament», sagte Mitch.

«Die labern doch Scheiße, oder?», fragte Jonno.

«Natürlich!», antwortete Mitch.

«Und was wollte Beany dann mit den Wichsvorlagen?»

«Das waren nicht seine», sagte Deirdre plötzlich, und Casey durchbohrte sie mit flammenden Blicken.

«Was?», fragte Dave, und alle drehten sich zu ihm um.

«Die haben wir im Gebüsch gefunden, und ich hab ihm gesagt, er soll sie entsorgen, damit die keine kleinen Kinder in die Finger kriegen.» Das war tatsächlich die Wahrheit. Genauso war es gewesen.

«Und warum hat er sie dann behalten?», wollte Dave wissen.

«Vielleicht hat er abgewartet, bis die Müllabfuhr kommt. Keine Ahnung.» Jetzt verdrehte sie die Wahrheit allerdings. Sie hatten die Hefte vor Monaten gefunden. *Er hat sie aufgehoben.*

«Na, Gott sei Dank! Ich dachte schon, ich wäre der einzige Nicht-Schwanzlutscher in ganz Tallaght», sagte Dave.

«Wusste ich's doch! Ich wusste es!», rief Casey aus. «Rave sollte die Zeitung verklagen! Arschlöcher.»

Nervös ging Deirdre neben Maisie her. Sie war nicht dumm. Ihr war völlig klar, weshalb Maisie sie in ihrem Team haben wollte, aber sie wusste nicht, was sie sagen sollte. Schweigend stiegen sie nebeneinander den Bergpfad hinauf, ein kleines Stück hinter dem Polizisten und Valerie.

«Wir haben uns ja eine ganze Weile nicht gesehen, Deirdre», sagte Mrs. Bean.

«Ich habe so viel für die Schule zu tun, Mrs. Bean.» Deirdre nannte Maisie grundsätzlich Mrs. Bean. Miss Bean klang so komisch.

«Aber ihr seid schon noch zusammen, du und Jeremy?»

«Die Pornohefte waren nicht seine», brach es plötzlich aus ihr heraus, und noch bevor sie irgendwas erklären konnte, stieß Jeremys Mutter einen tiefen, erleichterten Seufzer aus.

«Oh, Gott sei Dank!», murmelte sie, als wäre eine große Last von ihr genommen.

Trotzdem ist er schwul. Er ist schwul. Er ist so dermaßen oberschwul. Wenn ich nicht solche Angst um dich hätte, würde ich dich hassen, Jeremy. Ja, ich hasse dich. Doch Deirdre sagte keinen Ton. Stattdessen erzählte sie, wie sie die Hefte gefunden hatten und dass er sichergehen wollte, dass sie nicht in falsche Hände gerieten.

Mrs. Bean lächelte. «Das sieht ihm ähnlich.» Sie nahm Deirdre kurz in den Arm. «Danke, Liebes. Ich bin sehr erleichtert.»

«Hast du gehört, Fred?», rief Mrs. Bean dem Polizisten zu, der sie in der Schule befragt hatte.

«Ja, Mai. Der Junge ist schwer in Ordnung.»

«Natürlich ist er das.» Sie lächelte. «Er ist der Beste.»

«Mann, Ma'sie, komm wieder runter», sagte Valerie. «Die Jungs bleiben trotzdem verschwunden.»

Freds Telefon klingelte, und er blieb stehen, um ranzugehen. Deirdre und Jeremys Mutter beeilten sich, zu ihm aufzuschließen.

«Gut. Danke, Tom. Wir sind gleich da», sagte er mit ernstem Gesicht.

«Was ist los, Fred? Was?», fragte Mrs. Bean, sobald er aufgelegt hatte.

«Sie haben das Fahrrad gefunden.»

«Wo?»

«Am Stausee.»

Mrs. Bean musste schlucken. «Und die Jungs?»

Er schüttelte den Kopf. «Wir holen die Taucher.»

Deirdre schlug sich die Hand vor den Mund. Sie sah es genau vor sich; der Nachthimmel, der strömende Regen, der Schlamm und der Dreck, einer der Jungs rutscht aus, der andere versucht ihn zu halten, sie stürzen beide ins Wasser, werden von der Strömung erfasst, nach unten gezogen, in die Dunkelheit. «Nein! Niemals! Jeremy würde niemals so nah ans Ufer gehen. Er hatte immer einen Heidenrespekt vor dem Stausee. Er hasst es hier oben», sagte Deirdre weinend. «Er hat gesagt, er findet es unheimlich, vor allem bei Regen.»

Mrs. Bean blieb stumm, sie stand sichtlich unter Schock. Valerie ergriff die Hand ihrer Mutter.

Deirdre war übel, sie hatte das Gefühl, sich jeden Moment übergeben zu müssen. Sie versuchte, nicht zu laut zu schluchzen.

«Ihr könnt holen, wen ihr wollt, Fred, aber hier ist er nicht», sagte Jeremys Mutter mit hoher, fast hysterischer Stimme.

«Wir wollen nur sichergehen, Mai.»

Sie folgten ihm bis hoch zum Stausee. Valerie war ganz still, aber Deirdre konnte die Schluchzer nicht unterdrücken, die aus ihr herauskamen. Mrs. Bean legte den Arm um sie und zog sie eng an sich. «Mach dir keine Sorgen, Deirdre. Sie sind nicht da unten. Das wüsste ich. Eine Mutter wüsste so was.»

Am Stausee hatte sich bereits eine Menschenmenge versammelt. Die Polizei hatte einen ziemlich großen Bereich abgesperrt und bat die Leute zurückzutreten. Als sie sich einen Weg durch die Menge bahnten, wurde ihnen bewusst, dass sie unter Beobachtung standen: Jedes Wort, jede Geste, jede Bewegung, jede Reaktion wurde beäugt, registriert, abgespeichert. Noch mehr Presse tauchte auf. Männer bauten Kameras auf, Fotografen mit Teleobjektiven schossen Fotos von jenseits der Absperrung. Reporter bedrängten die Streifenbeamten, die dazu abgestellt waren, sie fernzuhalten. Ein älterer Polizist hob das Absperrband hoch und ließ Deirdre, Mrs. Bean, Valerie und Fred vorbei. Fred brachte sie zu Tom, der bei einer Gruppe Froschmänner stand.

«Wo ist das Fahrrad, Tom?», wollte Jeremys Mutter wissen. Der Polizist deutete auf ein Gebüsch. «Sind Sie sicher, dass es Rave gehört?»

«Das steht fest.»

«Woher wissen Sie das?»

«Auf dem Rahmen sind ein paar Markierungen, die wir auch auf den Bildern der Überwachungskameras gesehen haben.»

«Konnte man das so deutlich erkennen?»

«Ja. Außerdem haben die Freunde der beiden das Fahrrad identifiziert.» Er winkte zu Mitch, Jonno, Dave, Casey und Mel hinüber, die sich am Fuße des Berges zusammengeschart hatten. Deirdre wünschte, sie wäre bei ihnen. *Ich habe hier nichts verloren. Ich gehöre nicht zur Familie.*

«Er ist da nicht drin, Tom. Das wüsste ich.» Mrs. Bean deutete auf den dunklen Stausee.

Deirdre sah zu der rostigen Brücke hinüber, zu den Hügeln, die zu dem Fußweg hin abfielen, und zu dem See, der sich darunter erstreckte, mit seinem vermeintlich stillen, tiefen Wasser. Dann wurde ihre Aufmerksamkeit von dem Tosen hinter ihr angezogen, wo der See sich über Stufen nach unten ins Nirgendwo ergoss.

Der Rettungshubschrauber kam in Sicht und schwebte über ihnen. Auf dem Wasser kreiste ein Schlauchboot der Dubliner Küstenwache.

Fred führte sie weg. «Kommt, ich bring euch ins Auto und stelle die Heizung an.»

«Möchtest du dich zu uns setzen, Deirdre?», fragte Jeremys Mutter.

«Ich würde gern rüber zu meinen Freunden gehen, wenn das für Sie okay ist, Mrs. Bean.»

«Natürlich, Süße. Natürlich ist es das … Danke, Deirdre.»

Sie zog sie an sich und umarmte sie. «Die sind nicht im Wasser, Deirdre. Wir holen sie wieder nach Hause.»

Deirdre fühlte sich unbehaglich, als sie wegging. *Ich weiß nicht, wofür sie sich bei mir bedankt. Ich bin eine miese kleine Lügnerin. Dein Sohn ist ein Homo und ich eine dumme Kuh. Und was dich betrifft, Jeremy Bean, ich hoffe wirklich, dass du da nicht drin bist, aber das heißt nicht, dass ich dir nicht trotzdem die Scheiße aus dem Leib prügle, wenn du mir wieder unter die Augen kommst.*

Deirdre schloss sich ihren Freunden an, und sie stiegen

den Hügel hoch, um sich einen Platz zu suchen, der ihnen ein bisschen Schutz vor dem Regen und gleichzeitig eine gute Aussicht bot.

«Casey ist vom Fernsehen interviewt worden. Sie hat denen gesagt, dass sie Raves Freundin ist und die Jungs nicht schwul sind. Dich hat sie auch erwähnt. Sie hat ihnen gesagt, dass sie völlig auf dem Holzweg sind und sie will, dass die das richtigstellen. Sie hat gesagt, dass sie Rave liebt und ihn bittet, wieder nach Hause zu kommen. Das war richtig cool!» Es sprudelte förmlich aus Mel heraus.

«Das ist ja toll.» Deirdre fühlte sich wie betäubt. *Kann ja sein, dass Rave zu Casey zurückkommt, aber zwischen Jeremy und mir ist es aus.* Das Herz tat ihr weh.

Als sie ein geeignetes Plätzchen gefunden hatten, setzten sie sich auf ihre Schultaschen und sahen der Presse, den Polizisten, den Tauchern, den Booten und Hubschraubern zu.

«Das ist wie im Fernsehen», sagte Jonno.

«Die sind da nicht drin», sagte Dave. «Eher würden sie Nessie in dem See finden.» Niemand lachte.

Casey fing an zu weinen, und Deirdre legte ihr den Arm um die Schultern. Mel spendierte eine Runde Zigaretten.

Sie sagten nicht viel. Nur ab und zu ging einer von ihnen pinkeln oder bot eine Zigarette, Kaugummi oder Schokolade an. Ein paar Stunden später begann die Menge unter ihnen sich langsam aufzulösen. Jonno sah auf die Uhr. Er hätte schon längst zum Abendessen zu Hause sein müssen. Seine Ma würde einen Anfall kriegen, aber er lehnte sich nur zurück und entspannte, so, als wäre ihm das heute egal.

«Also bleiben wir hier», sagte Dave, und Deirdre nickte.

Ich gehe hier nicht weg. Kann sein, dass ich dich hasse, Jeremy, aber ich liebe dich trotzdem. Du bist mein bester Freund, du dämliches Arschloch. Sie rutschten enger zusammen, hielten einander warm, sahen zu, wie vor einer Geräuschkulisse aus Hubschrauberlärm und Außenbordern die Suchscheinwerfer übers Wasser glitten und die Froschmänner wie Robben aus der Dunkelheit auftauchten und wieder verschwanden. Hunger und Kälte spielten keine Rolle. Es spielte keine Rolle, dass sie tief in ihren Herzen wussten, dass ihre Freunde nicht da unten in diesem nassen Grab lagen. Sie blieben, bis der letzte Mann aus dem Wasser kam und der letzte Scheinwerfer ausgeschaltet wurde.

ACHTES KAPITEL

«Today»
The Smashing Pumpkins, 1993

Maisie

Sie saßen alle zusammen vor dem Fernseher, mit Pizza auf dem Schoß, und warteten auf die Nachrichten, Maisie, Bridie, Lynn, Fred und Valerie.

«Was für ein Gaumenschmaus», sagte Bridie. «Weißt du, Lynn, früher dachte ich, ich mag keine Pizza, aber dann hat Jeremy mich überredet, mal eine mit Peperoni zu probieren, und die ist toll. Er mag ja lieber Ananas, aber das liegt mir gar nicht. Maisie? Wo ist Jeremy?»

«Das wissen wir nicht, Ma. Erinnerst du dich?», sagte Maisie, und alle warteten auf Bridies Reaktion.

«Oh.» Bridie stiegen Tränen in die Augen. «Er ist verschwunden und hat uns verlassen.»

«Aber wir finden ihn wieder», sagte Maisie. «So, wie wir es besprochen haben.»

«Und jetzt kommt er gleich in den Nachrichten.» Bridie konzentrierte sich auf den Fernseher. Sie war sichtlich bemüht, sich zusammenzureißen.

«Genau, Ma.»

«Ich hätte nie gedacht, dass ich den Tag noch erlebe, wo unser Jeremy in die Nachrichten kommt», sagte Bridie.

«Er kommt zu uns zurück, Ma, das verspreche ich dir. Ganz bestimmt.» Maisie klang so unerschütterlich, dass Bridie sich beruhigte.

Als sie vorhin in Freds Wagen gesessen und dabei zugesehen hatte, wie fremde Männer nach der Leiche ihres Sohnes suchten, hatte Maisie eine grundlegende Entscheidung getroffen: Sie würde positiv denken. *Er ist da nicht drin. Er ist auf keinen Fall dadrin. Und wenn der Stausee der letzte Ort auf Erden wäre, dann wäre er auf dem Jupiter. Eine Mutter weiß das.* Es war unwichtig, dass ihre Haut kribbelte, ihr Magen sich verkrampfte und ihr das Herz so fürchterlich weh tat. Es war unwichtig, dass jede Faser von ihr «Oh nein, nein, nein, nein, nein!», schrie, immer und immer wieder. All das war völlig unwichtig, weil sie keine Leichen gefunden hatten. Die Jungen lagen nicht in dem See. Sie war fest entschlossen, ein Lächeln aufzusetzen und ein fröhliches Lied zu pfeifen – trotz der grausamen Furcht, die sich wie ein Virus von ihrem Verstand in ihr Herz und bis in den hintersten Winkel ihrer Magengrube ausbreitete – denn keine Nachrichten sind gute Nachrichten. Sie hatte sich für die Hoffnung entschieden. In solchen Entscheidungen war Maisie gut. Als misshandelte Ehefrau hatte sie sich entschieden, es zu ertragen, den Kopf hochzuhalten, es zu erdulden, ihre Kinder zu beschützen, stur weiterzumachen, und genau das hatte sie aller Erwartungen zum Trotz auch getan. Und deshalb hatte sie vorhin auf dem Beifahrersitz in Freds Wagen beschlossen, dass alles wieder gut würde. Es war Maisies Entscheidung, und die war unumstößlich.

«Möchte noch jemand ein Stück Pizza, bevor der Strolch da alles allein aufisst?» Bridie deutete mit dem Finger auf Fred, der gerade dabei war, sich ein großes Stück Pizza in den Mund zu schieben.

Valerie lachte.

«Das ist Fred, Ma», sagte Maisie protestierend. «Und er

ist kein Strolch! Er hilft uns bei der Suche nach Jeremy, und ich erwarte von dir ein bisschen Respekt.»

«Widerworte in meinem eigenen Haus! Das hätte ich nicht erwartet, Lynn», sagte Bridie.

Maisie schüttelte seufzend den Kopf. Sie hatte keine Nerven für Bridies schlechtes Benehmen.

«Iss deine Pizza, Bridie», sagte Lynn.

«Ihr seid heute Abend alle rotzfrech!»

Lynn hob den Finger. «Es reicht!»

Bridie biss sich auf die Unterlippe und lehnte sich zurück. «Mein Haus», murrte sie. «Von mir gekauft und abbezahlt. Na, vielen Dank!»

Fred sagte nichts, und Maisie machte sich Gedanken. *Ich weiß, dass ich abweisend war, und ich weiß, welche Mühe du dir gibst. Hättest du mich doch nur nicht zum Essen eingeladen. Hätten wir doch nur nicht miteinander geschlafen. Vielleicht könnte ich mich dann im Spiegel ansehen, ohne mich ohrfeigen zu wollen. Es ist alles meine Schuld, aber ich versuche es trotzdem, Fred. Wirklich.*

Dann fingen die Nachrichten an, und sie verstummten. Jeremy und Rave waren zwar Bestandteil der Schlagzeilen, aber dann leitete die Nachrichtensprecherin zu einem Bericht über Bill Clinton und seine Unterschrift unter einem nordamerikanischen Freihandelsabkommen über.

«Wen interessiert das denn?», fragte Valerie.

«Niemanden, Liebes», sagte Bridie.

Maisie ging Bill Clinton sonst wo vorbei. Sie wollte ihren Sohn. Dann füllte plötzlich sein fröhliches Gesicht den Bildschirm, und direkt daneben das von Rave. Ihr Herz machte einen Sprung. *Hallo, Sohn. Da bist du ja, mein Schatz*. Die Sprecherin berichtete, wie lange die beiden inzwischen verschwunden waren, was sie anhatten, beschrieb das Fahrrad und dass es vor ein paar Stunden am Stausee gefunden worden war, doch Maisie hatte nur die Stimme ihres Sohnes im Kopf: «Und nicht vergessen, Grammy: Jeremy Bean liebt dich.» Die Frau sprach von der Befürchtung, die Jungen könnten im See liegen, und berichtete von der Suchaktion. Maisie schloss die Augen: Sie sah sein strahlendes Lächeln vor sich und den hochgereckten Daumen.

Dann übergab die Sprecherin an einen Reporter vor Ort. Hinter ihm war alles dunkel und trübe, nur ein paar Leute waren zu sehen, hauptsächlich Polizisten. Er beschrieb die Gefühle der Anwohner, wie schwer die Suche sich gestaltet hatte und dass sie am Nachmittag mit der systematischen Durchforstung des Geländes begonnen hatte. Danach folgte ein Kameraschwenk über die Umgebung des Sees. Maisie sah Jeremys Freunde und Deirdre auf einem Hügel stehen. *Alle deine Freunde warten auf dich, Schätzchen.*

Plötzlich war Casey im Bild: «Rave, ich vermisse dich. Ich liebe dich. Komm nach Hause.»

Danach war die Studiosprecherin wieder dran. «Das ist also alles ziemlich emotional im Moment.»

«Allerdings», bestätigte der Reporter vor Ort. «Das war heute für alle Beteiligten ein extrem anstrengender Tag, und ganz besonders für die Mutter von Jeremy Bean, die offensichtlich sehr unglücklich über die von ihr als Belagerung empfundene Präsenz der Presse gewesen ist.»

Maisie bekam einen Schreck. «Oh nein, bitte nicht zeigen.»

«Können sie gar nicht, Ma'sie. Das haben sie nicht aufgenommen», sagte Valerie.

«Gott sei Dank.»

«Trotzdem halten sie uns für Assis. Steht zumindest in den Abendausgaben.»

Es stimmte: Die Reporter hatten das Verschwinden der Jungen und deren Familienverhältnisse in ziemlich zynisches Licht gerückt. Sie schrieben über Raves drogensüchtigen Vater und die Tatsache, dass die beiden bereits mehr als dreißig Stunden lang weg gewesen waren, ehe sie als vermisst gemeldet wurden. Sogar von Maisies Misshandlungen durch ihren gewalttätigen Ehemann war die Rede. Und natürlich wurde auch die Tatsache erwähnt, dass beide Jungs von einem Elternteil allein großgezogen wurden und auch, dass Maisie zwei Jobs hatte.

«Die schreiben über uns, als wären wir Abschaum», hatte Maisie beim Lesen zu Fred gesagt.

«Die kennen euch nicht. Die haben keine Ahnung von eurem Leben. Von außen lässt es sich leicht urteilen. Es ist leicht, auf andere runterzuschauen, Mai. Viel einfacher, als vor dem Leben anderer Respekt zu haben und ehrlich zu sich selbst zu sein. So sind die Menschen eben.»

«Ich weiß.» Maisie war es gewohnt, dass die Menschen über sie urteilten, auf sie herabsahen, ihr mit Mitleid und Verachtung begegneten, auch, dass sie sich von ihr abwandten, doch das geschah auf der persönlichen Ebene und innerhalb ihres eigenen Radius. Doch auf einmal konnte sich das ganze Land eine Meinung bilden. *Alles wird gut. Das habe ich beschlossen.*

Der Reporter sprach weiter: «Schenkt man den Presseberichten von heute Morgen Glauben, grassieren in Tallaght Gerüchte über die Art der Beziehung zwischen den beiden Jungen und auch darüber, dass diese Beziehung mit deren Verschwinden in Zusammenhang stehen könnte. Die Taucher und die Küstenwache werden ihre

Suche sofort bei Tagesanbruch wiederaufnehmen, und in der Zwischenzeit bittet die Polizei eindringlich darum, sich sofort zu melden, falls jemand Hinweise auf den Verbleib der Jugendlichen haben sollte. Und damit zurück ins Studio.»

Im Zimmer war es still. Bridie fing an zu weinen. «Er ist doch nicht im See, Maisie. Wenn er im See wäre, wäre er doch ertrunken. Dann wäre er tot, Maisie. Unser Junge wäre fort.»

Maisie stand auf und kniete sich vor ihrer Mutter hin. «Die gehen nur sicher, Ma. Aber ich weiß, dass die Jungs nicht im See sind. Und weißt du auch, warum? Wenn ich die Augen zumache, dann kann ich ihn dort nicht sehen. Und du, Ma? Siehst du ihn?»

«Nein», sagte Bridie. «Ich auch nicht.»

«Wir sind beide ziemlich gut darin, so zu tun, als ob, Ma, habe ich recht?»

«Ja, sind wir, Liebes.»

«Aber wenn ich jetzt sage, dass unser Junge nicht im Stausee ist, dann tue ich nicht so, als ob. Das verspreche ich dir, Ma.»

«Aber es ist trotzdem was Schlimmes, oder, Liebes?»

«Erinnerst du dich noch an damals, als wir im Zoo gewesen sind? Jeremy war etwa sieben, und Valerie saß noch im Kinderwagen.»

Bridie nickte zögernd.

«Jeremy lief voraus zu den Affen, und als wir dort ankamen, war er nirgendwo zu sehen. Erinnerst du dich?»

«Wir sind kreuz und quer herumgerannt. Mein Herz wäre vor Angst fast stehengeblieben.»

«Und dann kam dieser nette Wächter und half uns suchen. Wir waren überall und haben so laut, wie wir konnten, nach Jeremy gerufen. Ich habe geweint, und Valerie hat auch geweint.»

«Und ich auch», sagte Bridie.

«Und dann ist er plötzlich unter einer Bank aufgewacht – kannst du dich noch erinnern, Ma? Ihm war es zu heiß geworden, und er ist zum Abkühlen unter eine Bank gekrabbelt und dort eingeschlafen. Zusammengerollt zu einer Kugel ...»

«... irgendwo im Glück», beendete Bridie den Satz, und auf ihrem Gesicht breitete sich ein Lächeln aus. «Trotzdem hätte ich ihm am liebsten den Kopf abgerissen, weil er uns solche Angst eingejagt hat.»

«Aber erinnerst du dich noch daran, wie froh wir waren, als wir ihn wiederhatten?»

«Wir waren ganz aufgeregt, Maisie.»

«Halte dich an diesem Gefühl fest, Ma.»

«Ist gut, Liebes. Das mache ich.»

«Er kommt wieder nach Hause. Das habe ich beschlossen.»

«Braves Mädchen.»

Maisie gab ihrer Mutter einen Kuss auf die Wange und stand auf. «Wer möchte eine Tasse Tee?»

Fred

Fred saß auf der Stufe vor der Haustür und rauchte zu Ende. Er holte das Handy aus der Tasche, wählte Lindas Nummer und zündete sich die nächste Zigarette an.

«Entschuldige, dass ich so spät noch anrufe.»

«Kein Problem.»

«Gibt's was Neues?»

«Na ja, dein Tipp hat sich ausgezahlt. Carina Murphy lebt tatsächlich momentan bei irgendeiner religiösen Ökosekte namens ‹Das Kollektiv›, unten in der Nähe von Gorey.»

«Von denen hab ich schon mal was gehört. Sollen katholischer sein als der Papst.»

«Und sie ziehen Gemüse, singen, tanzen und kochen Marmelade. Und jetzt halt dich fest: Sie nennt sich inzwischen Marianne. Die Kollegen vor Ort haben ihr Foto erkannt und ihr einen Besuch abgestattet. Allerdings hat Marianne ihren Sohn nicht mehr gesehen, seit sie sich der Kommune angeschlossen hat. Außerdem macht sie sich offensichtlich nicht die geringsten Sorgen um ihn.»

«Himmel noch mal!»

«Manchen Menschen müsste man verbieten, Kinder zu kriegen.»

«Sonst noch irgendwas?»

«Nicht, ehe ich das Revier verlassen habe, aber als ich ging, saß Tom noch am Schreibtisch.»

«Danke. Bitte tu mir den Gefallen und halte mich auf dem Laufenden. Ich will Tom nicht aus Versehen auf die Zehen steigen.»

In dem Augenblick sah er Danny Fox auf sich zugehen. Ihm wäre fast das Telefon aus der Hand gefallen.

«Mach ich. Gute Nacht, Fred.»

Danny hatte zugenommen, seit sie einander zum letzten Mal begegnet waren. Er humpelte ziemlich heftig, und Fred war sich nicht sicher, ob das Hinken echt war oder ob er absichtlich übertrieb. Danny trug immer noch den affigen, dürftigen Schnurrbart, der allerdings inzwischen grau geworden war, genau wie die einst dunklen Haare. Er sah immer noch gut aus, aber das wettergegerbte Gesicht und die vom Nikotin gelb verfärbten Zähne machten ihn älter, als er war. Er hätte locker für fünfzig durchgehen können.

Als Danny näher kam, stand Fred auf und stellte sich kampfbereit hin.

«Na, jetzt wird mir ja einiges klar. Wohnst wohl schon lange hier, was?»

«Ich wohne nicht hier.»

Danny beäugte ihn. «Kann ich mit meiner Frau sprechen, oder stehst du die ganze Nacht lang Wache vor der Tür?»

«Sie ist nicht mehr deine Frau.»

«Na klar, Sherlock! Natürlich ist sie meine verfickte Frau, und das bleibt sie auch, und zwar bis zu ihrem letzten Atemzug.»

Leider hatte er recht: Scheidung war nicht legal – Maisie war für immer an ihn gebunden, wenn auch nur auf dem Papier. Fred machte einen Schritt auf ihn zu. Er ragte drohend über Danny auf, der taumelnd ein Stück zurückwich. «Hast du noch mal Lust auf ein Tänzchen mit mir, Danny?»

«Hätte nicht gedacht, dass du dich ohne deinen geliebten Schlagstock überhaupt traust.» Danny versuchte den harten Macker zu markieren, aber er war sichtlich nervös. Alles andere wäre auch verrückt gewesen.

«Doch, doch», sagte Fred. «Jederzeit, gerne wieder. Ach, wie geht's eigentlich deinem Bein?»

«Ich könnte dich sofort um deinen Job bringen», sagte Danny. «Ich könnte jederzeit erzählen, was du getan hast.»

«Was ich getan habe?» Fred lachte, aber es war nicht witzig. *Du könntest mich um viel mehr bringen als nur um meinen Job. Für das, was ich dir angetan habe, gehe ich in den Knast.* «Du spinnst wohl? Warum hätte ich dir denn irgendwas antun sollen?»

«Genau das habe ich bis heute nicht herausgefunden.»

Freds Herz raste wie verrückt, aber nach außen spielte er weiter den Coolen. «Ich dachte, wir wären uns einig gewesen, dass du dich nie wieder blicken lässt.»

«Nur für den Fall, dass du das noch nicht gemerkt hast: Mein Sohn ist weg, und du wirst mich ganz bestimmt nicht davon abhalten, hier zu sein, da kannst du drohen so viel du willst. Und jetzt will ich mit meiner Frau sprechen.»

«Bleib hier. Ich hole sie raus.»

«Ja. Tu das», sagte Danny, sichtlich bemüht, die Fassung wiederzugewinnen. Aber seine Stimme zitterte.

«Ein einziger Schritt in dieses Haus, und das Bein ist weg.» Fred deutete auf Dannys gesundes Bein. Danny wich noch einen Schritt zurück.

Maisie stand am Küchentresen, den Kopf zwischen den Händen, und hörte Radio. Als er die Küche betrat, sah sie auf.

«Ich denke die ganze Zeit, wenn ich weiter zuhöre, erzählt uns der Nachrichtensprecher etwas, das wir noch nicht wissen. Wie albern.» Sie lachte.

«Mai?»

«Ja?»

«Danny ist draußen.»

Falls ich sie noch nicht verloren habe, verliere ich sie jetzt. Er trat zu ihr, um sie aufzufangen, falls ihre Knie weich wurden.

Maisie entglitten die Gesichtszüge, ihr Atem fing an zu rasen, und sie griff sich mit der linken Hand an die Brust. Fred half ihr, sich zu setzen. Tränen brannten in ihren Augen. Jede Faser ihres Körpers wollte fliehen. *Renn! Renn! Renn!* Sie war ihm doch entkommen. Er war doch weg. Nie wieder hatte sie auch nur einen Blick in dieses widerliche Gesicht werfen wollen. *Ich kann nicht. Ich kann nicht. Ich kann einfach nicht.*

«Maisie?», fragte Fred. «Was kann ich für dich tun?»

Er war so gut zu ihr, so ehrenhaft. Schluchzend brach sie an seiner Schulter zusammen. «Es tut mir leid! Es tut mir so leid, dass ich so gemein zu dir gewesen bin, Fred.»

«Ach, hör doch auf», sagte er. «Hör sofort auf. Du gehst durch die Hölle, Mai, es gibt nichts, was dir leidtun müsste.»

Sie klammerte sich an ihn. *Bitte, bitte, bitte lass mich nicht mit ihm allein.* Die lebhafte Erinnerung an jede schmerzhafte Einzelheit, die Danny ihr je angetan oder je zu ihr gesagt hatte, wirbelte so gewaltsam in ihrem Kopf herum, dass er zu platzen drohte. Ein stechender Schmerz fuhr durch ihr linkes Auge. Nach all der Zeit hatte er noch immer die Macht, ihr physisch weh zu tun.

«Du musst das nicht tun. Ich kann ihn wieder wegschicken», sagte Fred.

Aber Maisie wusste, dass sie sich Danny irgendwann stellen musste. Es war ihr tausendmal lieber, es jetzt zu tun, wo Fred dabei war. Sie wusste, dass Danny ein Nein nicht akzeptieren würde. *Valerie! Oh, nein. Valerie.* Sie musste sich sofort wieder unter Kontrolle bringen und die Situation in den Griff kriegen. Mit all ihrem Willen mobilisierte sie ihre allerletzten Kraftreserven. Sie stand auf. «Okay.»

«Ich bin hier.»

«O Gott!»

«Mai. Alles wird gut.»

«Gib mir eine Minute.» Die Begegnung mit Danny wäre, als würde sie einem Gespenst begegnen. Sie musste sich wappnen. «Ich hatte gehofft, er wäre tot.» Sie lief in der Küche im Kreis. «Das war die einzige Erklärung. Erst terrorisiert er mich, bedroht mich, erzählt mir, er lässt nicht zu, dass ich ohne ihn lebe, und dann plötzlich, von einem Tag auf den anderen, ist er verschwunden. Ich dachte, er ist tot. Ich dachte sogar, vielleicht hat sein Vater ihn umgebracht und er liegt hinter dem Haus unter diesem verfickten, vogelverschissenen Marienschrein seiner Mutter verscharrt, den sie in ihrem Garten hat.» Sie sprach schnell, und mit jedem Wort beschleunigten sich ihre Schritte, bis sie fast rannte.

Fred packte sie und hielt sie fest. «Er wird dir nichts tun, Mai. Du bist nicht allein.»

«Die Sache mit Danny ist die: Er tut, was er will.»

«Ich habe es unter Kontrolle.»

«Ich will nicht, dass Valerie ihn sieht. *Sie darf ihn nicht sehen. Nicht so. Sie ist noch nicht bereit.*

«Sehe ich genauso.»

Sie seufzte. *Atmen*. Fred ließ sie los, und sie ging zur Küchentür. «Sie ist in ihrem Zimmer, Fred. Bitte sorg dafür, dass sie dortbleibt.»

«Mache ich.»

Langsam, vorsichtig, ging sie auf die Haustür zu, wie über Treibsand. Sie konnte Fred hinter sich spüren, so als würde er sie vorwärtstreiben. Sie wusste, dass er vor Valeries Tür stand und Wache hielt. Sie legte die Hand auf den Knauf und drehte ihn. Sie spürte die kalte Nachtluft in ihrem Gesicht und versuchte nach Kräften, den stechenden Schmerz in ihrem Auge zu ignorieren, während sie dastand und Danny unendliche drei Sekunden lang ansah. Sie registrierte, dass er zugenommen hatte, bemerkte das Doppelkinn, das ihm seit ihrer letzten Begegnung gewachsen war. Die grauen Haare erschreckten sie. Sie machten ihn alt, genau wie der alberne Schnurrbart, der ihm noch nie gestanden hatte.

«Ist lange her», sagte er und musterte sie von Kopf bis Fuß.

«Nicht lange genug.»

«Ja klar, jedenfalls ist dir mein Sohn abhandengekommen, bist also selber schuld.»

«Was willst du, Danny?»

«Meinen Sohn wiederfinden, auch wenn er ein widerlicher Arschficker ist. Ach ja. Danke dafür.»

«Er ist kein –»

«Was erwartest du denn von einem, der bei zwei Weibern aufwachsen muss?»

Sie schluckte.

«Das war doch alles nur eine Frage der Zeit, oder, Maisie?»

«Viel Glück bei deiner Suche.» Sie machte Anstalten, die Haustür zu schließen.

«Wage es ja nicht!», knurrte er. «Ich will mein kleines Mädchen sehen.»

«Nein.»

«Du sagst nicht nein zu mir!»

«Doch. Nein. Nein. Nein. Nein. Nein.» Sie sah, wie sich Vorhänge bewegten. Nur gut, dass auch die letzten

Reporter inzwischen nach Hause gegangen waren. Das wäre ein Fest geworden: *Gewalttätiger Ehemann kehrt zurück, um abzurechnen.* Oder sie hätten ihn als armes Opfer hingestellt: *Besorgter Vater kehrt nach Hause zurück, um verschwundenen Sohn zu suchen – Exfrau knallt ihm Tür vor der Nase zu.*

«Morgen komme ich wieder, und dann will ich sie sehen.»

«Das entscheide ich morgen mit ihr gemeinsam.»

«Stell mich nicht auf die Probe.»

«Dich auf die Probe stellen?» In ihr brach etwas entzwei. «Du wagst es, zu mir nach Hause zu kommen und mir Vorschriften zu machen? Ich bin dir gar nichts schuldig. Ich gehöre dir nicht. Ich bin ein eigenständiger Mensch. So sprichst du nie wieder mit mir. Ich habe mich weiterentwickelt, Danny Fox. Kann sein, dass ich früher ein Nichts war, aber jetzt bist du ein Nichts. *Stell mich nicht auf die Probe.* Für wen hältst du dich?» Sie trat vor die Haustür und sah zu ihm runter, sah ihm direkt in die Augen, die Fäuste geballt, Kopf, Ohren und Gesicht brannten wie Feuer. «Dich mache ich fertig, Danny. Das schwör ich dir. Es ist lange her, und ich habe keine Angst mehr vor dir.» Das war gelogen. Sie war fast starr vor Angst. Ihr Puls raste derart schnell, dass sie fürchtete, ihr würde eine Ader platzen.

«Solltest du aber!», sagte er, aber es klang nicht überzeugend. Sie standen sich Auge in Auge. Sie drängte vorwärts, und er war auf einmal in der Defensive.

«Du setzt nie wieder einen Fuß auf meine Türschwelle», sagte sie mit einer Stimme, die sie selbst nicht erkannte.

«Ich habe ein Recht darauf, Valerie zu sehen.»

Sie schubste ihn rückwärts auf den Weg und weiter bis zum Gehsteig. «Das werden wir sehen, Danny.»

«Sprich nie wieder mit mir wie mit einem –»

Aber sie hatte ihm schon wieder den Rücken zugekehrt und ging zurück zum Haus. Er hatte seine Macht über sie verloren, und sie wussten es beide. Ihr Puls beruhigte sich. *Nein. Du wirst gar nichts tun. Das ist endgültig vorbei.*

«Morgen, Maisie.» Er zeigte mit dem Finger auf sie, genau wie früher, nur dass dieser Finger diesmal nicht mitten in ihrem Gesicht steckte. Diesmal lag eine Entfernung zwischen ihnen, und die maß mehr als nur den Abstand von der Haustür bis zum Gartentor: Zwischen ihnen hatte sich ein riesiger Graben aufgetan. Es gab tatsächlich kein Zurück mehr.

Sie sah ihn davongehen, und zum ersten Mal fiel ihr auf, dass er hinkte. *Na, Danny, was ist passiert? Hast du von deiner eigenen Medizin gekostet?*

Sobald er außer Sichtweite war, sank sie auf der Stufe nieder. Sie war erschüttert, aber sie hatte die Nerven behalten. Der Schmerz in ihrem Auge war weg. Wäre ihr Sohn nicht verschwunden, dies hätte der beste Augenblick ihres Lebens sein können. Leider war es zu kalt, um noch länger vor der Tür sitzen zu bleiben, und außerdem saß sie quasi auf der Bühne. Bestimmt hing heute Abend die halbe Straße nicht vor dem Fernseher, sondern hinter den Gardinen. Die registrierten jeden, der bei ihr ein und aus ging. Gut möglich, dass einer ihrer Nachbarn bereits die Presse am Telefon hatte. Sie stand auf und ging ins Haus.

Fred hielt immer noch vor Valeries Zimmertür Wache. Dankbar lächelte sie ihn an.

«Alles okay mit dir, Mai?»

«Nein», antwortete sie. «Aber ich stehe noch aufrecht, und das ist auch schon was wert.»

«Ich muss dir was sagen, und danach gehe ich nach Hause», sagte er. Sie wusste instinktiv, dass es ihr nicht gefallen würde, ganz egal, was es war. *Was denn jetzt noch? Ich glaube nicht, dass ich noch sehr viel ertragen kann.* Sie folgte ihm zurück in die Küche. Es war ganz still im Haus. Lynn war bereits vor einer Stunde gegangen, um ihrem Mann das Abendessen zu machen; ihre Mutter und ihre Tochter schliefen. Es war spät. Der Tag war lang gewesen.

Er setzte sich ihr gegenüber an den Küchentisch. «Erinnerst du dich noch daran, wann Danny zum letzten Mal hier gewesen ist?»

Als könnte sie das jemals vergessen. «Er hat mit einem Ziegelstein das Fenster eingeworfen und mir gesagt, er könnte jederzeit ins Haus und mich umbringen. Das habe ich ihm geglaubt.»

«Weißt du noch, was du an dem Abend zu deiner Mutter gesagt hast?»

Es fiel ihr nicht gleich ein. Es war schon so lange her, und sie fragte sich, weshalb er ausgerechnet jetzt davon anfing.

«Du hast gesagt, du müsstest zu ihm zurückkehren. Weißt du das noch?»

Sie nickte. *Ja, natürlich.* «Ich dachte, wenn ich nicht zu ihm zurückgehe, bringt er uns alle um. Und dann war er plötzlich verschwunden.»

«Ich weiß, Mai.»

«Ich weiß, dass du das weißt.»

«Nein. Ich meine, ich weiß, was er getan hat, ich weiß, was er sagte, und ich weiß, wozu er in der Lage war. Deine Ma hat mich am nächsten Morgen angerufen. Sie hat mir alles erzählt und bat mich um Hilfe. Und ich weiß, weshalb Danny verschwand.»

Maisie traute ihren Ohren nicht. «Was hast du getan?»

Fred sah sie nicht an. «Ihm Angst gemacht.»

«Was hast du mit ihm gemacht, Fred?», fragte sie mit wachsendem Unbehagen.

«Ich bin ihm nachts vom Pub aus gefolgt. Ich habe ihm von hinten eins über den Schädel gezogen. Er war ohnmächtig, und ich habe ihn in seinen eigenen Kofferraum verfrachtet. Dann bin ich mit ihm in die Dublin Mountains gefahren, Maisie. Ich habe ihn ein Grab schaufeln lassen.»

«Ach du Heiliger!»

«Ich habe ihn zwei Stunden lang in dem Glauben gelassen, er würde sterben. Er rannte davon. Ich fing ihn ein, und ich hatte einen Knüppel dabei. Ich erwischte ihn derart hart, dass ich ihm zweifach das Bein gebrochen habe.»

Unmöglich. Fred ist sanftmütig. Danny ist die Bestie.

«Ich verfrachtete ihn ins Auto und fuhr mit ihm bis etwa zwei Kilometer vor das Krankenhaus. Ich öffnete den Kofferraum, und bevor ich ging, sagte ich zu ihm, sollte er jemals meinen Namen erwähnen oder jemals wieder in deine Nähe kommen, würde in den Dublin Mountains ein Grab auf ihn warten.»

Ihr war schlecht.

«Ich bin nicht stolz darauf, Maisie. Es war das Schrecklichste, das ich je in meinem Leben getan habe. Ich weiß, dass es falsch war. Ich habe eine Grenze überschritten, und das kann ich nie mehr ungeschehen machen, aber es tut mir leid, und ich verspreche dir, dieser Mann bin ich nicht. Das schwöre ich dir.» Er flehte sie an, aber sie war nicht aufnahmefähig. *Er hat ihm das Bein gebrochen. Er hat ihn sein eigenes Grab schaufeln lassen.* Fred wollte ihre Hand nehmen, aber sie zog sie weg. *Oh nein! Der nächste gewalttätige Mann in ihrem Leben.*

Fred sah ihre Angst. Er bewegte keinen Muskel. Er wusste, dass sie sich bedroht fühlte. Er blieb sitzen, auch, als sie sich in die Ecke verzog. Er schloss die Augen und sah sich über Danny stehen, sah den Knüppel auf sein Bein niedergehen. Er sah, wie das Bein sich verformte, hörte es brechen, und dann Dannys gequälte Schreie.

«In der Sekunde, wo es passierte, wurde mir übel, Mai.»

Er bereute nichts so sehr in seinem Leben wie das, und es war wichtig, dass sie das verstand. Er hatte vorhin vor der Haustür mit Danny den harten Mann markiert, aber das war alles gelogen. Er hasste sich für das, was damals passiert war. Es verfolgte ihn noch Jahre später. Er hatte immer noch Albträume deswegen.

«Du hast ihn sein eigenes Grab schaufeln lassen», sagte sie tonlos.

«Ich wollte ihm bloß Angst einjagen, aber am Ende habe ich uns beiden Angst gemacht.»

Mai schüttelte fassungslos den Kopf. «Und Ma wusste das?»

«Eine Minute lang war ich der Held, aber nur, bis sie im Krankenhaus anrief und sich nach seinen Verletzungen erkundigte. Sie war zwar immer noch dankbar, aber gleichzeitig sehr misstrauisch. Wer wollte ihr das verübeln?»

«Sie hat Angst vor dir», sagte Mai, und ihre Stimme zitterte.

«Es hat meinen Blick auf mich selbst verändert. Es ist das, was ich in meinem Leben am meisten bereue, und trotzdem: Wenn Danny jemals wieder zur Bedrohung für dich würde, dann würde ich wieder auf diesen Berg steigen und dasselbe noch mal tun.» Er war kein Macho, er war nur ehrlich. Und genau das ängstigte ihn am allermeisten: dass er es, wenn er müsste, wieder tun würde.

«Ich will, dass du gehst.»

«Mai, bitte.» Er stand auf, und sofort wich sie zurück. Er blieb reglos stehen, die Hände in der Luft. «Ich bin keine Bedrohung für dich. Jesus, Mai, ich würde alles für dich tun.»

«Geh nach Hause, Fred.»

Sein Herz brannte ihm ein Loch in die Brust. «Es tut mir so leid.»

«Verschwinde.» Sie wirkte verängstigt und wütend, bitter und unendlich traurig. «Verschwinde!», brüllte sie, und Tränen quollen aus ihren Augen. «‹Traue niemals einem Mann mit Bart. Du weißt nicht, was er dahinter zu verbergen hat› – das hat meine Mutter immer gesagt, und sie hatte recht.»

«Das war's, Mai. Das ist mein schlimmstes Geheimnis. Mehr gibt es nicht. Bitte.»

«Soll ich die Polizei rufen?» Ihre Worte brannten, als hätte sie ihn ins Gesicht geschlagen.

«Okay. Ich gehe.»

Sie blieb in der Ecke, und als er an ihr vorbeiging, rührte sie keinen Muskel. Als er draußen auf dem Flur war, konnte er sie schluchzen hören. Er wollte zu ihr laufen, alles wiedergutmachen. Er wollte seine Arme um sie schlingen, sie retten, so wie er sie immer gerettet hatte, aber diesmal müsste er sie vor sich selbst retten, und das konnte sogar Fred Brennan nicht.

23 Uhr bis Mitternacht, 1. Januar 1995

Jeremy

Es regnete immer noch, aber nicht mehr so heftig. Die Wolken lösten sich langsam auf, und es war dunkel. Nur der Mond schien, aber sein Licht drang kaum durch die Bäume. Jeremy fühlte sich, als würde er Rave in den Rachen eines Ungeheuers folgen. Er zögerte. Der Wind war wie ein eisiger Atem und jagte ihm Schauer über den Rücken. Von den regennassen Blättern schlugen ihm kalte Wassertropfen ins Gesicht und den Nacken, als Rave die Zweige beiseitebog, um sich einen Weg durch das unvertraute, gefährliche Gelände zu bahnen. Als er merkte, dass Jeremy nicht folgte, drehte er sich zu ihm um. «Komm schon.»

«Wo zum Teufel gehen wir hin, Rave?», rief Jeremy.

«Alles cool. Komm.»

Rave stieg weiter den Abhang hoch. Jeremy holte ihn ein und blieb ihm so dicht wie möglich auf den Fersen. Er duckte sich tief hinter seinen Rücken. *Das ist völlig verrückt. Ich dürfte gar nicht hier sein. Ich hasse diesen Ort – der macht mich wahnsinnig. Schon immer. Das weiß er doch!*

Mittlerweile wurde der Wald immer dichter und verbarg den Nachthimmel. *Ich sehe meine eigenen Füße nicht!* Jeremy spürte, wie das Gestrüpp an ihm zog und zerrte, versuchte, ihn zum Stolpern zu bringen. *Das geht nicht gut aus. Ich will doch nur in mein Bett.* Dann, ganz plötzlich, wurde der Boden eben, und Rave rannte zwischen hohen Bäumen hindurch, vorbei an dichten, stacheligen Büschen. «Komm schon!», rief er, und Jeremy rannte ebenfalls los, um Schritt zu halten, weil er Angst hatte, sich zu verlaufen, wenn er Rave aus den Augen verlor.

«Rave!» Plötzlich sah er seinen Freund nicht mehr. «Rave!» Ihm schlug das Herz bis in den Hals. *Das ist gar nicht gut.*

Als er endlich die Lichtung erreichte, sah er Rave plötzlich vor sich, wie Sly Stallone in *Rocky* stand er da, den Kopf in den Nacken geworfen, die Arme hoch in die Luft gereckt. Sie standen auf einem minikleinen Felsplateau, und der helle Mond hing direkt über ihnen, als würde er nur für sie scheinen. Jeremy war geblendet, aber als seine Augen sich an das Licht gewöhnt hatten, trat er vor und streckte die Hand aus. «Das ist ja irre», sagte er. «Fast, als könnte ich ihn berühren.»

«Cool, oder?», sagte Rave und ging weiter nach vorne, auf die Kante zu. «Und schau mal, da.» Er deutete mit dem Finger. Jeremy war ein bisschen schwindelig, und er rührte sich nicht vom Fleck, aber er folgte Raves Blick und sah die Lichter der Stadt unter sich, meilenweit.

«Willkommen in meinem persönlichen Dublin.» Rave lachte.

«Wow! Woher kennst du das hier?»

«Ich komme schon seit Monaten hier rauf.»

«Allein? Warum das denn?»

«Ach, nur so. Rumhängen, Spuren folgen, sehen, wohin sie mich führen.»

«Ganz allein?»

«Worüber machst du dir Sorgen, Beany? Glaubst du vielleicht, hier spukt es? Boa-ha-ha-ha!»

«Vor Gespenstern habe ich keine Angst. Schon eher davor, irgendwelchen Banden oder der IRA beim Verscharren ihrer Leichen über den Weg zu laufen.»

Rave sah ihn nachdenklich an. «Ja. Sehr guter Einwand. Aber heute Nacht wird weder gemordet noch verscharrt.

Bei dem Wetter hat niemand Bock zu schuften.» Er streckte die Arme wieder in die Luft, warf den Kopf in den Nacken und sah zum Mond hinauf. «Heute Nacht gehört dieser Ort nur uns.»

«Aber nur, weil sonst niemand irre genug ist, um hier oben zu sein.»

«Gefällt's dir nicht?» Rave klang enttäuscht.

«Doch, total, aber ich frier mich zu Tode.»

«Dann ändern wir das.» Rave ging weiter.

«Ach, komm schon!» Jeremy rannte hinter ihm her.

«Das hier oben ist wie im Weltraum zu leben, Beany.»

«Es ist schon spät.»

«Es ist gar nicht mehr weit.»

«Was ist nicht mehr weit?»

«Die Erlösung.» Rave schlug Jeremy auf den Rücken und grinste.

«Und ras nicht wieder davon wie ein wildgewordener Ziegenbock!» Jeremy machte sich ernsthaft Sorgen, wie sie je wieder von dem Berg runterkommen sollten.

Rave legte ihm den Arm um die Schultern. «Das letzte Stück meistern wir gemeinsam.»

Sein Arm fühlte sich schwer und schön an. *Nicht an ihn lehnen. Nicht an ihn lehnen! O Jesus, hast du etwa einen Ständer? Jetzt? Bei Regen und eisiger Kälte? Wieso kannst du nicht einfach normal sein?* «Verpiss dich», sagte er und schubste Rave gespielt ausgelassen beiseite.

Einen Moment lang wirkte Rave verletzt. «Ich habe keine Flöhe.»

«Wer's glaubt.» Jeremy packte seinen Freund grob an den Schultern und schubste ihn weg. Rave lächelte.

Wenn du wüsstest.

«Du kriegst langsam richtig Kraft, Beany.»

Schön wär's.

Sie gingen weiter. Der Pfad war schmal, und Jeremy spürte Zweige im Gesicht, aber wenigstens war der Boden hier nicht so uneben. Es fühlte sich an wie ein richtiger Wanderweg. Rave ging voraus, und Jeremy blieb ihm dicht auf den Fersen. Es war inzwischen wieder stockdunkel, aber dafür trocken. Die Bäume bildeten ein Laubdach über den beiden Jungen.

«Du hast es also mit Casey getrieben?», fragte Jeremy. *Das wird meinem Steifen ein Ende machen.*

«Ja. Na und?»

«Das hast du mir gar nicht erzählt.»

«Ich erzähl dir eben nicht alles.»

«Offensichtlich.» Jeremy zupfte sich einen abgerissenen Zweig vom Mund.

«Warum? Glaubst du mir etwa nicht?», wollte Rave wissen.

«Doch. Natürlich.»

«Wo liegt dann das Problem?»

«Da gibt's kein Problem.»

«Du solltest es mit Deirdre auch machen. Es ist toll.»

«Sei still.»

Rave lachte. «Casey sagt, sie wäre total heiß drauf.»

«Ich mein's ernst, Rave. Halt's Maul.»

«Ich sag ja nur.»

«Ja, danke, sag es bitte nicht.»

«Was ist dir denn über die Leber gelaufen?»

«In diesem Scheißdschungel könnte das alles Mögliche gewesen sein.»

Rave lachte. «Wir sind fast da. Ehrlich.»

Schweigend gingen sie weiter. Jeremy hatte keine Ahnung, was ihn erwartete, und obwohl er neugierig war, machte er sich vor allem Sorgen darüber, wie er wieder zurückkam. *Ma wird vor mir zu Hause sein. Ich bin geliefert. Ich bin absolut geliefert.* Plötzlich fing Rave an zu rennen.

«Du hast versprochen, dass du nicht rennst!», rief Jeremy ihm hinterher. Dann lag das dichte Unterholz auf einmal hinter ihm, und Jeremy stand wieder auf einer kleinen Lichtung. Rave war stehen geblieben, die Hände in die Hüften gestemmt. Diesmal war anstelle des Mondes eine kleine, baufällige Holzhütte im Zentrum der Aufmerksamkeit. Rave ging auf die verwitterte Tür zu, holte einen Schlüssel aus der Tasche und öffnete das Vorhängeschloss.

«Was ist das denn?», fragte Jeremy.

«Home Sweet Home.» Rave drückte die Türe auf.

Mit offenem Mund blieb Jeremy auf der Türschwelle stehen.

«Komm rein.» Rave zog ein Feuerzeug aus der Hosentasche und zündete einige Kerzen auf einem Regalbrett an und dann eine größere, dickere, die auf einem großen Tisch am Fenster stand.

In dem winzigen Zimmer stand ein kleiner, altmodischer Holzofen. Rechts davon lagen auf dem Boden ein Schlafsack und ein Kopfkissen, und vor dem Fenster stand eine lange Holzbank. In die Wand waren lauter Haken geschraubt, an denen verrostetes Werkzeug hing, außerdem ragten überall lange Nägel aus dem Holz. Raves Anziehsachen hingen auf einer Leine, die er aus einem Stück Nylonseil gemacht hatte. Darunter standen ganz ordentlich nebeneinander ein Paar Stiefel und seine Turnschuhe. Jeremy machte die Tür hinter sich zu und sah sich staunend um.

«Ich glaube, an den Nägeln hingen früher Tierköpfe – du weißt schon, Jagdtrophäen, solches Zeug. Die Hütte gehörte definitiv mal einem Jäger», sagte Rave.

«Oder einem Psychopathen.»

«Egal, der kommt jedenfalls nicht wieder. Ich hatte das Schloss den ganzen Sommer über an der Tür. Es ist nie jemand gekommen. Es ist ganz allein meins.»

In der Ecke stand eine Kiste mit Raves Waschsachen und seiner Unterwäsche. Die Wäsche war ordentlich zusammengelegt, Zahnpasta, Mundwasser, Seife und Deo in einzelne Plastikbeutel verpackt. In einer Ecke der Kiste lag eine schwarze Plastikbürste. Auf dem Fußboden neben dem Schlafsack stand Raves CD-Spieler, und direkt daneben ein Stapel Bücher, CDs und mindestens ein Jahresvorrat Batterien.

«Jesus», sagte Jeremy. «Du meinst es ernst.»

Rave lächelte. «Ich kann alles renovieren. Ich habe sogar fließend Wasser.» Er zeigte auf einen Wasserhahn. Daneben standen eine Plastikschüssel und Putzmittel. Die Hütte war alt und morsch, aber sie war so sauber, wie es nur ging. *Er muss hier wochenlang geputzt haben*. Es roch nach Möbelpolitur. Rave hatte sämtliche Oberflächen immer wieder gewienert. Der Geruch war ins Holz eingedrungen. «Es ist gut hier, findest du nicht?» Rave sah seinen besten Freund fragend an. Jeremy wusste nicht, was er sagen sollte. Er wusste nicht mal genau, was er dachte. «Ja. Unglaublich!»

«Komm, ich mache Feuer», sagte Rave, griff sich ein paar Kaminanzünder aus einer Kiste neben dem Ofen und zog das Feuerzeug wieder raus.

«Setz dich.» Er zeigte auf den Schlafsack. «Fühl dich ganz wie zu Hause.»

«Das ist zwar völlig irre, aber okay.»

Rave lachte. «Los, runter mit dem Rucksack und her mit den Butterbroten. Ich bin am Verhungern.»

Jeremy tat wie geheißen. *Krieg jetzt bloß nicht wieder*

einen Ständer, Jeremy Bean. Ich warne dich. Bleib ganz cool. Supercool. Kannst du nur ein einziges Mal in deinem Leben supercool sein. Bitte?

Als das Feuer brannte, wurde es ziemlich schnell warm in dem kleinen Raum, obwohl bei einem Fenster die Ecke herausgebrochen war. Rave hatte einen Socken in das Loch gestopft und es von beiden Seiten mit Zeitung zugeklebt.

«Das wird noch repariert.» Er setzte sich zu Jeremy auf den Schlafsack. Jeremy gab ihm ein Sandwich aus dem Rucksack.

«Gibt es noch Wodka?», fragte Rave.

«Hattest du noch nicht genug?»

«Ach, komm schon, Mann, ich bin wieder nüchtern.»

«Ja, aber wir müssen später auch wieder von dem scheiß Everest runter.»

«Ich weiß, dass du Schiss hast, und ich weiß, dass du nach Hause willst, um auf deine Grammy aufzupassen, weil du nun mal Mister Superzuverlässig bist, aber bitte. Nur einen Schluck, zur Feier des Tages.»

Jeremy gab nach und reichte ihm eine kleine, halbvolle Wodkaflasche.

«Los. Hol dir auch eine raus. Wir stoßen an.»

Jeremy zog noch eine Flasche aus dem Rucksack. Rave hielt seine hoch, und Jeremy erwiderte die Geste.

«Auf meine neue Bude und auf uns», sagte Rave, und sie stießen an. Rave nahm einen Riesenschluck; Jeremy nippte nur. Rave nahm sich ein halbes Sandwich. «Hier. Wir teilen.» Jeremy biss ab, und Rave grinste.

Jeremy sah sich um. Die Kerzen flackerten, das Feuer brannte, und durch das frisch geputzte Fenster leuchteten der Mond und die Lichter der Stadt. Er saß neben seinem allerbesten Freund, in der einen Hand ein Käse-Schinken-

Sandwich, die Wodkaflasche in der anderen. Das war ziemlich cool. Das musste selbst der sittenstrenge, folgsame, harmoniesüchtige Jeremy Bean zugeben. Er warf Rave einen Blick zu. Im Kerzenschein sah er noch besser aus als sonst. *Es ist perfekt.* «Sehr cool!» Jeremy entspannte sich etwas, und Rave boxte ihn spielerisch in die Seite.

«Absolut obercool.» Er beugte sich zu seinem CD-Player hinüber und zog eine CD aus dem Stapel. «Wie wär's mit ein bisschen U2? *Unforgettable Fire*?»

«Ein Klassiker. Da steh ich drauf.» *Ein Klassiker! Was sollte das denn? Was ist eigentlich mit dir los? Du hörst dich an wie ein Vollspast. Das fühlt sich alles langsam an wie ein Date! Mir wird ganz anders. Bloß nicht gehen lassen. Bloß nicht gehen lassen.* Rave richtete sich wieder auf und berührte ihn dabei. *Zusammenreißen, Jeremy. Reiß dich gefälligst zusammen!*

Sie saßen da, aßen, und ab und zu nahm Rave einen Schluck, bis die Flasche leer war.

«Das hier ist unser Geheimnis», sagte Rave.

«Warum?»

«Wenn ich das den Jungs erzähle, dann wissen es bald alle, und dann ist es vorbei.»

«Und Casey?»

«Nein. Das ist nur für uns zwei, Beany.» Jeremys Herz setzte einen Schlag aus. «Unser Geheimnis. Okay?»

«Okay.» Jeremys Stimme klang so heiser, dass er nicht sicher war, ob Rave ihn überhaupt gehört hatte, also nickte er energisch.

«Das wird super», sagte Rave. «Das kann nur besser werden hier. Ich werde die Wände streichen, die ganzen Nägel ziehen und ein paar Poster aufhängen. Im Frühling und Sommer ist der Ort hier ein Traum.»

«Könnte echt cool sein.» Jeremy spürte, dass er aufgeregt war.

«Wir haben nur noch anderthalb Jahre Schule, Beany. Hier oben halte ich anderthalb Jahre locker aus.»

«Und dann?», fragte Jeremy. Er hatte Angst vor der Zeit nach dem Abschluss. Er hatte Angst, dass Raves bester Freund zu sein das Beste gewesen war, das sein Leben für ihn bereithielt. Er hatte Angst, dass er ihn verlor, wenn die Schule erst vorbei war und die Welt sich ihnen öffnete. Von allen anderen konnte er sich verabschieden, auch von Deirdre, aber eine Welt ohne Rave konnte er sich nicht vorstellen.

«Keine Ahnung. London vielleicht?»

«Um was zu tun?» *Und was ist mit mir? Wo bin ich dann?*

«Ist doch egal. Casey sagt, dort gibt es jede Menge Jobs auf dem Bau.»

«Du als Bauarbeiter? Kann ich mir nicht vorstellen.» Das klang so trostlos, gar nicht nach Rave.

«Wir könnten doch auch zur See fahren, hast du doch schon mal gesagt.»

Jeremys Herz fing an zu tanzen. *Alles wird gut.* «Die beste Idee aller Zeiten», sagte er und fing an zu lachen.

«Aber ich bin der Kapitän», sagte Rave.

«Ganz sicher nicht. Ich bin der Kapitän.»

«Wir sind beide Kapitän, und wir segeln auf einer dieser Luxusyachten um die Welt und genießen das Leben.»

Jeremy schloss die Augen. Er sah sich und Rave auf einem wunderschönen Segelboot, um sie herum das glitzernde Meer und über ihnen der strahlend blaue Himmel. «Genau, das machen wir. Wir finden raus, was wir dazu tun müssen. Ich büffle, bis mir die Eier abfaulen, Mann. Ich werde alles dafür tun.»

Rave griff nach Jeremys Flasche und trank noch einen Schluck. «Wir gehen gleich morgen zum Beratungslehrer.»

«Genau, das machen wir.» Jeremy hoffte inständig, dass Rave nicht wieder besoffen war oder ihn verarschte oder einfach nur high war vor lauter Möbelpolitur. *Das könnte ich mir echt vorstellen – wirklich – und dann noch mit Rave! Jesus, das wäre ein Traum!*

Rave sprang auf. «Sorry, Beany. Ich muss pinkeln.»

«Und wo?» Jeremy sah sich suchend um.

«Na, draußen, in der Natur.» Rave ging zur Türe raus und zog sie hinter sich zu. Jeremy blieb allein zurück und genoss ihren geheimen Zufluchtsort. *Ist das cool! Das ist so cool.* Er lehnte sich an die Wand. Mit dem Gitarrensound von Edge in den Ohren und den Lichtern der Stadt vor seinen Augen war ihm warm zumute, er fühlte sich behaglich und war voller Hoffnung. Eine Sekunde lang ließ er seinen Gedanken freien Lauf, genoss die Vorstellung einer gemeinsamen Zukunft mit seinem besten Freund, sie bereisten zusammen die Welt, segelten auf den kristallblauen Weltmeeren. *Irgendjemand muss es doch tun. Wieso nicht wir?* Er wäre der Kapitän und Rave der Maschinist. Seinetwegen konnte Rave, wenn er unbedingt wollte, auch den Kapitän machen, dann wäre er der Koch. *Egal, ich würde echt alles machen, solange wir zusammen sind.* Er stellte sich vor, wie sie exotische Länder erkundeten – er konnte beinahe die warme Sonne auf seinem Rücken spüren und wie die würzige Seeluft seine Lunge füllte. Sein Urgroßvater war Fischer gewesen. Ihm lag das Meer im Blut. Das war doch klar. Es wäre wirklich möglich.

Er sah sich auf dem Deck des Schiffes stehen, Rave an seiner Seite, wie sie Irland verließen, einer größeren, besseren Zukunft entgegen, hin zu einem Ort, wo er der sein durfte, der er wirklich war, und Rave ihn verstehen würde. Die Welt würde ihm die Augen öffnen, und er würde Jeremy so akzeptieren, wie er war. Rave hätte keine Angst vor ihm. Vielleicht fand Jeremy sogar die Liebe seines Lebens, er würde über die Verknalltheit hinwegkommen, und sie würden für immer beste Freunde bleiben. Es war zwar ein Traum, aber wenn Jeremy sich nur genügend darauf konzentrierte, hart genug arbeitete und es sich fest genug vornahm, konnte dieser Traum wahr werden. *Warum nicht?* Er legte sich auf den Schlafsack. Ganz kurz nur erlaubte er sich die Phantasievorstellung, Rave würde neben ihm liegen: Er streichelte ihm durch die Haare, strich sie ihm sanft hinters Ohr, blickte in sein hübsches Gesicht, sah ihm tief in die grauen Augen, und dann küsste er ihn, heftig und lang und –

O Jesus … ich hab dir doch gesagt, du darfst dich nicht gehenlassen. Weg mit dir! Er schlug sich auf den Schwanz und presste die Handfläche dagegen, versuchte verzweifelt, die Erektion zu unterdrücken. Sein Penis wölbte sich hart in seine Hand. *O Gott, bitte verschwinde.* Er spürte die entsetzliche pralle Spannung und überlegte ernsthaft, raus in die eisige Kälte zu rennen und sich im Dunkeln einen runterzuholen. *Das kriegt er nicht mit. Ich sage einfach, mir wäre schlecht geworden. O Gott, was, wenn da draußen irgendwas ist? Das hat mir gerade noch gefehlt, dass mir irgendwas den Schwanz abbeißt. Das wäre vielleicht das Beste.* Jeremy legte sich den Rucksack auf den Schritt und lehnte sich schwer dagegen. Dann hörte er plötzlich den Regen aufs Dach trommeln. Er hob den Blick und sah, dass es schüttete.

«Oh nein!»

Rave kam in die Hütte gerannt und schlug die Tür zu. Er war völlig durchnässt. «Heilige Scheiße! Das ist total wild da draußen!» Er schob sich die nassen Haare aus dem Gesicht und hinters Ohr, genau so, wie Jeremy eben in seiner Phantasie. *Ich sterbe gleich! Ungelogen! Ich sterbe!* Rave ging an die Wäscheleine und schnappte sich ein frisches Handtuch. Jeremy sah weg, als sein bester Freund sich bis auf die Boxershorts auszog. Ihm war schlecht und seine Hände zitterten, obwohl er sich, so fest er konnte, an den Rucksack klammerte.

«Tja, Beany, kann sein, dass wir bis morgen früh hierbleiben müssen», sagte Rave und wickelte sich das Handtuch um. Er ging zum Ofen und wärmte sich die Hände.

«Ich kann nicht», sagte Jeremy.

«Wir haben keine andere Wahl. Bei dem Wetter kommen wir niemals lebend von hier runter.» Rave setzte sich neben seinen Freund.

«Ich muss gehen», sagte Jeremy.

«Solange es dermaßen regnet, gehst du nirgendwohin.»

Jeremy sah durchs Fenster hinaus in den strömenden Regen. Es trommelte so heftig aufs Dach, dass Rave die Musik lauter drehen musste. *Er hat recht. Herr im Himmel. Ich muss tatsächlich hierbleiben.*

Rave lachte. «Kopf hoch, Beany. Du schaust, als hätte ich gerade ein Kätzchen erwürgt. Wir schleichen uns im Morgengrauen zurück. Was kann denn schlimmstenfalls passieren?»

Ach, keine Ahnung, vielleicht fange ich ja einfach an zu heulen, und wenn das passiert, höre ich vielleicht nie wieder auf. Oder noch schlimmer: Ich breche zusammen und sage dir, dass ich dich liebe, dich schon immer geliebt habe. Immer lieben werde. «Nichts», sagte Jeremy. «Alles gut.»

Rave lächelte. «Die Nacht unseres Lebens.»

Donnerstag, 5. Januar 1995

NEUNTES KAPITEL

«Outshined»
Soundgarden, 1991

Maisie

Zu Jeremys dreizehntem Geburtstag buchte Maisie zur Unterhaltung der Kids einen Zauberer. Es war das allererste Mal, dass sie jemanden für einen Kindergeburtstag organisiert hatte. Er hatte am Telefon kompetent und nett geklungen, und sein Honorar war so bescheiden gewesen, dass sie beim Essen aus den Vollen schöpfen konnte.

Das war ein großer Fehler gewesen. Abrakadabra-Anthony hatte sich als pensionierter Sparkassenleiter herausgestellt, der genau vier Kartentricks auf Lager hatte und mit einem Kinderzauberkasten auftrat. Sein Ballontierzoo enthielt eine Schlange, eine Schnecke sowie ein Gebilde, das er als Hund bezeichnete, in Wirklichkeit aber eher aussah wie ein Sessel. Unter seinem roten Zauberumhang trug er einen gebügelten Anzug, und der violette Spitzhut sah mehr nach Ku-Klux-Klan aus als nach dem Zauberer aus dem Märchenland. Das Ganze war ziemlich peinlich, aber er wirkte aufrichtig aufgeregt, da sein zu dürfen, und wollte offensichtlich, dass die Kinder sich amüsieren.

«Also, Kinder! Seid ihr bereit für die Show eures Lebens?», fragte er, nachdem sie sich in einer Reihe vor ihn hinsetzen mussten.

«Ja!», brüllten Valerie und Bridie. Die anderen blieben stumm. Maisie klatschte ein bisschen zu enthusiastisch in die Hände, um ihre Nervosität zu überspielen.

«Na, Kinder, was für Tricks würdet ihr gerne sehen?», fragte Anthony.

«Wie Sie verschwinden», sagte Dave wie aus der Pistole geschossen. Der Einzige, der nicht lachte, war Jeremy.

«Oh, das ist aber wirklich ziemlich schwierig», antwortete der Zauberer.

«Eigentlich nicht», sagte Dave. «Die Tür ist direkt hinter Ihnen.» Die Jungs schlugen sich auf die Schenkel. Dave war in Fahrt.

«Ach. Ja, sehr gut.» Der Mann wirkte nervös. «Also gut. Wie wär's mit einem Kartentrick?»

Maisie zog sich der Magen zusammen. Sie wusste nicht, wer ihr mehr leidtun sollte, Abrakadabra-Anthony oder Jeremy. Er war hochrot angelaufen, und ihm standen Tränen in den Augen. Als Abrakadabra-Anthony dann auch noch das Kartenspiel fallen ließ, floh Jeremy aus dem Wohnzimmer in sein Zimmer und knallte die Tür hinter sich zu. Nachdem die Sache mit dem Zauberer gefloppt war, verschwanden die Jungs nach nebenan und setzten sich vor den Fernseher. Als Maisie an seine Tür klopfte, heulte Jeremy hemmungslos.

«Das ist ein solcher Reinfall, Ma!»

«Es tut mir leid, Schätzchen. Ich hab's echt vermasselt.» Sie warf die Hände in die Luft.

«Die sollen alle abhauen.»

«Das geht aber nicht. Deine Grammy hat den ganzen Vormittag gebacken. Sie ist immer noch nicht fertig.»

«Die hocken vor dem Fernseher, Ma.»

«Das ist doch nicht so schlimm.»

«Es läuft *Mord ist ihr Hobby*!» Der Ton drang fast ungedämpft aus dem Fernsehzimmer rüber.

«Oh. Stimmt.»

Maisie setzte sich zu ihm aufs Bett. Sie versuchte gar nicht erst, ihn in den Arm zu nehmen. Dazu war er viel zu aufgebracht.

«Ich bin dreizehn! Was hast du dir dabei gedacht?»

«Keine Ahnung. Ich vergesse immer, dass du erwachsen wirst.»

«Ich bin jetzt ein Mann, Ma!»

«Jetzt mach mal halblang, Sohn.»

«Aber ein Baby bin ich auch nicht mehr.»

«Es tut mir leid.»

«Dafür wird Dave mich mein ganzes Leben lang verarschen. Selbst Jonnos Ma würde niemals so einen Irren mieten, Ma.»

Er hatte recht. Das war ihr auch klar. Sie musste die Situation retten, und zwar ohne Zeit und ohne Geld. Sie durchforstete verzweifelt ihr Hirn. Für Kindergeburtstagsspiele waren die Jungs nun wirklich zu alt. Plötzlich fiel ihr ein Artikel ein, den sie erst vor ein paar Wochen in der Mittagspause gelesen hatte. Er hatte sie zum Lachen gebracht. Die Journalistin hatte sich über die kindische Art ihres Lebensgefährten mokiert. Der Artikel trug den Titel: «Wann wird der Junge zum Mann ... Vielleicht nie?» Besagter Lebensgefährte war achtundzwanzig Jahre alt, und seine Lieblingsbeschäftigung war es, sich mit seinen Freunden in den albernsten Dingen zu messen. Die Journalistin hatte ein Ranking der bescheuertsten Kategorien erstellt. «Ich habe eine Idee!», sagte Maisie.

«Und was?»

«Einen Ess-Wettbewerb.»

«Was?»

«Es gibt drei Runden. In der ersten stellen wir fest, wie viele Cracker man in einer Minute runterkriegt.»

«Babyleicht.»

«Klingt leicht, aber das ist gar nicht so einfach, glaub mir.»

«Okay?» Jeremy klang wenig überzeugt.

«Danach gibt es rohe Eier zu trinken.»

«Igitt!»

«Ja.»

«Gefällt mir. Mach weiter.»

«Und in der dritten Runde geht es darum, wer sich traut, die schärfste Chilischote der Welt zu essen.»

«Haben wir etwa die schärfste Chilischote der Welt im Haus, Ma?»

«Nein. Aber unsere sind ziemlich scharf.»

«Okay.» Jeremy klang noch immer nicht ganz überzeugt.

Maisie plünderte Schrank und Kühlschrank, dann versammelte sie die Jungs um den Tisch. Sie erklärte die Regeln und wartete auf eine Reaktion.

«Klingt ganz einfach», sagte Mitch.

«Okay. Dann fängst du an, Mitch», antwortete Maisie.

«Na, super.»

«Wenn ich auf die Stoppuhr drücke, geht's los. Du isst so viele Cracker, wie du kannst. Eine Minute.» Sie drückte auf die Uhr, und Mitch legte los. Die beiden ersten gingen leicht runter, aber dann fing er schon an zu husten und zu würgen. Er stopfte sich trotzdem tapfer weiter die salzigen Kekse in den Mund. Die Jungs lachten sich halbtot.

«… fünf, sechs, sieben …»

«Wasser!», keuchte er. Die anderen zählten laut mit, die Aufregung stieg mit jeder Sekunde, die Stimmen wurden immer lauter.

«… acht, neun, zehn …»

«Kein Wasser», sagte Maisie, und die Runde johlte.

«Oh, Mann!» Mitch erstickte fast an den trockenen Dingern in seinem Mund, und die Jungs grölten ausgelassen.

«… elf, zwölf …»

Er ließ nicht locker, die anderen feuerten ihn an, und sein Mund war inzwischen so voll, dass er ihn nicht mehr zukriegte.

«Dreizehn!»

Mitch versuchte verzweifelt, sich auch noch den vierzehnten Cracker zwischen die Lippen zu packen, als der Summer ertönte.

«Stopp!», rief Maisie.

Die Runde brüllte ausgelassen, und Rave stieß einen Pfiff aus. Bridie reichte Mitch ein großes Glas Wasser.

«Gute Arbeit, Sohn», sagte sie, während er die Überreste von vierzehn Crackern in den Ausguss spuckte.

Rave schaffte elf, Jeremy neun und Jonno kam nur auf fünf. Dave war beim zwölften, als die Zeit um war. Er war bitter enttäuscht. Mitch feierte seinen Sieg, indem er sich selbst in den Bauch boxte. «Alles klar!» Er schlug siegesgewiss mit der flachen Hand auf den Küchentisch. «Nächste Runde!»

Die Aufgabe mit den rohen Eiern verursachte bei Jeremy und Jonno einen derartigen Würgereiz, dass sie das Glas nicht mal an die Lippen bekamen. Je heftiger sie würgten, desto lauter lachten die anderen. Dave bekam immerhin drei rohe Eier runter, ehe er das Handtuch warf. «Ich kann nicht mehr. Ich kann einfach nicht.» Mitch schluckte vier und kotzte dann alles wieder aus. Die Jungs waren außer sich. Rave schaffte ohne mit der Wimper zu zucken fünf Eier und gewann die Runde mit Abstand.

Die finale Herausforderung wurde von Maisie filmreif inszeniert.

Sie zog sich die Spülhandschuhe an und hielt eine rote Chilischote hoch. «Diese Chili könnte einem Tiger die Augen ausbrennen. Sie ist so scharf, sie könnte einen Elefanten umhauen. Diese Chili könnte euer Leben für immer verändern, Jungs, und zwar nicht unbedingt zum Guten.»

«Jesus!», flüsterte Jonno.

«Cool!», sagte Mitch.

«Seid ihr bereit?»

Sie nickten.

«Ich kann euch nicht hören.»

«Ja! Ja! Na los, ja!», rief Mitch. «Los, das machen wir!»

Die Jungs lachten nervös.

Langsam und bedächtig und mit großer Sorgfalt schnitt Maisie die Chilischote in kleine Ringe. Sie saßen alle um den Tisch, die Köpfe gebeugt, die Blicke starr auf Maisie und die tödliche Chili gerichtet. Bridie beugte sich mit einem Tablett frischgebackener Muffins dazwischen und füllte die Nasen der Jungs mit köstlichem Schokoladenduft.

«Ich hab mal einen Mann gesehen», sagte Bridie, «der hat sich nach dem Verzehr dieser Chili die Augen aus dem Kopf geheult und ist verzweifelt in den nächsten See gesprungen. Er hat den Verstand verloren.»

«Jetzt wird es ernst. Jetzt kommt das glorreiche Finale. Wer traut sich? Wer hat genug Mut, den Anfang zu machen?», wollte Maisie wissen.

«Das hat nichts mit Mut zu tun, Maisie. Frag lieber, wer verrückt genug ist», sagte Rave, und alle Augen wanderten zu Mitch.

«Bin dabei», sagte er.

Maisie zwinkerte ihm zu. «Guter Junge.» Sie bugsierte mit der Messerspitze ein Stück Chili auf einen Unterteller und reichte ihn Mitch. Sie zog den Handschuh aus und gab ihm die Hand. «Nur für alle Fälle. Es war schön, dich gekannt zu haben, Mitch.»

«Ganz meinerseits, Ms. Bean.» Er schluckte, ließ die Finger knacken und lockerte den Nacken.

«Bist du bereit?», flüsterte Rave.

«Bereit. Man reiche mir den Handschuh.»

Maisie gab ihm den gelben Spülhandschuh, und er zog ihn an. Dann nahm er den Chiliring und warf ihn sich in den Mund. Alle beugten sich gespannt vor. Maisie betete insgeheim, dass die Chili auch wirklich scharf war. Ein oder zwei Sekunden lang passierte gar nichts. «Kinderspiel!», sagte Mitch. Doch plötzlich lief sein Gesicht hochrot an, und er fing an zu keuchen. «Meine Lippen! Meine Lippen! Ich kann meine Lippen nicht mehr spüren! Wasser, Wasser!» Er schlug die Hand vor den Mund und rannte um den Küchentisch, als stünde sein Hintern in Flammen. Die anderen Jungs wurden hysterisch. Dave musste so lachen, dass er anfing, sich selbst zu schlagen.

«Nein, nein! O Gott, meine Zunge. Meine Zunge!»

Jeremy lachte Tränen.

Danach wollte keiner mehr die Chili probieren. Das war auch nicht mehr nötig. Maisie hatte ins Schwarze getroffen.

Im Anschluss an die Challenge saßen die Jungs fröhlich und ausgelassen um den Küchentisch, aßen Pizza, Muffins, Süßigkeiten und Geburtstagskuchen und zerpflückten genüsslich sämtliche Erlebnisse der vergangenen Stunde. Mitch hatte vorübergehend seinen Geschmackssinn eingebüßt, was seinen Freunden den Genuss natürlich noch süßer machte.

«Was für ein Spaß!», sagte Dave beim Gehen.

«Deine Ma ist echt cool, Jeremy», sagte Rave, und Mitch stimmte ihm zu.

Beim Gute-Nacht-Sagen zeigte Valerie Maisie ihr Luftballon-Tier. «Schau mal, Ma'sie, das ist Rover der Sessel.»

«Hat dir Abrakadabra-Anthony gefallen?»

«Nein. Aber er war echt nett.»

Maisie gab ihrer Tochter einen Kuss und machte das Licht aus. Draußen auf dem Flur traf sie auf Jeremy. «Na, hattest du einen schönen Geburtstag?»

«Das war der tollste Geburtstag meines Lebens, Ma.»

«Gut.» Sie seufzte glücklich.

Jeremy ging in sein Zimmer, und ehe er die Tür hinter sich zumachte, drehte er sich noch einmal zu ihr um und sagte. «Die tollste Ma der Welt.»

Maisie war so glücklich, dass sie am liebsten geweint hätte. «Vergiss das nie.»

*

Das Kopfkissen war tränennass, als sie aus den Erinnerungen an diesen Tag wieder auftauchte. Sie stand auf, zog sich den Morgenmantel an, schlüpfte in ein paar dicke Socken, warf einen Blick in den Spiegel, fuhr sich mit der Bürste durch die widerspenstigen Haare und ging in die Küche.

Dort traf sie auf Tom und Valerie.

«Guten Morgen, Maisie.» Tom hob zum Gruß die Teetasse.

«O Gott! Entschuldigung», sagte sie. «Ich wusste nicht,

dass schon jemand da ist.» Gott sei Dank hatte sie sich wenigstens die Haare gebürstet. Besser als nichts.

«Es gibt gute Nachrichten, Maisie.» Tom lächelte.

«Haben Sie die Jungs gefunden?» Die Hoffnung durchflutete sie.

«Nein, aber wir sind ihnen auf der Spur. Rave war gestern Abend in Blessington am Geldautomaten.»

«Sind Sie sicher, dass er es war?»

«Er ist auf der Überwachungskamera.»

«War Jeremy auch dabei?»

«Die Kameras zeichnen nur denjenigen auf, der direkt am Automaten steht.»

«Okay.»

«Wenn er Geld abgehoben hat, dann sicher, um einzukaufen, wir klappern also heute sämtliche Geschäfte in der Umgebung ab. Ich fahre persönlich mit runter. Außerdem bin ich der Meinung, dass die Zeit für einen Appell gekommen ist. Glauben Sie, Sie sind dazu in der Lage, vor die Kamera zu treten?»

«Ich tue, was nötig ist.»

«Gut.»

Maisie setzte sich. «Das sind gute Nachrichten.»

«Das bedeutet, sie sind nicht im See», sagte Valerie.

Tom stellte die Tasse ab und sah Maisie direkt in die Augen. «Das bedeutet, Rave ist nicht im See. Es ist zwar unwahrscheinlich, dass Jeremy im Wasser liegt, aber solange es keine Sicherheit gibt, suchen wir weiter, wenn auch mit abgespeckter Mannschaft.»

«Okay. Aber Rave würde ihn niemals allein lassen.» Maisie lächelte. «Er ist nicht im Scc.» Sie hielt kurz inne. «Das sind gute Nachrichten. Wunderbare Nachrichten.»

«Ich setze für sechzehn Uhr eine Pressekonferenz an.

Dann haben die Fernseh- und Radiosender noch genug Zeit, es mit in die Achtzehn-Uhr-Nachrichten zu nehmen.»

«Gut. Wunderbar. Was immer Sie wollen.»

Tom ging um den Tresen herum und setzte sich Maisie gegenüber auf einen Stuhl. «Ich habe mich gestern Abend auf dem Revier mit Ihrem Mann unterhalten.»

«Oh.»

«Hören Sie, Fred hat angedeutet, weshalb Sie sich getrennt haben, aber Sie sollten wissen, dass er trotzdem an der Pressekonferenz teilnehmen will, Maisie.»

«Nein! Auf keinen Fall. Er wird Jeremy verjagen.»

«Mein Dad ist da?», fragte Valerie.

Maisie rutschte das Herz in die Hose. Sie drehte sich so schnell zu ihrer Tochter um, dass sie kurz Angst hatte, sie hätte sich einen Muskel gezerrt. «Es tut mir leid, Liebes, ich hatte vor, es dir zu sagen.»

«Und wann?»

«Gleich heute Morgen, als Allererstes.»

«Na, danke! Vielen Dank!», schrie Valerie und rannte aus der Küche.

«Entschuldigung, das war ungeschickt von mir», sagte Tom.

«Sie können nichts dafür. Ich hätte ihr das gestern Abend noch erzählen müssen. Aber mir ist was dazwischengekommen.» Plötzlich war der schreckliche Streit mit Fred wieder da.

«Gut. Wir lassen ihn teilnehmen, aber er darf nicht mit aufs Podium. Keine Sorge, Maisie, wir kümmern uns um ihn. Apropos kümmern, wo ist eigentlich Fred?» Er warf einen Blick auf die Uhr und wandte sich zum Gehen. Maisie folgte ihm hinaus auf den Flur. «Können Sie ihm bitte sagen, er soll die Pressekonferenz mit Ihnen durchsprechen?» Er hatte die Hand schon auf dem Türknauf.

«Und wer wendet sich an Rave?»

«Ich fürchte, wir werden nur zu zweit sein, Maisie, Sie und ich.»

«Was ist mit Sid? Dem geht es doch inzwischen sicher wieder besser, oder?»

«Er wurde operiert. Der Fuß musste letztendlich amputiert werden.»

«O Gott!»

«Sid fällt also erst mal aus, und die Mutter hat ihren Standpunkt in dieser Sache eindeutig klargemacht. Marianne hat keine Kinder.» Er ging zur Haustür hinaus und winkte ihr zu. «Wir sehen uns auf der Pressekonferenz.»

Er war schon fast am Wagen, als sie ihm hinterherrief. «Wer ist Marianne?»

«Das wird Fred Ihnen erklären.» Ehe sie noch etwas fragen konnte, war er eingestiegen und davongefahren.

Valerie

Valerie weigerte sich, mit ihrer Mutter zu sprechen. Sie saß auf dem Bett, das Gesicht zur Wand gedreht. Ma'sie nutzte die Zeit, ein bisschen ihren Verhau aufzuräumen. «Es tut mir leid», sagte sie und hob die auf dem Boden verstreuten Kleidungsstücke auf.

«Dir tut gar nichts leid. Dir tut es nur leid, dass du erwischt worden bist.»

«Das sage ich zu dir auch immer.»

«Siehst du …?»

Ma'sie setzte sich auf den Fußboden und strich abwesend Valeries schmutzige Socken glatt. «Valerie, du bist nicht auf mich wütend. Du bist wütend, weil dein Vater zurück ist und du nicht weißt, wie du damit umgehen sollst. Ich weiß es auch nicht.»

Valerie stiegen die Tränen in die Augen. Ihre Lippe fing zu zittern an. Sie konnte die Emotionen nicht unterdrücken, sosehr sie es auch versuchte. «Ich will nur, dass Jeremy nach Hause kommt und er wieder verschwindet und alles wieder so wird wie früher.»

«Ich auch», sagte Ma'sie.

«Ich will ihn nicht sehen, Ma.» Das war gelogen; sie wollte ihn sehen, und sie fühlte sich deswegen furchtbar schuldig. *Er hat mir so weh getan, Ma. Und Jeremy hat er auch weh getan, aber was, wenn er sich geändert hat? Was, wenn es ihm leidtut und er sich mit uns versöhnen will? Was, wenn er einsam ist und niemanden hat, der sich um ihn kümmert?*

«Das ist deine Entscheidung, Valerie.»

«Jeremy sagt, dass er böse ist, er sagt, wenn er sich die Haare abrasieren würde, könnte man die ‹666› auf seinem Kopf lesen. Aber ich glaube, mir hat er nie was Schlimmes getan. Oder, Ma?»

«Nein, Liebes.»

«Ich will ihn trotzdem nicht sehen. Jeremy würde ausflippen, wenn ich ihn treffen würde.»

«Aber es geht jetzt nicht darum, was Jeremy möchte, Schätzchen. Hier geht es nur um dich.»

Valerie seufzte. Immer noch mit dem Gesicht zur Wand, sagte sie: «Ich kann mich eigentlich gar nicht an ihn erinnern. Ich weiß doch gar nicht, wer er ist, Ma.»

«Valerie, wenn du deinen Vater sehen willst, dann

kannst du das tun. Deswegen wird dir niemand einen Vorwurf machen oder mit dir streiten. Er ist dein Dad, und du hast das Recht, ihn zu sehen.»

Valerie merkte genau, dass es ihrer Mutter nicht leichtfiel, das zu sagen, und für sie war es nicht leicht, sich ihre wahren Gefühle einzugestehen. Ihr liefen die Tränen über das Gesicht. «Vielleicht sage ich ihm nur kurz hallo.»

«Das ist okay, Schätzchen.»

Ma'sie war unwohl dabei, das war ihr völlig klar, aber Valerie drehte sich trotzdem um und lächelte ihre Mutter an. «Bist du dann bei mir, Ma?»

«Ich werde dich keine Sekunde lang aus den Augen lassen.» Ma'sie drückte Valeries Hand.

«Vielleicht könnte Fred ja auch mit dabei sein.»

«Wir können ihn fragen.» Ma'sie senkte den Blick.

«Das heißt aber nicht, dass er jetzt gleich hier einziehen kann oder so was.»

«Kapiert.» Ihre Mutter stand auf. «Okay?»

Valerie wischte sich mit dem Handrücken die Nase ab. «Ich liebe meinen Dad nicht. Das könnte ich nie. Aber ich … es ist nur … keine Ahnung …»

«Du musst nichts erklären, Liebes.» Ma'sie nahm Valerie in den Arm. «Ich hab dich lieb. Ich sage dir das nicht oft genug, und deshalb fange ich jetzt damit an. In Zukunft sage ich das öfter. Versprochen.»

«Ich hab dich auch lieb, Ma, auch wenn du mir echt auf den Zeiger gehst.»

Ma'sie lachte. «Danke.»

«Hast du gemerkt, dass ich nicht ‹Arsch› gesagt habe?»

«Allerdings. Und ich bin tief beeindruckt.»

«Ich werde mich bessern, Ma», sagte Valerie. «Ich geb mir Mühe.»

Ma'sie gab ihr einen Kuss auf die Wange. «Mein Baby!» Sie verließ das Zimmer.

Valerie legte sich aufs Bett und schloss die Augen. Sie versuchte, sich vorzustellen, wie es sein würde, plötzlich ihrem Vater gegenüberzustehen, aber sie spürte nur Angst. Sie versuchte, sich sein Bild vor Augen zu rufen, aber sosehr sie sich auch anstrengte, sie konnte sein Gesicht nicht erkennen. Sie hatte vor Jahren mal ein paar Aufnahmen gesehen, ehe ihre Mutter die Fotos verbrannte, und hatte auch eine verschwommene Erinnerung an den Mann selbst, aber sie war noch klein gewesen, als er verschwand. Sie fragte sich, ob sie ihn wiedererkennen würde. *Ob wir uns ein bisschen ähnlich sehen?* Er würde sie bestimmt nicht erkennen. Sie hätte auf einer einsamen Straße an ihm vorbeilaufen können, ohne dass er sie erkannt hätte. Sie fragte sich, was sie bei ihrer Begegnung empfinden würde. Vielleicht Abneigung, wie ihre Grammy. Oder Zorn, wie Jeremy. Oder sogar Angst, wie ihre Mutter. Oder, noch schlimmer: Vielleicht wäre sie glücklich. Valerie drehte sich der Magen um.

Der Punkt, der Valerie von allen anderen Beans unterschied, war die Tatsache, dass sie Danny Fox geliebt hatte. Für Valerie war ihr Vater früher einmal das Beste auf der ganzen Welt gewesen. Sie konnte sich noch an das warme Glücksgefühl erinnern, das über sie gekommen war, wenn er sie angelacht oder ihr die Haare zerzaust hatte. Sie konnte sich daran erinnern, wie er sie hochgehoben und durch die Luft gewirbelt hatte. «Noch mal, Daddy, noch mal!», hatte sie geschrien. Sie konnte sich daran erinnern, wie sie auf seinen Schultern durch die Straßen von Tallaght geritten war. Wie sie den Blick von dort oben geliebt hatte, und das Gefühl seiner starken Arme, die um ihre Beine geschlungen waren und sie fest und sicher an seinen Brustkorb drückten. Die ganzen schlimmen Dinge existierten nur als Nebel und als Gruselgeschichten aus zweiter Hand, die Jeremy ihr erzählt hatte.

Valerie wusste wirklich nicht, ob sie ihn sehen wollte oder nicht. Vielleicht hielt sie es nicht durch. In ihr herrschten Angst und Neugier gleichzeitig. Aber sie wusste nicht, in welchem Verhältnis. Es gab Dinge an ihr, die sie weder von Jeremy noch von ihrer Mutter oder Bridie kannte. Sie fragte sich, ob sie Ähnlichkeiten zwischen sich und ihm erkennen würde, und falls ja, hatte das dann zu bedeuten, dass sie ein schlechter Mensch war? Jeremy sagte, in ihrem Vater würde nichts Gutes stecken, und auch wenn ihre Mutter zwar so etwas nie gesagt hatte, hatte sie doch auch niemals irgendwas Gutes über ihn erzählt. *Was, wenn wir gleich sind?* Sie konnte sich nicht an seine Stimme erinnern. *Wie sie wohl klingt? Was, wenn ich ihn sofort wieder liebhabe, so wie früher? Was, wenn er für mich sofort wieder das Tollste auf der ganzen Welt ist? Was passiert dann? Wird er mir auch weh tun, so wie Jeremy? Und was ist mit Jeremy?* Sie dachte lange und angestrengt darüber nach, was ihr Bruder dazu sagen würde. *Er wäre absolut dagegen. Tja, Jeremy, hättest du dich eben nicht verpissen dürfen.* Er würde zu ihr sagen, dass sie in der Nähe ihres Vaters nichts verloren hätte. *Dann komm nach Hause, wenn dir das so wichtig ist.* Sie wollte in Tränen ausbrechen, sich die Seele aus dem Leib rennen, von der Chinesischen Mauer springen, zum Mond fliegen, sich zu einer Kugel zusammenrollen, sich im finstersten, dunkelsten Loch verkriechen, sich bis zum Mittelpunkt der Erde einbuddeln, alles auf einmal. Sie wollte schreien, und gleichzeitig wollte sie ganz, ganz still sein. Sie wollte still daliegen und dabei auf und ab springen.

Das war ihr alles zu viel. Sie ging in ihrem Zimmer im Kreis, kaute sich die Nägel ab bis aufs Fleisch, und als ihr Daumen anfing zu bluten und nicht mehr aufhören wollte, ließ Valerie sich endlich gehen und heulte, bis ihr das Gesicht weh tat, die Augen brannten und ihr Kopf pochte.

Valerie, es reicht.

Sie hörte ihre Großmutter zur Toilette gehen. Sie verließ ihr Zimmer und rief: «Geht es dir gut, Grammy?»

«Aber, ja, Jeremy, mein Schatz, mir geht es wunderbar!», ertönte Bridies Stimme aus dem Bad.

Valerie lauschte an der Tür, und als feststand, dass es länger dauern würde, ging sie zu ihrer Mutter, die in Bridies Zimmer war. Valerie half ihr dabei, Grammy etwas zum Anziehen herauszusuchen, und Ma'sie bot an, ihr zu zeigen, wie man Bridie ihre Lieblingsfrisur machte.

Beim Anziehen war Bridie kooperativ, und es kam Valerie fast so vor wie früher, ehe ihr Verstand die Fliege gemacht hatte. Jetzt saß ihre Großmutter zufrieden auf dem Stuhl vor dem Frisiertisch und musterte ihr Spiegelbild. «Ich mag diese Bluse», sagte sie zu Valerie.

«Deshalb habe ich sie ja auch ausgesucht.» Valerie nahm eine rosarote Strickjacke vom Bügel und zog sie ihrer Großmutter vorsichtig an. Ma'sie föhnte ihr die Haare und zeigte Valerie, wie man sie zu einem Knoten hochsteckte.

«Das hat sie von einer Stewardess namens Trixie gelernt», sagte Bridie. «Die hieß tatsächlich Trixie – so was kann man sich nicht ausdenken.»

«Nein, Ma. Das habe ich in meiner Ausbildung gelernt. Und als Trixie den Job als Stewardess bekam, habe ich ihr beigebracht, wie das geht. Erinnerst du dich?»

«Ach ja», sagte Bridie bereitwillig. «Aber, ich meine, Trixie! Wer tut denn einem Kind so etwas an?»

Valerie lachte. «Nicht so schlimm wie Assumpta oder Jacinta.»

«Na ja, Jacinta gefällt mir», sagte Bridie.

«Oder Bridie! Entschuldige, Grammy.»

«Nein, nein, Liebes, das macht gar nichts. Bridie ist wirklich ein scheußlicher Name. Die Mutter von meiner Ma hieß Bridie, und dabei mochte Ma sie nicht mal besonders gern. Wahrscheinlich hat sie mich nur deshalb Bridie genannt, weil sie zu geizig war, sich ein Kindernamenbuch zu kaufen.»

«Ich glaube nicht, dass es damals so was schon gab», sagte Ma'sie.

Valerie lachte. «In der Steinzeit.»

«Hahaha! Lach du nur, Valerie Bean, du wirst schon sehen. Das Leben geht vorbei wie der Blitz. Ein Wimpernschlag, und schon sind zwanzig Jahre vergangen, und die Welt hat sich völlig verändert, und ich schaue mir die Radieschen von unten an.»

«Sag so was nicht, Ma.»

«Warum denn nicht? Es ist die Wahrheit. Mir macht das nichts aus, Liebes. Besser, als dazusitzen und zu sabbern.» Sie hatte plötzlich Tränen in den Augen, aber sie lächelte. «Hauptsache, es geht schnell.»

Ma'sie war zufrieden mit den Haaren, und Valerie durfte den Knoten feststecken. «Gut gemacht», sagte Ma'sie.

Grammy lächelte. «Oh, Liebes, du hast genauso viel Geschick mit Frisuren wie deine Ma. Du bist ein ganz tolles Mädchen, Valerie.» Sie nahm das Gesicht ihrer Enkeltochter zwischen die Hände, beugte sich vor und gab ihr einen Kuss auf die Stirn.

Grammy wirkte, als wäre sie wieder ganz die Alte, hübsch und fröhlich und unbeschwert, und zum ersten

Mal an diesem Tag war Valerie glücklich. Trotz der Traurigkeit, der Angst und der Anspannung, der irrsinnigen Heulerei und ihrer blutigen Wurstfinger war der Vormittag doch noch schön geworden.

Maisie

Lynn kam um kurz nach elf und beschwerte sich darüber, dass sie beim Arzt so lange warten musste. Maisie hörte sie in der Küche herumwuseln. Sie half Bridie dabei, Tee zu kochen. Maisie rief in der Praxis an und telefonierte mit Lorraine, weil sie noch länger frei brauchte.

«Ist doch klar, Maisie. Solange es sein muss. Das ist so furchtbar, so schrecklich, ich meine das, was da jetzt behauptet wird. Wir stehen alle zu hundert Prozent hinter dir. Wir möchten, dass du das weißt. Du bist eine gute Mutter, eine ganz tolle Mutter, und … na ja. Das war's. Entschuldige. Wir vermissen dich.»

«Danke, Lorraine.» Sie verabschiedete sich und ging mit dem Telefon in der Hand in den Flur. In der Küche brutzelte es, und Maisie konnte gebratenen Speck riechen.

«Damit du mal ein bisschen was auf die Knochen kriegst, Valerie Bean», sagte Lynn.

«Ich bin am Verhungern, Lynn.»

«Braves Mädchen. Deck schon mal den Tisch, und du, Bridie Bean, Finger weg vom Kühlschrank! Kein Käse für dich!»

Maisie öffnete die Haustür. Die Wolken hatten sich gelichtet und einen silbrig weißen Himmel zum Vorschein gebracht. Sie setzte sich vor die Haustür und starrte das Telefon an. Schließlich zog sie die Karte mit Freds Handynummer aus der Hosentasche. Was er getan hat, ist schrecklich und unverzeihlich. *Er hat es für mich getan, für mich und meine Kinder. Ich bin von Danny befreit. Ich habe mein eigenes Leben. Meine Kinder sind glücklich – waren es wenigstens … Wenn du endlich wieder bei mir zu Hause bist, bringe ich dich um, Jeremy Bean!* Fred war immer nett zu ihr gewesen. Er hatte sie vor Danny beschützt, und sogar Valerie wollte ihn bei der Begegnung mit ihrem Vater dabeihaben. Heute brauchte Maisie ihn ganz besonders … Trotzdem. Auch wenn er das, was er getan hatte, für sie getan hatte, getan hatte er es dennoch.

Sie tippte seine Handynummer ein. Er hob beim zweiten Klingeln ab.

«Detective Brennan am Apparat?»

«Ich bin's, Maisie.»

«Mai.» Er klang erleichtert.

«Rave hat gestern Abend in Blessington Geld abgehoben.»

«Ich weiß. Linda hat mich angerufen. Das sind gute Neuigkeiten.»

«Es gibt nachher eine Pressekonferenz. Ich muss mich darauf vorbereiten.»

«Möchtest du, dass ich einen von den Jungs bei dir vorbeischicke?»

«Valerie hatte gehofft, du könntest dabei sein.»

«Valerie?»

«Sie wird heute ihren Vater treffen. Er ist auch da.»

«Er wird aber nichts sagen – Jeremy nimmt die Beine in die Hand und rennt, so weit er kann, wenn er ihn sieht.»

«Nein. Aber er will dabei sein. Er bleibt im Hintergrund.»

«Okay.»

«Also. Kommst du zurück, nur für heute, meine ich?»

«Nur für heute?»

«Ja.»

«Ich bin schon da, Mai.»

Sie hob den Kopf und sah ihn ein Stückchen die Straße runter aus dem Wagen steigen.

Sie senkte den Blick und starrte auch dann noch zu Boden, als er sich neben sie setzte. «Warst du die ganze Zeit vor meiner Tür?»

«Nein. Für die Nachtschicht hatte ich einen unserer Jungs abgestellt. Ich habe um sieben übernommen. Wir werden kein Risiko eingehen, jetzt, wo Danny Fox wieder da ist.»

«Er ist für uns keine Bedrohung mehr, Fred.»

«Ich auch nicht, Mai. Das schwöre ich dir.»

«Und ich glaube dir, wirklich. Aber ich kann einfach nicht begreifen, dass –» Sie sah auf und blickte in Freds glattrasiertes Gesicht. «Jesus!» Sie schlug sich unwillkürlich die Hände vor den Mund. «Du bist ja völlig weiß.»

«Genau das lag in meiner Absicht.» Ohne den kaschierenden Schnurrbart wirkte sein Lächeln breit und strahlend.

«Du siehst zehn Jahre jünger aus.»

«Aber ich fühle mich wie hundert.» Seine Augen waren traurig.

«Du hast dich meinetwegen rasiert. Wegen dem, was ich gesagt habe.»

«‹Traue niemals einem Mann mit Bart›? Ich habe mich rasiert, aber sicher nicht wegen einem dämlichen Sprichwort.»

«Es ist nicht dämlich.»

«Okay. Jedenfalls war das nicht der Grund.»

«Was dann?»

«Damals, als ich Danny das antat, war ich noch mitten im Trauerprozess um Joy. Ich hatte sie nicht retten können, und ich dachte, ich könnte wenigstens versuchen, dich zu retten. Ich habe dabei eine Grenze überschritten, so viel steht fest. Ich bin zum Therapeuten gegangen. Ich habe einen schweren Fehler begangen, aber ich bin damit ins Reine gekommen. Das bin ich nicht. Ich lasse nicht zu, dass diese Tat mich definiert.» Er stand auf und sah sie an. «Das hier bin ich, Mai. Du bekommst, was du siehst, und wenn du nicht mit dem zurechtkommst, was in jener Nacht passiert ist, dann akzeptiere ich das und verschwinde aus eurem Leben, sobald wir Jeremy wiedergefunden haben.» Er ging an ihr vorbei und drückte die Haustür auf. «Und jetzt entschuldige bitte, aber ich rieche gebratenen Speck.»

Er ließ sie auf der Stufe sitzen. Sie dachte darüber nach, was er gesagt hatte, und trotz allem, was geschehen war, ertappte Maisie Bean sich dabei, wie sie lächelte.

Als Maisie schließlich auch in die Küche kam, standen Lynn und Fred über eine Landkarte gebeugt.

«Wenn die Jungs in Blessington sind und das Fahrrad am Stausee versteckt haben, sind sie entweder getrampt oder gelaufen. Falls sie getrampt wären, hätte sich der Fahrer inzwischen sicher längst gemeldet, und wenn sie das Fahrrad versteckt haben und von der Bohernabreena Road aus zu Fuß gelaufen sind, waren es auf der kürzesten Strecke mindestens siebzehn Kilometer. Dafür braucht man ungefähr dreieinhalb bis vier Stunden, bei dem Wetter wahrscheinlich länger. Die Frage lautet also, warum?»

«Vielleicht gibt es dort ein Mädchen», sagte Lynn, die

jegliche Andeutungen darauf, dass Jeremy schwul sein könnte, stoisch ignorierte.

«Selbst wenn, wieso sind sie dann zu Fuß gegangen, anstatt mit dem Fahrrad zu fahren?»

«Vielleicht sind sie tatsächlich getrampt, und derjenige, der sie mitgenommen hat, hat am nächsten Morgen das Land verlassen», sagte Lynn.

«Vielleicht.» Fred seufzte. «Vielleicht aber auch nicht …»

Maisie nutzte den Augenblick, um das Thema zu wechseln. «Wie lange braucht man von hier bis Gorey ungefähr?»

«Nicht lang, kommt drauf an, wohin genau.»

«Dahin, wo Carina Murphy lebt.»

«Aber, Mai …»

Sie hielt abwehrend die Hände hoch. «Ich weiß, was du sagen willst, Fred, aber bitte hör mir erst mal zu.»

Er verschränkte die Arme vor der Brust.

«Rave hat es verdient, dass auch von seiner Familie jemand bei dieser Pressekonferenz spricht. Jemand, der ihn bittet, nach Hause zu kommen.»

«Ich weiß, aber das ist nun mal unmöglich.»

«Nichts ist unmöglich. Ich will nur mit ihr sprechen. Fünf Minuten.»

«Ich weiß nicht …»

«Sie ist schließlich nicht die verdammte Königin von Saba, Fred. Sie ist eine Mutter, die ihren Sohn schon einmal im Stich gelassen hat, und jetzt, wo er sie am dringendsten braucht, tut sie es wieder, nur dass sie diesmal auch noch Unterstützung hat.»

Er rieb sich das frisch freigelegte Kinn, schniefte und zog sich an der Nase. «Also gut. Fünf Minuten.»

«Ich hole meinen Mantel.»

Lynn erklärte sich bereit, auf Bridie aufzupassen, die schon wieder zufrieden vor dem Fernseher saß.

Maisie ging in Valeries Zimmer. «Fred und ich müssen mit dem Auto weg. Möchtest du mit?»

«Fahrt ihr zu Raves Ma?»

Maisie nickte.

«Ist sie eine Moonie?»

«Ich habe keine Ahnung, was sie ist, Liebes.»

«Nein, danke. Noleen hat mir die Hausaufgaben gebracht. Ich glaube, ich kümmere mich lieber um die Schule.»

«Braves Kind.»

«Noleen sagt, die Leute reden alle total nett über uns und dass das, was in der Zeitung steht, eine Frechheit ist.»

«Die machen auch nur ihren Job.»

«Die schreiben, dass wir Assis sind, Ma.»

«Das stimmt doch gar nicht.»

«Könnte man aber so auslegen.»

«Das spielt auch gar keine Rolle. Wir wissen, was wir sind und was nicht.»

«Ja, klar», sagte Valerie. «Was sind wir denn?»

«Wir sind ganz normale Menschen, die versuchen, unter den ihnen gegebenen Umständen das Beste zu tun, Schätzchen. Niemand ist perfekt.»

«Auch Jeremy nicht?», fragte Valerie.

«Auch Jeremy nicht.»

«Gute Fahrt, Ma.» Valerie wandte sich wieder ihren Büchern zu.

Maisie hatte ihre Gründe, weshalb sie wollte, dass Carina Murphy sich einschaltete. Sie hatte keine Ahnung, was die Jungs in Blessington trieben oder weshalb sie dort waren, und anstatt sich selbst verrückt zu machen und sich mit Fragen und Vermutungen das Gehirn zu zermartern, konzentrierte sie sich lieber darauf, sie dazu zu bewegen, nach Hause zu kommen. In ihren Augen war Carina der Schlüssel. Falls Rave die Pressekonferenz sah und Carina ihn vor laufenden Kameras bat, nach Hause zu kommen, würde er es tun. Das wusste sie. Sie war sich deshalb so sicher, weil Rave in den beiden ersten Jahren, nachdem seine Mutter weggegangen war, immer wieder bei ihnen übernachtet hatte. Maisie hatte ihn getröstet, wenn er sich abends in den Schlaf weinte, sie hatte für ihn gekocht und ihm was ordentliches zum Anziehen rausgelegt, als Sid nicht mal die Willenskraft aufbrachte, morgens aufzustehen, lange bevor er angefangen hatte, Heroin zu spritzen. Sie hatte sich mit Rave unterhalten und ihm gezeigt, wie man eine Wohnung putzt, weil er es wissen wollte. Fürs Kochen hatte er nichts übrig, aber zu putzen gab ihm eine gewisse Befriedigung.

Sie hatten sich nahegestanden. Rave hatte Maisie Dinge erzählt, die er niemandem sonst erzählt hätte, kleine Geheimnisse. Zum Beispiel, dass sein Dad oft den ganzen Tag schlief oder wie kalt es bei ihnen zu Hause manchmal war. «Aber es ist schon okay, Maisie. Ich lasse einfach den Anorak an und lege mich unter die Bettdecke.»

Damals hatte sie ständig bei Sid auf der Matte gestanden, öfter, als sie zählen konnte, um ihm Vorwürfe zu machen, weil er sich nicht um seinen Sohn kümmerte, oder um seine Heizkostenrechnung zu bezahlen, obwohl sie ihre eigene gerade so begleichen konnte. Sie hatte stundenlang auf ihn eingeredet, versucht, ihn dazu zu kriegen, für sich und für sein Kind zu kämpfen. Dabei litt Sid nicht an Depressionen, er war einfach nur einsam und unglücklich, faul, egoistisch und traurig. Er trauerte fürchterlich um den Sohn, den er verloren hatte, und vergaß dabei den Sohn, der ihm geblieben war.

Als Jeremy zwölf war, hatte er Rave eines Tages nach der Schule mit nach Hause gebracht. Maisie hatte ihn eine Zeitlang nicht gesehen, und er sah schlimm aus. «Rave, du bist irgendwie so gelb. Ist alles okay mit dir?»

«Weiß nicht.»

«Willst du mir sagen, was los ist, Schätzchen? Versuch mal, es mir zu erklären.»

«Ich glaube, ich muss sterben.»

«Warum das denn?»

«Erst brenne ich innerlich, dann ist mir eiskalt, dann brenne ich wieder. Ständig ist mir schlecht und mein …»

«Und was, Schätzchen?»

«Mein Pipi stinkt ganz grausam, Maisie.»

Seine Augen waren gelb unterlaufen. Sie ging mit ihm zum Arzt, und der attestierte Rave die Gelbsucht. Mit Ruhe, viel Wasser und gutem, nahrhaftem Essen sollte sie eigentlich wieder in den Griff zu kriegen sein. Maisie behielt Rave eine ganze Woche bei sich. Er bekam Jeremys Bett, und Jeremy musste auf den Fußboden umziehen. Wenn ihr Sohn in der Schule war, brachte sie Rave Bücher und machte es ihm auf dem Sofa im Wohnzimmer bequem. Bridie kochte ihm vitaminreiche Mahlzeiten und steckte ihm heimlich den ein oder anderen Schokoriegel zu, während Maisie so tat, als würde sie nichts merken. Während dieser Zeit offenbarte Rave sehr viel über sich selbst, und eines der Dinge, über die er mit Maisie sprach, war die Sehnsucht nach seiner Mutter.

«Ich mag dein Parfüm, Maisie.»

«Das ist nur Seife, Liebchen.»

«Riecht schön.»

«Danke sehr.»

«Meine Ma hat auch immer so gut gerochen. Tut sie bestimmt immer noch.»

«Wonach roch sie denn?»

«Nach Blumen. Und sie hatte ganz weiche Hände. Und lange Fingernägel.»

«Du vermisst sie.»

«Mein Dad sagt, das darf ich nicht. Er sagt, sie ist es nicht wert, vermisst zu werden, aber ich vermisse sie trotzdem. Eines Tages werde ich zu ihr gehen und ihr sagen, dass alles wieder gut ist, weil ich ja weiß, dass sie ihre Gründe hatte wegzugehen.»

«Sie war sehr traurig, nachdem dein Bruder gestorben ist», sagte Maisie.

«Ja, und wenn ich traurig bin, bin ich auch am liebsten allein», antwortete Rave. «Da bin ich wahrscheinlich genau wie sie.»

«Ich bin mir jedenfalls sicher, dass du sie irgendwann wiedersiehst, Liebchen.»

«Genau. Weil sie mich nämlich liebhat.» Er lächelte. «Willst du wissen, woher ich das weiß?»

Sie nickte.

«Weil sie mir immer eine Geburtstagskarte schickt, und das heißt doch was. Oder, Maisie?»

«Ja, Schätzchen. Ganz sicher.» Sie ließ ihn in Ruhe fernsehen und ging in ihr Zimmer, um zu weinen.

Das war jetzt vier Jahre her, und seitdem hatte sich viel verändert, aber sie wusste, dass Rave seine Ma immer noch liebhatte, selbst wenn sie ihn nicht lieben sollte.

*

Fred ließ auf der Fahrt das Radio laufen. Die Nachrichten meldeten, dass Rave am Geldautomaten in Blessington Geld abgehoben hätte. Jeder, der die Jungen gesehen hatte, sollte sich dringend bei der Polizei melden. Langsam zog der Himmel wieder zu, und es war kalt, aber die Luft war immer noch trocken und frisch. Es war schön, im Auto zu sitzen und die Welt an sich vorbeiziehen zu lassen.

«Danke, Fred», sagte Maisie.

«Du musst dich nicht bei mir bedanken.»

«Doch.» Sie fühlte sich in seiner Gegenwart so ungezwungen wie seit Tagen nicht mehr. Alle Gefühle von Verpflichtung oder unausgesprochenen Versprechungen waren verflogen. Er hatte ihr gesagt, was es zu sagen gab. Sie war in ihren Entscheidungen vollkommen frei. Es fühlte sich fast an wie ein Neuanfang. Zum ersten Mal in ihrer Beziehung begegneten sie sich auf Augenhöhe. Er war nicht perfekt, und sie war es auch nicht.

Er stellte das Radio ab und sah sie an. «Ich will, dass du auf eine Enttäuschung gefasst bist.»

«Darin habe ich lebenslange Übung.»

«Sehr gut. Der Punkt geht an dich.» Er klang auch viel unbeschwerter. Vielleicht war sein Geständnis der Grund, vielleicht lag es aber auch daran, dass der Bart ab war.

«Ich kenne sie noch von früher», sagte Maisie. «Eine Zeitlang waren wir sogar befreundet.»

«Das wusste ich nicht.»

Die Nachbarschaft hatte Maisie und Carina zusammengeführt und die unbestreitbar enge Verbindung zwischen ihren Söhnen, sonst wären sie wohl keine Freundinnen geworden. Carina war in vielerlei Hinsicht das genaue Gegenteil von Maisie. Sie besaß eine gute Schulbildung und hatte eine Ausbildung zur Heilpraktikerin gemacht, als noch niemand überhaupt wusste, was ein Heilpraktiker war. Maisie war sich selbst heute noch nicht ganz sicher. Rave hatte das gute Aussehen seiner Mutter geerbt, ihre grauen Augen und die schwarzen Haare. Neben Carina hatte Maisie sich immer ein bisschen gefühlt wie ein Trampel, und Carina hatte sich ein bisschen zu sehr darin gesonnt, als dass sie wirklich hätten enge Freundinnen sein können.

Damals hatte Sid noch in der Stadt gearbeitet. Er war Geschäftsführer in einer kleinen Buchhandlung und liebte seinen Job. Er hatte Rave und Jeremy in ihrer Liebe zum Lesen bestärkt. Raves älterer Bruder Jason hatte seine Zeit im Freien verbracht, entweder auf dem Sportplatz oder im Garten, wo er für seine Mutter Beete umgrub, damit sie Blumen oder Gemüse oder irgendwelche Heilkräuter pflanzen konnte. Rave dagegen hatte den Großteil seiner Kindheit lesend verbracht, entweder in seinem eigenen Zimmer oder bei Jeremy. Sid brachte seinem Sohn jede Woche zwei Bücher mit nach Hause. Er las das erste, gab es an Jeremy weiter und las danach das zweite. Wenn er damit fertig war, hatte sein Vater ihm bereits die nächsten beiden Bücher mitgebracht, und das Spiel ging von vorne los. Sie verbrachten Stunden damit, sich über die Geschichten zu unterhalten und sich in die tollen Charaktere hineinzuversetzen, die ihnen bei der Lektüre begegnet waren. Ein Jahr vor Jasons Tod war der Buchladen pleitegegangen. Sid musste den Job als Geschäftsführer eines örtlichen Supermarkts annehmen und war nur noch mit großem Widerwillen zur Arbeit gegangen, bis sie ihn anderthalb Jahre nach dem Tod seines Sohnes schließlich endgültig rauswarfen. Zwei Monate später hatte Carina ihn verlassen. Sie hatte jedem, der ihr nahestand, einen

Abschiedsbrief geschrieben – ihren Eltern, ihren beiden Brüdern, ihrem Ehemann und Rave.

Maisie hatte Raves Brief schon bald nach Carinas Weggang gelesen: Sid hatte ihr das zerknüllte Blatt Papier in die Hand gedrückt. Sie konnte sich bis heute noch ganz genau daran erinnern.

Mein liebster Sohn,
ich gehe, weil ich muss. Ich gehe an einen Ort, an den du mir nicht folgen kannst, und das will ich auch nicht. Ich wünsche dir Glück im Leben und in der Liebe, und ich hoffe, du triffst immer die richtigen Entscheidungen. Du bist deines eigenen Glückes Schmied. Nur du bestimmst, wer und was du sein willst. Das nimmt dir kein anderer ab. Es tut mir leid, dass ich dich als Mutter im Stich gelassen habe. Ich kann nicht ändern, wie ich bin, genauso wenig, wie du ändern kannst, wer du bist. Wir müssen alle unsere Opfer bringen, unseren Schmerz und unser Leid als Opfergaben darbringen in der Hoffnung, dass es ausreicht, uns zu retten. Vergiss das nie. Gott wacht über uns, und er erwartet uns alle. Jason hat er früh zu sich genommen, aber du und ich, wir werden womöglich sehr alt. Wenn der Vorhang dann gefallen ist, werden wir uns, so Gott will, wiedersehen.

Für dieses Leben aber heißt es Abschied nehmen.

In Liebe, deine Mutter.

Es war der seltsamste Brief, den Maisie je gelesen hatte. Sie las ihn wieder und wieder, versuchte zu begreifen, was dahintersteckte. Sie hatte Carina schon immer als seltsam empfunden: Sie hatte oft unbequeme Dinge gesagt, war manchmal regelrecht unverschämt gewesen, aber Maisie war ein Biest schon immer lieber gewesen als eine Langweilerin, und Carina Murphy konnte Danny Foxy schneller in seine Schranken verweisen als jeder andere Mensch auf Erden. Schon allein dafür hatte Maisie sie gemocht. Zumindest bis zu dem Tag, als sie ihren Sohn im Stich gelassen hatte. Das war unverzeihlich gewesen.

«Glaubst du, du kannst an ihren weichen Kern appellieren?», fragte Fred.

«Die Frau besitzt keinen weichen Kern.»

«Und warum machst du das dann?»

«Ich muss Rave in die Augen sehen und sagen können, dass ich es versucht habe. Er soll wissen, dass es jemanden gibt, der sich um ihn sorgt, und wenn es nur Maisie Bean ist.»

Fred fuhr links ran.

«Was tust du?»

«Ich halte an, weil ich dir etwas sagen will.»

«Bitte nicht noch mehr schlechte Nachrichten.»

«Du bist eine unglaubliche Frau, Maisie Bean. Du hast überhaupt keine Ahnung, wie besonders du bist, und das muss mal gesagt werden. So. Jetzt habe ich es gesagt. Erledigt.»

«Ach, würdest du bitte –»

«Erledigt, habe ich gesagt.» Er hob die Hand, um sie zum Schweigen zu bringen, legte den Gang ein und fuhr weiter. Keiner von beiden sagte noch etwas, aber hätte Fred zur Seite gesehen, hätte er gemerkt, dass sie grinste.

Die Gemeinschaft versteckte sich hinter zwei riesigen Metalltorflügeln, auf denen mit roter Farbe das Wort «Privatgelände» geschrieben stand. Sie saßen im Auto und starrten die Wand aus Stahl an, die zwischen ihnen und der Frau aufragte, die sich inzwischen Marianne nannte. Es gab keine Gegensprechanlage. Obwohl sie nicht sehen konnten, was hinter dem Tor lag, legte die Allee aus hohen Bäumen, die dahinter zu erkennen war und sich mindestens einen Kilometer weit erstreckte, nahe, dass Anklopfen keine Option war. Sie warteten. Zwanzig Minuten später öffnete sich das Tor, und sie fuhren hindurch.

Ein Mann mit rasiertem Schädel und weißem Bart sprang aus dem Auto, für das sich das Tor offensichtlich geöffnet hatte. «Können Sie nicht lesen? Sie sind hier nicht willkommen.»

Fred kurbelte das Fenster runter. «Wir sind auf der Suche nach Carina Murphy oder Marianne.»

«Marianne will keinen Besuch.»

«Ich habe auch nicht gefragt, ob sie Besuch möchte.» Fred zückte seine Dienstmarke.

Nach ziemlich viel Hin und Her wurden sie schließlich zu einer kleinen, aber hübschen Holzhütte geführt. Carina saß auf der Veranda. Sie war in das für sie typische Schwarz gekleidet und hatte sich in eine teuer wirkende, übergroße Strickjacke gehüllt. Die Haare waren inzwischen genauso grau wie ihre Augen, doch anstatt älter zu wirken, machte sie das noch schöner und extravaganter. Als sie Fred und Maisie sah, stand sie auf und lächelte rätselhaft. *Vielleicht ist sie doch die Königin von Saba.*

«Hallo, Maisie. Wie schön, dich zu sehen!» Carina streckte die Hand aus.

Überrascht ergriff Maisie die Hand. *Mist, warum habe ich das getan? Sie ist ein schrecklicher Mensch.*

«Und Sie müssen Detective Brennan sein.» Sie deutete auf zwei Stühle und machte damit klar, dass sie in ihrem winzigen Zuhause nicht willkommen waren. Sie bot ihnen

Tee an, doch sie lehnten ab. Sie setzte sich ihnen gegenüber und zog die Beine unter. «Also. Was kann ich für euch tun?»

«Na, das ist wirklich eine blöde Frage», sagte Maisie. «Was du für mich tun kannst, weißt du ja wohl – eigentlich nicht für mich, für deinen Sohn.»

«Und was wäre das?», wollte Carina wissen.

«Du kannst uns helfen, ihn zu finden.»

«Blödsinn! Und selbst wenn das kein Blödsinn wäre, ist dir jemals in den Sinn gekommen, dass er vielleicht gar nicht gefunden werden will?»

«Carina. Er ist sechzehn.»

«Marianne, bitte, und das Alter ist nur eine Zahl, Maisie.»

«Das ist Schwachsinn, und das weißt du.»

«Vincent, mein Nachbar.» Carina deutete zwischen Maisie und Fred hindurch. Maisie drehte sich um und entdeckte zwischen ein paar Bäumen die nächste Holzhütte. «Er ist fünfundachtzig Jahre alt, fit wie ein Turnschuh, von morgens bis abends auf den Beinen, verpasst niemals das Abendgebet und weiß immer etwas mit sich anzufangen. Auf der anderen Seite mein siebzehn Jahre alter Sohn: Gestorben, mitten auf dem Fußballplatz, an einem schweren Herzinfarkt. Wenn ich sage, das Alter ist nur eine Zahl, dann meine ich das auch so.»

Maisie lachte. «Du und Sid, ihr könnt meinetwegen bis in alle Ewigkeit weiter auf eurer Toter-Sohn-Geschichte rumreiten. Sid kann sich mit Drogen umbringen und du kannst meinetwegen in einer Sardinenbüchse wohnen, aber versuch bitte nicht, mir deinen Eso-Scheiß übers Alter zu verkaufen oder den ganzen anderen Scheiß, den du dir seit Jahren einredest. Du hast einen Sohn, der am Leben ist. Er liebt dich immer noch, er vermisst dich, und er braucht dich. Du solltest für ihn da sein wollen, und zwar nicht nur jetzt, sondern bis an dein Lebensende. Das bedeutet nämlich Mutter zu sein.»

«Ich hatte ganz vergessen, wie sehr du einem auf die Nerven gehen kannst, Maisie.»

Fred stand auf, aber Maisie packte seine Hand und zog ihn auf den Stuhl zurück.

«Du kannst gerne auf mich runtersehen, Carina – nur zu, das tut im Augenblick die ganze Scheißnation –, aber das Einzige, was wirklich zählt, ist meinen Sohn wieder nach Hause zu holen, und dafür setze ich mit Freuden die verfickte Hölle und sämtliche Gezeiten in Bewegung.»

«Sprichst du mit diesem schmutzigen Mundwerk auch zu Gott, Maisie?»

«Oh, darauf kannst du Gift nehmen – und weißt du, was ich zu ihm sage? Ich sage ihm, falls der Himmel für so bigotte, grausame, egoistische, herzlose Arschlöcher wie dich reserviert ist, dann scheiß ich drauf.»

«Dieselbe wunderbare Ausdrucksweise wie immer, Maisie. Sind wir fertig?»

Maisie war noch nicht fertig. Sie war in Raves Sache gekommen. «Bitte», sagte sie. «Bitte, Carina oder Marianne oder wer auch immer du jetzt bist, bitte, ich flehe dich an, mit uns zu dieser Pressekonferenz zu kommen, um deinem Sohn zu sagen, dass du ihn liebst und ihn bittest, nach Hause zu kommen.»

«Und dann?»

«Was meinst du damit?»

«Zurück in das Rattenloch und Sid dem Fixer? Schulbrote schmieren und Ranzen packen? Willst du das?»

Maisie war so schockiert, dass sie fast angefangen hätte zu weinen. Ihr kamen Raves Worte in den Sinn: «Ich weiß, dass sie mich liebhat. Sie schickt mir immer eine Geburtstagskarte.»

«Ich will, dass du ihn liebst. Er ist liebenswert. Er ist nett und süß und richtig klug, und er sieht genauso aus wie du.»

Carinas sorgsam konstruierte Fassade fing an zu bröckeln. Tränen traten in ihre Augen.

Ist das etwa eine menschliche Regung?

Sie beugte den Kopf. «Klingt, als wäre er ein netter Junge, Maisie, und ich wünsche ihm alles Gute. Bitte glaube mir, mein Leben hier in dieser Umgebung zu verbringen und dem Gebet zu widmen ist das Beste, das ich für meinen Sohn tun kann.» Als sie den Blick wieder hob, lächelte sie und hatte die Hände wie zum Gebet erhoben.

Maisie sah zu Fred rüber. Er schüttelte den Kopf. «Okay. Ich hab's versucht. Das war's. Lass uns gehen.» Sie standen auf. Carina blieb sitzen.

«Gebetc nutzen gar nichts. Sie ernähren ihn nicht, sie ziehen ihn nicht an, sie halten ihn nicht warm. Gebete lieben ihn nicht und beschützen ihn nicht, aber bete du nur weiter, denn in einem hast du recht: Er ist ohne dich besser dran.»

Carina reagierte nicht.

Umgeben von hohen Bäumen, ursprünglicher Vegetation und allen möglichen Tieren, gingen sie zurück zum Auto. Sie atmeten die frische Luft, lauschten dem Rascheln und Scharren im Gebüsch und den Vögeln, die hoch über ihnen zwitscherten.

«Ich weiß ja nicht, wie das bei dir ist, Fred, aber so viel Natur verursacht mir Ausschlag.»

Er lachte. «Komm, wir schaffen dich nach Hause. Es tut mir leid, dass es nicht funktioniert hat.»

«Muss es nicht. Wir haben es versucht, und das ist auch schon was wert.»

Auf dem Heimweg ertappte Fred Maisie dabei, wie sie vor sich hin lächelte. «Was hat denn dein finsteres Gesicht auf den Kopf gestellt?»

«Ich dachte immer, Carina Murphy wäre was Besseres als ich. Was für ein Witz! Ich scheiße wirklich auf das, was andere Leute denken.»

«Das ist gut.»

«Und ich sag dir noch was. Wenn wir diese Jungs endlich wiederhaben, kommt Rave endgültig zu mir.»

Fred kicherte. «Noch besser.»

Maisie war dermaßen überzeugt davon, ihre Jungen wiederzukriegen, dass sie sich die ganze Rückfahrt über in Tagträumen über ihr neues Familienleben erging.

ZEHNTES KAPITEL

«Nothing Else Matters»
Metallica, 1992

Bridie

Lynn sprach mit Maisie, Fred und Valerie. Sie sagte ihnen, dass sie losmüssten, irgendwas mit einer Konferenz. «Es wird Zeit. Ich kümmere mich um Bridie.» Maisie umarmte ihre Freundin. «Du bist meine Lebensretterin.» Sie gab Bridie einen Kuss. «Wie sehe ich aus, Ma?»

«Hübsch.» Das war ehrlich gemeint. *Du bist hübsch, Maisie. Warst du immer und wirst du auch immer sein.* Bridie wusste zwar nicht genau, wohin Maisie ging, aber sie wusste, dass sie es tat, um Jeremy wiederzufinden. *Mein Junge, mein lieber, lieber Junge. Vergiss nie, Jeremy, deine Grammy liebt dich.* Es gefiel ihr nicht, dass sie zu Hause bleiben musste. *Ich will ihn doch auch wiederfinden. Ich sollte nach ihm suchen. Anstatt hier rumzusitzen und Däumchen zu drehen mit dieser Wie-heißt-sie-noch-mal.* Dass Fred mit dabei war, gefiel ihr auch nicht. Wenigstens wusste sie, wenn sie nur ganz angestrengt nachdachte, dass er der Mann war, der Maisie damals geholfen hatte. *Aber warum macht er mich dann so nervös?*

Die Frau führte Bridie ins Wohnzimmer. *Ich halte es hier nicht mehr aus.* Die Frau folgte ihr zurück in die Küche. *Und hier auch nicht. Kann ich denn sonst nirgendwohin?*

«Es wird alles wieder gut, Bridie», sagte die Frau zu ihr.

«Es war alles gut – eine Zeitlang war es sogar richtig schön –, aber die Zeiten ändern sich, und die schönen

Dinge verändern sich zum Schlechten, und wir können nichts dagegen tun. Wir haben keine Kontrolle. Das denkt man zwar, aber in Wirklichkeit haben wir nichts unter Kontrolle, meine Liebe.»

«Ich weiß, dass im Augenblick alles ganz furchtbar aussieht, aber es wird auch wieder besser», sagte die Frau. «Jetzt müssen wir es nur alle über diesen hohen Berg schaffen. Dahinter liegen saftige Wiesen und der blaue Himmel.»

«Es wird nie wieder so, wie es war.» Ihr liefen Tränen über das Gesicht. «Ich weiß zwar nicht viel, meine Liebe, aber das weiß ich genau.» *Wo sind denn alle hin verschwunden? Warum haben sie mich verlassen?*

«Alles ändert sich, Bridie. So ist das Leben eben.»

«Aber eine Zeitlang war es so schön!» Bridie verstummte.

Die Frau versuchte, sie zu einer Folge *Blockbusters* zu überreden, aber sie hatte keine Lust. Dann wollte sie wissen, ob Bridie ein Nickerchen machen wollte, aber sie war zu aufgewühlt, um zu schlafen. Die Frau kochte Tee, bot ihr Kuchen an und sogar ihren Lieblingskäse, aber sie hatte keinen Hunger. Sie wollte einfach nur in ihrem Stuhl sitzen und vor- und zurückschaukeln.

Dann fiel Bridie plötzlich etwas ein, das sie vollends in Unruhe versetzte. Sie hatte gehört, wie Maisie mit Valerie über Danny gesprochen hatte. *Er ist wieder da. Er ist hier. Sie sind jetzt bei ihm. Kein Wunder, dass unser schöner Junge davongelaufen ist.* Bridie drehte sich zum Fenster. Die Journalisten waren dabei, zusammenzupacken und zu gehen, und Bridie kam zu dem Schluss, dass es für sie höchste Zeit wurde, dasselbe zu tun, bevor sie es wieder vergaß.

Lynn ließ Bridie nicht mal für drei Minuten aus den Augen, um auf die Toilette zu gehen. Sie wusste, dass es weniger als drei Minuten waren, weil sie die Zeit im Laufe der Jahre x-mal gestoppt hatte. Sie trödelte nie lange im Bad herum. Sie bezeichnete sich als eine von der Rein-raus-fertig-Fraktion. Rein, raus, Hände waschen, zum Abtrocknen das Handtuch oder die Hosenbeine – niemals diese schrecklichen Trockengebläse, die waren vollkommen unnütz – alles wieder zurechtrücken, fertig.

Sie hatte immer unter drei Minuten gebraucht. Sie hatte sich beim Zeitstoppen immer dann zu neuen Rekorden angestachelt, wenn sie wegen anderen rücksichtslosen, egoistischen Weibern Ewigkeiten warten musste, weil die offensichtlich besonderes Vergnügen dabei empfanden, ihre Zeit und die von anderen auf öffentlichen Toiletten zu verschwenden. Das war einer der Gründe, weshalb Lynn nicht mehr auf Reisen ging und auch keine Pubs, Kaffees oder Restaurants mehr besuchte, die sie nicht kannte. Bei Jingles wusste sie genau, woran sie war. Es gab zwei Toiletten und nie genug Gäste für eine unzumutbare Schlange.

Lynns Radius und damit ihr Leben war im Laufe der Jahre immer mehr geschrumpft. Die Veränderungen und Einschränkungen, denen sie sich selbst aussetzte, waren so allmählich gewachsen, dass sie für andere unsichtbar geblieben waren, aber die zwei Tage, die sie bei Maisie und außerhalb des Komforts ihrer eigenen vier Wände verbracht hatte, forderten ihren Preis. Zu Hause folgte ihr Leben einer festen Routine, sie wusste immer genau, wo sie stand, und, mehr noch, sie wusste immer, was sie wann und wo zu tun hatte. Hätte sie bei sich zu Hause auf Bridie aufgepasst, hätte sie die Dinge viel besser unter Kontrolle. So viel stand fest. Bridie würde jetzt im Bett liegen und schlafen, und Lynn könnte ihrem schwachen Herzen und den müden Knochen eine Pause gönnen. In ihrem eigenen Haus war Lynn die Herrin, und das wussten alle, sogar die arme, demente Bridie. Lynn vermisste das Gefühl. Sie sehnte sich danach. Sie konnte sich gerade noch davon abhalten, durch die Tür zu stürzen. *Morgen kommt sie wieder mit zu mir. Das schaffe ich nicht, ganz egal, was hier los ist.* Sie ging zurück ins Wohnzimmer, doch Bridie war nicht mehr da.

Lynn geriet nicht gleich in Panik, öffnete nur die Doppeltür zur Küche, aber als Bridie auch dort nicht zu finden war, fing ihr Herz an zu rasen. *Oh nein! Tu mir das nicht an!*

«Bridie!», sagte sie und ging nach hinten zu ihrem Zimmer. «Bridie?»

Bridie war nicht da. Sie war nicht in Maisies Zimmer, nicht in Jeremys Zimmer und auch nicht bei Valerie. Sie war nicht in der Diele, sie war nicht im Garten und auch nicht vor dem Haus. Lynn sah sich panisch um. *Jesus Christus! Dieses Haus ist das reinste Bermudadreieck! Ständig verschwinden hier irgendwelche Leute, verflucht noch mal!* Bridies Mantel hing nicht an seinem Haken. Sie war gegangen und hatte den Mantel mitgenommen, einen schwarzen Trenchcoat, den sie schon seit den sechziger Jahren trug. Er war furchtbar abgetragen, und die Säume waren ausgefranst, aber Bridie liebte diesen Mantel. Er hing immer auf seinem Ehrenplatz an der Garderobe neben der Haustür, und jetzt war er weg. *Oh nein! O Gott, nein.* Lynn packte ihren Mantel und die Tasche und raste mit wild klopfendem Herz zum Auto. Ihr Hirn fuhr Karussell. Sie rammte den Schlüssel ins Zündschloss und ließ den Motor an. Gleichzeitig kurbelte sie das Fenster runter, damit sie jedem, dem sie begegnete, eine Beschreibung von Bridie zurufen konnte. *Bitte, bitte, bitte, Bridie, tu mir das nicht an.* Sie konnte noch nicht weit sein. *Drei Minuten. Weniger als drei Minuten.*

Es war kaum jemand auf der Straße. Es hatte wieder angefangen zu nieseln und war so kalt, dass sie froh sein konnte, die Scheibe nicht abkratzen zu müssen. Sie fragte die Kinder an der nächsten Straßenecke, aber die hatten keine alte Frau in einem schwarzen Trenchcoat gesehen. Sie sprach einen Fahrradfahrer an und dann mit Hilfe hektischer Gesten den Mann neben ihr an der Ampel. Keiner hatte was gesehen. *Wo zur Hölle steckst du, Bridie?*

Sie musste links ranfahren. Ihr blieb keine andere Wahl. In ihrem Kopf drehte sich alles, und sie hatte Herzrasen. Ihr war schwindlig und schlecht. Sie hatte keine Ahnung, wo sie suchen oder was sie tun sollte. *Noch mal um den Block fahren? Die Polizei rufen? Zu Hause nachsehen?* Lynn riss die Autotür auf und übergab sich in den Straßengraben. Sie wühlte in der Handtasche nach dem Notfallspray und sprühte es sich unter die Zunge. *Ich kann das nicht. Ich bin nicht dazu in der Lage.* Sie wartete, bis die schwarzen Punkte aufhörten, vor ihren Augen rumzutanzen, und ließ den Motor wieder an. *Ich habe Bridie verloren. Ich war nicht mal drei Minuten aus dem Zimmer und habe sie verloren.*

Lynn fuhr weitere zwanzig Minuten lang durch die Gegend. Dann kehrte sie zurück zum Haus und rief nach ihr. In dem Augenblick, als sie erneut zur Haustür rausging, bog Vera in ihre Auffahrt ein. Jake erwartete sie bereits aufgeregt. Er hatte die Vorderpfoten auf das Fensterbrett des Erkers gelegt, kläffte wie verrückt und wackelte und wand sich wie wild. Atemlos rannte Lynn zu ihr rüber, aber noch ehe sie ein Wort herausbringen konnte, sprach Vera sie an. Sie zeigte auf das Fenster, wo ihr Hund seinen Freudentanz vollführte. «Dieser Hund ist wirklich das dümmste Tier auf Gottes weitem Erdenrund, aber man muss ihn einfach lieben. Der Tölpel!» Vera holte die Einkäufe aus dem Kofferraum.

«Vera! Bitte sag mir, dass du Bridie gesehen hast!», keuchte Lynn.

Vera ließ die Einkaufstüte los. «Ist sie weggelaufen?»

Lynn nickte. «Ich habe sie nicht mal drei Minuten aus den Augen gelassen.»

«Wie lange ist das her?»

Lynn sah auf die Uhr. «Eine Dreiviertelstunde.»

«Jesus! Und du bist dir ganz sicher, dass es nur drei Minuten waren?»

«Drei Minuten und keine mehr.»

«Also, dann ist sie auf keinen Fall zu Fuß gegangen. Das hier ist eine Sackgasse, es gibt nur einen Weg hinaus, und Bridie war auch zu ihren besten Zeiten keine Sprinterin. Stellt sich also die Frage: Wer hat sie mitgenommen und wo ist sie hin?»

Plötzlich fielen Lynn die paar letzten Journalisten ein, die vor dem Haus zusammengepackt hatten, als sie auf die Toilette ging. «O Gott! Sie ist zur Pressekonferenz gefahren!»

«Na, dann würd ich zusehen, dass ich da hinkomme.»

«Ich könnte dich küssen, Vera!»

«Und ich würde mich bedanken!» Vera kicherte. «Und jetzt los.»

«Das vergess ich dir nie.» Lynn rannte zum Auto.

Als Lynn den Raum betrat, stand die Pressekonferenz kurz vor dem Beginn. Auf der Bühne der Schulaula war ein Tapeziertisch aufgestellt und mit einem weißen Tischtuch verkleidet worden. Dahinter standen zwei Stühle und darauf waren Mikrophone aufgebaut. Eine Flasche Wasser mit zwei Gläsern stand bereit, und ein Diaprojektor warf das inzwischen so vertraute Foto der beiden Jungen an die Wand dahinter. Der Saal war mit Klappstühlen bestückt worden, und es war kein einziger Platz mehr frei. Lynn sah sich hektisch um, auf der verzweifelten Suche nach Bridie. Polizisten in Uniform gingen hin und her, Kameraleute justierten die Stative, Journalisten unterhielten sich oder sprachen probeweise vor dem Gewusel im Hintergrund in die laufende Kamera. Während Lynn sich panisch umsah, hatte sie das Gefühl, als würden die Wände näher kommen, ihr Atem wurde immer kürzer, und sie spürte den altvertrauten, heftigen Schmerz in ihrer Brust. Offensichtlich sah sie schlimm aus, denn plötzlich tauchte aus dem Nichts eine Frau neben ihr auf und bot ihr einen Stuhl an.

«Danke!» Lynn wühlte nach der Spraydose.

«Sie sind Bridies Freundin», sagte die Frau.

«Kennen Sie Bridie?»

«Sie ist mit mir hergefahren.»

«O Gott, Sie sind eine von den Reporterinnen, die vor dem Haus zusammengepackt haben, stimmt's?»

Die Frau streckte lächelnd die Hand aus. «Ich bin Joan.»

Lynn schüttelte die Hand. «Und Bridie?»

«Es geht ihr gut. Sie ist bei ihrer Tochter.»

«Gott sei Dank», sagte Lynn. «Gott im Himmel sei Lob und Dank! Danke, danke, danke!»

«Geht es Ihnen gut?»

«Nein. Aber das wird bald wieder.» Lynn bediente sich von ihrem Spray.

«Sie ist eine nette Frau», sagte Joan.

«Ja, das ist sie.»

«Seit wann ist sie schon krank?»

«Seit ein paar Jahren?»

«Meine Großmutter hat auch Demenz.»

«Das tut mir leid.»

«Maisie hat ganz schön was um die Ohren.»

«Hören Sie, Joan, vielen Dank für den Stuhl, und danke dafür, dass Sie sich um Bridie gekümmert haben, aber ich werde nicht mit Ihnen sprechen.»

«Das kann ich verstehen», sagte Joan.

«Wenn ich ganz ehrlich sein darf, ich bin der Meinung, dass die Presse sich absolut schäbig benommen hat. Alle tun so, als wären die beiden Jungen völlig verwahrlost und bekämen überhaupt keine Liebe. Das Bild ist falsch. In dieser Familie gibt es jede Menge Liebe, von Maisie und von der alten Dame, die Sie in Ihrem Wagen mitgenommen haben.»

«Ich verstehe, was Sie meinen, und ich gebe Ihnen recht.»

«Tatsächlich?» Damit hatte Lynn nicht gerechnet.

Joan reichte Lynn ihre Visitenkarte. «Ich schreibe für das *Tallaght Echo*. Ich habe mich in den letzten Tagen mit allen und jedem unterhalten, die Maisie, Jeremy, Bridie und Valerie Bean kennen, und in meinen Ohren klingen die Beans nach einer sehr netten Familie. Ich würde gerne darauf zurückkommen, wenn der Irrsinn hier sich wieder gelegt hat und die Meute weitergezogen ist. Ich möchte Maisie eine Stimme geben. Das ist das Mindeste, was sie unter diesen Umständen verdient hat.»

«Oh, ach so … Das ist nett von Ihnen. Danke sehr.» Lynn war ein bisschen verdattert. Sie musterte die Karte – «Joan Wilde», in Prägebuchstaben, und darunter eine Handynummer. *Ganz schön edel für eine Lokalzeitung.* «Die reiche ich bei passender Gelegenheit gerne weiter, falls so eine jemals eintritt.»

«Wunderbar.»

«Und falls sie mir jemals verzeiht, dass mir ihre Mutter weggelaufen ist.»

«Das wird sie», sagte Joan.

Der Raum war überfüllt und stickig. *Ich muss dringend hier raus.* Es war eng und der Lärmpegel viel zu hoch. Ihr Kopf fühlte sich an wie im Schraubstock, und das Herz drohte ihr in der Brust zu explodieren, aber Lynn konnte nicht weg. Zuerst musste sie sich vergewissern, dass Bridie wohlauf war, und mit Maisie sprechen. Plötzlich entdeckte sie Fred. Er unterhielt sich mit einem anderen Mann. Lynn erhob sich und bahnte sich einen Weg zu ihm. Durch das Gewühl zu kommen war schwieriger, als unter Wasser zu boxen. Er entdeckte sie und kam ihr entgegen. «Es geht ihr gut.» Er meinte eindeutig Bridie.

«Ich habe sie nicht mal drei Minuten aus den Augen gelassen.»

«Es geht ihr gut, Lynn.»

«Wo ist sie?»

«Bei Maisie und Valerie. Sie sind in einem Klassenzimmer.»

«Kann ich zu ihnen? Bitte?»

«Natürlich.» Fred legte ihr den Arm um die Schultern und führte sie aus dem überfüllten Raum auf den kühlen, geräumigen, menschenleeren Flur hinaus. Endlich bekam sie wieder Luft.

Maisie war nervös. Am frühen Nachmittag hatte sie ratlos vor ihrem Kleiderschrank gestanden, weil sie nicht wusste, was sie anziehen sollte. Sie wollte weder dumm noch billig wirken. Sie durfte nicht riskieren, dass die Leute auf sie herabsahen, weil sie dann auch auf ihren Sohn herabschauen würden und sich das negativ auf ihre Hilfsbereitschaft auswirkte. *Ich bin nicht der Abschaum, für den ihr mich haltet.* Sie hatte geduscht, sich die Haare gewaschen und geföhnt, damit die Locken möglichst luftig wirkten. Sie hatte sich geschminkt und die Fingernägel lackiert. *Es ist viel zu wichtig, um dazuhocken wie ein Häuflein Elend.* Sie wollte Jeremy zeigen, dass sie sich Mühe gegeben hatte. Das würde ihm sicher etwas bedeuten.

Für Valerie hatte sie ebenfalls ein hübsches Kleid herausgesucht. Weiß, mit leuchtend roten Rosen bedruckt, dazu eine passende rote Strickjacke, eine schwarze Strumpfhose und schwarze Lackschuhe.

«Ich sehe völlig bescheuert aus.»

«Du bist wunderschön.»

Valerie wehrte sich nicht. Dazu war sie viel zu nervös. «Meinst du, ich soll mir auch Locken machen, so wie du, Ma?»

«Deine Haare sind perfekt so, wie sie sind», hatte Maisie erwidert und ihrer Tochter über die glatten, braunen Haare gestreichelt.

«Glaubst du, mein Dad erkennt mich, Ma?», hatte sie geflüstert.

«Ganz bestimmt.» Maisies Magen hatte sich noch schmerzlicher zusammengezogen.

Bridie war still geblieben, doch nachdem Valerie das

Zimmer verlassen hatte, hatte sie sich dicht an Maisie herangedrängt. «Maisie? Danny Fox ist Valeries Dad.»

«Ja, Ma.»

«Aber das verstehe ich nicht, Maisie.»

«Er ist gekommen, um dabei zu helfen, Jeremy zu finden.»

«Der ist keine Hilfe, Maisie. Der ist ganz und gar keine Hilfe!» Bridie schlug sich die zitternden Hände vor den Mund.

Maisie nahm die flatternden Hände ihrer Mutter zwischen ihre eigenen und hielt sie fest. «Ma, bitte. Ich versuche mein Bestes.»

«Dann tut es mir leid für dich!» Bridie hatte sich ihrem Griff entwunden, war in ihr Zimmer gegangen und hatte die Tür hinter sich zugeknallt.

Plötzlich begriff Maisie, weshalb Bridie ihr auf die Pressekonferenz gefolgt war. Sie würde niemals zulassen, dass sie und ihre Tochter Danny Fox allein gegenüberstanden. *Gott segne dich, Ma, du gibst immer noch dein Bestes, obwohl du keinen verfluchten Schimmer hast, was du hier tust.*

Bridie saß an einem Pult, starrte Löcher in die Luft, und das bisschen Verstand, das sie hergeführt hatte, war schon wieder verflogen. Danny saß im Klassenzimmer nebenan, und Valerie zappelte wie ein Hecht am Haken. Sie ging ruhelos durchs Zimmer, nahm wahllos irgendwelche Gegenstände in die Hand, stellte sie wieder weg und drehte die nächste Runde.

«Ma. Da bist du ja.» Maisie trat zu ihrer Mutter an den Tisch.

«Du siehst so schön aus, Maisie.»

«Danke, Ma.»

«Ich will nicht, dass du ihn heiratest.»

«Was?»

«Ich weiß, du bist schwanger, Maisie, aber ich mag ihn nicht. Er ist nicht gut für dich, mein Liebes.»

«Was? Du bist schwanger?» Valerie war fassungslos.

«Nein, Schatz, Grammy ist verwirrt.»

«Es gibt Menschen, die können anderen nichts als Schmerz zufügen», sagte Bridie.

«Will sie damit sagen, dass Dad zu diesen Menschen gehört?» Valerie war schon wieder den Tränen nahe.

«Ma …!»

«Es tut mir leid, Liebes.» Bridie achtete nicht auf ihre Tochter.

«Ich will ihn doch einfach nur sehen», sagte Valerie flehend.

«Es ist einfach nicht richtig», sagte Bridie zu Maisie, und ignorierte ihre Enkeltochter.

«Grammy, würdest du bitte nur fünf Minuten lang damit aufhören, so durchgeknallt zu sein? Bitte?» Valerie ging auf ihre Großmutter zu. «Bitte! Weil ich es wissen muss.»

«Was denn wissen, Liebes?», fragte Bridie ihre Enkeltochter.

«Dass ich okay bin.» Valeries Stimme klang gequält.

Bridie sah sie verdutzt an, und für eine Sekunde kehrte das Licht in ihre Augen zurück. Sie lächelte Valerie an. «Aber du bist doch okay, Schätzchen. Mehr als okay. Du bist wunderbar.»

«Und warum erzählt ihr mir dann ständig genau das Gegenteil, du und Ma?»

«Was?» Maisie war fassungslos. «Aber das tun wir doch gar nicht.» Sie stand auf. «In unseren Augen gibt es weit und breit kein witzigeres, klügeres Mädchen als dich.»

«Nein. Das ist doch gar nicht wahr.»

«Valerie Bean, ich weiß, dass ich ab und zu ziemlich harsch zu dir bin, aber das liegt nur daran, dass du manchmal so sehr leuchtest, dass dein Licht uns alle blendet.»

«Das klingt doch völlig bescheuert, Ma.»

Maisie ging zu ihr, setzte sich auf den Tisch und stellte die Füße auf einen Stuhl. «Du denkst an Dinge und siehst Dinge, die anderen Menschen nie auffallen würden. Du hast eine blitzschnelle Auffassungsgabe und sagst immer, was du denkst. Du hast zu allem eine Meinung, und du hast vor nichts Angst. Aber du bist noch ein Kind, und deshalb muss ich dich ab und zu noch ein bisschen bremsen. Aber wenn du erst mal älter bist und dich wirklich kennst, hält dich nichts mehr auf. Du bist etwas ganz Besonderes, Valerie Bean.» Maisie liefen die Tränen über das Gesicht und ruinierten ihr Make-up.

«Ich stimme der Dame ganz und gar zu», murmelte Bridie.

Valerie umarmte Maisie. «Findest du das wirklich, Ma?», flüsterte sie ihrer Mutter ins Ohr.

«Ich liebe dich sehr, und es tut mir furchtbar leid, dass du das offensichtlich nicht wusstest.» Valerie und Maisie lagen sich in den Armen, als die Tür aufging und Fred mit Lynn ins Zimmer kam.

«Ich kenne Sie!», sagte Bridie zu Lynn. Sie war offensichtlich erfreut, sie zu sehen.

«Ich kenne Sie! Hör sich das einer an! Ich hätte in den letzten zwei Stunden zweimal fast einen Herzinfarkt gekriegt!», rief Lynn.

«Es besteht wirklich kein Grund dazu, laut zu werden, meine Liebe!», murrte Bridie.

«Es tut mir so leid, Maisie.»

Maisie löste sich von ihrer Tochter und gab Valerie

einen Kuss auf den Scheitel. «Alles gut. Ich hatte mehr Angst um dich.»

«Ich war nicht mal drei Minuten aus dem Zimmer.»

«Ich weiß.» Maisie umarmte ihre beste Freundin, dann machte sie sich los und zog einen Taschenspiegel heraus. Bis zu ihrem Auftritt waren es nur noch ein paar Minuten. «Wie sehe ich aus?», fragte sie und überprüfte ihr Make-up.

«Wunderschön», antwortete Valerie.

Fred hielt ihr den Arm hin, und sie hakte sich unter. «Showtime!»

Mit weichen Knien ging Maisie auf die Bühne. Ihr Mund war wie ausgedörrt, und ihr Magen grummelte verdächtig. *Nur nicht auf die Bühne kotzen.*

Tom erwartete sie schon. Er deutete auf den Stuhl zu seiner Linken. Es dauerte noch ein paar Minuten, bis Ton und Licht stimmten, dann nickte ihnen eine Frau zu, und dann war es so weit.

Tom hatte bereits mit Maisie besprochen, was sie sagen sollte. Sie sollte sich kurzfassen und sich streng ans Programm halten. Wir vermissen euch. Wir lieben euch. Keiner macht euch Schwierigkeiten. Kommt wieder nach Hause. Alles klar. Das war ganz einfach. Sie wusste, was zu tun war, aber als ihr dann die Scheinwerfer ins Gesicht strahlten und Tom zu reden anfing, hatte Maisie alles vergessen.

Tom sprach, aber sie hörte ihn nur gedämpft, wie durch Watte. Sie verstand nicht richtig, was er sagte, und plötzlich sah er sie an.

«Maisie?»

«Ja?»

«Jetzt wäre Zeit für Ihre Stellungnahme.»

«Okay.» Maisie blinzelte, sah in den überfüllten Raum

hinunter, in die Scheinwerfer, die Menschenmenge. Ihre Kehle war wie zugeschnürt, ihre Augen brannten, und in ihren Eingeweiden tobte es. Sie hustete in dem Versuch, sich Luft zu verschaffen. Sie trank einen Schluck Wasser aus dem Glas, das vor ihr stand, um die klebrigen Lippen voneinander zu lösen und die Zunge vom Gaumen zu kriegen.

«Äh, mein Name ist Maisie Bean. Ich bin Jeremy Beans Mutter. Ich liebe ihn.» *Das schon mal als Allererstes.* «Jeremy und meine Tochter Valerie sind mein Ein und Alles. Ich will meinen Sohn zurück, gesund und heil, und ich will, dass er weiß, dass er nicht in Schwierigkeiten steckt.» *Warum spreche ich eigentlich über ihn? Schau nach unten, direkt in die Kamera, Maisie, sprich zu deinem Sohn.* «Du bekommst keine Schwierigkeiten, Sohn. Ich weiß nicht, warum du abgehauen bist, und es ist mir auch egal. Was auch immer es ist, wir kriegen das hin, gemeinsam. Deine Grammy ist auch hier. Sie sitzt hinten, bei Valerie, und sie vermisst dich, Schätzchen. Sie sucht andauernd nach dir, hinter dem Sofa, unter dem Tisch …»

Maisie lachte leise, dann riss sie sich zusammen. Die Anwesenden sollten nicht merken, welcher Schmerz in ihr tobte. «Sie ist verzweifelt, Jeremy. So wie wir alle. Valerie ist auch hier, Schätzchen. Das sagte ich schon, oder? Bitte, Sohn, es ist Zeit, dass du wieder nach Hause kommst. Okay?» Es gelang ihr, sich zusammenzureißen, obwohl die Emotionen in ihr brodelten. *Sie dürfen dich nicht weinen sehen, Maisie.* Sie sah zu Tom hinüber, der nickte ihr zu und lenkte ihren Blick zurück auf die Stichworte auf dem kleinen Monitor vor ihr.

«Für den Fall, dass noch jemand anderes mit der Sache zu tun hat und Jeremy und sein bester Freund irgendwo festgehalten werden: Bitte lassen Sie die Jungs gehen. Und Rave: Es tut deinem Vater leid, dass er heute nicht hier sein kann. Er liegt im Krankenhaus, aber es geht ihm bald wieder gut. Er liebt dich. Er will, dass du nach Hause kommst. Und ich liebe dich auch. Ich kannte dich schon, ehe du laufen konntest. Du warst schon immer der beste Freund von meinem Sohn, sein ganzes Leben lang, ihr beide seid wie Pech und Schwefel. Wir lieben dich, Rave. Die Beans wollen, dass du nach Hause kommst. Hörst du, Lieber? Komm nach Hause. Wenn es da draußen irgendjemanden gibt, der uns helfen kann, dann tun Sie es, bitte. Helfen Sie uns. Danke sehr.»

Tom reichte Maisie ein Taschentuch. Sie putzte sich die Nase und sah zum Bühnenrand hinüber. Dort stand Fred und wartete auf Toms Zeichen. Dann betrat er die Bühne und führte Maisie weg. Tom wandte sich an die Presse. «Fragen?»

Der Raum explodierte regelrecht.

Als Maisie auf den Flur trat, lief sie ausgerechnet der Direktorin über den Weg. Sie genierte sich. Ihr Make-up war ruiniert, und sie klammerte sich verzweifelt an Fred. Der Auftritt hatte ihr eine Wunde gerissen, die sich erst wieder schließen musste. Sie war noch nicht in der Lage, sich der Welt zu stellen.

Mrs. Young blieb stehen und gab Maisie die Hand. «Jeremy kann sich glücklich schätzen, Sie zu haben, und Rave auch.»

Das ist das erste Mal, dass sie mich nicht rundmacht. Benommen schüttelte Maisie ihr die Hand und ging weiter. Kurz vor dem Klassenzimmer erschien plötzlich Danny auf dem Flur, dicht gefolgt von seinen Eltern und einem Polizisten in Uniform. «Und ich darf also nichts sagen, ja?», sagte er zu Fred und Maisie. Er zeigte auf den Beamten. «Der Typ sagt, es wäre vorbei.»

«Stimmt.» Maisie atmete langsam aus. Für eine Auseinandersetzung mit Danny fehlte ihr die Kraft. Sie war völlig erschöpft.

«Er ist mein Sohn.»

Fred machte einen Schritt auf ihn zu. «Wir haben entschieden, dass es für Jeremy das Beste ist, wenn allein seine Mutter an ihn appelliert.»

«Und wer ist ‹wir›?» Danny ging in Angriffsposition. Offensichtlich wollte er vor Publikum den starken Mann markieren.

«Daniel, beruhige dich», sagte sein Vater.

«Wir wollen, dass er wieder nach Hause kommt, Danny. Wenn er dich sieht, verschwindet er über alle Berge.» Maisie war sich nur allzu bewusst, dass Valerie direkt hinter der nächsten Tür stand.

«Ja, weil du ihm jahrelang giftige Dinge ins Ohr geflüstert hast», fauchte er.

«Nein. Weil du mich halbtot geprügelt hast. Und weil du ihm den Arm gebrochen hast, als er dich daran hindern wollte», sagte sie leise. Sie wollte auf keinen Fall, dass Valerie ihm begegnete, solange er zornig war. *Tom hat gesagt, sie hätten ihn im Griff.*

«Das war ein Scheißunfall, und das weißt du genau! Ich wollte meinem Jungen nie was antun.»

Sie wusste, dass er die Wahrheit sagte. Sie sah ihm an, wie weh ihm das heute noch tat.

«Gut Danny, wie dem auch sei. Alles gut.» Er musste sich unbedingt beruhigen. Seine Tochter wartete darauf, ihn zu sehen. *Das funktioniert nicht. Was habe ich mir dabei gedacht? Dummes Weib.*

Plötzlich sah Danny an ihr vorbei. «Valerie?»

Diesen Gesichtsausdruck hatte Maisie seit Ewigkeiten nicht an ihm gesehen. Jeder Außenstehende, der in diesem Augenblick an ihnen vorbeigekommen wäre, hätte Danny für einen hingebungsvollen Vater halten können, der endlich sein kleines Mädchen wiedersah. «Valerie, ich bin's. Dein Daddy.»

Valerie stand da wie angewurzelt. «Wie wunderschön du bist, mein Liebling, so wie ich es mir vorgestellt habe.» Er setzte sich in Bewegung. Maisie drehte sich der Magen um. *Das ist eine ganz schlechte Idee gewesen. Jesus Christus, was habe ich mir dabei gedacht?* Die Anstrengung, nicht nach der Hand ihrer Tochter zu greifen und mit ihr davonzurennen, brachte sie fast um. Fred stand neben ihr wie ein Fels in der Brandung. *Alles ist gut. Fred ist da. Alles ist gut. Entspann dich. Beruhige dich.* Sie zwang sich, ihre Tochter anzulächeln, und hielt den Atem an.

Valerie

Valerie starrte ihren Vater an. Er war älter geworden, aber sie hätte ihn trotzdem sofort erkannt, wenn sie ihm auf der Straße begegnet wäre. *Mein Daddy.* Sie hatte so viele Fragen, wollte ihm so vieles sagen, aber eine Sache stand ganz oben auf der Liste. «Darf ich dich was fragen?»

«Alles», sagte er. Er sah so glücklich aus.

«Warum hast du meiner Mama weh getan?» *Wenn er uns das erklären kann, kriegen wir vielleicht alles wieder hin.*

Sein glückliches Gesicht fiel in sich zusammen, und sie sah ihm an, dass sie ihn verletzt hatte. Das hatte sie nicht gewollt.

«So war das nicht.» Er strauchelte ein bisschen.

«Wie war es denn?», fragte Valerie, nicht, weil sie besonders schlau sein wollte, sondern weil sie es wirklich wissen wollte. Ihr Dad sah von ihr zu Nanna Fox, die seinem Blick auswich, und dann zu seinem Vater, der nur die Achseln zuckte. Er richtete sich auf und wandte sich direkt an Valerie.

«Jede Geschichte hat mehrere Seiten, Valerie.»

Sie nickte. *Deshalb habe ich die Scheißfrage ja gestellt!*

«Jeremy hat gesagt, du hast Mas Blut an die Wände gemacht. Stimmt das, Dad?»

Er sah aus, als würde er gleich anfangen zu weinen. Das hatte sie nicht gewollt. Sie wollte nicht, dass er weinte, sie wollte nur, dass er ihr erklärte, was er getan hatte. *Bitte, Dad. Ich weiß, dass du gut bist, ich weiß es doch.* Das Gesicht ihres Vaters stand in Flammen, und er drehte sich zu Ma'sie um. «Du miese Zicke!», zischte er. «Du blöde, widerliche, hässliche Lügnerin. Das warst du!» Er zeigte mit dem Finger auf seine Tochter. «Sie war die Einzige, Maisie, die Einzige, die … Nicht mal, dass *sie* mich liebte, konntest du zulassen, stimmt's?»

Fred machte einen Schritt nach vorn, aber Ma'sie hielt ihn zurück.

«Das reicht jetzt, Danny.» Der Polizist trat zwischen sie.

«Es reicht? Ich habe noch gar nicht angefangen. Ich hätte diese Nutte nie heiraten dürfen. Der kälteste Scheißfisch, dem ich je begegnet bin.»

«Daniel, es reicht! Das hast du dir ganz allein selbst zuzuschreiben. Glaubst du wirklich, die Welt schuldet dir was? Tut sie nicht. Man bekommt im Leben das, was man gibt», sagte Nanna Fox.

Valerie sah die Erwachsenen an, die um sie versammelt standen. Ihr Dad sah aus, als hätte er was verloren.

«Fick dich, Ma! Kein Wunder, dass ich diese Fotze geheiratet habe. Hauptsache weg von euch!»

Auch, wenn ihr Dad sich schrecklich danebenbenahm, Valerie konnte ihn verstehen. Ihre Großeltern waren gruselig.

«Mir reicht's!» Ihr Großvater drehte sich um und ging.

«Du suchst dir für heute Nacht besser ein Hotel, Daniel.» Nanna Fox folgte ihrem Mann den Gang hinunter und überließ ihren Sohn dem Polizisten.

«Und? Du freust dich jetzt, ja?», sagte ihr Dad zu Ma'sie. Valerie musterte sie verstohlen. Sie freute sich kein bisschen. Sie hatte Tränen in den Augen.

«Schlampe!» Ihr Vater spuckte das Wort regelrecht aus.

Er war fies und gemein und voller Hass und all das, was Jeremy immer über ihn gesagt hatte. Valerie war nicht nach Weinen. Sie war nur traurig. *Entschuldige, Jeremy.* Wenigstens wusste sie jetzt Bescheid. Sich gehen lassen und heulen konnte sie später. Valerie sah ihre Mutter an. «Ich will nach Hause, Ma.» Und ihre Mutter streckte die Hand nach ihr aus.

Maisie

Valeries Hand sicher in ihrer, wandte Maisie sich zum Gehen.

«Hast du gehört, was ich gesagt habe, Maisie? Der kälteste Scheißfisch, dem ich je begegnet bin – aber das müsstest du ja eigentlich auch wissen, Fred, oder?»

Plötzlich war die Vergewaltigung wieder da. Sie spürte,

wie er an ihrem Höschen zerrte, ihren Kopf gegen die Mauer presste. Sie hatte den Geschmack ihrer Galle im Mund, als sie sich vorstellte, wie er in sie eindrang, während die dämlichen Pommes in ihrer Hand kalt wurden. Sie blinzelte, um das Bild loszuwerden. *Geh da nicht wieder hin, Maisie. Es ist vorbei. Er kann dir nichts mehr tun.* Als sie wieder zu sich kam, hörte sie Fred ruhig und besonnen auf Danny einreden.

«Wir haben ein junges Mädchen dabei, Danny, und solche Sachen sind nicht für ihre Ohren bestimmt.»

Danny schaltete tatsächlich einen Gang zurück. Er nickte, gestand Fred ein, dass er recht hatte, aber er war noch nicht fertig. Er wollte etwas loswerden und würde so lange nicht lockerlassen, bis es erledigt war. «Dich zu heiraten war der größte Fehler meines Lebens, Maisie.»

«Du hast recht. Wir hätten niemals heiraten sollen, Danny.» Sie verspürte den Drang, ihm zu sagen, was er in Wirklichkeit war, endlich laut auszusprechen, was er ihr vor so vielen Jahren angetan hatte, aber direkt neben ihr stand ihre zitternde Tochter. Sie drückte Valeries Hand. «Geh wieder dorthin zurück, wo du hergekommen bist, Danny. Du hast hier nichts mehr verloren.»

«Du rotzfreche Schlampe!», spie er aus und machte einen Schritt auf sie zu. Der Polizist stellte sich vor ihn.

Valerie zerrte an ihrer Hand, aber Maisie hatte endgültig genug. Die Wut stieg in ihr hoch, genau wie früher so oft, wenn sie vor lauter Zorn die Angst vergessen hatte und sich mit ihrer großen Klappe mal wieder eine Ohrfeige oder Schlimmeres eingehandelt hatte. «Freundchen, du hast ja keine Ahnung», sagte sie höhnisch. «Kannst du dich noch an den teuren Tee erinnern, den du so gerne mochtest, den ganz besonderen?»

Er sah sie verdutzt an, aber natürlich konnte er sich erinnern. Er war der Meinung gewesen, Earl Grey zu trinken würde ihn ein bisschen über alle anderen erheben.

«Das war stinknormaler Tee mit meiner Pisse vermischt.»

Er starrte sie entgeistert an. «Das hast du nicht getan.»

«Jedes Mal, wenn du mich geohrfeigt oder zu Boden geschlagen hast, bei jedem Tritt, bei jedem Fausthieb, jeder Verbrennung, jeder Schürfwunde habe ich dir in den Tee gepinkelt, Danny. Du hast in deinem Leben mehr Pisse getrunken als jeder Überlebenskünstler.»

Valerie starrte ihre Mutter mit großen Augen an, und Fred musste sich das Lachen verkneifen. Danny wusste nicht, was er sagen oder tun sollte. Er war sprachlos.

Fred trat auf ihn zu. «Zeit zu gehen, Danny.» Er ließ ihm keinen Raum für Widerworte.

Danny versuchte es mit einem höhnischen Grinsen, aber er wirkte klein und schwach. In Begleitung des Beamten ging er davon, ein verbitterter, gebrochener Mann. *Das hast du nur dir selbst zuzuschreiben, Danny.*

Als sie endlich zurück in das Klassenzimmer kamen, saß Bridie zusammengesunken am Tisch und schlief, und Lynn saß daneben und wartete geduldig.

«Geht's dir gut?», wollte sie wissen.

«Du hast es ja gehört.»

«Das hätte sogar ein Tauber mitbekommen.»

«Ma, ich glaube, ich will ihn erst mal nicht wiedersehen», sagte Valerie leise.

«Das ist eine gute Entscheidung.» Maisie schloss ihre Tochter in die Arme.

«Können wir jetzt endlich nach Hause, Ma'sie?»

«Ja. Zeit, nach Hause zu gehen.»

Lynn weckte Bridie auf, und als die Familie gemeinsam

das Schulgebäude verließ, beugte Fred sich zu Maisie hinunter. «Du hast dem Mann also in den Tee gepinkelt», flüsterte er.

Maisies Gesicht fing an zu brennen. «Öfter, als ich zählen kann.»

«Aber ich bin hier der Böse.» Er lächelte sie an und gluckste leise in sich hinein.

Tom erwartete sie bereits auf dem Parkplatz. Er hatte Neuigkeiten. «Rave wurde in dem Supermarkt neben der Post in Blessington gesichtet – sie haben ihn auf der Überwachungskamera. Er hat Schreibpapier gekauft, Umschläge, Briefmarken, etwas zu essen, Putzmittel und Raumspray.»

«Und Jeremy?»

«Immer noch keine Spur.»

«Auf alle Fälle sind sie zusammen, das geht ja gar nicht anders», sagte Maisie.

«Wir prüfen das immer noch. Jedenfalls kommen wir der Sache näher, Maisie. Halten Sie durch.»

Sie fuhren schweigend nach Hause. Es blieb ihnen nichts anderes übrig, als weiter zu warten.

Abends brachte Maisie Valerie ins Bett, so wie früher, als sie noch klein gewesen war.

«Bleibt Fred heute Nacht hier?»

«Nein, Käferchen, er fährt nach Hause.»

«Und was, wenn Dad zurückkommt?»

«Wird er nicht.»

«Aber was, wenn doch?»

«Willst du, dass Fred hierbleibt, Liebes?»

«Vielleicht so lange, bis wir wissen, dass Dad auch wirklich weg ist.»

«Okay. Ich frage ihn.»

«Er ist nett, Ma, wirklich. Die Dinge ändern sich, Ma.»

«Ja, das stimmt, Schätzchen.»

«Wenn Jeremy wieder nach Hause kommt, werde ich netter zu ihm sein.»

«Warum das denn?»

«Weil er so oft traurig ist.»

«Wir sind alle ab und zu traurig, Liebes.»

«Ja. Aber nicht so traurig wie Jeremy.»

Maisie nickte. «Okay.»

«Und ich werde mir in der Schule mehr Mühe geben.»

«Jetzt willst du mich aber veräppeln, oder?»

«Nein, im Ernst, Ma. Meine Lehrer sagen immer, ich könnte total gut sein, wenn ich mich nur einbringen würde. Also bringe ich mich ab jetzt ein, dann sehen wir ja, was passiert.»

«Hör lieber auf, sonst falle ich noch in Ohnmacht. Als Nächstes erzählst du mir, dass du wie dieses Mädchen werden willst, das bei ‹Jugend forscht› gewonnen hat.»

«Meinst du Debs, die Schwester von Mösenfuß?»,

«Mösenfuß?» Eigentlich wollte Maisie es lieber nicht genauer wissen.

«Er ist mit den Füßen zuerst aus seiner Mama rausgekommen.»

«Oh.»

«Nee, Debs hat sich echt verändert, Ma. Ihre größter Wunsch ist es jetzt, ein schokobraunes Kind zu kriegen.»

Maisie lachte. «Gute Nacht, Valerie Bean. Deine Mami liebt dich», sagte sie, genau wie Jeremy immer zu seiner Grammy.

«Gute Nacht, Ma'sie.»

Maisie schloss die Tür und ging in Jeremys Zimmer hinüber. Sie setzte sich auf sein Bett und streichelte die Bettwäsche. Sie legte sich aufs Kopfkissen und sog den Geruch ihres Sohnes ein. Sie schloss die Augen und stellte sich vor, wie er zur Tür reinkam. Er war ihr so nah, dass sie ihn beinahe spüren konnte.

Bridie

Bridie war bettfertig. Sie trug ihr Lieblingsnachthemd und war in ihren Morgenmantel gehüllt. Sie hatte den Kopf tief im Kühlschrank, als Fred in die Küche kam. «Oh, Entschuldigung», sagte er. «Ich warte, bis Sie fertig sind.»

Sie zog den Kopf aus dem Kühlschrank und musterte ihn kauend. Sie bedeutete ihm mit einer Handbewegung, sich zu setzen. Er gehorchte. Sie merkte, dass er vorsichtig war, sie nicht aufregen wollte. Sie setzte sich ihm gegenüber.

«Ich vergesse ständig Sachen», sagte sie.

«Ich weiß, Bridie.»

«An manche Sachen kann ich mich erinnern. Und dann sind sie plötzlich wieder weg.»

«Das ist okay.»

«Ich weiß, was Sie gemacht haben. Ich erinnere mich. Sie haben Danny schwer verletzt.»

«Ja, das stimmt.»

«Aber was ich wirklich vergessen hatte, ist, was für ein Riesenidiot er gewesen ist.»

Fred lachte verhalten.

«Das ist keine Entschuldigung.»

«Ich weiß.»

«Aber als ich heute gehört habe, wie er mit meinen

Mädchen spricht, da war ich froh, dass er weg ist. Und Sie sind der Grund dafür, dass er weg ist.»

«Danke sehr.»

«Das ist keine Entschuldigung.»

«Ich weiß.»

«Gut», sagte sie. «Und jetzt gehe ich, bevor ich hier abnipple. Schließlich bin ich immer noch eine Dame, Fred Brennan.»

«Das sind Sie, Bridie.»

Maisie war in der Küchentür aufgetaucht. «Na komm, Ma. Ich bringe dich ins Bett.»

«Lass nicht zu, dass ich zu diesem Mann gemein bin.» Bridie winkte Fred zu.

«Nein, Ma.» Maisie zog ihre Mutter an sich, während sie den Flur entlanggingen.

«Ohne die vielen Haare im Gesicht gefällt er mir besser. Traue niemals einem Mann mit Haaren im Gesicht, Maisie.»

«Nein, Ma», sagte sie, als sie ihre Mutter zudeckte.

«Lass mich nicht allein, Maisie. Bald bin ich wieder weg.»

Maisie legte sich zu ihrer Mutter. «Pst», sagte sie. «Jetzt sind wir beide hier. Das ist alles, was zählt.»

«Die Zeit bewegt sich irgendwie anders. Findest du nicht, Maisie?»

«Ja, Ma.» Maisie ließ zu, dass ihr eine Träne über das Gesicht lief. «Das tut sie.»

Sie weinten zusammen, und dann schlief Bridie in den Armen ihrer Tochter ein.

Mitternacht bis 1 Uhr, 2. Januar 1995

Rave

Rave liebte es, im Freien zu pinkeln. Ganz besonders im Dunkeln. Die Dunkelheit hatte etwas Tröstliches.

Weil er Beanys Einladung zum Weihnachtsessen ausgeschlagen hatte, hatte er den Tag allein in seinem Zimmer verbracht, mit dem kalten Essen und dem Stück Kuchen, das sein Freund ihm in den Schulrucksack gepackt hatte. Zwei Bücher als Geschenk waren auch noch dabei gewesen, damit er was zu tun hatte. Beany dachte immer an alles. Deshalb konnte Rave ohne ihn nicht leben. Beany kümmerte sich um ihn. *Die Firma* von John Grisham und *Der Eissturm* von Rick Moody hatte er ihm geschenkt. Rave hatte den Tag damit verbracht, an dem Essen rumzupicken, ein Sixpack zu leeren und beide Bücher von der ersten bis zu letzten Seite durchzulesen. Er war erst lang nach Mitternacht eingeschlafen, wie elektrisiert, mit neuem Fokus und randvoll mit allen möglichen Ideen. *Hier werde ich nie wieder sein. Ab jetzt wird alles anders.* Er hatte einen Plan. Er musste nur noch danach handeln.

Und dann war dieser Vormittag gekommen. Sein Vater war tagelang weggetreten gewesen. Rave betrat das Erdgeschoss inzwischen kaum noch, außer, er musste aus irgendeinem Grund die Haustür benutzen, und auch das nur, wenn es im Haus wirklich still war. Wenn sein Vater unten rumtigerte, benutze Rave einfach das Fenster, oder er wartete im Vorgarten, beobachtete ihn durchs Wohnzimmerfenster und betrat erst dann das Haus, wenn sein Alter eingeschlafen war. Manchmal, wenn er zu müde war, um zu warten, oder zu hungrig, um zu klettern, stieg er bei Beany ein. Manchmal passierte es, dass er kam und wieder ging, ohne dass Beany überhaupt was merkte.

Abgesehen von dem einen großen Streit zwischen ihnen war Raves Dad kein gewalttätiger Mensch. Er war ein jämmerliches, ekelerregendes Häuflein Elend, und Rave konnte seine Nähe nicht ertragen. Vor dem Heroin war sein Vater ein stiller, verletzter Mensch gewesen. Schon ehe sein siebzehnjähriger Sohn auf dem Fußballplatz gestorben war und seine Frau den Willen verloren hatte, weiterzumachen, war das Glas für ihn immer eher halb leer gewesen. Sid Murphy war schon immer dem Untergang geweiht gewesen. Für ihn lief grundsätzlich immer alles schief. Er war ein Loser mit der Einstellung eines Losers. Rave schwor sich, nie zu werden wie sein Dad: Er würde das absolute Gegenteil sein – er würde Dinge in Bewegung setzen. Er würde sein Leben selbst in die Hand nehmen, auf der Siegerseite stehen. An besagtem Vormittag war er gerade dabei, sich aus dem Haus zu schleichen, als er plötzlich ein seltsames Gurgeln hörte. Es klang nicht gut, und er ging ins Wohnzimmer, in dem sein Vater im Prinzip lebte. Er lag ohnmächtig auf dem Sofa und hatte Schaum vor dem Mund.

«Oh, Scheiße! Dad! Dad! Dad!» Rave versuchte, ihn wach zu rütteln. Doch sein Vater bewegte sich nicht. «Fuck!» Er ging zu dem Münzfernsprecher, den sein Vater hatte installieren lassen, nachdem die Telefongesellschaft ihnen im Vorjahr die Leitung gekappt hatte. Er wühlte in der Hosentasche nach ein paar Münzen und hob ab. Es gab kein Freizeichen. In seiner Panik hieb Rave immer wieder auf die Gabel, bis er merkte, dass das Kabel lose war. Frustriert schlug er mit dem Hörer auf das Telefon ein. «Komm schon!» Das Kabel fiel ganz aus der Wand.

Er eilte zurück ins Wohnzimmer und hievte seinen komatösen Vater zum Sitzen hoch. «Dad!», rief er. «Wach auf!» Er schlug ihn wiederholt ins Gesicht, aber der Kopf rollte nur schlaff hin und her. Rave wusste nicht, was er machen sollte. «Dad? Dad, stirbst du, Dad? Bitte, Dad, schau mich an. Stirbst du?» Rave war verzweifelt, zerrte seinen ausgemergelten, bewusstlosen Vater vom Sofa hoch und schleifte ihn durchs Zimmer. «Dad! Scheiße! Wach auf, ja?» Er weinte, ohne genau zu wissen, warum, denn ohne seinen Vater wäre er ganz sicher besser dran. «Komm schon, Dad! Du bist mein Vater! Komm schon, wach auf, okay?» Er hielt ihn fest, torkelte mit ihm durchs Zimmer, stolperte über einen rumliegenden Schuh und ließ seinen Vater fallen. «Oh, Scheiße! Entschuldige!»

Wundersamerweise kam sein Vater plötzlich wieder zu sich. «Was zur Hölle?», sagte er mit geschlossenen Augen und wischte sich mit dem Ärmel den Schaum vom Mund.

Als Rave sah, dass sein Vater doch nicht starb, stieg er über ihn hinweg und schlüpfte lautlos aus dem Zimmer. Er konnte ihn murmeln hören. «Scheiß Fußboden … Dabei gibt es hier gar nichts zum Runterfallen.» Er kicherte vor sich hin.

Rave hörte, wie er versuchte, sich hochzurappeln. Dicht an die Wand im Flur gepresst, blieb er noch einen Moment lang stehen, um sicherzugehen, dass sein Vater nicht tot umfiel, sobald er versuchte, sich zu bewegen. Als er ihn rumoren hörte, auf der Suche nach einer Kippe, einem Feuerzeug oder vielleicht dem nächsten Schuss, verließ Rave das Haus und zog leise die Tür hinter sich zu. Nachdem er die Weihnachtsferien dazu genutzt hatte, seinen Krempel auf den Berg zu schaffen, war jetzt der Augenblick endgültig gekommen. *Es reicht.*

Rave Murphy hatte seine Zukunft selbst in die Hand genommen, und als er jetzt unter dem dunklen Himmel stand, spürte er, wie gut sich das anfühlte.

Die dunklen, schweren Wolken, die langsam über ihn hinwegzogen, hatten den Mond verschluckt, und als sich die Schleusen öffneten, aalte er sich geradezu in dem eiskalten Regenschauer, sah ihn als eine Art Taufe, bis es plötzlich bedrohlich zu donnern begann. In Windeseile schloss Rave den Hosenstall und rannte zu Jeremy in die Hütte zurück, während Blitze den Himmel erhellten.

Jeremy

Der Regen trommelte weiter aufs Dach, und obwohl es draußen eiskalt war, wurde es in der Hütte heiß und stickig. Jeremy fühlte sich unwohl; es fiel ihm immer schwerer, frei zu atmen.

«Wir können ja rausgehen, wenn du frische Luft brauchst, Beany», sagte Rave.

«Geht gleich wieder», antwortete er. «Ich muss mich nur mal eine Minute lang bewegen.»

Er stand auf, und Rave rutschte auf seinen Platz auf dem Schlafsack rüber und lehnte sich gegen die Wand. Jeremy musterte die hervorstehenden Riesennägel. «Waren die Schädel noch da?» Er meinte die Tierschädel, von denen Rave gesprochen hatte.

«Nein, die waren schon weg, aber ich bin mir sicher, dass dort mal welche hingen. An einem der Nägel war sogar noch ein bisschen Fell.»

«Jesus», sagte Jeremy. «Das ist brutal.»

«Das ist die Natur.»

«Weiß doch jeder, dass die Natur brutal ist.» Jeremys Stimme klang ein bisschen bitter. Er wusste nicht, was er tun sollte, Er wollte sich nicht noch mal so nah zu Rave setzen, weil er auf keinen Fall den nächsten Ständer riskieren konnte, aber jetzt folgten Raves Augen ihm in dem kleinen Raum auf Schritt und Tritt, und er kam sich vor wie ein Tier im Zoo. Er wandte sich dem Bücherstapel zu. «Was liest du gerade?»

«*1984*.»

«Ist es gut?»

«Unglaublich. Es geht um eine Welt, in der sie dich für Gedankenverbrechen und Individualismus bestrafen.»

«Klingt krass.»

«Ist es auch. Aber es ist trotzdem gut. Weil es vor dem Hintergrund einer von Krieg zerrissenen Welt immer noch Menschen gibt, die bereit sind, sich gegen ein System aufzulehnen, das sich nicht für Menschen, sondern nur für Macht interessiert.»

«Cool.»

«Allerdings sieht es für den Helden im Augenblick nicht besonders gut aus.»

«Warum nicht?»

«Er ist monatelang extrem gefoltert worden, und jetzt, wo es wirklich drauf ankommt, hat er zu viel Angst, um das Richtige zu tun.»

«Was wäre denn das Richtige?»

«Keine Ahnung. Sich selbst treu bleiben, nicht zum gehorsamen Sklaven werden wie all die anderen … aber sie spielen ihn gegen seine größten Ängste aus.»

«Jesus.»

«Er hat also die Wahl. Er kann sich endgültig der Hirnwäsche unterziehen oder sich von Ratten fressen lassen.»

«Das ist doch beides Scheiße.»

«Ja.»

«Und? Wofür entscheidet er sich?»

«So weit bin ich noch nicht. Ich geb's dir, wenn ich fertig bin.»

«Klingt gut.»

«Kommst du jetzt wieder her?», fragte Rave.

Jeremy musste schlucken. «Ja.» Er hatte keine Wahl. *Setz dich einfach hin und konzentrier dich auf die Wand.*

Er setzte sich zu seinem Freund auf den Schlafsack.

«Bist du müde, Beany?»

«Nö.» Er sah sich um. Wo sollte er sich auch hinlegen? Sicher nicht neben Rave. Er entdeckte eine kleine Lücke neben der provisorischen Garderobe. Er konnte sich einfach dadrüben auf den Boden legen und seinen Rucksack als Kopfkissen nehmen. *Alles gut.* Aber es war gar nichts gut, es war unmöglich.

Rave

Rave merkte, wie unwohl sein bester Freund sich fühlte. Das passierte in letzter Zeit ziemlich häufig. Manchmal wurde die Spannung zwischen ihnen beängstigend intensiv, und dann zog Jeremy sich jedes Mal zurück. Er wollte einfach nur mit seinem besten Freund in seiner neuen Bleibe abhängen, aber Jeremy streifte durch die Hütte wie ein gefangenes Tier im Käfig. Als wollte er Rave auf keinen Fall zu nahe kommen. Als hätte er Angst, Rave würde ihm was antun, wenn er nicht in Bewegung blieb. *Ich bin doch kein verfluchtes Tier.* Er wusste, dass Jeremy geschockt gewesen war, als er bei ihm zu Hause an die Tür geklopft und seinen Vater in diesem Zustand gesehen hatte. *Das war Notwehr. Ich schwör's.* Jeremy tolerierte keinerlei körperliche Gewalt. *Glaubst du, ich würde es einfach so an ihm auslassen?* Vielleicht war er deshalb immer so angespannt. Ihm war Jeremys Reaktion vorhin nicht entgangen, als er von dem Sex mit Casey erzählt hatte, und das beunruhigte ihn. Was hatte Casey Deirdre erzählt? Was hatte Deirdre Jeremy erzählt? Vielleicht wusste er, dass Rave gelogen hatte und dass die Sache ziemlich erbärmlich gewesen war. Vielleicht hatte Casey den Mund nicht halten können und rumgequakt, wie jämmerlich ihr Versuch gewesen war. Vielleicht lachte Jeremy heimlich über ihn? *Nein, auf keinen Fall.* Jeremy hatte überhaupt nichts wissen wollen. Er hatte weder gelacht noch ihn verarscht, noch sich irgendwie sonst dafür interessiert. Er hatte noch nicht mal «Gratuliere!» gesagt. Vielleicht hätte Rave dann ehrlich zu ihm sein können … aber Jeremy machte es einem nie leicht. Vielleicht hegte er den Verdacht, dass Rave nicht der war, für den er sich ausgab, und er wollte es einfach nicht genauer wissen.

Der Wind pfiff durch das Loch im Fenster. Das Zeitungspapier war durchweicht. Ab und zu schien die ganze Hütte zu zittern, zu ächzen und zu stöhnen.

«Das gefällt mir», sagte Rave. «Es ist, als würde die Hütte mit mir sprechen.»

«Ja klar. Sie sagt ‹Verschwindet! Dieses Loch kracht jeden Augenblick zusammen›», sagte Jeremy, und sie lachten.

Rave merkte, dass sein Freund ein bisschen lockerer wurde. «Was glaubst du? Wo sind wir in zehn Jahren?»

«Auf unserem Boot», sagte Jeremy.

Rave grinste ihn an. Könnte ich doch nur vorspulen!

«Mein Dad ist sowieso bald tot. Mit ein bisschen Glück ist er schon gestorben.»

«Sag so was nicht.»

«Ich gehe nicht ins Heim. Ich habe ein paar Kröten auf der Bank, Fluchtgeld sozusagen. Nicht viel, aber für die Fähre nach England reicht's.»

Jeremy sah aus, als würde er gleich anfangen zu heulen, und die Tatsache, dass ihm das offensichtlich so viel ausmachte, beruhigte Rave.

«Alles wird gut. Du hast ja jetzt das hier.»

«Das funktioniert aber nur, solange mein Dad am Leben ist und das Jugendamt nicht in meinem Leben rumschnüffelt. Wenn er jetzt abkratzt, bin ich immer noch minderjährig.»

«Er stirbt aber nicht.»

«Es ist ein Wunder, dass er nicht schon längst gestorben ist.»

«Du machst dich verrückt.»

«Ich bin Realist.»

«Dann ziehst du eben zu uns.»

«Deine Ma hat schon genug um die Ohren.»

«Sie liebt dich, Rave.»

Rave dachte an seinen Dad mit dem Schaum vor dem Mund, dann hatte er plötzlich Maisie vor Augen und musste daran denken, wie nett sie immer zu ihm war. Völlig aus dem Nichts überschwemmte ihn ein Meer aus Traurigkeit, und die Tränen fielen wie Regen.

«Entschuldige.» Jeremy klang leicht panisch.

Rave schämte sich fürchterlich. Er hasste es, wenn jemand ihn weinen sah.

«Sorry», sagte er. «Hab was im Auge.» Er brachte die Worte kaum raus, so heftig musste er heulen.

«Alles gut?»

«Ja, mir geht's gut.» Ihm ging es nicht gut. Ihm ging es nie gut. Das redete er sich selbst und allen anderen nur ständig ein. Er machte sich vor, dass er es irgendwann selbst glauben würde, wenn er es nur oft genug wiederholte. Rave hatte eine Rolle zu spielen, und diese Rolle nahm er absolut ernst. Er war der Gutaussehende, der Coole, der Junge, den alle beeindrucken wollten. Trotz seines Scheißlebens wollten seine Kumpels alle sein wie er. Es war eine Rolle, die er spielte, seit er denken konnte. Wenn er sich rätselhaft gab, charmant und unwiderstehlich, standen die Mädchen auf ihn, und die Jungs wollten sein wie er. Dann war es egal, dass seine Ma ihn nicht lieben konnte oder sein Dad sich in Drogen flüchtete und damit umbrachte. Es zählte nur die Welt, die er sich erschuf, eine Welt, in der er wichtig war, obwohl er ein Freak war, den man nicht lieben konnte.

Rave hatte schon immer gewusst, dass mit ihm was nicht stimmte, und noch lange bevor er selbst es in Worte fassen konnte, hatte seine Mutter es ihm bereits haargenau erklärt. Raves erste plastische Erinnerung war in ihn eingegraben worden, als er die abgelegten *Star Wars*-Figuren seines großen Bruders geerbt hatte. Er hatte Tag und Nacht damit gespielt, und zwar immer dasselbe. Luke und Han Solo lebten zusammen. Seine Mutter bestand darauf, dass er das Spiel veränderte. «Das geht so nicht, John», hatte sie gesagt.

«Warum denn?»

«Weil Jungen nicht zusammenleben.»

«Und warum nicht?»

«Sie tun es eben nicht. Prinzessin Leia gehört zu Han Solo, und Luke kann zu Besuch kommen.»

Als sie ihn dabei erwischte, wie er die Han-Solo-Puppe an der Luke-Puppe rieb, flippte sie aus. «Tu das nie wieder, du schmutziger Junge!», schrie sie und versohlte ihm den Hintern. Als er am nächsten Morgen aufwachte, waren die Figuren weg. Ihm war klar, dass es keinen Sinn hatte, sie zurückzuverlangen. Das war seine erste Lektion in Sachen Scham gewesen. Er war sechs Jahre alt. *Schmutziger Junge.* Als er Jeremy zum ersten Mal nackt sah, war er acht. Maisie hatte die drei Kinder zusammen in die Wanne gesteckt, nachdem sie im Garten eine Schlammschlacht veranstaltet hatten. Sie mussten sich zu dritt in die Wanne stellen und wurden mit dem Schlauch abgespritzt. Valerie versuchte, den wässrigen Schlamm aufzufangen und ihren Bruder damit zu bewerfen, der sich lachend an der Wand festhielt. Rave konnte nichts anderes tun, als sich mit den Händen zu bedecken und zu hoffen, dass sich sein Pimmel nicht aufstellte, denn er konnte den Blick nicht von Jeremys Hintern lösen, von seinem Rücken, seinem Pimmel, seinen Armen.

Maisie bekam davon nichts mit. Da passte Rave sehr auf. Er wollte auf keinen Fall, dass sie ihn mit denselben Augen sah wie seine Mutter. Er hatte Glück, dass sie zu sehr damit beschäftigt war, den Schlamm von Wänden und Decke und Kindern zu brausen. Das Ganze machte ihm furchtbare Angst. Er wollte nach Hause, er wollte sich verstecken. Ehe seine Mutter sie verließ, betete er viel. Und dann war sie eines Tages weg. Sie hatte ihm nicht auf Wiedersehen gesagt, und tief in sich hatte Rave immer gewusst, warum.

Mit dreizehn war er auf ein Buch über sexuelle Achtsamkeit gestoßen. Ein Kapitel hieß «Verlegenheiten vermeiden», und dort erfuhr er, wie man Erektionen versteckte. Gut sitzende Unterwäsche, dunkle Jeans und lange T-Shirts wurden dort empfohlen. Außerdem hieß es, Verlegenheit sei grundsätzlich unangebracht, weil das alles ganz natürlich sei. Nur, dass seine Erektionen eben nicht natürlich waren, weil sie nicht durch Mädchen verursacht wurden. Und er hatte ein Gegenmittel, das jeder Erektion in Sekundenschnelle ein Ende bereiten konnte: seine Mutter. Er musste sich nur vorstellen, wie sie vor ihm stand und ihn als schmutzigen Jungen beschimpfte, und schon war es vorbei. Das war sehr hilfreich. Er bemühte sich, so gut er konnte, Jeremy nicht mehr so anzusehen, und es wurde leichter, als sein Freund eine schwierige Phase durchmachte. Damals war Rave bis über beide Ohren in Tim Daly verknallt gewesen, den Schauspieler, der in der amerikanischen Sitcom *Die Überflieger* den Joe Hackett spielte. Als er die Serie mit zwölf zum ersten Mal sah, war er allein, und er onanierte bis zur Besinnungslosigkeit.

Diese Liebesaffäre dauerte zwei Jahre. Etwa zu der Zeit hörte er auch zum ersten Mal die Begriffe Homo, Schwuchtel, Tunte, Schwanzlutscher, Arschficker, Knallfrosch, Hinterlader, andersrum, rosarot, vom anderen Ufer. Sie wurden stets missbilligend geäußert, stets benutzt, um jemanden abzuwerten, ihm zu unterstellen, dass er schwach war, falschlag, weniger wert war als andere, dass er Scheiße war, ein Nichts, nutzlos, ein Tier, schwach, böse und zur Hölle verdammt. Für Mädchen gab es zwar auch Begriffe, aber die bezogen sich, wie er feststellte, in erster Linie auf das Aussehen der Mädchen. Die Hässlichen hießen Kampflesben, die Gutaussehenden einfach nur Lesben, und die Jungs waren der Meinung, die müssten nur mal richtig rangenommen werden. Wenn ein

Mädchen einem Jungen einen Korb gab, war es völlig in Ordnung, sie als «Kampflesbe!» zu beschimpfen. All das waren fiese, verletzende Worte für Menschen, die seine Kumpels niemals verstehen würden. All diese Ausdrücke verrieten Rave, was sie tatsächlich von ihm dachten, ohne es zu wissen. Beany war der Einzige, der diese Sprache nicht verwendete. Das wurde zum nächsten Grund, ihn zu lieben.

Die ständigen kleinen Akte des Hasses, der Intoleranz und Diskriminierung seitens seiner Familie und seiner Freunde nagten an seiner Seele. Rave entdeckte die Homophobie überall: im Fernsehen, im Kino und in der Musik, wo Schwuchtel oder Tunte als ganz normale Beleidigung galt und wo Schwulen-Bashing einfach dazugehörte. Sogar die Kirche verdammte ihn, der Ort, der von sich behauptete, alle in seinem Schoß willkommen zu heißen. Sogar bei guten Menschen wie Maisie konnte er es erkennen. Sobald es um das Thema Homosexualität ging, senkte sie die Stimme und verzog das Gesicht. *Die Armen, was für ein schreckliches Leben*. Eins war ihm klar: Wer auch immer herausfand, was er in Wirklichkeit war, würde ihn verlassen, genau wie seine Mutter, und das würde ihm mit Sicherheit nie wieder passieren.

Casey war seine Rettung. Sie war die perfekte Freundin – sie passte genau in das Bild, das seine Freunde von ihm hatten, und sie passte nicht nur äußerlich in ihre Rolle. Er bewunderte sie tatsächlich für ihre Schönheit. Er stand zwar nicht direkt auf sie, aber sie ekelte ihn auch nicht an. Wenn er sie küsste, war es möglich, die Augen zu schließen und sich dabei Tim Daly oder Christian Slater in *True Romance* vorzustellen oder den Typen aus der Cola-light-Werbung. Wenn sie ihn berührte, schloss er die

Augen, und bei jedem Streicheln entfernte sie sich weiter von ihm, und der Mann in seinem Kopf kam näher und näher.

Nach dem Zwischenfall mit dem miesen Sex war Rave stinksauer auf sich gewesen. Nicht nur sauer, er war richtig enttäuscht gewesen. Er hatte Angst, dass er, falls es ihm nicht gelang, sich zusammenzureißen, falls Casey ihn verließ, nicht in der Lage wäre, die Nummer auch mit einem anderen Mädchen durchzuziehen. Rave lebte in ständiger Angst. Er hatte Angst, dass seine Mutter, was ihn betraf, recht hatte, er hatte Angst, dass sein Vater starb, er hatte Angst, dass man ihm auf die Schliche kam. Die größte Angst hatte Rave davor, irgendwann ganz und gar allein dazustehen. Jede einzelne Minute jedes einzelnen Tages brachte neue und unüberwindbare Hindernisse mit sich, und er hatte das alles so gründlich satt. Er wollte die Zeit anhalten, den Augenblick einfrieren, nur er und Beany in einer Holzhütte, umgeben von Wind und Regen und dazu die Musik von U2. Beany sah so schön aus im Kerzenlicht. Er bewunderte den schmalen Körper, das hübsche Gesicht, die wilden, blonden Locken. Er fragte sich, wie es sich anfühlen mochte, ihn zu berühren. Er wollte es so dringend tun, aber es würde nie dazu kommen. Das konnte und würde er nicht riskieren.

Einmal, als er bei Jeremy auf dem Fußboden übernachtete, war sein Freund aus einem Albtraum aufgewacht. Er war panisch und erzählte ihm, manchmal hätte er das Gefühl, keine Luft zu bekommen. Als Rave versucht hatte, ihn zu trösten, hatte er sich weggedreht und gemurmelt, das könnte er nie verstehen. Was seltsam war, weil Rave ein Meister im Luftanhalten war. Er war so gut, er hätte unter Wasser leben können, aber woher hätte Jeremy das wissen sollen? Sosehr er sich auch danach sehnte, das würde er ihm niemals erklären können.

Jeremy

Als Rave keine Tränen mehr in sich hatte, wischte er sich mit den Knöcheln über die Augen. «Sorry», sagte er noch einmal. «Erzähl das bloß keinem.»

«Niemals.» Jeremy meinte es ernst. Natürlich würde er niemandem was erzählen. Er wünschte nur, er könnte alles wiedergutmachen. *Warum muss das Leben so unfair sein?*

«Jetzt hältst du mich für ein Weichei, oder?»

«Weil du geheult hast?»

«Ja.»

«Red keinen Müll. Ich heule selbst die ganze Zeit.»

«Echt?» Rave wirkte erleichtert.

«Klar.»

«Und warum?»

Jeremy merkte, dass Rave es wirklich wissen wollte, aber was sollte er schon sagen? *Weil ich in dich verliebt bin und mich das krank macht.* «Keine Ahnung.»

«Es muss einen Grund geben.» Rave ließ nicht locker.

Los. Mach schon. Gib ihm irgendwas, sag was, irgendwas …

«Das Leben eben.» Jeremy geriet in Panik. *Ich kann das nicht.* Rave starrte ihn an, als würde er was von ihm brauchen. *Ich weiß nicht, was ich sagen soll.*

«Jetzt sag schon, Beany. Wenn du traurig bist, dann will ich den verfickten Grund wissen.» Rave klang frustriert, richtig sauer sogar.

Jeremy wäre am liebsten davongerannt. Er sprang auf – er brauchte dringend etwas Raum. In der Hütte war es so heiß, dass er das Gefühl hatte, seine Haut stünde in Flammen. Rave stand auch auf. Jeremy verzog sich in die Ecke, so wie immer, wenn sie allein waren.

«Was ist los?» Rave bewegte sich auf ihn zu. «Warum bist du so nervös?»

«Sorry.» Jeremy konnte Rave nicht in die Augen sehen.

«Schau mich an.»

«Ich kann nicht.»

«Warum nicht?»

Rave stand direkt vor ihm, mit einem langen T-Shirt und Boxershorts. Jeremy konnte die Konturen seines Oberkörpers durch den Stoff sehen. Die kräftigen Beine waren nackt. Zwischen Jeremy und Raves Schwanz war nur ein bisschen dünner Stoff. Er musste dringend hier raus, aber der Regen prasselte weiter gnadenlos aufs Dach wie ein endloser Trommelwirbel.

«Mach einfach Platz, Rave, bitte!»

Rave wurde sauer. «Ich tu dir nichts!»

«Ich brauche einfach ein bisschen Raum.»

«Wegen mir.»

«Bitte, Rave.»

«Und warum?»

«Kann ich nicht sagen.» *Wie ist es nur so weit gekommen?*

«Ich will wissen, warum. Sag's mir!» Rave klang plötzlich, als hätte er vor etwas Angst.

«Es geht nicht um dich!», schrie Jeremy. «Es geht nicht immer alles nur um dich.»

Er fing an zu weinen, und Rave machte einen Schritt zurück. «Es tut mir leid.» Er wirkte erleichtert, aber auch neugierig.

Jeremy war so wund, und seine Angst war so groß, und er hatte einfach keine Ahnung, was er tun sollte.

Rave

Jeremy stand zusammengekrümmt in der Ecke und schluchzte. Rave hatte ihn noch nie so weinen sehen, nicht mal, wenn er sich auf dem Spielfeld verletzte oder nachdem sein Vater verschwunden war. Er bebte richtig, und der rohe Schmerz und die Einsamkeit, die Jeremy verströmte, kannte Rave selbst nur allzu gut. Ohne nachzudenken, nahm er Jeremy in die Arme und gab ihm das, wonach er sich selbst so sehr sehnte. «Alles ist gut, Beany. Ganz egal, was es ist, es wird alles wieder gut.»

«Nichts ist gut», flüsterte Jeremy, während er sich an der Schulter seines besten Freundes ausweinte. «Es wird niemals gut sein.»

«Aber warum, Beany?»

«Weil ich dich liebe.» Jeremy brach schluchzend zusammen.

Rave löste sich von ihm und sah ihn an, das wunderschöne Gesicht von Tränen überflutet, und Jeremy sah in die grauen Augen seines allerbesten Freundes, und Raves Lippen teilten sich, und Jeremy beugte sich vor und sie küssten sich. Zuerst war es ein sanfter, zärtlicher Kuss, der immer heftiger wurde, bis sie einander in die Haare griffen, zueinander drängten, und es fühlte sich gut an, es fühlte sich richtig an, natürlich, und so unglaublich erleichternd. Es war der beste Kuss seines Lebens. Die tastenden Hände fanden den Rücken des anderen, den Brustkorb, die Arme, und dann fasste Jeremy Rave an, direkt dort, an der gewissen Stelle, und er brauchte dringend Zeit, nur eine Sekunde, er war noch nicht bereit dazu, und in seinem Kopf gellte die Stimme seiner Mutter *Schmutziger Junge, Homo, Schwuchtel, Arschficker, Schwanzlutscher, schwule Sau!*

Rave reagierte unwillkürlich. Er stieß Jeremy mit aller Kraft von sich, drehte sich weg und versuchte einen klaren Gedanken zu fassen. Er hielt das alles nicht mehr aus. Es war zu plötzlich, und viel zu viel. «Nein. Das dürfen wir nicht tun», sagte er mit dem Rücken zu Jeremy, und Jeremy stritt es nicht ab, er sagte kein Wort, offensichtlich ging es ihm genauso. «Es tut mir leid», sagte Rave, als er sich endlich ein bisschen gesammelt hatte. *Ich mach es wieder gut. Ich stand so unter Schock!* Er drehte sich um. Sein bester Freund stand gegen die Wand gelehnt. Es sah seltsam aus, als würde er halb lehnen und halb hängen.

«Jeremy?»

Etwas stimmte nicht. Jeremys Augen waren weit aufgerissen, der Mund stand offen, und als Rave genauer hinsah, entdeckte er, dass ihm Blut vom Nacken über die Schultern rann.

«Jeremy?»

Jeremys Blick war starr. Er rührte sich nicht. Er war zwar immer noch hier im Zimmer, aber als Rave seinem Freund in die Augen sah, wusste er gleich, dass er tot war.

Der Nagel war lang und dick und steckte offensichtlich tief in seinem Schädel, mitten in seinem Gehirn, denn sogar das Gewicht seines Körpers konnte Jeremy nicht zu Boden ziehen. Er hing an der Wand wie eine von den Trophäen.

«Jeremy!», schrie Rave. «Jeremy!» Er schüttelte ihn, aber Jeremy reagierte nicht. Er blieb vollkommen still, für immer verloren, erstarrt in seinem ersten richtigen Kuss.

«Jeremy – das wollte ich nicht, Jeremy. Bitte! Das wollte

ich nicht. Ich flehe dich an. Wach auf», sagte er wieder und wieder, hoffnungslos und verzweifelt, aber Jeremy schlief nicht; niemand schlief mit offenen Augen. *Ich muss ihn da runterholen. Ich muss ihn von dem Nagel ziehen. Wenn er erst unten ist, kann ich ihn wiederbeleben. Ich kann ihn zurückholen. Menschen werden ständig zurückgeholt.*

«Bitte vertrau mir, Jeremy. Ich rette dich.»

Er packte den Kopf seines besten Freundes und zog so fest er konnte. Jeremy löste sich so plötzlich von dem Nagel, dass Rave rücklings auf dem Boden landete, und Jeremy auf ihm. Er rappelte sich hoch. Er bedeckte das blutende Loch in Jeremys Hinterkopf mit der Hand.

«Oh nein, nein, nein … O Gott, Jeremy.»

Er drehte ihn um und drückte auf seinem Brustkorb herum.

«Jeremy, Jeremy, Jeremy. Alles ist gut. Es ist alles gut. Ich hab dich. Einfach atmen, ein und aus, ein und aus. Komm schon, Mann, du und ich, wir wissen beide, wie schwer es ist zu atmen, aber wir tun es trotzdem. Wir tun es die ganze Zeit.» Er war blind vor Tränen. Ihm lief die Nase, und er wischte sich ständig mit der blutigen Hand über das Gesicht, bis er förmlich hinter Jeremys Blut verschwand. Als ihm klarwurde, dass er nichts mehr tun konnte, heulte er auf wie ein waidwundes Tier.

«Jeremy! Es tut mir so leid!» Er nahm seinen besten Freund in die Arme, wiegte und schaukelte ihn. «Ich liebe dich. Ich liebe dich, Jeremy. Ich habe dich immer geliebt. Es tut mir so leid.» So blieb er sitzen, wiegte und schaukelte ihn, bis die Sonne aufging. Dann rollte er Jeremy zu einer Kugel zusammen und deckte ihn mit dem Schlafsack zu.

Drei Tage und Nächte blieb Rave an Jeremys Seite, so lange, bis er endlich wusste, was zu tun war.

4. Januar 1995

Liebe Maisie,

es ging alles so schnell. Wir waren hier und dann war er plötzlich weg, und es tut mir so leid. Es ist meine Schuld. Ich wollte immer normal sein. Ich habe mit allem, was in mir war, gegen meine Gefühle gekämpft, aber ich habe ihn geliebt, seit ich denken kann, und das hat mich fast umgebracht, weil ich wusste, dass es falsch ist. Aber dann hat er mich plötzlich auch geliebt, es war ein einziges Wunder, Maisie, es kam wie ein Blitz aus heiterem Himmel. Es war der schönste Moment meines Lebens. Ich war berauscht, glücklich, frei, zufrieden, normal, und ich weiß, dass er sich in dem Moment genauso gefühlt hat. Aber als die Stimmen, die mich immer jagen, wieder in meinem Kopf zu brüllen anfingen, da habe ich ihn geschubst, Maisie. Ich wollte ihm nicht weh tun. Ich würde ihm niemals weh tun. Ich wollte nur ein bisschen Raum, um aufzuhören, um nachzudenken, um etwas Zeit zu gewinnen. Es war alles so plötzlich und so viel. Ich dachte, wenn ich mich jetzt nicht losmache, dann zerplatzt mein Herz und mein Kopf, und da habe ich ihn weggeschubst. An der Wand war ein Nagel. Er muss das Gleichgewicht verloren haben, und dann ist er direkt dagegen geflogen. Er hat nichts gespürt. Das verspreche ich dir. Ich habe versucht, ihn zu retten. Ich habe alles versucht, aber er ist nicht wieder zu sich gekommen. Er konnte nicht mehr zu sich kommen, und das ist meine Schuld.

Ich sage dir jetzt Lebewohl. Ich werfe diesen Brief ein, und dann gehe ich. Ich kann nicht ohne ihn sein. Und selbst wenn ich ohne ihn sein könnte, kann ich mit mir nicht mehr leben, also werde ich zu ihm gehen, wo auch immer er jetzt ist. Nur da will ich sein.

Ich habe eine Zeichnung gemacht, wie man zu der Hütte kommt. Jeremy ist in meinen Schlafsack gewickelt. So kann ihm nichts passieren. Als ich wusste, dass er tot ist, habe ich ihn zu einer Kugel zusammengerollt. Ich wollte, dass er irgendwo im Glück ist, Maisie. Ich weiß, dass er das so gewollt hätte. Du warst immer so nett zu mir. Du hast das nicht verdient. Ich wünschte, ich könnte es ungeschehen machen. Ich wünschte, ich könnte die Zeit zurückdrehen und alles anders machen. Ich wünschte …

Ich habe ihn geliebt. Ich bin dir so dankbar, und es tut mir so fürchterlich leid. Ich hoffe, du kommst darüber hinweg. Ich hoffe, du rennst nicht davon oder wirst ein Junkie wie meine Eltern, weil Valerie dich braucht.

In Liebe, Rave

PS: Falls jemand nach mir sucht, ich bin im Stausee.

Freitag, 6. Januar 1995

ELFTES KAPITEL

«Creep»
Radiohead, 1992

Dave

Daves Wecker klingelte um halb sechs. Er stellte ihn mit einem Hieb ab und drehte sich stöhnend um. Er verfluchte Rave für die Idee, ihn zu Jonnos Trainingspartner zu machen. Aber wenn er ganz ehrlich war, machte ihm das Training mit Jonno, sobald er erst mal wach war, mehr Spaß, als er je zugeben würde. Pünktlich um zehn vor sechs war er am Tor. Es war eiskalt, und er hatte unter dem Riesenmantel seines Großvaters einen Anorak angezogen. Um kurz nach sechs kam Jonno endlich angetrabt. Dave fror dermaßen, dass er auf der Straße im Kreis fuhr, um sich warm zu halten. Jonno trug lediglich eine Wollmütze und seinen Jogginganzug, aber er hatte sich ja auch schon warm gelaufen und blieb auch nicht stehen, als Dave seine Kreise unterbrach, um ihm entgegenzufahren.

«Alles okay?», fragte Dave.

«Super.»

«Na dann los.» Dave drückte den Knopf auf der Stoppuhr seines Vaters. «Dann lass uns mal ein paar Rekorde brechen.»

Jonno fing an zu rennen, durch das Tor und über den schmalen, von Bäumen gesäumten Stolperpfad, der zum Stausee führte und an dem tröpfelnden Rinnsal vorbei, das drohte, seine Turnschuhe zu ruinieren. Er lief an den wenigen hübschen Häusern vorbei, die hier standen, an zwei knurrenden Wachhunden und einem Mann, der mit einem Boot aus seiner Einfahrt kam. Die Luft war frisch. Bis auf die Gefahr, sich die Zehen abzufrieren, war es genau so, wie er es mochte. Jonno machte sich super. Die Weihnachtspause hatte seiner Form nichts anhaben können.

«Wie bin ich drauf?»

«Beschissen. Na los! Konzentrier dich! Zieh's durch!»

Jonno nickte und lief etwas schneller. Immer, wenn Dave dachte, jetzt hätte Jonno wirklich alles gegeben, legte er noch einen Zahn zu. Es war beeindruckend. Dave lag zurück. Er hatte tatsächlich Schwierigkeiten, mit Jonno mitzuhalten. Es war, als hätte Jonno Flügel. Daves Mantel beschwerte ihn, und ständig hakte die Gangschaltung. Als sie den Stausee erreichten, drehte Jonno sich zu ihm um.

«Na los, immer weiter, Mann! Nicht langsamer werden!», rief Dave ihm zu.

Jonno nickte und lief weiter. Kurz vor der Brücke blieb er plötzlich stehen. Dave konnte nicht erkennen, was ihn am Weiterlaufen hinderte. Er hatte Angst, Jonno hätte sich womöglich einen Muskel gezerrt. *Den nach Hause zu kriegen, dauert den ganzen beschissenen Tag.* So schnell es seine bescheuerte Gangschaltung erlaubte, fuhr er zur Brücke. Als er dort ankam, stand Jonno über die Brüstung gebeugt. *Er kotzt, na super, das geht wieder vorbei.* Doch dann drehte Jonno sich zu ihm um, und der Horror auf seinem Gesicht sprach eine völlig andere Sprache.

Dave stieg vom Rad und betrat die Brücke. In dem Augenblick machte Jonno einen Schritt beiseite, und hinter ihm in der Dämmerung war eine Gestalt zu erkennen. Dave hatte im ersten Moment Mühe zu verstehen, was er da sah. Sein Verstand brauchte eine Millisekunde. Doch dann war es klar. Er sah definitiv einen Jungen, der sich ans Brückengeländer klammerte, und es war klar, dass er springen würde. *Rave? Rave? Bist du das?*

Jonno hatte sich inzwischen zu ihm umgedreht und schrie ihm etwas zu, aber das Blut, das ihm in den Ohren rauschte, machte einen höllischen Lärm. Dave brauchte eine Minute. *Rave? Was tust du da, Mann? Warum hängst du an dieser blöden Brücke? Es ist arschkalt!*

«Dave!», schrie Jonno. Er stand direkt vor ihm. «Komm zu dir!»

«Rave?», sagte Dave.

Rave hatte die Arme durch die Geländerstäbe gefädelt, und seine Füße hatten kaum auf dem schmalen Absatz Platz. Er sah aus wie Jesus, vorausgesetzt, Jesus hätte statt am Kreuz an einem Brückengeländer gehangen. Er war blau vor Kälte, er hatte abgenommen, und eine Strähne seiner schwarzen Haare war schneeweiß geworden. Seine Finger und Arme waren ganz blau, und selbst wenn er gewollt hätte, hätte er sich nicht mehr sehr viel länger halten können. Dave kapierte es nicht.

«Rave.» Jonno beugte sich über das Geländer. «Ich bin's. Jonno. Wie geht's dir, Mann?»

«Was ist das denn für eine Scheißfrage? Das sieht doch ein Blinder, wie's ihm geht!» Endlich hatte Dave seine Stimme wiedergefunden.

«Halt's Maul, Dave!», sagte Jonno. «Rave, kannst du mich hören?»

«Ich hör dich.» Rave hielt den Blick aufs Wasser gerichtet.

«Ah, gut.» Jonno seufzte. «Kann ich dir helfen?»

«Fass mich an und ich springe.»

Dave ließ donnernd sein Fahrrad fallen.

Jonno machte einen Satz. «Jesus Christus, Dave! Pass doch auf, verfickt noch mal!»

«Tut mir leid!» Das war nicht gelogen. Dave tat es schrecklich, schrecklich, schrecklich leid.

Jonno drehte sich wieder zu Rave um. «Du musst mir sagen, was ich tun kann, um dir zu helfen.»

«Nichts.»

«Die haben alle nach dir gesucht. Das war total wahnsinnig, stimmt's, Dave?»

Dave nickte, obwohl Rave aufs Wasser starrte und ihn nicht sehen konnte. «Die Polizei und die Presse und Jeremys Ma.»

«Maisie hat nach mir gesucht?»

Dave sah ein winzig kleines Licht in ihm aufflammen. «Ja, sie war sogar im Fernsehen und hat gesagt, dass sie dich liebt. Sie will, dass du nach Hause kommst.»

Raves Augen füllten sich mit Tränen. «Ich habe ihr einen Brief geschrieben. Morgen hat sie ihn.»

«Warum hast du das gemacht?», wollte Jonno wissen.

«Ich musste es ihr erklären.»

«Komm, ich geh Hilfe holen, ja?»

«Es ist zu spät, Jonno.»

«Nein, ist es nicht!», rief Jonno panisch. «Halt dich einfach da fest – okay, Mann?»

«Nein. Ich kann nicht.»

«Doch, du kannst – tust du doch! Schau doch.»

«Es ist zu spät.»

«Und wenn ich Maisie herhole?», sagte Jonno, und Dave schluckte. «Manche Dinge sagt man besser persönlich.»

Rave dachte kurz nach und nickte. «Du hast recht.»

Gott sei Dank!, dachte Dave. *Der war nicht schlecht, Jonno.* Dave hatte wirklich keine Ahnung, was hier los war.

Was musste Rave Maisie erklären? Was wollte er auf der Brücke? Wo war Jeremy?

«Okay. Gut. Du wartest hier, und ich hole sie. Dave bleibt bei dir», sagte Jonno ganz ruhig.

«Ich bin am Arsch!», hätte Dave fast gequiekt. *Auf keinen Fall! Nein. Das kann ich nicht, das kann ich nicht, das kann ich nicht!*

«Gib mir kurz eine Sekunde», sagte Jonno zu Rave. Er ging zu Dave rüber und packte ihn am Mantelkragen. «Ich bin schneller als du. Ich fahre mit dem Rad zu diesen kleinen Nobelhäusern zurück und rufe Maisie an. Und du leistest Rave inzwischen Gesellschaft. Sag ja nichts, das ihn dazu ermutigt zu springen. Kapiert?»

«Nein!», rief Dave mit wildem Blick. «Ich bin nicht vertrauenswürdig. Ich bin doch das Riesenarschloch, schon vergessen?» Plötzlich fing er an zu weinen. «Ich sag irgendwas, und dann springt er. Bitte. Ich gehe. Lass mich fahren. Ich nehme das scheißkaputte Rad, oder ich renne, so schnell ich kann. Aber zwing mich nicht, hierzubleiben. Wenn du ihn verlässt, ist er so gut wie tot.» Da war Dave sich ganz sicher, so sicher wie noch nie. Das Beste, was er für seinen Freund tun konnte, war abzuhauen. *Bitte, Rave, bitte tu mir das nicht an.*

Jonno löste seinen Griff. «Das schaffst du schon. Bleib einfach ganz cool.» Er akzeptierte offensichtlich kein Nein. Er hob das Rad auf und fuhr los. Noch auf halber Brücke blockierte die Gangschaltung. Dave sah ihn abspringen und so schnell davonrennen, wie er noch nie gerannt war.

Daves Gedanken rasten. Mit erhobenen Händen ging er ein Stückchen auf Rave zu. «Ich komme in Frieden.»

Rave machte keinen Mucks. Dave fragte sich, ob er an der Brücke festgefroren war. Bei näherem Hinsehen entdeckte er, dass Raves Oberlippe lila und die Unterlippe dunkelblau war. «Hallo», sagte Dave, als er so nahe war, dass er Rave hätte berühren können. Rave reagierte nicht.

«Jonno ist nur kurz weg, um Ms. Bean zu holen. Er ist gleich wieder da.»

Rave starrte weiter ins Wasser.

«Jesus, ist das schweinekalt, oder? Meine Eier sind auf Fußballgröße geschrumpft.»

Rave lachte nicht.

«Kapiert? Die sind so groß, dass sie jetzt auf die Größe von Fußbällen geschrumpft sind.»

Rave sah müde aus. Er war ausgemergelt und knochig. Seine Haare sahen zum Fürchten aus. Dave hatte echt Schiss. Rave mussten doch die Arme weh tun, und als er plötzlich leicht schwankte, sah es aus, als würde er hinunterstürzen. «O Gott! Halt dich fest – halt dich einfach fest, Scheiße noch mal!»

Rave machte plötzlich einen entschlossenen Eindruck. «Sag Maisie, es tut mir leid.»

«Auf keinen Fall!», schrie Dave ihn an.

«Tu's einfach, Dave.»

«Nein.» Dave fing wieder an zu weinen. «Nein, das tue ich nicht. Ich sage ihr, du hast gesagt, sie kann sich ins Knie ficken. Genau, das werde ich sagen, denn wenn du jetzt springst, meinst du genau das. Du sagst damit, wir können uns alle ins Knie ficken, und das ist nicht okay – kein bisschen okay.»

Rave sah ihn an. Endlich hatte Dave seine Aufmerksamkeit, und er war fest entschlossen, es nicht zu versauen.

«Bitte, bitte, Rave. Tu das nicht. Ich weiß, dass was passiert ist. Das ist mir völlig klar, aber dass du jetzt springst, ist nicht okay. Ich liebe dich, Mann! Verstanden? Wir lieben dich alle, und daran wird sich nichts ändern, egal, was passiert ist.»

«Du weißt nicht, was ich getan habe.» Raves Stimme brach.

«Das ist mir scheißegal», sagte Dave. «Das schwör ich dir. Wir stehen das gemeinsam durch, wie Waffenbrüder. Lass mich jetzt nicht im Stich.»

«Ich kann nicht, Dave», sagte Rave. «Ich kann einfach nicht. Es tut mir leid.»

Einen furchtbaren Augenblick lang glaubte Dave, er würde loslassen.

«Nein, nein, nein, bitte nicht, Mann! Bitte mach mich nicht zu dem Arschloch, das zugelassen hat, dass Rave gestorben ist. Damit kann ich nicht leben.» Dave fiel tatsächlich auf die Knie und flehte ihn an. «Bitte, bitte, Rave, verlass mich nicht! Jesus, bitte verlass mich nicht!»

Offensichtlich hatte er damit eine Saite zum Klingen gebracht, denn Rave verstärkte den Griff um das Geländer.

«Okay. Tut mir leid, Dave.»

«Mir auch.» Dave heulte inzwischen wie ein Baby. «Mir tut alles leid. Ich liebe dich, Mann. Ich liebe dich. Ich liebe dich echt, scheiße noch mal!»

Dave zog den Mantel seines Großvaters aus, deckte Rave damit zu und schlang von hinten die Arme um ihn. Er klammerte sich an ihn, so gut er konnte. «Ich hab dich, Rave.»

Sie warteten schweigend. Dave hatte keine Ahnung, wie viel Zeit vergangen war, als er hinter sich ein Auto hörte. Er drehte sich um und sah Jonno auf sich zurennen. Ein Mann und eine Frau folgten ihm, so schnell sie konnten.

«Er ist müde», rief Dave ihnen zu. «Er ist echt fertig.»

«Sie kommt, Rave», sagte Jonno. «Sie ist schon auf dem Weg.»

Der Mann, der Jonno erlaubt hatte zu telefonieren, blieb im Hintergrund stehen, seine Frau fest im Arm. Sie waren beide wie betäubt. Es gab nichts, was sie hätten sagen oder tun können.

Dave rührte sich nicht vom Fleck, während Jonno auf Rave einredete. Er beschwor ihn, durchzuhalten, sagte ihm, dass Maisie jeden Augenblick da wäre. «Dave, wie lange braucht man von der Cypress Road bis zum Stausee?», fragte Jonno ihn.

«Vielleicht zehn Minuten?»

«Und wenn ein Bulle am Steuer sitzt?»

«Dann vielleicht fünf.»

«Drei haben wir schon geschafft. Noch zwei Minuten, Mann. Okay?», sagte Jonno, und Rave nickte. «Nur noch zwei Minuten.»

Nur noch zwei Minuten, dachte Dave. *Na los, lass jetzt nicht los, lass ihn nicht im Stich.* Er fror, ihm taten die Arme und Hände weh, aber selbst wenn Maisie Bean einen Monat brauchte, um herzukommen, Dave O'Loughlin ließ nicht los.

Maisie

Um sechs Uhr fünfunddreißig wurde Maisie durch das Krächzen einer Krähe geweckt. Sie lag angezogen auf Jeremys Bett. Sie setzte sich auf und versuchte, zu sich zu kommen. Bridie war heute Nacht nicht durch den Flur gegeistert, und falls doch, hatte Maisie nichts mitbekommen. Sie stand auf, um nachzusehen. Der Flur war leer. Bridie lag in ihrem Bett und schlief tief und fest. Sie atmete auf. Okay. Sie ging ins Wohnzimmer. Fred lag hellwach auf dem Sofa und starrte zur Decke.

«Du bist hiergeblieben.» Sie war froh, ihn zu sehen.

«Sorry, Mai, ich bin eingeschlafen.»

«Du musst dich nicht entschuldigen.» Sie setzte sich im Schneidersitz neben das Sofa auf den Boden. «Das war eine außerordentlich bizarre Woche.»

«Das kannst du laut sagen.»

«Er kommt wieder zu mir zurück, Fred.» *Sie wusste es. Sie wusste es einfach.*

Fred setzte sich hin und rieb sich mit den Händen über das Gesicht. «Ich glaube dir.»

Sie nahm seine Hand und küsste sie. «Ich glaube, ich habe mich noch gar nicht bei dir bedankt.»

«Ist auch unnötig.»

«Danke», sagte sie. «Danke, Fred. Danke dafür, dass du uns vor all den Jahren gerettet hast, und danke dafür, dass du jetzt hier bist und uns wieder rettest.»

«Tue ich das denn, Mai?»

«Ja. Genau das tust du.»

«Na schön, dann werde ich mal damit weitermachen, ganz egal, was passiert.»

Sie stand auf und strich sich die Hose glatt. «Kaffee?»

Fred konnte nicht antworten, weil in der Sekunde das Telefon klingelte. Maisie rannte in den Flur und hob ab, aber noch ehe sie hallo sagen konnte, hörte sie Jonno Lynch halb hysterisch ins Telefon weinen.

«Ms. Bean, Hilfe! Wir haben Rave gefunden!»

«Wo?»

«Auf der Brücke am Stausee.»

«Und Jeremy?»

«Er will springen, Ms. Bean!»

«Wer? Jeremy?»

«Nein, Rave. Er will Sie sehen. Er spricht nur mit Ihnen, hat er gesagt.»

Fred stand inzwischen vor ihr. Ihr Entsetzten spiegelte sich in seinem Gesicht. «Ich komme», sagte sie und legte auf.

«Mai?»

Rave ist auf der Brücke und will sich das Leben nehmen und von Jeremy keine Spur. Maisie schaltete auf Autopilot. «Wir müssen los.» Sie konnte aber nicht weg, ohne Valerie Bescheid zu geben und sie zu bitten, auf Bridie aufzupassen. Aber Valerie in dieser Situation allein zu lassen, ging auch nicht. Also weckte Maisie ihre Mutter und ihre Tochter, zog Bridie Schuhe und Mantel an und setzte beide ins Auto.

Keiner sagte ein Wort. Bridie nickte wieder ein, sie verstand nicht, was los war, und war viel zu müde, um sich darum zu kümmern. Valerie saß mit versteinertem Gesicht da. Schneller als der Blitz fuhr Fred durch die Straßen von Tallaght. Als sie wie auf zwei Rädern um eine scharfe Kurve bogen, krallte Maisie sich am Sitz fest. Es war gleichzeitig die längste und die kürzeste Autofahrt, die Maisie Bean jemals erlebt hatte.

Als Erstes entdeckte sie den Mann und die Frau, die auf der Brücke standen, dann auch die beiden Jungen. Jonno war in der Hocke, und Dave hielt Rave verzweifelt von hinten umklammert. Noch ehe Fred den Motor abgestellt hatte, war Maisie aus dem Auto gesprungen. Valerie starrte stumm auf die Szenerie, eindeutig unter Schock.

«Du bleibst hier», hörte Maisie sich sagen, und Valerie nickte stumm.

Zusammen rannten Maisie und Fred auf die Brücke. Maisie hatte angefangen zu weinen. Rave war ein zitterndes Wrack. Sein Anblick raubte ihr den Atem. Sie spürte Freds Arme, er hielt sie aufrecht. Sie konnte nicht denken, sie konnte nur handeln.

«Rave! Rave, Schätzchen! Ich bin's, Maisie.»

«Maisie?»

Jonno trat zurück, und sie machte einen Schritt auf Rave zu. Sie war so nahe, dass sie ihn berühren konnte. Er war nur noch Haut und Knochen und sah wirr und verzweifelt aus.

«Dave, lass mich los.»

«Nee, Mann! Auf keinen Fall.»

«Ich muss allein mit Maisie sprechen.» Rave versuchte, sich Daves Griff zu entwinden.

«Schon gut, beruhige dich, Sohn. Alles in Ordnung, ganz ruhig», sagte Fred, dann nickte er Dave zu. «Lass ihn los. Er bleibt hier bei uns. Stimmt doch, Rave?»

Rave nickte. Behutsam ließ Dave ihn los, wich nach hinten weg und stellte sich zu Jonno. Auch Fred trat zurück, und sie ließen Maisie und Rave allein. Von ferne drangen die Sirenen von Polizei und Krankenwagen an ihr Ohr.

«Rave, Schätzchen, was ist passiert?» Maisies Stimme zitterte. Sie umklammerte sich selbst, aus Angst, einfach zu zerfließen, wenn sie jetzt losließ. Ihre Knie bebten wie verrückt, aber irgendwie blieb sie trotzdem stehen.

«Ich habe dir einen Brief geschrieben. Gestern habe ich ihn eingeworfen.» Er starrte geradeaus.

«Und warum, Rave?» *O Gott! Bitte nicht. Bitte, bitte nicht!*

«Ich wollte dir sagen, dass es mir leidtut und dass ich es nicht wollte. Ich wollte es wirklich nicht.»

Rave weinte, und Maisie weinte auch, weil sie wusste, dass ihr Sohn tot war. Sie hatte es in der Sekunde gewusst, als sie hörte, dass Rave allein auf der Brücke stand. «Es ist okay, Schätzchen», sagte sie, aber das war gelogen. Ein heißer Schmerz durchwogte sie. *Jeremy? Oh, mein Kind, mein Herz, meine Seele, mein süßer kleiner Junge!*

«Es ist aber nicht okay, Maisie. Er ist tot.»

«Ich weiß, das weiß ich.» Sie nickte, kaum noch in der Lage, sich zusammenzureißen.

«Das war ich, Maisie. Ich habe ihn umgebracht. Ich wollte das nicht.»

Sie wollte schreien, gegen eine Wand schlagen. Sie wollte brüllen und toben und die Welt in Fetzen reißen, aber das Kind, das sich da vor ihr an das Geländer klammerte, war nicht das Ziel ihrer Wut. Selbst in diesem unerträglich qualvollen Augenblick sah Maisie den Schmerz und die Hilflosigkeit dieses Jungen, liebte sie ihn. Wie wäre es auch anders möglich? «Natürlich wolltest du das nicht.» Sie streckte die Hand aus und berührte ihn, legte sie sacht auf seinen ausgemergelten Arm.

«Aber ich habe ihn gestoßen – ich habe ihn weggestoßen. Eben war er noch lebendig und eine Sekunde später nicht mehr, und ich wollte es nicht.»

Maisies ganzer Körper schmerzte. Ihr Innerstes stand in Flammen, ihr Herz zersprang, und ihre Seele brüllte. «Jeremy», sagte sie. «Oh, Jeremy!»

«Er hat nicht gelitten, Maisie. Wirklich nicht. Das verspreche ich dir.»

Plötzlich ließ Rave los, aber sie packte ihn, ehe er die Arme ganz aus den Stangen befreit hatte. Sie krallte sich an ihn, genau, wie Dave es vorhin getan hatte, und drückte ihn fest an sich.

«Maisie, was machst du da? Lass mich los.»

«Kann ich nicht.»

«Bitte, Maisie, bitte. Lass mich los.»

«Kann ich nicht.»

«Bitte.»

«Nein. Ich lass dich nicht los.» Plötzlich war Fred bei ihr, hielt sie fest, so wie sie Rave festhielt. Polizisten und Sanitäter kamen auf die Brücke gerannt, liefen auf den Jungen und die Frau zu, die aneinandergeklammert waren und sich die Seele aus dem Leib weinten.

EPILOG

Maisie Bean Brennan verabschiedet sich

Maisie hob den Blick und sah ins Publikum. Es war vollkommen still. Nur hier und da putzte sich jemand die Nase, und ein junges Mädchen weinte laut. Zweihundert junge Gesichter starrten sie erwartungsvoll an.

«Ich weiß genau, was Sie jetzt denken. Das kann doch nicht das Ende der Geschichte sein, oder? Doch, das war das Ende. Zumindest das Ende von Jeremys Geschichte.» Maisie trank einen Schluck Wasser, während die Zuhörer gespannt auf das warteten, was sie ihnen eigentlich sagen wollte.

«Jeremys Tod war ein schrecklicher Unfall, aber dieser Unfall konnte nur deshalb geschehen, weil es Leute gibt, wie einige von Ihnen es sind, und wegen Leuten wie mir. Leute, die ‹schwul› sagen, wenn sie etwas blöd finden oder die jemanden als ‹schwul› bezeichnen, weil er in ihren Augen ein Schwächling ist. Leute, wie auch ich selbst früher, die Mitleid mit schwulen Menschen haben, weil man so doch nicht leben kann. Dabei kann man nur deshalb so nicht leben, weil es Menschen gibt, denen man leidtut. Niemand sollte wegen seinem Geschlecht oder seiner sexuellen Ausrichtung je das Gefühl haben, ein Mensch zweiter Klasse zu sein. Es gibt überhaupt keinen Grund, vor homosexuellen Menschen Angst zu haben. Die Angst rührt allein von der Art und Weise, wie die Gesellschaft sie betrachtet und behandelt. Dort liegt der Schmerz. Dort sind die Hölle und der Horror zu Hause.»

Noch ein Mädchen putzte sich lautstark die Nase.

«Rave und Jeremy liebten sich, und dieser Kuss hätte der schönste Kuss aller Zeiten sein sollen, ein Kuss wie im Märchen oder wie in diesen romantischen Komödien.» Sie lachte leise. «Sie wissen schon, was ich meine, oder?»

Ein Mädchen in der ersten Reihe lächelte sie an.

«Dem Großen und Schönen, das dieser Kuss hätte sein sollen, standen Angst, Vorurteile und Scham im Weg. Rave hat vier Tage ganz allein mit seinem toten besten Freund in einer Hütte verbracht. Weil er ihn nicht allein lassen wollte, versteht ihr? Nach drei Tagen fasste er den Plan, ihm in den Tod zu folgen. Dann lief er zu Fuß und mit leerem Magen bis nach Blessington, kaufte sich Papier und einen Stift und schrieb mir einen Brief. Er zeichnete eine kleine Karte, damit wir Jeremy finden und ihn beerdigen konnten. Dann kaufte er sich ein Sandwich, eine Tüte Chips, Möbelpolitur und eine Dose Raumspray. Er aß, was er sich gekauft hatte, um die Kraft zu haben, zu Jeremy zurückzulaufen, dann räumte er die Hütte auf, putzte und versprühte das Spray, damit Jeremy, wenn wir ihn fanden, nicht so roch wie Raves Dad.» Maisies Stimme brach, und ihr kamen die Tränen. Bis zu diesem Punkt hatte sie sich nicht gestattet, vor diesen jungen Menschen zu weinen.

«Es tut mir leid.» Sie riss sich wieder zusammen. «Wenn Sie erlauben, möchte ich Ihnen jetzt den Brief vorlesen.»

Als sie fertig war, sah sie in die bewegten, teils tränennassen Gesichter. Die Leute nickten und schnieften und warteten. Lynn sah zu ihr hoch, sie weinte offen und hielt Johns Hand, drückte sie sich fest an die Brust. Er lächelte nur und nickte.

John schob sich die weiße Strähne aus dem Gesicht und wischte sich eine Träne aus dem Augenwinkel. Rave nannte ihn schon lange niemand mehr, aber als Maisie den gutaussehenden Mann betrachtete, der da vor ihr im Publikum saß, sah sie noch immer den verzweifelten Jungen auf der Brücke vor sich. Lynn beugte sich zu ihm und gab ihm einen Kuss. Dabei fiel ihr das Strickzeug herunter, und Dave hob es für sie auf. Er war noch immer an der Seite seines besten Freundes, ließ ihn noch immer nicht los.

Maisie sah zu Fred hinüber. Er lächelte stolz. Valerie stand an ihn gelehnt und reckte ihr die gestreckten Daumen entgegen, und hinter ihr stand Maisies neunzehnjähriger Sohn Arthur. Er hatte seinen Bruder nie kennengelernt. Einer merkwürdigen und traurigen Laune des Schicksals folgend, war er in der Nacht gezeugt worden, nachdem Jeremy gestorben war. Arthur war es gewesen, der seine Mutter und Valerie vor all den Jahren am Leben gehalten hatte. Er hatte Maisie und Fred für immer aneinandergebunden und hatte selbst dann noch ein Lächeln auf Bridie Beans Gesicht gezaubert, als sie völlig umnachtet war. Bridie starb einen Tag nach Arthurs erstem Geburtstag in einem hübschen Pflegeheim, das auf Alzheimerpatienten spezialisiert war. Obwohl sie niemanden mehr kannte, sprach sie bis zu ihrem letzten Tag von und mit Jeremy.

Maisie wandte sich wieder ihrem Publikum zu. «Eine wunderbare Journalistin namens Joan Wilde, die uns von Anfang an zur Seite stand, half mir und Rave – besser gesagt, John, denn er ist längst erwachsen – und seinen Freunden dabei, dieses Buch zu schreiben, über das, was geschehen ist, was wir daraus gelernt haben und wie es uns veränderte.» Sie deutete in die Menge. «Deirdre Mahony, Casey Shaw, Jonno Lynch, Mitch Carberry, Dave O'Loughlin, steht doch bitte alle auf, ja?» Die Freunde gehorchten, und das Publikum applaudierte wie wild.

«Und jetzt möchte ich Ihnen gerne John Rave Murphy vorstellen.»

Langsam und auf seinen besten Freund Dave gestützt, stand John auf. Er war tief bewegt, ein bisschen ängstlich und auch nach all den Jahren immer noch tieftraurig. Und trotzdem ging es ihm gut, sogar mehr als gut: Er war ein Kämpfer, ein Überlebender. Er bewältigte alles und hatte Erfolg. Maisie war stolz auf ihn. Sie wusste, dass Jeremy auch stolz auf ihn gewesen wäre. Als Jeremys Freunde wieder Platz genommen hatten und der Applaus verstummt war, beendete Maisie ihren Vortrag mit der schlichten Wahrheit.

«Es war nur ein Unfall, ein fürchterlicher, dummer, vermeidbarer Unfall. Die wahre Tragödie liegt in dem Gefühl, das wir alle diesen beiden Jungen vermittelt hatten: die Scham, die Schuld, der Schmerz und der Hass, die wir ihnen einflößten. Ich wünschte, ich wäre schon damals die Mutter gewesen, die ich heute bin, aber die war ich nun mal nicht, und das ist okay, denn ich habe mich verändert. Ich bin gewachsen. Ich habe dazugelernt, mich gebildet, und genau das wünsche ich mir auch von Ihnen. Einige von Ihnen werden dieses Buch sicherlich nicht mehr lesen müssen – Sie sind schon so weit –, aber bei den anderen, denjenigen, die aus einem Elternhaus stammen, wo Sexualität in irgendeiner Form ein Tabu ist oder wo Schwulsein als verdammenswert gilt, hoffe ich, heute Abend einen Samen gesät zu haben. Ich hoffe, es war mir möglich, Ihnen eine neue Perspektive zu eröffnen. Und zu guter Letzt wende ich mich an diejenigen unter Ihnen, die sich verstecken und verbergen, wer sie wirklich sind. Ihnen möchte ich sagen, dass Sie ein Recht auf Liebe haben. Sie müssen nichts weiter tun als Sie selbst sein, raus ins Leben gehen und diese Liebe finden. Ich danke Ihnen.»

Das Publikum erhob sich, um zu applaudieren, und in Maisies Brust stieg das Bedürfnis auf zu lachen. *Maisie Bean Brennan! Für wen hältst du dich?*

«Danke sehr.» Sie warf einen letzten Blick in den Saal und nickte John, Dave und Lynn zu. *Zeit zu gehen*. John war bereits dabei, Lynn aus dem lauten, überfüllten Saal zu führen, ehe ihr das alles zu viel wurde.

Maisie begab sich an den Bühnenrand und in die Arme ihrer Familie. «Und? Wie war ich?»

«Du warst umwerfend, Ma'sie», sagte Valerie.

«Ich bin so verdammt stolz auf dich, ich könnte platzen.» Das war Fred.

«Und was ist mit dir, Arthur?»

«Echt, Ma'sie, du rockst. Ich wünschte, ich wär schwul.»

«Frecher Lümmel!»

«Na gut. Los, suchen wir die anderen, und dann lasst uns den Auftakt zur Lesereise eurer Ma gebührend feiern. Ma'sie gehört nämlich ab jetzt dazu.» Fred zerzauste seinem Sohn die Haare.

Arthur schubste ihn spielerisch weg. «Schon gut, Dad! Diese Frisur ist übrigens nicht zufällig so!»

Auf dem Weg nach draußen sprach sie ein junger Mann an. «Das war wirklich gut.»

«Danke», sagte Maisie.

Er wirkte schüchtern, nervös und ein bisschen unsicher. «Dürfte ich wohl ein paar Minuten mit Ihnen sprechen? Es geht darum, wer ich bin.»

«Liebend gern, mein Sohn.» Und Maisie Bean Brennan lächelte.

DANKSAGUNG

Zwei Menschen haben dabei geholfen, dieses Buch zu verwirklichen. Sie glaubten an die Geschichte von Anfang an. Sie unterstützten mich, als Krankheit Verzögerungen und immer engere Fristen mit sich brachte, ohne sich auch nur ein Mal zu beschweren. Sie halfen, dieses Buch zu formen. Und so gilt mein aus tiefstem Herzen empfundener Dank meiner Agentin Sheila Crowley und meiner Lektorin Harriet Bourton bei Transworld. Sheila hat uns scherzhaft als Dream-Team bezeichnet, und ich mag den Gedanken. Sheila, du bist leidenschaftlich, fabelhaft, ehrlich und engagiert, und ich bin unglaublich dankbar, mich unter deinen Fittichen zu wissen. Harriet, bei dir sitzt jede einzelne Anmerkung, du bringst mich zum Lachen, du weißt genau, in welches Fahrwasser ich eigentlich möchte, und machst Arbeit zu etwas Erhebendem. Mehr gibt es nicht zu wollen. Werte Damen, mein Herz quillt über.

Ein Riesendankeschön geht an meine Korrektorin Hazel Orme für ihre unschätzbare Arbeit an all meinen sieben Romanen.

An meine Familie: Ich liebe euch, und ich danke euch für alles. An meine Freunde: Ihr macht das Leben schöner. Ein besonderer Dank geht an Enda Barron und Eimear O'Rourke für unschätzbare Einsichten und Ortskenntnisse.

Anna McPartlin bei rororo

Die letzten Tage von Rabbit Hayes

Irgendwo im Glück

Niemand kennt mich so wie du

So was wie Liebe

Was aus Liebe geschieht

Weil du bei mir bist

Wo dein Herz zu Hause ist

Anna McPartlin
Die letzten Tage von Rabbit Hayes

Erst wenn das Schlimmste eintritt, weißt du, wer dich liebt. Stell dir vor, du hast nur noch neun Tage. Neun Tage, um über die Flüche deiner Mutter zu lachen. Um die Hand deines Vaters zu halten (wenn er dich lässt). Und deiner Schwester durch ihr Familienchaos zu helfen. Um deinem Bruder den Weg zurück in die Familie zu bahnen. Nur neun Tage, um Abschied zu nehmen von deiner Tochter, die noch nicht weiß, dass du nun gehen wirst …
Die Geschichte von Rabbit Hayes: ungeheuer traurig. Ungeheuer tröstlich.

Ein zutiefst ergreifender Roman über das Leben und das Sterben.

464 Seiten

MIX
Papier aus verantwortungsvollen Quellen
FSC® C083411

Das für dieses Buch verwendete Papier ist FSC®-zertifiziert.